ZAYNI BARAKAT

« Durant mon long périple, jamais je n'ai vu une ville brisée comme semble l'être le Grand Caire... Dans l'air, la mort plane, froide, inexorable. Les hommes du Sultan ottoman patrouillent partout sur la voie publique, pénètrent à leur guise dans les maisons. Ni les murs ni les portes ne sont de quelque utilité par les temps qui courent... Personne n'est assuré de se trouver en vie à son réveil... »

Une dynastie agonisante, un pays corrompu, divisé, appauvri. Une machination policière, une furie du pouvoir, l'éternelle nostalgie d'un monde meilleur, les raffinements d'une sensualité très orientale. Une langue à la fois travaillée et simple, traversée d'un souffle poétique, mystique. *Zayni Barakat* est un étonnant roman historique mais aussi un regard féroce sur l'Égypte contemporaine.

Gamal Ghitany est né en 1945. Dessinateur de tapis à dix-sept ans, il publie parallèlement son premier recueil de nouvelles. Grand reporter à vingt-trois ans, il couvrira toutes les guerres — Suez, conflit israélo-arabe, Beyrouth, Iran-Irak... De nombreux romans et recueils de nouvelles témoignent du talent de cet auteur éclectique, l'un des plus grands de l'Égypte actuelle.

DU MÊME AUTEUR

Les Épîtres des destinées
Seuil, 1993
et « Points », nº P925

La Mystérieuse affaire de l'impasse Zaafarâni
Sindbad/Actes Sud, 1997

Les Délires de la ville
Sindbad/Actes Sud, 1999

L'Appel du couchant
Seuil, 2000

Pyramides
Sindbad/Actes Sud, 2000

Le Caire
(avec Denis Danieux)
Chêne éditeur, 2001

Les Récits de l'institution
Seuil, 2001

Gamal Ghithany

ZAYNI BARAKAT

ROMAN

Traduit de l'arabe
par Jean-François Fourcade

Éditions du Seuil

TEXTE INTÉGRAL

ISBN 2-02-058115-9
(ISBN 2-02-008602-6 1re publication)

www.seuil.com

Extrait de la relation de voyage du Vénitien Viasconti Gianetti qui visita la ville du Caire à plusieurs reprises au XVIe *siècle de l'ère chrétienne, au cours du périple qui le mena à travers le monde*

Mois de radjab *de l'an 922 de l'hégire – mois d'août-septembre de l'an 1517 de l'ère chrétienne.*

Ces derniers temps, le pays d'Égypte connaît de graves bouleversements. L'aspect du Grand Caire m'est devenu méconnaissable. Maîtrisant désormais la langue du pays, j'ai cru comprendre depuis mon retour que les sujets de conversation avaient bien changé. Cette ville me fait penser à un malade sans espoir, au bord des larmes, ou à une femme aux abois, terrifiée par la menace d'un rapt nocturne. Jusqu'au ciel qui est d'un bleu livide, d'une pureté incertaine, voilé par un brouillard venu d'ailleurs. Je songe à ces villages de l'Inde, accablés sous une moiteur étouffante où la peste s'abat. Cette nuit, toutes les maisons sont dans l'attente : une menace pèse sur la ville ; quelque chose va arriver, demain, ou après-demain. Je tends l'oreille : les sabots d'un cheval résonnent sur le pavé... le bruit s'éloigne, puis s'éteint. Je me penche prudemment au moucharabich – il ne faut pas qu'on me voie –, la ville est plongée dans la nuit noire et je ne distingue même pas le minaret de la mosquée d'el-Ghoury, récemment achevée (elle n'était pas encore là lors de mon dernier séjour). J'ose à peine sortir la tête, de peur que, dans l'obscurité, surgissent brusquement les hommes du guet. Ces gens-là sont sans pitié. Si jamais ils apprenaient que je suis franc, je serais exécuté, sans autre forme de procès. On ne s'embarrasserait pas de savoir qui je suis, d'où je viens. Je n'aurais aucune chance de faire valoir mes liens personnels avec l'émir Kurt Bey, gouverneur de la ville, ni d'invoquer le privilège d'avoir été reçu par le Zayni Barakat lui-même, Grand Censeur de la ville du Caire. Celui-ci, entre autres charges, est garant de l'ordre et de la sécurité des lieux. Il me reconnaîtrait, j'en suis certain : je sais que, longtemps après, il n'oublie jamais un visage même s'il ne l'a entrevu qu'un instant.

Non, cette nuit, je ne sortirai sous aucun prétexte. Comment échapper aux patrouilles du guet ou aux rôdeurs mamelouks ? Les habitants tremblants de peur, barricadés derrière leurs portes, rêvent d'être à mille lieues d'ici et de retrouver enfin cette sécurité à laquelle tous aspirent. J'ai mouché les chandelles. Les ombres projetées par la lumière risqueraient d'attirer les regards indiscrets.

Peu avant midi, je suis parti, à pied, d'el-Husseïniyeh. Lorsque je me retrouve dans un pays, une ville familière, la nostalgie m'étreint. J'aime rester seul les premiers jours, avant de renouer avec mes connaissances. Je parcours la ville de long en large ; je m'enquiers de ceux que j'ai connus, je pleure les disparus.

Il m'arrive parfois de rencontrer certains amis. Comme le veut la coutume, j'ouvre grand mes bras, nous nous embrassons en nous donnant un baiser sur l'épaule. On me conjure avec force serments d'accepter l'hospitalité. Nous nous retrouvons donc chez mon hôte, dans la salle de réception dont les fenêtres ouvragées donnent sur un petit jardin planté de basilic et de jasmin, et au milieu duquel une vasque multicolore recueille un mince jet d'eau.

Aujourd'hui je me suis promené longuement, sans rencontrer pourtant un seul visage connu. Auraient-ils tous changé de domicile ? Je me suis laissé dire que parmi les notables, les cheikhs, nombreux étaient ceux qui avaient mis en lieu sûr leurs biens les plus précieux, envoyé leurs familles en province, abandonné leurs demeures pour se réfugier dans les caveaux et les tombeaux des saints, qu'ici le peuple aime à visiter. Toutes sortes de rumeurs circulent, on parle à tort et à travers. D'aucuns auraient exigé du régent, l'émir Toman Bey, qu'il prenne des mesures pour faire taire les racontars. D'autres s'inquiètent de l'interruption des nouvelles : ce serait le signe d'un désastre effroyable que nul n'oserait concevoir. A quoi j'ai entendu rétorquer avec véhémence que cela n'avait aucun sens.

L'armée du sultan, armée des défenseurs de l'Islam, est composée de nobles chevaliers ; un seul d'entre eux vaut bien mille Osmanlis, et puisque feu le sultan Qaït Bey a battu ceux-ci à plate couture, il n'y a aucune raison pour qu'el-Ghoury ne fasse de même.

Pourtant, aucune nouvelle ne nous est parvenue, rien dont on puisse se réjouir. Cela fait une paye que nous n'avons entendu résonner les timbales des hérauts. Il faut se rendre à l'évidence : il a dû se passer quelque chose et d'ailleurs, ici même, c'est la confusion générale.

Dans le café où je me trouvais alors, mon regard fut attiré par un individu qui rajustait son turban.

– Quelqu'un a-t-il vu le Zayni Barakat depuis avant-hier ? dit-il.

Un lourd silence s'abattit sur l'assistance.

Je posai mon bol encore chaud – je n'avais bu qu'une gorgée de l'infusion de fenugrec qu'on m'avait servie.

« Il est arrivé quelque chose au Zayni. Sinon, pourquoi tous ces bruits à son sujet ?

J'observai l'individu qui venait de parler, desservant de quelque mosquée, pensai-je, ou libraire en livres anciens, ou encore étudiant d'el-Azhar, à en juger par ses manières, son langage.

– C'est vrai. Voilà trois jours qu'on ne l'a vu.

– Bien plus, cinq jours !

Moi-même, je ne l'avais pas vu une seule fois depuis mon arrivée. Pourtant, au Caire, on le voit au moins une fois par jour, et il ne passe pas inaperçu, avec ses timbaliers l'annonçant à grands roulements de tambour, ses valets d'escorte qui tiennent sa monture. Cet homme est toujours pris par quelque affaire : contrôler les prix, dépister les malfaiteurs. Même la circulation des passants est soumise à des règles qu'il s'emploie à faire respecter. Il lui arrive d'interdire aux femmes de porter certains vêtements, ou de sortir sur la voie publique, lorsque les mamelouks sont particulièrement turbulents. Lors de mon dernier séjour en Égypte, j'avais pu constater qu'il était en parfaite santé. En est-il toujours de même ? Trois ans suffisent à changer un homme. Je le revois encore descendre de cheval pour se mêler aux petits marchands de confiseries, de fromages ou d'œufs, discuter longuement avec les paysannes qui viennent vendre poules, oies, lapins et canards. Il fixe lui-même le prix des marchandises et les contrevenants sont exposés à l'opprobre de toute la ville... Je sais que le peuple est content de son ministère et qu'il le tient en affection. Les quelques lignes qu'il m'avait inspirées lors de notre première rencontre sont restées gravées dans ma mémoire :

J'ai eu la chance de rencontrer de nombreux individus dans ma vie, Berbères, Indiens, Italiens, chefs francs, Abyssins, gens de l'Extrême Septentrion... Mais jamais je n'ai vu chez d'autres cette lueur du regard, ces yeux de félin dont les pupilles rétrécissent au fur et à mesure qu'il parle, des yeux faits pour transpercer le brouillard des pays de Septentrion où règnent les ténèbres et un silence étouffants. Son regard ne s'attarde pas aux apparences, mais vous perce au plus profond de votre être, traquant vos pensées les plus intimes. Un visage qui respire une intelligence foudroyante, et ce clignement des paupières qui vous séduit et vous glace à la fois...

Il m'avait interrogé sur les pays que j'avais parcourus. A quoi avais-je employé mes séjours ? Avais-je lié commerce avec les habitants ? Était-ce vrai, ce qu'on disait de la liberté des femmes franques ? Il voulait savoir si les sujets étaient bien traités dans le royaume de l'Inde, comment le système de la poste y fonctionnait. Il me cita le nom de quelques cheikhs de Djedda et de La Mecque, de certains notables de Damas. Il me fit une liste de personnalités dont je lui promis de m'enquérir.

A cette époque, j'avais entendu raconter une étrange affaire à laquelle il était tout particulièrement mêlé. Une jeune esclave du pays de Roûm, qui n'avait guère plus de quinze ans, l'avait appelé à l'aide. Elle avait été achetée au marché aux esclaves par un homme âgé, un parfumeur propriétaire d'une distillerie d'eau de rose. Un personnage d'une corpulence extrême, glouton, très porté sur la bonne chère et les personnes du sexe. Depuis qu'il avait acheté la jolie petite vierge du pays de Roûm, il ne vivait plus que pour elle. Il avait déserté sa distillerie, ne sortait plus de chez lui, pas même pour aller à la prière. A toute heure du jour et de la nuit, il l'assaillait tel un gaillard de vingt ans. On prétendait – mais c'était là vulgaire malveillance – que les cris de la petite s'entendaient jusque dans la rue. Des cris perçants d'abord, puis des bruits de poursuite, et enfin, le silence. Mais bientôt, tout recommençait. Les voisins avaient fini par prendre la jeune fille en pitié. La pauvreté n'avait pas un moment de répit. Les hommes en parlaient, non sans envie. Ils ne quittaient pas des yeux la porte d'entrée de la maison, qui ne s'était pas ouverte de la semaine. Les jeunes gens surveillaient les moucharabiehs, ils en faisaient des gorges chaudes. Un porteur d'eau qui approvisionnait la maison, et dont le témoignage avait d'ailleurs été sollicité par la suite, affirmait qu'il avait bel et bien entendu la petite crier dans le harem. Il l'avait même vue une fois, échevelée, à la fenêtre du moucharabieh de la cour intérieure.

Toujours est-il qu'elle avait fait prévenir le Zayni, et celui-ci avait immédiatement réagi. Il avait consulté les ulémas qui avaient examiné l'affaire et, finalement, leur cheikh avait promulgué une *fetwah* légitimant l'entreprise du Zayni. A la suite de quoi celui-ci s'était rendu chez le vieux, qui avait nom el-Attar, si ma mémoire est bonne, et avait forcé la porte. Le vieux était hors de lui : depuis quand le Grand Censeur se croyait-il autorisé à violer l'intimité des foyers ? Le Zayni l'avait empoigné. Il l'avait fait étendre par terre et mettre nu ; on dit que le spectacle était terrifiant. Le cheikh des hanéfites jura qu'il n'avait vu pareil engin de sa vie ! « La petite a quarante ans de moins que toi. N'as-tu pas honte de la faire souffrir, monté comme tu l'es ? » Il lui fit donner cinquante coups de bâton, puis lui ordonna d'affranchir la jeune fille, ce que l'autre fut obligé de faire, non sans rancune contre le Zayni. Après cet incident, on le vit errer dans les ruelles, les yeux hagards, les vêtements en lambeaux, l'écume aux lèvres, comme s'il courait après un trésor perdu, réclamant quelque chose qu'il refusait obstinément de nommer, car jamais il ne prononçait le nom de la petite. Partout où il faisait son apparition, il était accueilli par des clameurs. On le frappait sur les parties, on lui lançait des quolibets, mais lui, imperturbable, continuait à promener alentour ses yeux hagards, à la recherche de cet objet si cher qu'on lui avait ravi...

J'ai par ailleurs appris de source sûre que le vieux el-Attar n'avait jamais approché une femme avant de connaître la jeune esclave. Il ne s'était jamais marié, avait toute sa vie pourvu aux besoins de ses frères et sœurs. Après le mariage de la cadette, il s'était retrouvé seul, et c'est alors qu'il avait entrepris de mettre de l'argent de côté, pour pouvoir acheter une esclave. Il s'en était fait une image des plus précises : elle aurait un teint blanc comme le pur argent, des seins crémeux et doux comme la soie. Il en avait longtemps rêvé avant de la découvrir, et à peine l'avait-il trouvée qu'on la lui avait ravie...

Les avis étaient partagés sur la conduite du Zayni. Certains soutenaient qu'il avait fait ce qu'il fallait – la petite était réduite à la dernière extrémité lorsqu'elle l'avait appelé à son secours. D'autres pensaient que le Zayni s'était mêlé de ce qui ne le regardait pas, et s'inquiétaient de ce que, désormais, aucun foyer ne serait à l'abri de telles incursions. Le bruit courait – ce n'était pas sans importance – qu'il était faux que la jeune fille eût fait appel au Zayni. C'est lui qui avait eu vent de l'affaire. Il disposait de moyens stupéfiants pour s'informer des détails les plus intimes de la vie des gens. On disait aussi qu'el-Attar avait été victime d'une machination ; il n'avait pas été violent. D'ailleurs, quelle femme aurait repoussé un homme fait comme il l'était ? En réalité, la petite était perfide, et si elle avait voulu se débarrasser de lui, c'était pour une raison qu'elle était seule à connaître. Bref, cet incident avait semé le trouble et l'effroi dans les cœurs. Tout le monde avait été stupéfait de l'habileté du Grand Censeur. Comment cet homme parvenait-il à percer les secrets ? Il était le premier à réussir un tel prodige. Le bruit courait qu'il disposait d'un corps d'espions redoutables, n'obéissant qu'à lui, dont on ne savait rien. Une organisation qui n'avait rien à voir avec celle du Grand Maître de la Police secrète du royaume, un homme à la férocité proverbiale. Lorsque l'affaire me fut rapportée, cela faisait un an que l'incident s'était produit, et j'ai vu le vieil homme, je l'ai vu de mes yeux, errant dans les ruelles, s'arrêtant de temps à autre pour hurler à la cantonade des injures contre quelqu'un que je ne l'ai jamais entendu nommer. On racontait qu'il façonnait des figurines de papier, sur lesquelles il prononçait de curieuses incantations. Il aura continué à vivre ainsi, jusqu'à ce que le destin en décide autrement – ce que je raconterai en temps voulu.

Mais je reviens à cette maison de thé, et à ces gens que nous avions laissés à leur inquiétude quant au sort du Zayni. Chacun s'étonnait de n'avoir point relevé l'incident. Pourtant, que le Zayni disparaisse, voilà qui sortait de l'ordinaire.

La confusion générale nous fait perdre la tête. Nos dignes prédicateurs n'ont-ils pas annoncé, lors du prône du vendredi, que l'heure était proche où Dieu ferait souffler un vent irrésistible, un vent du Yémen plus doux que la soie, plus suave que le musc, qui balaierait du cœur des hommes toute trace de foi, de vertu et de bien ? « Alors, ont-ils clamé, le père quittera ses fils, le frère ses frères, et, cent ans durant, les hommes ne connaîtront ni foi ni loi, et ce sera le règne de la pire engeance que la terre d'Allah ait portée, et terrible sera pour eux l'Heure tant redoutée ! » Il fallait voir les fidèles en larmes, s'embrasser les uns les autres. Lorsque certains sortirent, ils crurent reconnaître des effluves suaves entre tous, la fameuse odeur de musc. Et tous de s'écrier : « Voici venue la fin du monde ! » Ce n'était que cris et convulsions. C'est ainsi qu'en des temps aussi troublés, on en arrive à ne pas remarquer les choses les plus importantes et les plus singulières : le Zayni Barakat ne se montrait pas de tout le jour, et personne n'y prenait garde.

– Le Zayni se cache. Et personne ne sait où, à part ses fidèles ! dit celui que je prenais pour un azharite.

Après quoi, il se tut, d'un air entendu, comme pour suggérer qu'il était de ces privilégiés.

– Où donc, Saïd, où donc ?

– Il envoie ses hommes dans tout le pays, demande aux cheikhs des tribus bédouines de se mettre sur le pied de guerre et d'envoyer des renforts au Caire.

J'imaginais le Zayni tapi au fond de sa cachette, prêt à affronter les événements les plus graves, ses lieutenants n'arrêtant pas d'aller et venir. Il les envoie partout, jusqu'aux repaires inaccessibles des Arabes du désert.

– C'est insensé ! Le pays est en guerre, et le Grand Censeur disparaît !

– Lorsque le Zayni partait pour une semaine, à peine avait-il franchi les murs du Caire, les prix flambaient, chacun s'en donnait à cœur joie ! Maintenant qu'il a disparu, imaginez un peu ce qui nous attend !

– Mais non ! Même là où il est, le Zayni reste au courant. Et puis, n'oubliez pas Zakariya.

Le silence. Dans leurs yeux, cette prière muette, et cette peur qui les prenait au ventre.

Dans la rue avançait péniblement une colonne de prisonniers, des paysans. Une chaîne les reliait les uns aux autres par le cou. Ils se dirigeaient sans doute vers une prison. Un enfant tira la langue. Au loin, un roulement de tambour. Dans quelques instants, ces pauvres fellahs auraient peut-être quitté notre monde. Je me mis à marcher à leurs côtés. Ces yeux hagards, qui voudraient tout embrasser sur leur passage. Une scène déjà vue à Tanger : une colonne d'individus, reliés les uns aux autres par le lien de la mort, franchissant les murs de la ville. Ils avaient le même regard. Et ce malheureux que l'on menait à la mort, dans cet îlot de l'océan Indien, suppliait qu'on veuille bien reconsidérer son cas, espérant jusqu'au bout que l'oiseau Rokh surgirait pour l'enlever dans les airs. Regard de celui qui sait qu'après ces quelques pas, dans un instant, jamais ses yeux ne se rouvriront plus. Le monde et ses apparences lui seront dérobés à jamais. Moi aussi, je peux mourir d'un moment à l'autre, mais je ne sais pas quand. Le savoir, savoir parfaitement qu'on va quitter ce monde, voilà qui imprime sur les visages cette marque, le regard de qui part inexorablement vers un monde inconnu. Observant ces hommes qui avaient rendez-vous avec la mort, je pensais à mes départs d'un pays à l'autre, mes pérégrinations incessantes, aux voyages de mes compatriotes ayant quitté Venise pour un périple qui risquait de durer des années, et qui mourraient peut-être à mille parasanges de leur patrie. Tout ce que je voyais me parlait de terreur. Cette ville du Grand Caire avance vers un destin obscur. Ville en exil, désertée. Je continuai à marcher, tout en restant sur mes gardes. Hier encore, les mamelouks étaient descendus de la Citadelle et s'étaient rendus au bazar de Khan el-Khalili. Tout avait failli brûler. Ils avaient mis la main sur un marchand *roumi* – c'est le mot qu'on emploie ici pour désigner les Turcs ottomans – espion à la solde du Grand Seigneur. Il s'en était fallu de peu que la foule ne le mît en pièces. Les sbires de Zakariya ibn Râdhi, Grand Maître de la Police secrète et lieutenant du Grand Censeur, lui avaient sauvé la vie... pour mieux le soumettre à la question et lui faire avouer le nom de ses complices. Autre rumeur qui m'a été rapportée : le gouverneur Kurt Bey aurait été exécuté dans le secret le plus complet dans la prison du Goub, à la Citadelle. Cela reste à prouver. Enfin, selon une nouvelle récente, qui a mis la population en émoi, un émissaire de Syrie, après avoir suivi les routes du désert, serait arrivé au Caire, jusqu'à la Citadelle où il aurait communiqué au Régent un message alarmant. En un mot, près d'Alep, aux marches ottomanes, l'armée du sultan se serait effondrée. On ne sait rien de plus.

Certains prétendent que les bouleversements qu'on devine dans l'apparence d'une ville, les façades de ses maisons, sont des moments privilégiés dans la vie d'un grand voyageur.

Eh bien, je crois pouvoir dire, tant d'années après, qu'il m'a été donné d'assister aux prémices d'une guerre, aux ravages d'une épidémie naissante. Oui, j'ai vu tout cela de mes yeux.

Le soir tombait, je passai mon chemin. La main d'un géant invisible avait vidé les rues de leurs passants. Cet air que je respirais, je l'aurais reconnu entre mille. Même odeur qu'à Hyderabad, lorsqu'une terrible épidémie s'était abattue sur la ville. J'étais resté bloqué dans ses murs une année durant. Le Grand Caire est semblable à un homme gisant à terre, les yeux bandés, attendant immobile l'accomplissement d'un insondable destin. J'entends d'ici les habitants respirer ; leurs têtes se rapprochant, ils se racontent à voix basse les nouvelles glanées dans la journée, car les avis ne sont toujours pas diffusés. Le temps passe, et pourtant quelle immobilité ! J'aurais tant voulu monter sur la terrasse observer les constellations, mais je risque d'être surpris par l'aube... bien que je n'aie pas encore entendu le coq chanter.

I

Où l'on représente ce qui advint à Ali ibn Abi l-Goud,
et où l'on voit apparaître pour la première
fois le Zayni Barakat ibn Moussa
(mois de shawâl *de l'an 912 de l'hégire).*

Au point du jour...

Les maisons émergent à peine du doux sommeil où elles étaient plongées.

L'obscurité règne encore à el-Husseïniych, à Bâtiniyeh, Gamaliyeh et el-Otouf, mais le soleil brille déjà sur les remparts et les tours de la Citadelle. Un détachement de mamelouks traverse la rue de la Rampe-aux-Bœufs. Ils ne viennent pas de la Citadelle mais du palais de l'émir Qani Bey, Grand Connétable et Grand Écuyer du sultan, ils ont traversé le canal du Khalig et sont descendus sans se presser jusqu'à Bab el-Louq. A la face du jour naissant, ils ont brandi fièrement leurs épées. Près de Bab el-Louq, les porteurs d'eau rencontrés sur leur chemin sont les premiers à être si tôt debout. Ce sont eux qui apportent l'eau du Nil dans les foyers. Ils se demandent où peuvent aller ces cavaliers qui laissent sur leur passage de légers tourbillons de poussière, que soulèvent les sabots de leurs montures. A leur approche, les chameaux pressent le pas, ployant sous les outres brunes gonflées d'eau, et les porteurs chuchotent entre eux. Ils ne garderont de cette rencontre qu'une impression furtive, comme les traces d'une rame sur les eaux dormantes. Les mamelouks disparaissent au loin. Le jour pointe, les maisons sortent de l'ombre. Hier encore, on célébrait la fin du jeûne de Ramadan. Comme toujours en ces lendemains de fête, il règne une sorte d'indolence.

La journée est déjà avancée lorsque Ali ibn Abi l-Goud se réveille, comme à son habitude. Il se couche fort tard. Chaque soir, à son retour de la Citadelle, il retrouve ses lieutenants et fait avec eux le point de la journée. Peu avant l'aube, il les renvoie, puis s'isole, une heure durant. Après quoi, il va rejoindre l'une de ses femmes, épouse en titre ou esclave de son nombreux harem qui, depuis l'arrivée, il y a un mois, d'une Abyssine et d'une Grecque, ne compte pas moins de soixante-sept pensionnaires. Mais Ali ibn Abi l-Goud ne se trompe jamais. Il a toujours soin de faire prévenir longtemps à l'avance l'heureuse élue avec qui il partagera le reste de sa nuit. Lorsqu'il arrive à ses appartements, il aime retrouver cette odeur familière de linge mêlée au parfum des femmes. Chaque marche du petit escalier sur lequel débouche brusquement le dédale de couloirs l'éloigne du tumulte et de l'agitation d'une journée écoulée – faits nouveaux, renseignements qu'il a consignés sur ses registres et dans ses archives, rumeurs parvenues jusqu'à lui, bruits que l'on fait courir sur sa propre personne, aussi bien dans le peuple que chez les grands du royaume. Cette nuit, à peine a-t-il pénétré dans les appartements de Salima, sa troisième épouse, que celle-ci s'empresse de lui ôter ses vêtements : le manteau de brocart noir soutaché de fils d'or et d'argent, l'immense turban jaune entouré de mousseline blanche dont seuls les commandants de Mille ont le privilège et auquel il n'a droit que depuis un an. C'est avec cette imposante coiffure qu'il se produit devant le sultan, participe aux réunions de notables, et se pavane dans les cortèges. Chacun sait qu'un tel couvre-chef n'est pas à sa place sur la tête du premier venu et seuls certains osent l'arborer en bonne compagnie. Ali sait fort bien que ce turban excite les jalousies, provoque des commentaires désobligeants, et suscite même des intrigues dont il est la cible. Mais il n'en a cure, et s'il le porte toujours dans ses déplacements, c'est exprès. Il aime à s'assurer de sa présence en y portant la main, à le mettre en valeur en l'inclinant en arrière ou en avant, surtout lorsqu'il côtoie les émirs. Pourtant, certains confidents l'ont averti de modérer sa fierté en présence de tels personnages. Mais il n'a que faire de ces gens-là, bien qu'il soit curieux de savoir ce qu'on dit de lui. S'il trouve que cela mérite d'être rapporté au sultan, il n'hésite pas à monter immédiatement à la Citadelle. Il en rajoute, quitte à déformer un peu, de manière à influencer le sultan. Il le fait sans scrupules, et ne s'en cache pas, il est même intarissable sur ce sujet. Il fallait voir aujourd'hui Sa Majesté suspendue à ses lèvres, comment on lui a gentiment tapoté l'épaule !

Cette fois-ci, ses hommes ont manqué à leur devoir, semble-t-il. On a jugé bon de ne rien lui signaler. Par la suite, certains prétendront qu'ils avaient eu vent du complot, et surtout de ce qui se tramait chez le Grand Écuyer, l'émir Qani Bey. Dans le peuple aussi, beaucoup ont laissé entendre que Zakariya ibn Râdhi, Grand Maître de la Police secrète, n'était pas étranger à l'affaire. Et pourtant, celui-ci n'avait rien dit à son maître. Voilà pourquoi notre homme dort tranquillement, serré contre Salima, sa troisième épouse. Mais celle-ci se réveille brusquement au bruit de pas précipités, de portes qu'on ouvre, de cris étouffés dans le harem. Elle distingue à peine les sons confus qui lui parviennent, déformés par le bruit de l'eau que déversent les godets de la noria tournant inlassablement, le crissement des vieux bois, le martèlement des gouttes sur le sol sec, le clapotis de l'eau contre une barque qui se balance au gré du courant, le galop d'un cheval. Que se passe-t-il ? Osera-t-elle le réveiller avant l'heure ? « Seigneur Ali ! Seigneur Ali ! » Il se retourne dans son sommeil. Un vase qui tombe et se brise, un enfant qui crie, un tas de planches qui s'écroule... Les battements de son cœur s'accélèrent. Elle tend l'oreille. Quelque chose est arrivé, mais quoi ? Comment savoir ? Sous l'emprise de la peur, le sang déferle dans ses veines. Elle ne s'était pas rendu compte, tant son réveil avait été soudain, que lui aussi était aux aguets. Elle a la bouche sèche. La porte s'ouvre, sous la poussée d'un pied, puis apparaît la jambe gainée de cuir, la botte noire des cavaliers mamelouks qui enserre le bas du sarouel.

Du palais de Son Excellence Qani Bey, Grand Connétable et Grand Écuyer, sort un crieur public. Tout le monde connaît cette voix de stentor. Au même moment, un autre crieur sort de chez lui, près de la demeure de l'émir Qoûsoûn, Premier Chancelier de la Cour, en bordure du quartier de Bargawân, et prend la direction d'el-Otouf, el-Husseïniyeh, Roum Gouwaniyeh. Porté par la brise légère, on entend un roulement de tambour, puis les voix des autres crieurs publics. Les dormeurs sont réveillés par le vacarme ; on se frotte les yeux. Les employés des hammams sortent dans la rue, ainsi que ceux des foyers attenants ; les marchands de laitage et de fèves s'arrêtent eux aussi pour écouter. Les femmes s'interpellent bruyamment. Dans le quartier d'el-Midha, qui vient à peine d'ouvrir ses portes, une marchande ambulante, qui vantait à grands cris sa *balilah*, cesse brusquement son boniment. De sa voix aiguë, elle se met à colporter la nouvelle. Dans les immenses bâtisses qui ouvrent sur les cours intérieures, des têtes apparaissent aux portes des galeries, sur lesquelles donnent les logements exigus. Les gamins, le bas de la *galabiyeh* serré entre leurs dents, courent en tous sens. D'une fenêtre perchée tout là-haut, s'élève un you-you, lancé par une femme. Une autre lui répond, puis une autre. Leurs trilles stridents n'arrêtent pas. Pieds nus, elles sortent dans la rue, dévalent d'el-Otouf, de Gôdariyeh, de Soukkariyeh, leurs enfants sur les épaules, et frappent des mains. Elles vont joyeusement à la rencontre de la nouvelle journée qui commence.

Saïd el-Gohaïny

Du fond du dortoir réservé aux étudiants de Haute-Égypte, à l'intérieur de la mosquée d'el-Azhar, Saïd écoute les clameurs de la foule. Les hautes fenêtres du portique donnent sur l'entrée de Bâtiniyeh. Les bruits se propagent et parviennent jusqu'à lui. Ali ibn Abi l-Goud a été arrêté et mis aux fers. Hier encore, il caracolait sous les yeux de la foule, au milieu de son cortège. Qui alors aurait osé imaginer que, sur ce même parcours, on le verrait exposé à l'opprobre, monté à l'envers sur un âne blanc dont on a coupé la queue ? La foule, telle une nuée de sauterelles, a envahi la rue. La rancœur, longuement contenue, a enfin trouvé un exutoire. Saïd le revoit, sur son cheval couvert d'une chabraque dorée, se pavanant devant les maisons des cheikhs et des émirs, précédé de ses tambours assourdissants, plus puissants que ceux de n'importe quel émir. Il le revoit encore à pied, entouré de sa garde redoutable. C'est lui qui avait poussé le sultan à lever la gabelle, une calamité pour le bon peuple musulman. Qui pourrait se passer du sel qui est la saveur de toute nourriture ? Lorsque Ali ibn Abi l-Goud passait par là, personne n'aurait oser lever les yeux pour affronter le spectacle de ce turban imposant. A peine quelques heures se sont-elles écoulées et le voici chevauchant à l'envers cette monture ridicule.

Quel spectacle pitoyable ! On le gifle à qui mieux mieux, les femmes lui crachent au visage. Le portique est complètement désert. Dans l'air, un relent d'humidité et de pain rassis, qu'on a soigneusement entassé, pour qu'il sèche, dans les coins de la pièce longue et étroite, aux murs sombres. Saïd glisse les pieds dans ses vieilles sandales : il faut qu'il sorte, qu'il aille rejoindre le cheikh Abou Sooûd, là-bas, à Kôm el-Gâreh. Il faut absolument qu'il lui parle, savoir ce qu'il pense de tout cela. La vaste cour de la mosquée est déserte ; pas un étudiant, pas un pensionnaire. Oui, il faut aller trouver le Vénérable, il le faut. Mais Saïd ne bouge pas, il reste là, appuyé à l'énorme colonne de marbre qui jouxte le portail de Zawiyet el-Umyân. Dans sa main, un brin de paille avec lequel il gratte le sol de la cour. L'avenir qui se prépare ne lui dit rien qui vaille. Certes, il y a de quoi se réjouir. Mais, maintenant, à quoi faut-il s'attendre ? Aujourd'hui même, que va-t-il se passer ? Tout cela peut se terminer par une violente querelle entre émirs. Et alors, les têtes vont tomber, le sang va couler. Le sang des innocents, des faibles, qui n'ont ni appui, ni protection. On barricadera portes et fenêtres. Il y aura des incendies, des destructions. Ils s'attaqueront aux maisons, aux couvents des derviches, aux mosquées. Et qui peut dire que le successeur d'Ali ne sera pas encore plus cruel et plus redoutable ? Le brin de paille s'écrase violemment contre le sol et se brise en mille morceaux. Saïd secoue la poussière de ses mains. La destitution d'Ali ibn Abi l-Goud, quelle aubaine pour le peuple ! Les gens ne se sentent plus de joie. Quel brouhaha ! Quelle agitation ! Saïd repense à ce que lui avait confié un de ses camarades pensionnaire d'el-Azhar, il y a quelques mois, un certain Amr ibn el-Adawi.

« C'en est trop, lui avait-il avoué sous le sceau du secret, on ne peut plus tolérer les abus dont cette crapule accable le peuple. » Pas un jour qu'on n'apprenne une nouvelle exaction, un nouveau scandale, et Amr affirmait qu'il savait très bien comment l'infâme tyran s'y prenait : chaque nuit, il s'isolait pendant deux bonnes heures, pour mieux préparer les sévices qu'il allait infliger, inventer de nouvelles tortures pour ses victimes. On disait même qu'il avait tout spécialement chargé son lieutenant, Zakariya ibn Râdhi – que la colère divine s'abatte sur ce chien maudit ! – de concevoir des méthodes inédites pour faire parler les prisonniers qui avaient eu le malheur de tomber entre leurs mains. Personne n'aurait pu imaginer que de tels raffinements dans la cruauté fussent possibles. Une fois, révéla Amr, il avait fait arrêter une femme enceinte, une pauvresse sans défense. Il lui avait fait donner les verges et avait lui-même enduit les extrémités de son corps de goudron, pour y mettre le feu, jusqu'à ce qu'elle accouche d'un fœtus de sexe masculin au sixième mois. Mais cela ne lui avait pas suffi ; il l'avait fait pendre sur la voie publique, à Bab Zouweylah. « Pourquoi, Saïd, devine pourquoi... ? Tout simplement parce que les hommes de Zakariya l'avaient surprise avec un panier de concombres qu'elle essayait de vendre. Et comme tu le sais, c'est lui qui détient le monopole de la vente de ces denrées. Plus d'une fois j'ai eu envie de le tuer ! » lui avait murmuré Amr à l'oreille. Saïd avait sursauté. Dans la pénombre du crépuscule, il avait regardé les yeux brillants de haine de son compagnon. Il en avait avalé sa salive. Il avait baissé la tête, puis s'était remis à l'observer. « Je le tuerai ! Je le tuerai ! répétait Amr. Oui, je délivrerai les créatures de Dieu de ce démon ! »...

Le soir même, Saïd était chez le cheikh Abou Sooûd. Après l'avoir écouté, le Vénérable cracha de dégoût, puis se rinça la bouche à l'eau douce. Le silence, le calme régnaient dans ce lieu de retraite. Saïd se pénétrait de cette quiétude.

– Béni soit le Seigneur, tu as eu la sagesse de te taire.

– Dois-je l'éviter, Maître ?

– Ce n'est pas ce que j'ai voulu dire. Mais la méfiance est de rigueur ; quiconque aurait l'intention de tuer un personnage de cet acabit se garderait bien d'en parler.

Depuis, Saïd ne cesse d'observer Amr à la dérobée. Sous le portique qui leur sert de dortoir pendant les cours, va-t-il découvrir un indice qui confirmera les soupçons que les paroles du cheikh ont insinués dans son esprit ? S'il lui arrive de parler, il choisit ses mots. Jamais il ne s'aventurera, en la présence d'Amr, à critiquer un émir ou un dignitaire. Saïd l'imagine là-bas, dans cette maison sur les flancs du Moqattam, où il va sans doute retrouver Zakariya ibn Râdhi. Mais il est peu probable qu'il rencontre Zakariya en privé. Après tout, ce n'est qu'un sous-fifre. Un pauvre étudiant comme lui n'a pas de rapports directs avec Zakariya dont le seul nom fait trembler tous les habitants de ce pays. Toujours est-il qu'Amr fait ses rapports et il faut s'attendre à voir bientôt surgir des inconnus, qui chercheront à se renseigner. Les sbires de Zakariya prendront Saïd en filature. Il ne les reconnaîtra pas mais eux savent déjà qui il est. Ils seront là, à l'affût de ses moindres pas, notant ses itinéraires, enregistrant ses rires ou ses peines secrètes. Un beau jour, ils arriveront, comme une plaie du ciel, comme le premier tonnerre de l'hiver qui surprend la ville insouciante. Alors, l'un d'eux lui mettra la main sur l'épaule et un seul mot suffira pour qu'on le conduise au repaire de Zakariya où aucun supplice ne lui sera épargné. Ensuite, on le jettera dans une des grandes prisons, l'Arqanah, le Goub ou la Maqshara – le choix ne manque pas – et les jours passeront jusqu'à ce qu'on oublie son existence.

Saïd est inquiet. L'angoisse se lit sur son visage. Ces rumeurs terrifiantes : un esclave pendu, un voleur à qui on a coupé la main. Cette malheureuse, surprise en train de voler un pain, à qui l'on a fait subir la promenade d'infamie, et dont on coupera la main gauche, ou la droite si l'autre a déjà été coupée. Il a le cœur serré ; il tremble, comme un oiseau transi. Pourquoi ces horreurs, pourquoi ces infamies ? Pourquoi ? Les questions se succèdent comme des coups de bâton. Enchaînement infernal de la douleur, feu brûlant les reins, étau paralysant le cerveau, aridité desséchant le corps. Crier, hurler ! Monter tout en haut du minaret d'Ashraf Qaït Bey, à el-Azhar, et de là-haut, hurler ! les réveiller, tous, les miséreux dans leurs taudis, les émirs dans leurs palais ! Le spectacle des murs de la Citadelle lui est insoutenable. Il lève les mains, comme les muezzins, et lance un long appel à la prière. Appel inexorable, imprécation destinée à tous les tyrans de la terre. Là-bas, près de Bab el-Wazir, il croit voir le cadavre empalé de Zakariya. Comment affronter les autres sinon en tremblant de terreur ? Comment ne pas leur crier à la face : Prenez garde ! Ouvrez les yeux !

Il faut aller à Kôm el-Gâreh. Là, le Vénérable saura l'apaiser, le vénérable cheikh Abou Sooûd, l'excellent, le très savant cheikh Abou Sooûd, lui qui a parcouru la terre entière, connaît le Hedjaz, le Yémen, sait les langues de l'Inde, les dialectes de l'Abyssinie. Lui qui, en Perse, s'est vu confier le sort des musulmans, s'est mesuré avec les plus doctes savants d'Anatolie, lui dont les yeux ont soutenu le spectacle de l'immense Atlantique, aux confins de l'Extrême Occident. Il suffira de l'écouter pour que disparaisse cette scène obsédante où un sbire de Zakariya lui met la main sur l'épaule et lui dit dans un rictus, à travers des dents jaunâtres : « Tu veux bien nous suivre ? »

A présent, c'est au tour d'Ali ibn Abi l-Goud d'être enchaîné. Pourquoi ne pas laisser la joie faire son chemin jusqu'à son cœur ? Pourquoi bannir la joie de son cœur ? Il ira chez le Vénérable puis il passera chez le cheikh Rayhân, pour discuter des derniers événements. Celui-ci ne manquera pas d'affirmer qu'il était au courant. Peut-être même lui chuchotera-t-il dans le creux de l'oreille que les émirs Qoûsoûn et Qani Bey n'ont rien osé entreprendre avant de le consulter. Saïd dissimulera un sourire et il attendra patiemment. Peut-être aura-t-il la chance d'entrevoir Samâh, sa fille ? Aura-t-il le bonheur d'entendre son rire, le frou-frou de sa robe ? Entrera-t-elle dans la pièce pour saluer son père ? En sa présence, elle cachera son visage, et le vieux lui dira : « Voyons, Saïd n'est pas un étranger, c'est un fils du pays. » Il est, comme eux, de Gohaïna et il lui aurait suffi de naître quelques années plus tard pour que, enfants, ils aient joué ensemble. Son odorat est déjà alléché par le fumet du plat qu'elle aura préparé de ses mains et dont il se régalera. De quoi rêver... Douce émotion... Le voici de retour au portique. Toute la nuit, dans sa solitude, il pourra revivre sans fin ces instants de bonheur fugitif.

Un brouhaha s'élève parmi les étudiants. L'un d'eux soutient qu'il est inconcevable qu'un seul homme puisse succéder à Ali ibn Abi l-Goud dans toutes ses fonctions : intendance du Trésor public, administration financière de la Charkieh et, pour couronner le tout, la Censure. Sans compter la charge par laquelle il a commencé sa carrière, celle de *shamaqdâr*, qui consiste à porter les chaussures du sultan au moment de la prière. Une fonction qui lui est familière. Encore enfant, il a été *shamaqdâr* de l'émir Toman Bey. Puis, la chance lui souriant, il est arrivé au sommet de sa gloire et a abandonné cette humble charge.

Alors, qui donc choisir pour lui succéder ?

– Ce ne sont pas les noms qui manquent. Mais on ne sortira pas du cercle des gens connus, les émirs Mâmây, Toughlouq, Toutouq, Qoushtamir.

– Compte et recompte tes moutons. Comme le pauvre Goha, ça ne t'avancera guère.

– Mais il est impossible qu'un seul émir occupe toutes ces charges à la fois.

– Il y a déjà longtemps que la destitution d'Ali ibn Abi l-Goud était décidée. Le sultan le chasserait-il pour qu'un autre s'arroge tous les pouvoirs qu'il a cumulés ?

– Alors, qui ?

Chacun tente de percer le mystère que réserve l'avenir. Toutes les manigances sont permises. A la Citadelle, on ne dort pas ; les langues vont bon train. Chez les émirs et chez les cadis, on parle aussi beaucoup en privé. Quant à Ali ibn Abi l-Goud, il attend, les chaînes aux pieds, dans un sous-sol obscur et nauséabond. Sa vie passée n'est plus qu'une illusion, un rêve à jamais perdu.

– Peut-être vont-ils choisir quelqu'un dont le nom ne nous serait jamais venu à l'idée ?

– Je te l'ai déjà dit : tu peux toujours compter et recompter tes moutons, pauvre Goha, tu n'en trouveras pas un de plus.

Les cours à l'université sont suspendus. Cela ne peut pas durer. Il est impensable que ces charges ne soient bientôt pourvues. Dans la cour de la mosquée, les rayons du soleil, avant de disparaître, recouvrent le sol d'un tapis de lumière. Depuis le matin, le pain distribué aux étudiants pensionnaires est étalé au soleil, afin de sécher pour être conservé. Le brouhaha n'est pas près de s'arrêter. Saïd voit de loin Amr ibn el-Adawi, abeille affolée volant de-ci, de-là, à la recherche de sa ruche. Il passe d'un cercle à l'autre, participe à la conversation, s'indigne quand il faut s'indigner, se réjouit lorsque les autres se réjouissent. Le voici qui s'insurge contre une idée exprimée. Quoiqu'on en pense, ses interventions ne sont jamais fortuites : il s'agit toujours de faire souffler sur la conversation un vent favorable au bateau de Zakariya. Jamais il ne s'approche des Syriens, des étudiants afghans, ou des Maghrébins. Il n'a que faire de ceux-là, toujours à mille lieues de ce qui se passe. Le soir, Amr va faire son rapport sur ce qu'il a pu entendre. Mais, ce soir justement, où aller ? A qui va-t-il faire son rapport ?

L'ombre d'un sourire effleure les lèvres de Saïd tandis que la question lui vient à l'esprit : en ces temps de troubles, les « yeux et les oreilles » de Zakariya restent-ils à l'affût, fidèles au poste, comme à l'accoutumée ? Arrivent-ils, lui et ses lieutenants, à trouver le loisir d'écouter, d'espionner ? Pour Amr aussi, il est temps de se demander ce qu'il va faire, maintenant que son bienfaiteur, Ali ibn Abi l-Goud, disparaît. Car c'est à Ali que Zakariya doit sa charge de Grand Maître de la Police secrète. C'est lui qui en a fait son premier lieutenant. Ce soir, qui Amr ira-t-il retrouver pour faire son rapport ? Saïd se mord la lèvre. Quel supplice, quel tourment le jour du Jugement dernier réserve-t-il à Amr ? Une seule de ses paroles suffit à faire tomber des têtes. Un seul de ses petits papiers suffit à ôter la vie à une famille entière. Un geste de lui, et un vieux père qui attend le retour de son fils parti au Caire pour y faire ses études de droit avec l'espoir de revenir au village, y conduire, imâm confirmé, la prière des croyants, verra ses espérances ruinées à jamais. Y aller, maintenant, le saisir par la nuque, et le percer à jour, d'un regard dur et tranchant, comme le couteau qui s'enfonce entre les omoplates. Le silence a enfin gagné la cour de la mosquée. Saïd sera désormais sur ses gardes, il lui faudra toujours calculer les conséquences de ses paroles. Le lit de Amr est tout près du sien, ainsi que le sac de pain qu'il reçoit régulièrement pour sa pension. Ils ne sont séparés que par trois autres pensionnaires. S'il se retourne dans son sommeil, si, le matin, il se lève pour faire ses ablutions avant la prière de l'aube, il est toujours à portée de son regard. Le Vénérable s'est peut-être trompé... Mais on ne sait jamais... Que Dieu nous protège ! Pourtant, Saïd n'est pas enclin à penser du mal d'un de ses semblables. Il fait demi-tour, marchant à petits pas. Cette odeur de vieilles nattes... A l'extérieur, la place grouille de monde. Tout près, les ânes sont attachés à un mur. Les crieurs publics répètent inlassablement la nouvelle :

« L'infâme despote, l'odieux tyran Ali ibn Abi l-Goud
A été arrêté. Tous ses biens mis sous séquestre,
Ses revenus, ses richesses, confisqués,
Ainsi que ses esclaves et son harem.
Il est, pour l'instant, incarcéré à la prison du Goub,
Dans la Citadelle, jusqu'à ce que toute la lumière soit faite sur son compte. »

Une femme jette une pièce au crieur public, offrande qui remplacera les douceurs qu'on offre d'habitude aux porteurs de bonnes nouvelles. La joie envahit le cœur de Saïd. Lentement, cours d'eau qui s'écoule dans une gorge étroite, l'image de Samâh surgit. Ah ! si elle pouvait être là avec lui ! contempler la foule avec lui ! (Il entend le bruit de ses pas. Il ne sait pas qui marche, mais lorsqu'il est assis auprès du cheikh Rayhân, il est sûr que c'est elle. Ce ne peut être personne d'autre.) La joie du peuple le réconforte. S'il pouvait se le permettre, lui aussi aurait donné un dirham au crieur public. Le goût d'amertume dans sa bouche s'efface...

Du quartier de Bâtiniyeh déboulent des enfants. Ils travaillent chez le prévôt des teinturiers. Ils se sont enduits le visage de teinture rouge et verte. Ils dansent, ils chantent :

> « Pleure, pleure, oiseau de malheur !
> En prison est à cette heure
> Ali ibn Abi l-Goud, voleur. »

Commandement de Sa Majesté le sultan

Au nom du Très-Haut, source de miséricorde et de bonté. Le Seigneur a dit : « Et vous serez une nation qui appellera les autres au Bien, qui ordonnera le Bien et proscrira le Mal. »

« Confortez-vous les uns les autres dans la pratique du Bien et des pieuses vertus, mais non point dans celle du péché et des actes transgresseurs. »

Avant toute chose, grâces soient rendues à Dieu le Très-Haut qui a guidé notre main, permis de démasquer les méchants et de reconnaître les bons. Ainsi nous pûmes œuvrer pour l'intérêt de nos sujets et au bénéfice de la stabilité, de l'ordre et de la sécurité de nos États.

Nous avons donc fait arrêter le dénommé Ali ibn Abi l-Goud, lequel s'était rendu coupable de nombreuses injustices et exactions qui, telle est notre décision, tombent sous le coup des peines que la Loi prescrit à l'encontre des transgresseurs, et nous avons jugé bon de pourvoir aux charges et aux fonctions qu'il détenait ; pour ce, ayant à cœur de rétablir, et même d'affermir la justice et l'équité dans leurs principes – car nous savons que personne ne saurait être soustrait à la censure du Très-Haut –, nous statuons et ordonnons que ces charges soient réparties entre diverses personnes de jugement et de connaissances, la lourdeur excessive de la tâche interdisant qu'un individu, à lui seul, en supporte le poids. Nous avons d'abord considéré la charge de la Censure, laquelle intéresse la condition de nos sujets et leur subsistance, ce pourquoi elle ne saurait rester vacante ; en conséquence, après nous être enquis de la situation qui prévaut parmi nos sujets et nous être efforcé de reconnaître lequel parmi eux serait à même d'alléger leurs peines et leurs souffrances, après nous en être référé aux écrits relatant les faits du passé et nous être inspiré de leur sagesse et de leur enseignement, nous disons être en mesure de prendre le parti de la juste, authentique et vraie vérité, et avons, par grande et mûre délibération de conseil, statué et ordonné ce qui suit : le dénommé Barakat ibn Moussa est investi de la charge de la Censure de notre ville du Caire. Pour ce que nous avons cru reconnaître en lui, conformément à ce que nous avons établi ci-devant, de mérite, de bonne morale, de sentiments élevés, qui en font à nos yeux un homme digne de notre confiance, ainsi que de force d'âme, d'intransigeance et d'autorité, de désintéressement et d'indépendance vis-à-vis des biens et des puissants de ce monde. Pour ses scrupules en matière de religion, et la perspicacité de son jugement, pour tous ces motifs, nous lui octroyons le titre de Zayni, qui, dorénavant, et pour les temps à venir, restera attaché à son nom. Nous lui confions le soin de veiller à ce que les poids et les mesures soient conformes aux prescriptions de la loi de l'Islam. Nous le chargeons de donner ordre aux fautes, fraudes, malversations et abus commis au fait des commerces de denrées, ainsi que de contrôler et fixer les prix de celles-ci. Nous lui donnons semblablement à charge de vérifier la véracité des nouvelles et des rumeurs rapportées par nos sujets, et ceci aussi bien sur les lieux publics, lieux de transit et de commerce, que dans les demeures privées, sans que les intéressés aient pour autant à en être avisés. Nous lui enjoignons, de plus, de nommer des auxiliaires qui veilleront à ce que les intérêts des musulmans soient sauvegardés ; étant bien entendu que ces auxiliaires doivent être choisis parmi des hommes de confiance, de foi et de scrupule. Il devra aussi veiller à ce qu'aucun commerçant appartenant à la communauté des droguistes ne se livre au commerce de substances suspectes. Il devra prévenir tout abus ayant pour conséquence l'appropriation illicite des biens de nos sujets. Il devra aussi appliquer l'ordonnancement du Bien, l'interdiction du Mal, punir les outrages aux bonnes mœurs, surveiller de près le comportement des maîtres d'école, des almées, et autres danseuses et chanteuses, sans pour cela déléguer ses pouvoirs à quelque personne choisie parmi ces individus, à moins que l'intéressé ne soit connu de tous pour sa probité et sa foi. Ses auxiliaires doivent être gens intègres, sûrs, honnêtes et incorruptibles. Son seul souci, dans ses actions et ses paroles, devra être de plaire à Dieu le Très-Haut, et de gagner Son agrément. Nous l'avons mis en garde contre le désir de vouloir se rallier les faveurs de ses semblables, ou de s'épargner leur colère et leur désagrément. Nous lui avons recommandé de se conformer scrupuleusement aux Traditions de notre Prophète et de régler sur ses nobles et sublimes prescriptions les usages licites en matière de port de moustaches, épilation des aisselles ou des parties intimes, taille des ongles, propreté de l'habillement, usage des parfums. Voici donc ce que nous déclarons et voulons et qu'il nous plaît de faire exécuter. Que Dieu accorde Son salut à la plus noble de Ses créatures, le Prince des Envoyés, le Prophète Mahomet, fils d'Abdallah, sur lui le Salut et la Bénédiction de Dieu le Très-Haut.

Fait à la Citadelle, le 8ᵉ jour du mois de shawâl.

Zakariya ibn Râdhi

Inouï, incroyable !.... Jamais, au grand jamais, il n'a subi un tel échec. Lui, Zakariya, se laisser dépasser par les événements ! Il en a pourtant vu d'autres ! Cette fois-ci tous ses efforts pour remonter le fil de cette affaire ont échoué. Ce qui se passe en ce moment le laisse totalement perplexe...

Dès les premières heures de la nuit, il est descendu jusqu'à l'étroite prison cachée dans le sous-sol. Mabrouk, le bourreau, l'y a précédé. C'est un endroit où il ne se rend que très rarement : Zakariya répugne à emprunter ce couloir obscur qui débouche sur des cachots exigus, creusés dans la paroi rocheuse ruisselante d'humidité, si étroits qu'un être humain ne peut y tenir. Le détenu est obligé de plier l'échine lorsqu'il est debout, pour éviter le plafond qui n'est même pas égal. Il ne peut se tourner, changer de position, ni s'asseoir ou s'étendre pour dormir. Comment s'étendre, d'ailleurs, au milieu de cette eau que Mabrouk, le muet, déverse à dessein plusieurs fois par jour, pour maintenir le sol humide et visqueux. Ce n'est jamais ici que Zakariya rencontre les détenus. Il préfère rester à l'autre bout de la demeure. Mabrouk vient chercher les prisonniers. Il leur ôte leurs fers, leur bande les yeux, et les pousse devant lui, enfonçant dans leurs côtes une courte lance. Le détenu finit par se retrouver en face de Zakariya ; rien ne vient troubler le calme des lieux. La terreur du malheureux n'en est que plus forte, il s'attend à tout moment à recevoir un coup, sans pouvoir deviner d'où cela viendra. Après un moment d'attente d'une durée variable, Zakariya lui pose soudain la main sur l'épaule. La plupart du temps, il le fait avec douceur, sans précipitation, calmement. Nombreux sont ceux qui ne supportent pas l'effet sournois de ce geste inattendu, ni la douceur de ce contact qui évoque le ventre d'un reptile : ils s'évanouissent. On leur enlève le bandeau qui leur couvrait les yeux. Au début, leur visage s'éclaire d'un faible et pâle sourire – un feu sur le point de mourir. Quelques instants s'écoulent ; des cris s'élèvent, des hurlements de douleur. Crissement de la noria, va-et-vient des eaux montant des profondeurs du puits. Parfois Zakariya ordonne qu'on joue du tambour, surtout la nuit. Dans le calme profond, on l'entend de loin, et alors seuls quelques rares initiés comprennent ce que signifie ce roulement qui provient des flancs du Moqattam.

Cette nuit, Zakariya est seul lorsqu'il traverse la prison obscure et humide. Avant le coucher du soleil, il a demandé à Mabrouk de vider les cachots de leurs occupants. Personne n'est au courant de leur existence. Aucune trace de leur arrestation, aucun acte qui en fasse foi. Tout peut arriver d'un moment à l'autre. D'ailleurs Zakariya est toujours sur ses gardes. Au moment même où tout le monde s'accorde à reconnaître que la sécurité règne et qu'elle semble profondément enracinée dans le temps lui-même, Zakariya, lui, saura déceler le moindre signe, la moindre faille dans cet édifice apparemment inébranlable. Sait-on jamais ? Peut-être un émir a-t-il fait savoir au sultan qu'il gardait ici même des détenus. Depuis le temps qu'ils sont là ! Zakariya oubliait jusqu'à l'existence de certains d'entre eux. Alors, les mamelouks d'el-Ghoury pourraient bien venir jusqu'ici. Ils escaladeraient les murs qui défendent la maison, ils forceraient les portes, pénétreraient dans les couloirs. Rien ne les arrêterait. Ils se saisiraient de lui, lui feraient subir tous les affronts. Ensuite ils fouilleraient partout, jusqu'à ce qu'ils trouvent la prison. Et qui donc chercheraient-ils, sinon Shaabân, oui... Shaabân. Voilà des mois qu'il a disparu, qu'on ne sait rien de lui. Shaabân... Favori du sultan, le jeune Shaabân avec qui il aimait à se retirer en privé. Compagnon intime et choyé de ses soirées, toujours assis à sa droite, place qui pourtant revient de droit au Premier Chancelier, au ministre de la Guerre ou à l'émir Akhoûr, bref, aux plus éminents représentants de la plume ou de l'épée. Shaabân... Nouvelle lune de pur argent... Des lèvres de rubis. Des yeux de chat. Une haleine suave comme le musc. Des joues lisses et douces comme de la soie. Sa main : la tendresse, la blancheur d'une pâte fraîchement pétrie. Shaabân, qui n'avait pas vingt ans... Si Zakariya avait décidé de l'enlever, c'était de lui-même, sans que personne ne l'y ait incité. Il avait décidé de découvrir le fin mot de l'histoire : qu'est-ce qui liait le sultan à Shaabân ? Que de nuits d'insomnie, de torture, passées à tourner et retourner cette question dans sa tête ! Le sultan aimait-il les jeunes garçons ? Les préférait-il aux femmes ? Un secret de cette importance ne pouvait échapper à Zakariya.

Il lui fallait savoir, coûte que coûte. De nombreux indices venaient nourrir ses soupçons. Depuis son accession au trône, jamais on n'avait entendu dire que le sultan el-Ghoury ait une seule fois défloré une vierge. Exception faite des dix esclaves dont le doge de Venise lui avait fait présent, lors de l'arrivée du nouvel ambassadeur, il ne s'était pas soucié d'agrandir son harem. Zakariya savait tout des femmes du sultan. Il connaissait leurs noms. Il aurait pu les décrire dans les moindres détails. Il tenait de ses informateurs que le sultan ne les avait pas approchées. Il savait que, dans leurs longues nuits d'abstinence, elles se retournaient sur leurs couches, et que, n'était la règle qui autorise aux seuls eunuques l'accès du harem, elles se seraient livrées à des débordements qui auraient fait les délices des mauvaises langues pendant plusieurs générations. Sans compter qu'el-Ghoury n'avait que deux épouses légitimes. La question s'imposait : et si un tendre lien unissait le sultan et son page ? Il n'y avait que Shaabân pour le dire. Pendant trois mois, Mabrouk avait surveillé ses allées et venues. Il avait fini par tout savoir de ses habitudes. Il savait par cœur les endroits qu'il fréquentait. Il pouvait dire combien de tournants se trouvaient sur le chemin qu'il suivait, le nombre des maisons qui le bordaient, les endroits isolés qu'il traversait. Et voici que, brusquement, cet astre disparut du ciel, que cette étoile resplendissante cessa de briller. Un beau jour, des hommes masqués se postèrent le long de la voie sablonneuse ouvrant le chemin de la Citadelle, et le soir même on conduisait Shaabân chez Zakariya. Celui-ci contempla ses lèvres : quelle beauté ! Il tendit la main pour éprouver la douceur de la peau, la souplesse de la chevelure. Des dents blanches et brillantes, une haleine suave, une langue délicate. Non, ni les djinns ni les humains ne pouvaient rivaliser avec cette beauté ! Il le dépouilla de ses vêtements, un à un. Le jeune garçon ne se rendait compte de rien, il était évanoui. Zakariya, qui avait congédié ses hommes, se pencha tout à coup et lui donna un baiser. Il se dit que cela eût été encore plus agréable si le jeune garçon avait été conscient. Le matin ramena sur ce visage ravissant un teint de rose. Une rose ravivée par la rosée de l'aube. Zakariya en conçut un profond chagrin. Lorsqu'il revint à lui, l'enfant était confiant, bien disposé. Zakariya l'écouta raconter les pays qu'il avait visités. Était-il possible qu'il n'eût pas plus de vingt ans ? Shaabân connaissait la Chine, la Perse, avait parcouru les montagnes de l'Anatolie ; il savait la langue des Francs, connaissait à merveille les dialectes berbères, les coutumes des montagnards des pays de l'Extrême Occident. Comment un être si jeune pouvait-il posséder un tel savoir ? Avait-il le pouvoir d'allonger le temps ? Zakariya aurait pu se croire en présence d'un vieux sage, pour lui les énigmes de ce monde n'auraient pas de secret. Cette bouche ravissante pouvait chanter les poèmes les plus délicats, citer les maximes les plus choisies. Où avait-il entendu tout cela ? A plusieurs reprises, Zakariya eut la conviction que Shaabân portait d'autres noms, de nombreux autres noms. Trois mois passèrent au bout desquels Zakariya faillit bien oublier son dessein initial. Il se fourvoyait : connaître la vérité sur la relation qui unissait le sultan à Shaabân, n'était-ce pas son seul but ?

Au commencement, il préféra employer des moyens détournés. Shaabân nia. Puis, au milieu de la conversation, Zakariya posait crûment la question. L'enfant faisait toujours comme s'il ne comprenait pas. Les jours passèrent. Bientôt, Zakariya serait à bout : il sentait la patience le fuir, comme le sable qui s'échappe entre les doigts. Une nuit, il n'y tint plus. Il descendit au sous-sol, attacha le jeune garçon, le mit à nu. Il l'embrassa sur la bouche. Il vit le sang se retirer de ce joli visage, jusqu'aux oreilles qui devinrent pâles. Il tâta la nuque, si douce et si lisse. Shaabân poussa un grognement et lui mordit la main. Zakariya le jeta à terre, et là, il viola la virginité de cette terre jusqu'alors intacte. Il força les portes de cette voie qu'il était le premier à franchir, et s'arrêta au bord de ces rivages qu'aucun regard d'homme n'avait pu souiller. Il le laissa là, sans même le regarder. Il se sentait mal, troublé, étrangement triste. Pourquoi avoir fait cela ? Il n'en savait rien, sinon que ce n'était pas par dépit... Trois jours plus tard, il redescendit au cachot. Il n'en crut pas ses yeux : le visage qu'il avait devant lui avait subi l'outrage du temps, comme si des dizaines d'années s'étaient écoulées. Tout d'abord, il crut que ce n'était pas lui. Où étaient donc ces traits hier si jolis ? Où donc la beauté pure des tendres années ? Il l'appela. Shaabân ne répondit pas. Pas un mot. Disparu, éteint, l'éclat de la jeunesse ! Brisée, la branche du rosier ! L'enfant avait tout oublié : les pays qu'il avait visités, les villes qu'il avait connues et les neiges pures dont il savait si bien parler. Qu'est-ce qui tourmentait ainsi Zakariya ? Il quitta le sous-sol en courant et, une autre fois, revint le voir subrepticement. Ce qu'il avait vu le fascinait et l'effrayait à la fois. Le jeune garçon avait tant maigri : ce n'était plus qu'un spectre. Ah ! s'il avait lui aussi le pouvoir d'allonger le temps ! Ah ! si seulement il avait eu le temps ! Le Temps. Peut-être, alors, aurait-il pu comprendre ce qui venait de s'accomplir. Peut-être serait-il parvenu à remonter le cours du temps pour savoir, enfin savoir : que s'était-il réellement passé entre Shaabân et le sultan ?

Seulement, ce soir, il n'en peut plus, il est à bout, la rage l'étouffe et, à son grand regret, il décide d'étrangler Shaabân, de l'enterrer vivant. C'est Mabrouk, et lui seul, qui est chargé de la chose, et Zakariya est là pour vérifier que ses ordres seront bien exécutés. Les coups de pioche résonnent sourdement à ses oreilles. La nuit, l'étrangeté de la situation, la mort du jeune homme, donnent à ce bruit quelque chose de lugubre et de terrifiant. Et pourtant, pas question de revenir sur sa décision : tout doit s'accomplir comme il l'a ordonné. On pourrait bien venir et enlever Shaabân avant qu'il meure ! Ils le ramèneraient au sultan : « Seigneur, voici ton page bien-aimé ; nous l'avons recueilli chez Zakariya ibn Râdhi, le maître de tes espions, le lieutenant du Grand Censeur de ton royaume... » « Seigneur ! Zakariya t'a trahi ! Il a séquestré l'être que tu chéris le plus au monde ! Il l'a violé ! Il l'a défiguré ! Il l'a détruit ! Oui, lui, le Grand Maître de ta Police secrète devant qui tu as osé avouer ta faiblesse, lorsque tu lui demandas, le cœur brisé, de lancer tous ses espions sur les traces de Shaabân, ton Shaabân adoré ! Oui, Zakariya, l'infâme Zakariya !.... » Alors il lui faudrait s'attendre à la plus terrible des agonies : non point le pal ni l'écartèlement ; le gibet serait une grâce inespérée, l'étranglement, un rêve inaccessible, l'empoisonnement, qui vous emporte si vite, un paradis interdit aux misérables de son espèce. Non, le sultan ordonnerait qu'on le fasse griller à petit feu, jusqu'à ce que mort s'ensuive. Il y a un précédent, d'ailleurs : n'avait-il pas fait brûler trois hommes, sur la broche, pour la seule raison – et encore n'était-ce qu'une simple affirmation – qu'ils avaient été vus, à plusieurs reprises, en compagnie du jeune garçon. On n'avait même pas pris le temps de mener une enquête pour savoir qui ils étaient, d'où ils venaient, ni ce que Shaabân pouvait avoir affaire avec ces trois hommes hors du commun ! Zakariya lui-même n'en sait rien. Il n'a rien pu tirer du jeune homme à leur sujet. Pourquoi les avait-il rencontrés ? Si tout va bien, cette nuit ou dès demain, après-demain au plus tard, il compte bien lancer sur cette piste quelques-uns de ses agents, les plus habiles et les plus redoutables. Ils devront découvrir d'où venaient ces trois individus, et glaner tout ce qu'il sera possible à propos du jeune page. Il n'est pas exclu qu'après sa mort on parvienne à savoir sur lui ce qu'on avait ignoré de son vivant, quelque chose d'inouï, dont on n'aurait jamais soupçonné l'existence. Une étincelle suffit parfois à déclencher les incendies les plus dévastateurs. Non, laisser Shaabân en vie eût été la pire inconséquence. Pas question, non plus, d'épargner les autres détenus. Trop risqué. Il suffirait qu'on le trouve dans ses cachots pour qu'un illustre inconnu, un vulgaire bâtard, ignorant son propre nom, un misérable malfrat se voie promu aux plus grands honneurs. Personne ne pardonnerait à Zakariya. Grands et petits ne reculeraient devant aucune calomnie. On le rendrait responsable des pires vilenies : « Zakariya emprisonne les créatures de Dieu ! Zakariya possède une prison dans sa propre demeure ! Combien d'âmes innocentes a-t-il envoyées dans l'autre monde ? Que n'a-t-il pas inventé pour torturer les corps de ces pauvres créatures de Dieu ! » Ce serait alors le tollé général : émirs, nobles, chefs de confréries, étudiants d'el-Azhar... Pour ces gens-là, les détenus de Zakariya seraient tous des victimes, de pauvres innocents, des êtres irréprochables. On irait jusqu'à nier que quiconque parmi eux ait pu tremper dans un complot, commettre un vol, ou injurié publiquement un émir ou un dignitaire. C'est pourquoi voilà maintenant Zakariya en train de fouiller lui-même sa prison. Il a pris la torche des mains de Mabrouk ; il balaie du regard les trous qui servaient de cachots. Quelle puanteur ! Partout, une pourriture visqueuse. Mais patience ! Ce qu'il a fait le remplit d'aise. Finis les plaintes, les lamentations, les pleurs, qui débordaient des cachots, des nuits durant ! Disparus ces moribonds qui, dans un râle, suppliaient qu'on leur dise qui ils étaient, d'où ils venaient, pourquoi ils étaient là. Lorsque Zakariya avait vu ses détenus, il ne les avait pas reconnus : ces visages, sur lesquels il était incapable de mettre un nom – à croire qu'ils étaient venus sans qu'il en sache rien – il les avait oubliés, après tant d'années. Il avait tant à faire. Enfin, il peut être tranquille, sortir et respirer l'air frais qui descend des hauteurs du Moqattam. Il préfère rester seul... Mabrouk, qui a deviné le désir de son maître, s'éloigne et disparaît dans l'obscurité. Zakariya tâte le manche de sa dague à lame empoisonnée. D'un pas ferme, il traverse la vaste cour. On entend le bruit que fait son manteau traînant à terre. Un rire léger, et doux comme un fil de soie, battement d'ailes d'un papillon, lui parvient d'en haut : elles sont quelques-unes à veiller dans le harem. Cette nuit, il n'ira pas les voir. Il n'ira même pas voir son fils Yassin. Il pousse une porte dans le mur, la referme, monte l'étroit escalier menant aux étages supérieurs de l'aile consacrée aux diwâns, qui jouxte celle des appartements. De loin, même si l'on a une bonne vue, on peut à peine distinguer un point lumineux à travers le lacis du moucharabieh. Mais, avec toute l'intelligence du monde, et quand bien même on verrait quelque chose derrière le rideau, on ne pourra jamais deviner ce que cache l'étage supérieur. Zakariya ne s'y rend qu'en période de troubles graves, lorsque le chaos menace, que le temps lui-même est comme secoué de convulsions, que tout repère disparaît et que les certitudes s'effondrent. Avant de se mettre au travail, il s'appuie contre un coussin douillet, protégeant son dos du froid marbre rouge et noir qui recouvre le mur. Il ferme les yeux pour réfléchir : que se passe-t-il ? Comment comprendre ? Son embarras n'a fait qu'augmenter depuis le moment où il a appris la nouvelle. Les hauts murs qui entourent la pièce supportent des étagères de bois, réparties en plusieurs carrés, en niches, où s'alignent des cahiers de couleurs et de tailles variées. Cet espace resserré contient à lui seul tout le pays en réduction. « Lorsque je veux me rendre en un point quelconque de ce pays, je n'ai pas besoin de quitter ma maison, aime à dire Zakariya à ses hommes de confiance. C'est là que je vais. Chaque village, chaque coin de ce pays a ici sa place. Le moindre village, la moindre ferme, chaque fief de cette terre d'Égypte, du plus proche au plus lointain, est minutieusement décrit dans mes registres.

On y mentionne tout ce qui vaut la peine d'être connu, les habitants les plus importants et ce qui les concerne. La section consacrée à la ville du Caire inclut les quartiers, les districts, les mosquées, les habitants – hommes, femmes, enfants, vieillards, les jeunes esclaves, filles et garçons, les maisons de tolérance, la police, la garde, les docteurs de la loi, les hammams, les bazars, les entrepôts, les différentes communautés, les almées, les lieux de plaisir, les Turcs osmanlis – avec leurs noms – qui séjournent dans la capitale, ceux qui arrivent, ceux qui viennent de partir, les Francs de passage, tous les individus avec qui ils sont en rapport, le nom des autochtones qui leur rendent visite. Tout est là, leurs moindres faits et gestes sont consignés. Quant aux émirs, aux notables, aux célébrités, eh bien, leur caractère, leurs habitudes, leur boisson préférée, leurs passions, les joies comme les malheurs qui ont marqué le cours de leur vie, tout cela se trouve ici. » C'est avec fierté que Zakariya le répète : « Cette pièce du diwân pourrait faire l'orgueil du sultan. C'est le plus bel ornement du sultanat mamelouk d'Égypte. Jamais, de mémoire d'espion, ni en Égypte, ni en pays franc, personne n'a réussi un tel exploit. Et le jour viendra peut-être – Dieu seul le sait – où chaque habitant aura ici un dossier qui fera le résumé de sa vie, depuis ses premiers balbutiements jusqu'aux râles de son agonie... »

Zakariya fouille parmi les registres. Voici exactement ce qu'il cherchait : un cahier rouge, recouvert de tissu. Ici, attendant qu'on les ouvre, sont rangés les dossiers concernant les huissiers de la Cour, les fonctionnaires, les membres des corporations. A la fin du volume, un appendice où sont regroupés les personnages susceptibles d'obtenir des charges, avec les précisions nécessaires. Il ne se rappelle plus ce qu'on avait pu réunir comme renseignements, à propos de ce Barakat ibn Moussa. Shihâb l'Alépin, secrétaire du Diwân, a rajouté son nom à la liste, il y a deux ans à peine. Zakariya n'a jamais eu la curiosité de consulter la page qui lui est consacrée. Shihâb l'Alépin aura-t-il ajouté des renseignements récents ? N'était le caractère éminemment secret de l'affaire, il le ferait chercher pour réunir tous les éléments épars concernant le Zayni. Il se fait tard. Le froid de la nuit vous glace les os. Il lui faudrait forcément traverser des quartiers fermés à cette heure, des rues coupées, éviter les patrouilles, et ses propres espions. En ces circonstances, et à cette heure de la nuit, faire venir Shihâb l'Alépin risquerait d'attirer les soupçons. Inutile de le faire venir, inutile. Zakariya est inquiet. L'annonce de la nouvelle a été pour lui un choc. Aucun de ses hommes n'avait su prévoir l'événement. D'ailleurs, lui-même a été pris de court. Il n'avait pas pensé à garder un seul de ses hommes sous la main. C'était pourtant le moment ou jamais de faire appliquer les mesures auxquelles il pensait depuis longtemps pour faciliter les liaisons avec ses agents. Il faudra veiller à ce que cela se fasse sans tarder ! Dès demain, le projet devra être mis à exécution. N'était ce besoin irrépressible de savoir ce que contenait le diwân, n'était le soin jaloux avec lequel il avait organisé la disposition des registres, des rapports, des dossiers, il ne saurait que faire, maintenant. Jamais, non, jamais il n'acceptera, même pour une bagatelle, de dépendre de l'un de ses subalternes. Il faut absolument qu'il tienne tout en main, qu'il soit au courant de tout, des méthodes de travail, des difficultés. On ne peut prendre le risque de se laisser berner. Pourtant, en ce moment, il aurait bien besoin de Shihâb l'Alépin. Oui, il lui serait bien utile : Shihâb n'a même pas besoin d'avoir recours aux registres, sa mémoire est étonnante. Il connaît des milliers d'individus, sait tout ce qui les concerne, et n'oublie jamais rien. Des années après, il se rappelle les modifications apportées aux rapports et aux dossiers, les renseignements supplémentaires qui y ont été consignés, jusqu'aux lignes qu'on y a rajoutées, et cela année par année...

Zakariya examine le registre ; il se saisit du ruban coloré qui sert de signet : la lettre A. Non, ce n'est pas ce qu'il cherche. On dirait que certains de ces noms appartiennent à des individus morts depuis, que d'autres devraient figurer sur des listes différentes, vu leur changement de statut. Tiens, celui-ci par exemple : « Ahmed ibn Omar, desservant du sanctuaire de Sidi Sweydân »... il est actuellement imâm de cette même mosquée, il récite les Traditions du Prophète, fait des lectures du Coran et dirige la prière. Il s'est marié à une Abyssine – son goût pour les Abyssines est bien connu. Et pourtant, son nom figure encore sur la liste des desservants. Toutes les femmes de son harem sont là, y compris celle qui est originaire d'Osim, une paysanne qui lui a donné plusieurs enfants dont l'un est étudiant à el-Azhar. Intolérable. Il faut absolument faire la remarque à Shihâb l'Alépin ! On a beau dire que cela n'a aucune importance... Le moindre détail a son importance et doit être consigné ici, à sa place. On ne peut jamais savoir ce que pourrait entraîner le moindre incident. Personne ne peut le savoir. Ah ! voici la lettre B... Le B... C'est ça : « Barakat », en haut de la page, au fond du coin gauche, un seul mot, cinq caractères, rien d'autre, à l'encre noire. Une jolie écriture, ma foi...

« Ba-Ra-Kat. »

Devant cette page, un observateur naïf pourrait croire qu'à part le nom qui y figure, elle est parfaitement vierge ; il se demanderait ce que signifient ces quelques lettres, en tête d'une page blanche, d'une blancheur immaculée qui brille sous la lumière des chandelles accrochées aux murs revêtus de marbre et de bois, couverts d'étagères bourrées de registres. Zakariya frotte le papier avec un petit bloc transparent. Rares sont ceux qui connaissent la matière dont est fait cet objet. Petit à petit, le tracé des lettres apparaît, les mots se forment, comme écrits par une main invisible. Zakariya repasse plusieurs fois le bloc de matière étrange. Bruyant soupir : « Quatre lignes, rien que quatre pauvres lignes ! Seigneur Dieu, venez-moi en aide, Vous qui êtes l'inspiration du genre humain, Vous à qui rien n'échappe ! Vous qui possédez tous les secrets ! Vous qui connaissez l'inconnaissable ! Qui est donc cet homme, de si funeste augure ? » C'est donc là tout ce que Shihâb l'Alépin a pu écrire ! Quatre pauvres lignes : *Le dénommé Barakat ibn Moussa a un* don remarquable pour l'observation des astres. Prénom de la mère : Anqâ. Zakariya referme le cahier. Dans la catégorie des gens du commun, le premier venu, n'importe quel trublion de l'université d'el-Azhar, n'importe quelle courtisane, le moindre vendeur à la sauvette – marchand de fromage frit – se voit consacrer une bonne demi-page. Et celui-là ne mérite donc pas mieux que ces quatre pauvres lignes ! Zakariya ferme les yeux. Le silence... la nuit... la nuit muette, impénétrable et secrète. Il sait fort bien qu'en ce moment même, personne ne dort. On murmure. On parle du nouveau Grand Censeur. On échange des opinions. Chacun dit ce qu'il en pense. Patience. Le jour viendra où les espions pourront savoir, à distance, ce qui se dit, à mille lieues, dans des milliers de villages, de villes, de pays. (Eh ! Quoi ! Dieu est bien proche de tout !) Il n'a aucune raison de suspecter les nouvelles qu'on lui a transmises ce soir. Il a appris de plus d'une source, de multiples agents – lesquels au demeurant ne se connaissent pas entre eux – les efforts déployés par Barakat ibn Moussa pour obtenir la charge de la Censure. Tous lui ont signalé que, jour après jour, il s'était rendu chez l'émir Qani

Bey ; il était resté avec lui, s'était entretenu avec lui, et pour finir, c'est bien trois mille dinars sonnants et trébuchants qu'il lui avait donnés la nuit du vingt-huitième jour du mois de *ramadan*. Cela s'était passé après la prière du soir. Trois mille dinars. C'est avec cette somme que Barakat ibn Moussa avait bel et bien acheté sa charge. Zakariya soupire bruyamment. Son haleine est fébrile. Lui qui était persuadé que seul l'émir Toughlouq avait des chances d'obtenir la charge. Ses mains s'agrippent aux bords du cahier. Pour la première fois, cette nuit, il apprend quelque chose de si stupéfiant qu'il en arrive à prononcer ce mot qu'il a en horreur : « Pourquoi ? » Est-ce pensable ? De quoi est fait ce Barakat ? Serait-ce l'Antéchrist, annonciateur de la fin du monde, qui se serait présenté sous ses traits ? Celui-ci serait-il arrivé sans que Zakariya en sache rien ? Enfin, comment ? Invraisemblable ! Après la promulgation solennelle du commandement sultanien, les louanges dont Barakat ibn Moussa a bénéficié de la part de Sa Majesté, après s'être vu décerner à vie le titre de Zayni, après avoir payé trois mille dinars pour acheter sa charge, après ce jour entier où les crieurs publics n'avaient cessé de claironner la nouvelle... ne voilà-t-il pas que ce même Barakat sort de chez lui, à la lagune de Ratli, et que, par des chemins détournés, sans se faire précéder par les timbaliers comme il est d'usage, sans tambours ni trompettes, alors que c'est sa première sortie à cheval, il monte incognito à la Citadelle. Là, en présence de tous les émirs, il se jette à terre, et pleure. De vraies larmes, des larmes salées, il n'y a aucun doute, on l'a fait vérifier. C'est alors qu'il prononce ces mots incroyables, ces mots qui ont mis Zakariya dans tous ses états. A telle enseigne qu'il est là, à aller et venir, et qu'il ne prend pas même le temps d'aller voir son fils unique, qu'il néglige son harem. Et la nuit est si lente. La condamnation à mort de Ali ibn Abi l-Goud, aucune importance... Rien n'a plus d'importance. Le sultan el-Ghoury pourrait être détrôné et remplacé par le dernier de ses sujets, il n'en a que faire. Une seule chose importe : comprendre pourquoi le Zayni Barakat ibn Moussa s'est conduit de la sorte, là-bas, à la Citadelle. Et, tenez-vous bien ! cela ne s'est pas passé devant n'importe qui, mais en présence des plus hauts personnages de l'État ! Et pour dire quoi ! A l'entendre, n'importe quel individu normalement constitué en serait tombé à la renverse.

L'engourdissement a gagné la jambe de Zakariya. Les pattes d'un millier de fourmis lui chatouillent la peau. Il croise les bras derrière la nuque. Peut-être l'homme n'a-t-il pas payé ces trois mille dinars ? Et comme toujours, Zakariya ne peut compter que sur lui-même... Non ! Il secoue la tête avec véhémence. Non ! Il a confiance dans les rapports de ses espions. Surtout ceux qui sont chargés de surveiller l'émir Qani Bey, Grand Connétable. Il sait pertinemment que le jour précis où l'émir Qani Bey aurait reçu le pot-de-vin de Barakat ibn Moussa, la somme de mille dinars est entrée dans les coffres du Grand Connétable. Or, celui-ci n'a pas eu d'autre rentrée d'argent. Quant aux deux mille restant sur les trois mille, ils ont pris le chemin de la Citadelle. Si le sultan lui demande son avis, Zakariya saura quoi dire ! Mais Sa Majesté a renvoyé le Zayni jusqu'à ce qu'il décide ce qu'il allait faire à son sujet. Zakariya reprend le registre, et l'ouvre de nouveau à la même page.

« Barakat. »

A partir de cette nuit, Zakariya prendra personnellement en charge le cas Barakat. Shihâb l'Alépin n'aura qu'à ajouter les informations qu'il voudra aux quatre malheureuses lignes. Zakariya se penche vers une petite armoire d'où il tire un cahier relié de soie verte.

Autour de lui, la nuit, la nuit muette, la nuit aveugle. De sa poche, il sort une liasse de feuillets. C'est ce qu'il vient de recevoir de la Citadelle, un compte rendu détaillé de ce qui s'est déroulé dans la salle de Baïssariyeh dont Barakat ibn Moussa a embrassé le sol de marbre, le mouillant de ses pleurs : on n'avait jamais vu ça, à aucune époque, sous aucun sultan. Dorénavant, tout ce qui touche de près ou de loin au Zayni, c'est lui qui en prendra connaissance, en personne, et c'est encore lui qui le consignera sur ses registres. Dans une niche étroite que recouvre un petit rideau, il prend un récipient de terre cuite. Dans le pot coloré, il trempe son calame de bois à la pointe effilée.

Première page : « Le dix du mois de *shawâl* de l'an 912 de l'hégire.

« Au su et au vu des émirs de la Cour, devant une assistance fort nombreuse, visiblement troublé par l'émotion, le Zayni Barakat a imploré Sa Majesté le sultan de bien vouloir le dispenser de la charge de Grand Censeur. D'une voix tremblante, il a déclaré : "Cette charge, Majesté, est une lourde responsabilité ; quiconque l'exerce s'engage à répondre des conditions de vie de ses semblables et jamais la faible créature que je suis ne trouvera la force nécessaire à une telle entreprise. Je ne suis qu'un pauvre mortel, je ne pourrai jamais jouer le rôle de tuteur pour qui que ce soit. Mon seul désir est de couler des jours paisibles pour le temps qui me reste à vivre, dans la tranquillité et dans la paix ; loin des intrigues du pouvoir et des gens qui l'exercent, je veux jouir d'un sommeil tranquille, ne pas être poursuivi par les injures de mes semblables ou simplement par la colère légitime d'une pauvre victime que j'aurais négligé de rétablir dans ses droits..." »

Kôm el-Gâreh

Ils sont nombreux : pourtant, rien ne vient troubler le calme qui règne dans cette demeure. Personne n'élève la voix. Sur un vieux matelas recouvert d'un tapis élimé qui a conservé, malgré les ans, l'éclat de ses couleurs, le vénérable cheikh Abou Sooûd est assis. Il écoute, il les écoute longuement ; il les connaît tous. A certains, il a enseigné le Coran... Il y a bien longtemps. A l'époque, il passait le plus clair de son temps près de cette colonne de marbre, dans la mosquée de Sidi Sweydân, ou dans celle de Sidi Ismaïl Embabi. Il enseignait le droit canonique et les fondements de la Loi. Il commentait les textes, les Traditions du Prophète et les versets du Livre sacré. Il enseignait à ses étudiants les chroniques anciennes. Maintenant il se fait vieux, conscient de n'avoir plus longtemps à vivre. Chaque communauté a envoyé ses chefs les plus prestigieux, délégué ses anciens : forgerons, marbriers, bouchers, maçons, poètes, chansonniers. Les chefs de quartier sont là aussi, ainsi que les notables et les représentants des familles nobles alliées aux émirs mamelouks. Saïd arrive avec un plateau chargé de dattes sèches qu'il a pris soin de laver. Il le pose devant eux. Le cheikh Rédouan, prévôt des charbonniers, doyen de l'assistance, se penche vers le Vénérable :

– Il n'y a que toi qui puisses le convaincre, maître.

Les mots restent suspendus dans le vide. Un calme, une douceur délectable... Un vol d'oiseaux qui se déplace là-haut dans le ciel, à une hauteur vertigineuse. Au même moment, dehors, les rues du quartier grouillent de monde. Mais les bruits s'estompent derrière les murs qui protègent la maison. Une odeur inconnue, indéfinissable ; mélange intime de basilic, d'essence de rose et de lis. Ils sont tout à leur réflexion. Rien ne presse. L'atmosphère, qui s'assombrit et se teinte d'une couleur cendrée, remplit les cœurs d'émoi. Règne un sentiment de terreur sacrée. Ils sont là, à égrener leur chapelet. On entend distinctement les perles qui s'entrechoquent ; on croirait percevoir le rythme auquel se déroulent les pensées du Vénérable. Chaque propos recueilli, chaque expression lue sur un visage sont livrés à sa méditation.

– Il n'y a jamais eu personne, à notre connaissance, qui puisse lui être comparé. Nous n'en voulons point d'autre.

Léger sourire, comme le minuscule rai de lumière que laissent filtrer les fentes étroites du moucharabieh. Sourire fugace, éclair qui transperce les nuages.

– Vous connaissez donc le personnage ?

– Peut-on souhaiter mieux le connaître, Vénérable, maintenant qu'on sait qu'il a refusé sa charge ? fait remarquer le cheikh Qassabi, chef du quartier de Zouweylah.

Saïd ne dit mot. Les autres n'ont qu'à parler. Lorsqu'il est arrivé comme à l'accoutumée pour voir le Vénérable, il en a dit à lui seul bien plus que tous ceux-là ensemble. A la fin de la journée, il n'y a que Saïd qui ait le privilège de lui rendre visite, après la fin des cours à el-Azhar. Les novices, eux, viennent le matin. Ils lisent le Coran, les Traditions prophétiques. L'un d'entre eux nettoie la maison et apporte au cheikh son repas : du lait caillé, un pain frais encore tout chaud. Leur vœu le plus cher : que le cheikh veuille bien leur adresser une parole bienveillante. Saïd ne s'embarrasse pas devant son maître. Il ne cache ni son angoisse ni sa colère. Ce qu'il n'ose exprimer ouvertement, ce à quoi il n'oserait même pas faire allusion en public, au bazar, ou sous les portiques d'el-Azhar, ici, il le dit, passant outre à ses scrupules. Le cheikh le regarde dans les yeux. Son regard perce vite le secret de son âme. Saïd, pas plus que quiconque dans l'assemblée, ne saurait dire exactement quel âge a le cheikh. Les rides de ce visage portent la marque de dizaines et de dizaines d'années, il a peut-être dépassé la centaine. La voix, le maintien, évoquent la fierté du tronc élancé du palmier qui jamais ne plie. Saïd sait que l'extase le ravit lorsqu'il entend le bruit du tonnerre. « C'est le monde qui se fait entendre, a-t-il coutume de dire alors, la voix de l'univers. Personne ne la comprend, personne ne peut l'expliquer, si ce n'est le Créateur, Lui dont le savoir et la miséricorde sont infinis. » Personne d'autre que Saïd n'a eu le privilège de voir cela, personne n'a vu la joie du vieil homme lorsque tombe la première goutte, la première larme à descendre du ciel, au début de l'hiver. Chaque année, où qu'il se trouve, Saïd écoute les premiers coups de tonnerre. Sous le portique d'el-Azhar, dans un café, dans la rue, pendant ces moments où il essaie d'évoquer Samâh, il s'arrête, en sachant que le cheikh, de son côté, écoute lui aussi. Au milieu de la cour de la mosquée, il s'arrête ; ses yeux brillent d'une joie qui n'est pas de ce monde. Cette exultation qui envahit son âme appartient à un autre univers. Le voilà qui invoque les saints personnages de l'Islam. Il se rappelle avec une profonde tristesse les martyrs de Kerbellâ. Son âme se remplit de pitié et d'amour pour les membres de la Sainte Famille du Prophète, dont la vie n'a été qu'une succession d'épreuves et de malheurs. Les premiers murmures de la pluie, il est là pour les recevoir, il est là, nu-tête, sans turban, il tend les paumes. Mais voilà qu'il fait froid, la nuit a gagné le ciel.

Le cheikh Bahgouri, prévôt des marbriers, se penche vers l'assistance :

– Vénérable, a-t-on déjà vu un homme, clerc ou laïque, dignitaire ou simple mortel, refuser une telle charge ? Étudiants d'el-Azhar, membres des communautés, depuis qu'ils ont appris la chose, tous n'ont qu'un nom à la bouche : Zayni Barakat. Zayni Barakat.

– Et qui donc a propagé la nouvelle ?

L'hiver. Visages à l'expression lointaine. Regards indifférents. Froid mordant. De fait, personne ne sait que répondre. Saïd ignore comment la nouvelle a pu sortir de la salle de la Baïssariyeh, à la Citadelle. Les serviteurs, peut-être, ou un mamelouk ?.... Parmi ceux qui sont ici, personne n'a appris la nouvelle de la même source. Dans le quartier d'el-Husseïniyeh, le peuple affirme qu'il a toujours gardé la tête droite et qu'il n'a pas plié genou devant le sultan. A ce qu'on dit, il ne tremblait pas, il n'avait pas peur.

« Devant tous les émirs sans exception, il a déclaré : *Je ne veux pas de cette charge de Grand Censeur, car je ne veux pas voir l'injustice régner, et me taire.* »

A Gôdariyeh, à Bâtiniyeh et dans le quartier de Roum Gouwaniyeh, on nie catégoriquement que le Zayni soit monté à la Citadelle.

« Le Zayni a envoyé un message au sultan, par écrit, dans lequel il décline poliment mais fermement l'offre qui lui est faite. Il aurait invoqué comme raison que l'on vivait une époque de corruption, où les créatures de Dieu se voyaient soumises à une injustice constante, un monde où les notions de justice et de bien n'étaient plus qu'un vieux souvenir. Or, c'est ce que sa nature ne pouvait supporter. La responsabilité était écrasante. Il savait bien que personne ne serait là pour l'aider ; au contraire, le sultan lui demanderait de prélever de nouvelles taxes pour alimenter le Trésor, et ce seraient les bons musulmans qui en feraient les frais. Non, pour sûr, il n'était pas possible que le Zayni acceptât de telles conditions. »

On disait, à Boulâq, dans le Vieux Caire – cette rumeur circulait aussi dans les bains publics, surtout ceux que fréquentaient les femmes – qu'il avait eu le courage de rester debout devant le sultan – image parfaite du chevalier sans reproche. Il était même allé jusqu'à le pousser, légèrement mais fermement, de la main, à hauteur de poitrine. On n'avait jamais entendu dire chose pareille. Aucun être humain n'aurait osé... *« Si je t'obéis*, aurait-il déclaré au sultan, *je serai un tyran pour tes sujets. Ce que jamais je ne souffrirai. Car la tyrannie ne serait-elle point portée à mon compte ? Et alors, comment oserais-je affronter mon Créateur le jour du Jugement ? »*

« De fait, Vénérable, nous ne savons comment la nouvelle s'est propagée. Mais de telles choses ne tardent jamais à être connues. »

Les yeux du cheikh : une source aux eaux limpides.

« Mais qui d'autre que lui, donc, est apte à prendre cette charge ? Qui d'autre est capable de faire régner la justice ? Il craint son Seigneur : c'est vrai, ce n'est pas de l'hypocrisie, ni de l'affectation. Il n'hésite pas à le dire ouvertement devant le sultan, au vu et au su des émirs les plus puissants et les plus redoutables. »

Certains racontent qu'ils l'ont vu entrer chez l'émir Qani Bey et qu'il n'en est pas encore sorti. Le sultan lui-même ne sait quel parti prendre. Saïd voit la cour d'el-Azhar : Amr ibn el-Adawi circule d'un groupe d'étudiants à un autre. Saïd sort, pour aller dans les cafés des environs, jusqu'aux boutiques où l'on vend des douceurs – *halva* et *mechbek*. Il écoute, il écoute ce que disent les gens, les avis échangés. Ah ! s'il pouvait approcher ce Zayni ! Il ne l'a jamais vu ! Chaque fois qu'il en est arrivé à penser que le courage a déserté ce monde, le hasard a bien vite démenti cette conviction. Le Vénérable est toujours prêt à l'écouter. Il lui raconte les horreurs que subit la Ville ces derniers temps : un homme se fait-il pendre ou exécuter injustement, Saïd retient son nom et le lui communique. Même chose si un fellah se fait empaler pour avoir volé un concombre, ou si une femme est suppliciée pour avoir maudit un mamelouk qui enlevait sa fille. Le jour même où il apprend la nouvelle, Saïd vient trouver son maître. Il lui dit, vaincu, à bout de forces, qui est la nouvelle victime. Comment est-il permis que la vie humaine vaille maintenant si peu de chose ! On ne sait plus le prix du sang. Personne ne demande vengeance. L'ombre d'un sourire, légèreté d'un parfum de menthe, éclaire un instant les deux lèvres délicates. De temps en temps, on entend le Vénérable murmurer : « Seigneur, ayez pitié, faites que le destin soit moins cruel envers Vos créatures... » Les prunelles du maître ont gardé l'empreinte de terribles visions. Elles gardent aussi la marque de ce périple qui l'a mené, par tous les pays de la terre, jusqu'aux extrémités de ce monde. S'y reflètent encore les déserts traversés, où rien ni personne ne vit. Ces montagnes qu'il a escaladées, si hautes que leur sommet déchire le ciel. Ces villages misérables qu'il a connus, dans certaines contrées de la Syrie. Le désert du Hedjaz, le Nejd, le Hadramawt, les vallées du Yémen... Saïd n'a jamais vu de gelées de sa vie. Ici au Caire, il arrive, en de rares occasions, que l'on connaisse la grêle : en tombant sur le sol, cela fait un bruit de pierres. Mais ce n'est pas la glace, ces immensités blanches exhalent une vapeur qui se condense dans le vide. Là-bas, le silence envahit tout, un silence qui vous glace de peur. Le vide parfait de l'espace, du temps, à l'infini : « Lorsque le monde, aime à dire le Vénérable, vous apparaît sans horizon, infini, imperceptible, immatériel – un monde immortel, à l'abri de la corruption –, lorsque l'océan vous fait face, avec ses vagues qui s'enflent, jusqu'à atteindre la taille d'une montagne, et que la terre n'est plus qu'un rêve inaccessible, une illusion misérable, alors surgissent des forces étranges. Alors, à la face de l'infini, à la face d'un monde sans limites, on hurle. Un hurlement qui ira jusqu'à la montagne de Qâf, aux frontières de ce monde, un hurlement qui fera trembler la terre, qui figera les océans. Vie, Dieu est vie ! Dieu existe ! »

Il n'est pas seul, ils sont nombreux à pousser ce cri un peu partout dans le monde. Une fois par an, il les rencontre, sur les lieux sacrés du pèlerinage. Échange d'amitiés, échange d'expériences... Chacun raconte ses efforts infatigables, son zèle à faire resplendir toujours plus loin la gloire de l'Islam, à entretenir le souvenir de la Famille du Prophète, à demeurer fidèle au martyr d'el-Husseïn dont le sang, à leurs yeux, restera toujours frais, jusqu'à la fin des temps. Arrivés au temple de la Kaaba, ils pleurent ceux qui ne sont pas venus et que l'éternité leur a ravis. Après le pèlerinage et une dernière déambulation autour de la pierre noire, la rencontre prend fin. Chacun repart dans sa direction, à la poursuite de son but. Jamais ils ne s'étendront deux fois de suite sur la même couche. « Dieu existe, Dieu est vie. » A eux seuls, ces mots sont un pont qui franchit le temps et apprivoise le désert le plus sauvage. Cela fait des années que le cheikh Abou Sooûd est là, qu'il est revenu vers cette terre qui l'a vu naître, cette terre d'Égypte. Depuis, il ne bouge plus. Il s'est installé à Kôm el-Gâreh. Les derviches pèlerins lui rendent régulièrement visite, ainsi que les chefs de confréries. Et cela, à toute heure du jour et de la nuit. Aucun d'entre eux ne repartira sans avoir vu le cheikh Abou Sooûd, ni lui avoir dit qui il est venu voir. Ce n'est qu'au moment de la prière qu'il est inaccessible : alors, il est interdit de lui parler. Parfois, il interrompt ses méditations, ses pérégrinations à travers les époques lointaines, il écoute une requête et répond, souvent par allusions. Cette fois encore, Saïd aimerait bien participer à la discussion des cheikhs...

Cette nuit, si Amr ibn el-Adawi vient le trouver et lui demande ce qu'il pense des événements, essayant de découvrir sa pensée, eh bien, il n'hésitera pas à lui crier à la face ce qu'il pense. Ni les « yeux », ni les « oreilles » qui l'espionnent, ni les rapports que l'on fera sur lui, rien ne pourra l'intimider, pas même Zakariya ibn Râdhi, dont le nom suffit à répandre la terreur aux quatre coins du pays.

– Par Dieu, Vénérable, si ce n'est pas le Zayni, nous ne ferons pas une bonne affaire ! s'exclame le cheikh Qassabi.

– Quant à moi, à la vérité, je n'ai jamais entendu parler de lui, ajoute le prévôt des charbonniers. Je ne le connais pas, mes amis, je ne l'ai jamais vu.

Le Vénérable s'apprête à parler. Aussitôt, le cheikh Qassabi s'interrompt.

– Et comment se fait-il que le sultan ait choisi quelqu'un qui n'appartient ni à la classe des fonctionnaires, ni à celle des grands dignitaires ? Car c'est un parfait inconnu...

La question suscite maintes réactions.

– Qu'en saurions-nous, Vénérable ! Sans doute le sultan fait-il peu de cas des gredins qui ne manquent pas dans son entourage ? Alors Dieu l'aura guidé vers le choix du Zayni. Vénérable, tu es le seul à pouvoir le convaincre d'accepter. Il n'y a que toi, Maître, toi seul qui puisses le faire, car tu as la baraka.

Le cheikh Abou Sooûd se lève :

– Seigneur, faites que seuls nous gouvernent les meilleurs d'entre nous, et non point les méchants, l'entend-on murmurer d'une voix à peine audible.

Amr ibn el-Adawi

Mercredi, dixième jour du mois de shawâl.

Lorsque j'appris que le Zayni Barakat se rendait à la Grande Mosquée d'el-Azhar pour s'adresser au peuple, « Par Dieu, me dis-je, je ne raterai pas cette occasion de voir son visage », et je pensais que je me retrouverais seul ; mais en arrivant, pas un endroit où mettre les pieds, on se serait cru au jour de la Résurrection. D'où venaient tous ces gens ?

Maître Safadi, parfumeur de son état, dont la boutique, sise à Hamzaoui, est renommée pour l'excellence de son essence de lis – la meilleure que l'on puisse trouver sur le marché –, se penche vers ses compères :

– Je l'ai vu, de mes yeux vu, dit-il en se frappant la poitrine.

Tous les regards se tournent vers lui.

« Dieu m'est témoin, quelle piété ! quelle droiture ! Il a dit des choses que seul un homme, un vrai fils d'Adam, peut dire. Ce n'est pas un type de cette trempe qui ira plier l'échine devant un tyran, tout sultan qu'il soit.

– On m'a dit qu'il était brun et petit... Brun, et portant la barbe, hein ? demande Mahmoud, le marchand de laitages.

– Pas du tout, son visage n'a rien de particulier...

– Eh là ! Laissez au Créateur le privilège de décider de l'apparence de ses créatures... Tu voudrais peut-être nous faire croire qu'Allah lui a donné ton genre de beauté... que personne ne t'envie ! se moque maître Mourshidi.

Mais il reprend son sérieux :

« Je l'ai vu, moi, il était sur sa monture de Grand Censeur, dans la rue, mais je n'ai pu juger de sa taille. Je n'ai pas eu l'honneur de le voir debout, moi, prêchant du haut de la chaire d'el-Azhar.

C'est alors qu'Amr ibn el-Adawi, tout en égrenant nerveusement son chapelet, intervient :

– Tu nous disais donc qu'il était d'un aspect plutôt agréable, maître Safadi ?

– Ma foi, oui, cher Amr.

L'apprenti de maître Safadi arrive avec un plateau rempli de coupes d'infusion de caroube. Amr prend un bol. L'odeur de la boisson se répand dans l'air frais. Quand on est en plein hiver, maître Safadi aime à boire des infusions de tamarin, de caroube ou de lime. D'après lui, ces boissons vous mettent de la meilleure humeur du monde. Avant de boire, les lèvres de Amr marmonnent quelques prières. Son regard s'attarde un moment sur les visages de ses compagnons, pour ensuite se dissimuler derrière ses paupières baissées. Il ne parle guère, il se contente d'écouter. Avec des gens comme ceux-là, il ne risque pas de se démasquer. Ils n'ont aucun scrupule à dire ce qu'ils pensent. Avec eux, inutile d'user de détours et de subtilités pour amener la conversation sur le terrain voulu. Il sent la fraîcheur de la boisson parcourir ses veines. Ah ! la journée ne sera pas facile ! La nuit dernière, personne n'a dormi. Les boutiques n'ont pas fermé un instant. Les patrons sont restés sur le pas de leur porte. Les émirs, eux, ont fermé leurs maisons. Après la prière du soir, ils ont fait battre le tambour plus longuement qu'à l'accoutumée, la ville en a résonné toute la nuit. Pendant ce temps-là, les rumeurs n'ont cessé d'aller et venir, comme une grande vague qui s'avance pour lécher les rochers du rivage, puis se retire. « Le Zayni est descendu de la Citadelle ! Le Zayni monte à l'instant vers la salle de la Dahishah. » « Mais non, le Zayni n'a pas quitté la demeure de l'émir Qani Bey. » A l'aube, une nouvelle information : « Le cheikh Abou Sooûd a fait chercher le Zayni Barakat. C'est un jeune étudiant d'el-Azhar qui est allé le trouver. Il l'a accompagné jusqu'à Kôm el-Gâreh, où le Zayni a eu un entretien privé avec le Vénérable. »

Amr est toujours sur le qui-vive. Il ne faut pas qu'il perde le moindre détail. Échange-t-on un regard lourd de signification... il est là pour le noter. Un rire qui résonne étrangement... cela ne doit pas lui échapper non plus. Quant à ces vauriens qui, en de telles circonstances, n'ont d'autre souci que de rester assis sur le sol, par terre, sur les chemins, devant les boutiques de marchands de *mechbek*, de *sambousik*, à rire, à se moquer, il fait attention à eux aussi. Il note la moindre anecdote. Amr sait qu'il n'est pas seul ; d'autres sont là à épier ce qui se passe, et ils le surveillent lui aussi. Il sait qu'on fait des rapports sur lui, et que ces rapports parviennent au préfet des Espions du Caire. Depuis qu'il l'a appris de la bouche même du préfet, il est sur des charbons ardents. Qui peuvent-ils bien être ? ne cesse-t-il de se demander. Il a essayé de repérer l'un d'entre eux au moins. Il a fait toutes les suppositions possibles, mais en vain. Alors il préfère ne plus y penser. Cependant, même lorsqu'elle semble avoir disparu, cette idée l'obsède. Si l'un d'entre eux signalait dans son rapport un incident survenu en sa présence, et que lui aurait omis, n'irait-on pas lui demander des comptes ? On l'accuserait de négligence, de partialité. On dirait que les informations qu'il rapporte ne sont pas dignes de foi. Le préfet des Espions ne le lui pardonnerait pas ; il le convoquerait, il le recevrait en personne. « Vous ne savez pas, vous, ce que me vaut votre négligence. Le sultan est très mécontent. Il n'a pas dormi de la nuit, simplement à cause d'un incident dont un de ses hommes a été victime. Enfin ! vous oubliez que vous êtes les yeux du sultan, que vous êtes ses oreilles. Alors si les yeux sont aveugles et les oreilles sourdes, comment saura-t-il ce qui se passe dans son royaume, comment fera-t-il respecter la justice ? Il peut vous arriver d'être témoin d'un incident qui, à des yeux distraits, paraîtrait sans importance. Mais on ne sait jamais. On ne sait pas ce qu'il peut avoir comme conséquences. Par le passé, sous le règne du sultan Qaït Bey, certains grands du royaume conçurent un complot contre lui, prenant toutes les précautions à l'endroit des espions du sultan. A cette époque, le Grand Maître de l'espionnage avait atteint un degré d'efficacité et de clairvoyance qui lui avait permis de démasquer toutes les conjurations, tous les complots. D'ailleurs, si le sultan Qaït Bey a pu rester si longtemps sur le trône, pas moins de trente années, c'est grâce à l'habileté de ses espions, à leur vigilance, à leur zèle. Les émirs avaient eu recours à un stratagème tout à fait inédit : l'un d'entre eux sortait de la ville du Caire, comme pour aller prendre l'air, du côté de la lagune de Ratli, à Boulâq, ou bien dans les bois d'Ezbekiyeh. Au même moment – bien entendu, tout était arrangé d'avance –, un comparse se mettait à marcher du côté opposé. Le premier apercevait son complice de loin, il lui faisait signe ; ils s'interpellaient comme s'ils ne s'étaient pas vus depuis longtemps ; ils échangeaient une brève conversation, qui leur suffisait à convenir des principaux éléments du complot. Ensuite, ils se séparaient. Dans ces conditions, qui aurait pu avoir le moindre soupçon ? Qui aurait pu être effleuré du moindre doute ? Mais le grand Shihâb Gaafar ibn Abd el-Gawâd ne se laissa pas berner. De mémoire de sultan, ou de roi, il n'y eut jamais Grand Censeur plus rusé que lui. Seul le grand Shihâb Zakariya ibn Râdhi peut lui être comparé, et le surpasser même. Donc, feu Gaafar ibn Abd el-Gawâd avait dévoilé le stratagème, grâce à une vieille qui n'avait pas moins de quatre-vingts ans – tout au moins était-ce l'âge qu'on lui donnait, car, en fait, elle en avait tout juste quarante –, Gaafar avait été le premier à recruter ses agents parmi les vieilles femmes. Il leur enseignait la mendicité, ensuite il les postait sur la voie publique, près des fontaines, à proximité des cimetières, devant les maisons, pour demander l'aumône. En fait, tant qu'elles étaient là, rien ne lui échappait. Bref, cette vieille avait deviné ce qui, régulièrement, un jour sur deux, se tramait devant elle, rien qu'à la façon dont les comparses s'abordaient. "Cela fait des lustres qu'on ne s'est vus !" s'écriaient-ils dès qu'ils s'apercevaient. On raconte, mais Dieu seul sait si c'était vrai, que cette femme était aveugle, et qu'il lui avait suffi d'entendre pour comprendre. Ce simple détail permit de démasquer les conjurés. Le grand Shihâb Gaafar ibn Abd el-Gawâd les arrêta la veille du jour où leur projet devait se réaliser. Ils prévoyaient, ni plus ni moins, de renverser le sultan Ashraf Qaït Bey – que Dieu ait son âme ! Lisez donc les chroniques anciennes, mes enfants, vous êtes les yeux de la Justice ! Alors, oserez-vous commettre la moindre négligence ? »

Maître Safadi se lève :

– Rendons grâces à Dieu. Seigneur, les choses se sont passées comme nous le souhaitions.

Le cheikh Qassabi cherche sa canne :

– A ce soir, au hammam, si Dieu le veut. Nous nous plongerons avec délices dans l'eau chaude, et, ainsi, lorsque le Grand Censeur passera parmi nous, il nous verra plus purs qu'au jour de notre naissance.

– Tu veux retrouver la vigueur de ta jeunesse, hein ! et chasser les rhumatismes de tes pauvres membres ! s'exclame Mahmoud, le marchand de laitages.

Éclats de rire. Les barbes tremblent. La nuit tombe, étend son obscurité. Ils se séparent en se saluant.

– Je viendrai peut-être, j'ai très envie de me plonger dans l'eau chaude du bassin.

– Oui, oui... on dit ça, le bain... mais il y a aussi le masseur, hein, cheikh Amr !

Amr esquisse un rire furtif, un tremblement parcourt sa main...

Jamais il n'oubliera. Il écoutait le préfet des Espions... Celui-ci lui faisait de violents reproches ; il avait omis de signaler une conversation qui s'était tenue entre trois émigrés syriens. C'est alors qu'il avait compris qu'il était toujours soumis à la surveillance draconienne d'autres espions. L'un d'entre eux était peut-être là : maître Safadi, ou bien Mahmoud, ou qui sait, le cheikh Qassabi lui-même ? Tant pis ! il n'allait pas passer son temps à s'occuper de ces individus ! Pourquoi d'ailleurs se demander lequel d'entre eux était en train de l'espionner ? Le préfet des Espions serait bien capable de le faire venir et de lui demander des comptes : « Pourquoi, à tel moment, t'es-tu demandé qui était en train de te surveiller ? » Grâce à Dieu, tout changeait si vite, y compris l'humeur du préfet lui-même et la manière dont celui-ci le traitait ! La première fois qu'on l'avait convoqué, il était revenu de cette entrevue le cœur léger. Le préfet avait loué ses qualités, sa bonne conduite, sa droiture. Tant d'étudiants d'el-Azhar s'étaient laissé corrompre ! Il lui dit qu'il savait tout de lui : il n'avait que sa pension d'étudiant pour vivre, il ne recevait pas un sou de son village d'origine... il avait aussi un besoin urgent de se procurer quelques dirhams, pour les envoyer à sa vieille mère. Ce jour-là, le préfet lui avait cité le nom de sa mère, qu'il lui arrivait lui-même d'oublier pour la bonne raison que personne ne le connaissait. Mais ce n'était pas tout : il lui avait dit son âge, qu'elle-même ignorait. Il en avait eu le souffle coupé. Il avait écouté. L'autre lui dit aussi que l'homme avec qui elle s'était remariée depuis la mort du père de Amr la battait. Elle vivait maintenant dans une hutte de roseaux, et risquait à tout moment d'être emportée par la crue du Nil, ou par les pluies, et de périr noyée. Sans compter la faim ou le froid qui pouvaient lui être fatals... Cela faisait des mois que Amr n'avait aucune nouvelle de sa mère. Le préfet lui promit de lui en donner une fois par semaine. Qu'il soit tranquille, on pourrait le tenir informé jour après jour. Mais il ne voulait pas qu'il s'en préoccupe outre mesure. Il savait aussi très exactement combien de fois il était allé lire le Coran chez des particuliers. Il savait que tous les matins, dans le froid mordant, il se rendait chez un riche marchand à qui il lisait quelques versets du Coran. Pour le remercier, on lui envoyait une assiette avec un morceau de fromage de Haloum, une poignée de fèves bouillies, un bol de lait de chèvre et un demi-dirham.

« Mon cher Amr, lire le Coran dans les bonnes familles ne convient pas du tout à un étudiant pensionnaire d'el-Azhar. C'est bon pour les pauvres *faqihs* aveugles. Non, vraiment, cela ne te convient pas du tout. Et je dois dire que je ne suis pas tranquille pour toi. Cela m'inquiète même. Crois-moi, Amr, oui, cela m'inquiète, cela me peine. Toi, un étudiant d'el-Azhar, toi qui peut-être un jour, si Dieu le veut, Dieu l'Unique, l'Incomparable, l'Éternel, accéderas au rang de Grand Cadi, et décideras alors des affaires de ces gens-là, ceux qui t'envoient le bol de lait de chèvre et la poignée de fèves pour ton petit déjeuner, pour calmer ta faim... Ne craignons pas de le dire : avec l'aide de Dieu, nous saurons te tirer de là et nous saurons faire de toi un cadi, ou un chef de diwân, enfin, quelqu'un de bien, de respecté ! Laisse-nous prendre soin de toi. Est-ce que tu nous fais confiance ? Non, non, je vois bien que tu n'es pas d'accord... Mon cher Amr, considère-moi comme ton frère. Tu n'as rien à craindre de moi. Même tes problèmes personnels, tes problèmes les plus intimes, tu dois m'en faire part. Et moi, eh bien ! moi, je te le demande : aie confiance en moi, je t'en prie ! » Longtemps, Amr était resté adossé à cette colonne de marbre, la troisième à droite du vieux mur d'el-Azhar. Les gens d'el-Azhar disaient qu'un talisman y était enfoui, qui empêchait les oiseaux, les serpents et les scorpions de pénétrer dans l'enceinte de la mosquée. Il était resté là, évoquant sa vieille mère, sa mère qui gagnait sa vie à récolter les radis et les patates douces dans les champs de Banhâ et des environs, qui allumait les fours, ramassait le bois et les roseaux, coupait l'herbe. Elle n'arrêtait pas. Jamais de repos. Pour cette pauvre femme, jamais la moindre joie qui lui permît, ne serait-ce qu'un soir, de dormir tranquille... Voilà déjà quelque temps, Saïd lui avait appris que le cheikh de Zâwiyet el-Umyân allait se rendre à Banhâ. Il avait déjà préparé ses provisions de voyage ainsi que sa mule. L'affaire était décidée. A ce moment-là, Amr n'avait pas un dirham en poche. Le cheikh allait passer par le village où vivait sa mère ; tout le monde le saurait, et sa mère saurait que quelqu'un de la capitale allait venir au village, et même qu'il était d'el-Azhar. Et son fils ne lui aurait rien envoyé, pas même une poignée de sucre, ou une pièce de tissu noir qui lui aurait permis de se vêtir une année entière. Peut-être allait-elle croire qu'il était mort, piétiné par les chevaux de quelque mamelouk, ou bien emporté par la peste. Amr n'en avait pas dormi de la nuit, en proie à une angoisse intolérable. Une roche énorme, grosse comme le mont Moqattam roulait lentement vers lui. Il était parti à la recherche de ses compagnons, sous le portique qui leur servait de dortoir ; il était resté près de l'un d'eux, et s'était mis à parler à tort et à travers, riant avec les autres comme un automate et, en même temps, incapable de proférer un mot quand il s'apprêtait à quémander ces quelques pièces. Sa voix se mettait à trembler ; les sons, les mots refusaient d'obéir. Puis il s'était dit qu'il valait mieux tenter sa chance auprès d'un autre. Il avait traversé d'un trait la cour de la mosquée, décidé à aller droit au but, mais, à peine assis, son front se couvrait de sueur et il était à nouveau pris d'une confusion extrême, incapable de parler. Les mots le trahissaient, sa langue ne lui obéissait plus. Quelle humiliation ! Ces moments-là, il se les rappelle encore, et chaque fois une amertume et une tristesse l'envahissent comme cette poussière qui descend brusquement sur la ville lorsque souffle le vent de la montagne, qui vient troubler un jour serein. En ce temps-là, il ne connaissait personne : ni maître, ni commerçant, ni propriétaire de hammam comme il en fréquente maintenant, et sur lesquels il fait ses rapports. A cette époque-là, il était timide, réservé. Il n'avait pas osé emprunter ces quelques dirhams qu'il voulait envoyer à sa mère. Il avait préféré vendre la portion de pain qui lui était allouée en tant que pensionnaire. En effet, pendant la journée, certains pensionnaires se tiennent devant la porte d'el-Azhar pour y vendre leur portion de pain, ou l'échanger contre quelques restes ; lui était allé plus loin, bien plus loin, et un passant lui avait pris deux pains contre lesquels il lui avait donné un vieux morceau de fromage. C'était tout ce qu'il avait pu obtenir. Au souk des tamis, au souk des coffres, au souk des droguistes, des charbonniers, dans le quartier de Gôdariyeh, au souk des marchands de *sharboûsh*, dans la rue Saliba, tout le monde, y compris les badauds que l'on voit flâner du côté de Bab el-Wazir, tout le monde hochait la tête et l'on se contentait de lui dire : « Que Dieu te vienne en aide. » Plus la nuit approchait, plus son angoisse se faisait intolérable, plus la montagne de pierre se faisait menaçante. Il avait grand-peine à respirer. Alors, non loin de la mosquée d'el-Hakîm, il s'était assis près d'une vieille pierre, il avait croisé les jambes, tendu la main, récitant à voix haute des versets du Coran. Le froid tombait, le pénétrant jusqu'aux os. Il voyait devant lui les yeux de sa mère. Des yeux de lumière et de feu. Des yeux dont l'infinie détresse le brûlait jusqu'aux os. Le jour approchait. Un grincement... Les portes des quartiers que l'on ouvrait. Le soleil s'était levé. Au creux de sa main, onze dirhams que des passants inconnus avaient déposés. Ils n'avaient pas vu son visage, et n'avaient pu le reconnaître. Il avait couru acheter du sucre, quelques confiseries, et s'était précipité à Zâwiyet el-Umyân, à el-Azhar, et là... ç'avait été le coup de grâce.

« Le cheikh est parti à l'aube, Amr. »

Le préfet des Espions lui susurrait : « Mon cher Amr, ce n'est pas là une situation pour toi ; dans ton propre intérêt, tu ne dois pas l'accepter. » Au début, il avait fait le délicat. Ah ! quand il se rappelle... Mais tout a une fin. C'est qu'il avait eu des scrupules. Mais où cela l'avait-il mené ? A mille lieues de ses semblables... quel exil ! Pour le moment il est tout à sa peur d'avoir à encourir la colère du préfet. Sa première incartade lui a été pardonnée. Mais peut-on savoir s'il en sera de même maintenant ? Rien de plus facile que de faire tomber les têtes. D'ailleurs, ils n'ont pas besoin de ça pour le tuer, ils peuvent très bien faire de lui un mort-vivant. Il serait le scandale incarné. Tout le monde le montrerait du doigt. Il serait chassé. Les cheikhs ne toléreraient pas sa présence. Grâce à Dieu, rien de tel ne s'est encore produit ! Pas un seul regard, pas une parole inquiétante, pas le moindre sous-entendu. Il se fait tard. C'est le crépuscule, le meilleur moment pour discuter entre amis. Partout, on palabre. Sur le pas des boutiques des confiseurs, des tailleurs... Au couvent de Sidi Halougi, quelques habitants du quartier de Qasr el-Shawq ont l'habitude de se retrouver pour la veillée, après la prière du soir. On commente les versets du Livre sacré, les rêves qu'on a faits la nuit précédente. C'est un cercle fermé. Aucun étranger n'y est admis. Mais Amr est un habitué de l'endroit, il vient souvent y faire ses dévotions. Et puis... et puis la politesse irréprochable avec laquelle il sait les écouter, les silences prolongés qu'il s'impose, sans compter ces hochements de tête qu'il prodigue inlassablement pour signifier son plein accord... Tout concourt à lui donner l'apparence d'un étudiant impatient de profiter de l'enseignement des hommes d'expérience qu'ils sont de partager le vaste savoir dont ils font preuve. Avec le temps, il est arrivé à se faire accepter. Si, d'aventure, il ne vient pas, on s'enquiert de lui. Dans cette affaire, il a réussi à s'attirer les félicitations du préfet ; celui-ci a hautement apprécié l'habileté avec laquelle il avait réussi à pénétrer ce milieu.

Ce soir, ils parlent à voix basse, contrairement à leur habitude.

Peut-être va-t-il entendre du nouveau, quelque chose qui sortira de la routine des propos qui, d'ordinaire, alimentent ses rapports. Peut-être que ses informations parviendront jusqu'au sultan, ce qui resserrera ses liens avec le préfet, lequel ne manquera pas de lui signifier sa satisfaction ni de le féliciter. Pourtant, ce dernier est plutôt avare de sa présence. C'est presque toujours son subalterne, un Abyssin, qui est là pour recueillir les rapports de Amr. « Est-il furieux contre moi ? se demande Amr. Faut-il que je m'attende au pire ? »

Mais voici que le chiekh Halim ed-Dîn se décide à parler :

– Honorables chiekhs et vénérables collègues, je dois vous dire – Dieu m'est témoin – que je ne partage pas la joie de mes concitoyens.

Et Amr, de marmonner dans sa barbe :

– Vous avez bien raison, par Dieu, vous avez raison !

– La vie m'a appris la méfiance ; on ne sait rien de cet homme. Rien de mal, mais rien de bien non plus. Alors, pourquoi cette explosion de joie ? Et puis... (tous les regards se tournent vers lui) ce qu'il a fait aujourd'hui ne me plaît guère.

Aussitôt Amr de dire :

– Et quoi donc, cheikh Halim ed-Dîn ?

Ah ! Pourquoi cette précipitation ? Sa question a-t-elle paru suspecte ? Assurément, l'un d'entre eux était sur le point de la poser. Alors, il lui aurait mieux valu se taire. Il lui arrive encore d'agir à la légère. Si cela avait été une réunion plus importante, il y aurait certainement eu quelqu'un pour signaler ce faux pas à son insu. Et d'ailleurs qu'en sait-il ? Les murs ont des oreilles, et, même ici, il y a peut-être quelqu'un pour le surveiller, quelqu'un qui peut lire sur ses lèvres sans forcément l'entendre. Il sait qu'il existe de tels espions. Le préfet n'a-t-il pas dit une fois : « Pour connaître la vérité, nous possédons des moyens que personne, ni être humain, ni démon, ni djinn, ne saurait imaginer. Quand bien même il s'agirait d'entendre une parole murmurée par-delà la montagne de Qâf, aux confins de l'univers. »

Attention, la prudence est de rigueur, mais il faut rester calme pour pouvoir observer leurs réactions...

Zakariya ibn Râdhi

Mercredi, dixième jour du mois de shawâl.
A la tombée de la nuit.

Enfin, voici Mabrouk, avec la liasse de papiers que Zakariya attendait depuis si longtemps. Ce matin, Mabrouk lui a remis un rapport urgent, rédigé par le préfet des Espions du Caire et décrivant minutieusement les déplacements du Zayni. Dès l'aube, celui-ci s'était rendu, en compagnie d'un étudiant d'el-Azhar, à Kôm el-Gâreh, où il était resté quelque temps en compagnie du cheikh Abou Sooûd. Ensuite, il était retourné chez lui, et à peine le jour s'était-il levé sur les quartiers et les rues qu'un crieur public, inconnu de la foule, s'était mis à parcourir la ville. On disait que c'était un homme attaché au service du Zayni. Il informait la population de la décision que le Zayni avait prise de se rendre à la vénérable mosquée d'el-Azhar, car il avait une communication importante à faire au bon peuple de la ville... Quoi ? Un nouveau crieur public, inconnu de Zakariya ! Évidemment, le Grand Censeur était tout à fait en droit d'avoir recours à ses propres crieurs publics pour informer la population de ses souhaits ou de ses décisions. Tout cela était parfaitement conforme aux usages recommandés par la Loi. Mais voilà, cela allait à l'encontre de la pratique réelle, qui avait fini par rendre ces usages caducs. En effet, depuis l'époque du Grand Shihâb Gaafar, Grand Maître de la Police secrète sous le règne du sultan Ashraf Qaït Bey, tous les crieurs publics dépendaient du Grand Maître, à qui devait être communiqué le texte de tous les avis diffusés ; c'était ainsi que les choses se faisaient. Car la façon dont une nouvelle était diffusée pouvait avoir des conséquences incalculables. C'est pourquoi le Grand Maître de la Police secrète apportait une attention scrupuleuse aux directives qu'il donnait aux crieurs publics. Telle information devait être communiquée avec enthousiasme, telle autre avec les manifestations – d'ailleurs feintes – de la tristesse et de l'abattement, tout cela ayant des effets certains sur l'opinion publique. Et même, en certains quartiers de la ville, en certaines rues, aucun crieur public ne devait mettre les pieds. Alors, comment avait-on pu désigner un nouveau crieur à son insu ? Était-il possible qu'on diffuse un avis sans que son texte soit passé entre les mains de Zakariya ? Et puis le Zayni n'était pas encore officiellement Grand Censeur. Comment pouvait-il s'arroger le droit de s'adresser directement au peuple, sans aucun contrôle, sans aucun intermédiaire ! C'était donc ainsi qu'il avait choisi de faire ses débuts ! Ainsi, il n'hésitait pas à violer les usages établis ! Ce matin, Zakariya est épuisé. La nuit dernière, il l'a passée seul, loin de ses femmes, loin de Wassilah, la jeune esclave arrivée il y a à peine quatre jours. Il a essayé de défier le temps, de deviner l'avenir... Que va-t-il arriver ? Ce Zayni ne lui inspire pas confiance. Depuis la première fois qu'il a entendu parler de lui, tout ce qu'on lui rapporte à son sujet est stupéfiant.

Peu avant l'aube, Zakariya a fait quérir le préfet des Espions du Caire pour lui signifier trois missions bien distinctes :

– D'abord, rassembler les renseignements qu'il est possible d'obtenir sur le Zayni et les lui faire parvenir de toute urgence.

– Deuxièmement, mobiliser les hommes travaillant dans nos services, ici, au Caire, pour qu'ils soient présents lors du grand rassemblement qui aura lieu à l'occasion du discours qu'il va prononcer. Ceux-ci devront enregistrer les moindres incidents qui se produiront, et aussi rapporter fidèlement les propos tenus par le Zayni.

– Enfin, le nombre de rapports parvenant à son bureau privé devra passer à vingt-quatre, contrairement à ce qui se faisait jusque-là, à savoir : un rapport à l'heure de chacune des cinq prières, plus un rapport spécial après la prière du soir, consacré aux campagnes et à la province.

Si Zakariya s'est arraché au sommeil, s'il s'est tellement dépêché de déjeuner, s'il a oublié Wassilah, la jeune Syrienne de dix-sept printemps, s'il a oublié d'entretenir sa barbe et négligé de prendre sa boisson favorite, un bol de lait frais, bien sucré, c'est qu'une question le hante sans répit : Quelles sont les véritables intentions du Zayni Barakat ? Que va-t-il dire au peuple ? Quel langage va-t-il tenir ? Y a-t-il un précédent à l'initiative qu'il vient de prendre ? Non... Zakariya connaît parfaitement l'histoire des temps passés et présents. Jamais un Grand Censeur ne s'est adressé à la foule. Aucun émir, grand ou petit, n'a tenté pareille chose. Pour un dignitaire, s'adresser directement au peuple, c'est porter atteinte à son prestige. Cela ne peut qu'affaiblir l'autorité du pouvoir et de ceux qui l'exercent. Les gens du peuple vont se croire tout permis. Si le Grand Censeur condescend à leur parler, pourquoi les émirs n'en feraient-ils pas de même ? A-t-on réfléchi à cela ? Ce matin, aux premières heures du jour, Zakariya est entré dans le cabinet aux déguisements, une salle longue et étroite qui contient tous les vêtements possibles et imaginables – turbans de sultans, et d'autres encore que ne portent que les commandants de Mille, tuniques, manteaux de fourrure, pantalons syriens, djellabahs bédouines, gilets à la mode des cheikhs d'el-Azhar, caftans, vêtements bon marché comme en portent les marchands de confiseries, les bouchers, ou les marchands de fruits... Zakariya sait ce qu'il cherche. Il choisit une *goubah* blanche, maculée de taches, un petit turban vert, agrémenté d'un chèche rouge. Il se saisit d'un bâton taillé dans une branche de palmier. Quelques instants plus tard, il sort par une porte dérobée. On jurerait un derviche, appartenant à l'ordre de Sidi Marzouq, adepte de Sidi Ahmed Badawi. Il marche à pas lents, s'arrêtant de temps à autre pour crier à tue-tête : « Dieu est vie ! Allah existe ! Seigneur, accorde-moi ton aide ! » Il poursuit son long cheminement, suivi de Gubran, le muet, l'un de ses hommes les plus redoutables, qui l'accompagne toujours dans ses expéditions. Il est là pour lui éviter les embûches qu'il risque de rencontrer sur son chemin, le protéger contre les rancunes dont il sait être la cible et qui pourraient bien, un jour, prendre la forme d'un poignard cherchant à se frayer un chemin vers son cœur. Les soucis, les préoccupations qui l'assaillent en ce moment ne l'empêchent pas de retrouver le plaisir familier qu'il éprouve à se perdre incognito dans la foule. Car personne ne peut le reconnaître, pas même ses proches ou le préfet des Espions. N'importe lequel de ces individus est à sa merci...

N'est-il pas, à lui seul, les yeux et les oreilles du sultan ? Il a sous ses ordres des milliers d'hommes, de femmes et d'enfants qui ne se connaissent pas, qui lui rapportent les murmures, les moindres faits et gestes qu'ils épient dans les foyers, dans les grandes bâtisses entourant les cours communes des quartiers populaires ;

ils quadrillent inlassablement la ville : le premier venu avale-t-il de travers, que cela lui sera rapporté... Mais le voilà qui pénètre dans la mosquée d'el-Azhar. Là, il n'en croit pas ses yeux. Il en a froid dans le dos. Jamais il n'a vu une telle foule. Il y a de quoi être contrarié. Comment le sultan a-t-il pu laisser faire ? Personne n'est là pour se rendre compte de ce que présage un tel rassemblement ! C'est une erreur, une erreur monstrueuse que d'avoir permis cela. Il faut absolument alerter les grands du royaume et le sultan lui-même. Se taire reviendrait à laisser le mal empirer, le désastre s'étendre. Non, cela n'est pas tolérable. Ces imbéciles ne se rendent pas compte ! C'est là un précédent désastreux !

Zakariya défait l'enveloppe que Mabrouk lui a apportée. Ce sont les rapports du préfet des Espions du Caire qui rassemblent, résument et expliquent l'essentiel des informations recueillies par toute sorte d'espions au long de la journée.

« Il se dressa tout en haut de l'antique *minbar* d'el-Azhar. Les lieux regorgeaient de monde, de gens qui criaient à faire trembler les colonnes de la mosquée et ses minarets sur leur base. Quand il apparut, il semblait que rien n'aurait pu leur imposer silence. Mais le Zayni leva la main, sa main droite, les doigts tendus – rien à signaler, une main normale, une main entière, qui n'a subi aucune mutilation –, et alors on aurait pu croire qu'une force magique émanait de lui : le silence se fit. Toutes les bouches se turent. Certains ont dit par la suite qu'il avait un don spécial pour imposer le silence. S'il avait voulu, il aurait pu leur tirer les larmes des yeux. Sa voix s'éleva au milieu de l'assistance, tranquille, sereine.

« Voici, en substance, les propos qu'il tint :

« – Premièrement ; il n'aurait jamais accepté la charge de Grand Censeur s'il n'avait pu faire savoir aux émirs ce que sa conscience lui dictait de faire pour le bien du peuple. S'il avait fini par accepter, c'était aussi à cause du cheikh Abou Sooûd, saint homme dont la vie exemplaire, le désintéressement vis-à-vis des biens de ce monde et la connaissance parfaite des principes de la Loi et de sa pratique faisaient l'admiration de tous.

« A ces mots, une clameur s'éleva. La foule scandait :

« "Nous n'en accepterons pas d'autre que toi !" Mais à nouveau il leva lentement la main. Le silence se fit et l'assistance se remit à écouter.

« – Deuxièmement : il dit ne craindre que Dieu et Lui seul. Sa seule hantise étant, quand il rencontrera le Seigneur, d'avoir à rendre compte d'une injustice commise à son insu. Et c'est pourquoi quiconque ayant eu à subir un abus, riche ou pauvre, qu'il se trouve sur place ou à mille lieues d'ici, doit s'adresser immédiatement à son lieutenant, s'il n'a pu obtenir réparation pour le dommage subi, et lui expliquer l'affaire pour que justice lui soit rendue.

« – Troisièmement : il ne se contentera pas de rester au Caire, il circulera donc dans les deux provinces de la Sharkieh et de la Gharbieh, puisque tout récemment, depuis ce matin seulement, l'exercice de sa charge s'étend à la région de Guizeh. Ses tournées d'inspection ne se feront pas toujours au vu et au su de tous, bien au contraire. Il pourra ainsi se rendre compte des conditions de vie du peuple. Quant à sa demeure particulière, sise au Caire, elle est ouverte jour et nuit à quiconque aura une requête à lui adresser. Rien ne le met hors d'atteinte de ses administrés, quelle que soit leur condition ; et toute personne victime d'un abus devra en recevoir réparation publiquement.

« – Quatrièmement, et c'est là le plus important : dans chaque quartier, chaque rue, chaque village, chaque ville et chaque région, des espions soumis à son propre contrôle seront chargés de découvrir les abus et de débusquer leurs auteurs, lesquels seront immédiatement dénoncés.

« A la sortie d'el-Azhar, il se fraya un passage à travers la foule, monté sur une grande mule dont la selle était très ordinaire, ainsi que la chabraque – détail qui fit un effet tout à fait favorable sur l'assistance : "Voilà le comportement d'un ministre qui se respecte. Les autres feraient bien d'en prendre de la graine."

« Le cortège continua sa marche jusqu'au souk des marchands de *sharboûsh*, où il fut accueilli par des chants et des danses, au son des flûtes et des tambours de basque. Des fenêtres, aux alentours, s'élevèrent des you-yous en son honneur. Il était accompagné de trois de ses nouveaux adjoints, dont les visages nous sont parfaitement inconnus – des recherches sont actuellement en cours pour découvrir leur origine. L'un d'eux portait une épée, l'autre une balance et un gong, et le troisième brandissait un Coran particulièrement volumineux, qu'il embrassait de temps à autre. Derrière le cortège, marchait le dénommé Abd el-Azim Sayrafi. Quant au Zayni, il se contentait de hocher légèrement la tête, son visage n'exprimant que piété et dévotion...

« Première remarque :

« Tous les hommes signalent que, tout au long du trajet suivi par le cortège, un étudiant d'el-Azhar est resté proche du Zayni Barakat, visiblement en proie à l'enthousiasme. Après avoir fait des recherches sur lui, il est apparu que c'était celui-là même qui avait accompagné le Zayni au couvent du cheikh Abou Sooûd, à Kôm el-Gâreh. Cet individu répond au nom de Saïd el-Gohaïny.

« Deuxième remarque :

« Lorsque le cortège arriva à proximité de la mosquée d'el-Hakîm, juste avant de traverser Bab el-Foutouh, à l'endroit précis où le passant peut embrasser du regard les murs de la prison de la Maqshara, avec son entrée surélevée, on vit apparaître une femme, d'une certaine corpulence, avancée en âge, habillée de noir, la tête couverte d'un voile visiblement usé. Cette femme se fraya un chemin jusqu'au Zayni. Elle s'arrêta devant sa mule, et poussa un cri qui attira l'attention de la foule.

« Cette femme n'aurait prononcé que les quatre mots suivants : "Maudit ! Fils de maudit !" Lorsque les gens se rendirent compte de ce qu'elle faisait, ils se jetèrent sur elle. Des recherches sont en cours actuellement pour découvrir son identité et son origine.

« Troisième remarque :

« Nous avons chargé un de nos espions des plus compétents de ne pas perdre de vue le Zayni pendant un certain temps, dans le but de dresser fidèlement son portrait physique. Les informations vous seront aussitôt communiquées afin que vous puissiez connaître les traits de l'individu et les étudier comme il se doit. »

Zakariya regarde à travers le moucharabieh. C'est l'hiver. Nuit noire et froide. Une lumière brille dans l'aile de la maison qui lui fait face. C'est Wassilah qui veille encore, de peur qu'il ne vienne chez elle à l'improviste. Cette nuit encore, il ne pourra prendre ses seins dans ses mains. Des seins comme il n'en a jamais connus. Cette impression de fermeté et de souplesse. Cette douceur sauvage qui tantôt s'abandonne, tantôt se rebelle, cette pâte molle dans la paume de sa main qu'il façonne au gré de son désir... Être le premier à jouir d'une poitrine vierge... sa passion ; et c'est bien ce qu'il avait expressément exigé de Âref, le prévôt du marché aux esclaves. Âref est d'ailleurs l'un de ses hommes, et l'un des plus dévoués. La venue de Wassilah lui avait procuré une joie immense. Il s'était d'abord assuré qu'elle venait bien du pays de Roûm, car il était fort possible qu'un émir essayât de l'introduire chez lui dans un but peu avouable. La première nuit passée en sa compagnie, voyage sur un océan où il était le premier à voguer. Personne ne l'avait précédé sur ces eaux pures et limpides. Il avait observé avec avidité la première douleur, si délectable... et cette lueur qui brillait dans ces deux yeux immenses. Il s'était dit que, pendant quelques jours, il allait négliger son travail, pour le seul plaisir de l'observer, et boire l'élixir de jouvence. Mais voilà que ce Zayni était survenu tout d'un coup. Maintenant, il lui faudra patienter pour retrouver les moments délicieux où il la verra gémir de plaisir et trembler sous ses caresses. Voilà qu'il est confronté à une situation sans précédent. Il lui faudra se méfier, mais aussi se montrer ferme. Par la suite, il n'aura qu'à se louer de s'être montré raisonnable et inflexible. Et, pour sûr, ses successeurs ne manqueront pas de s'inspirer de la démarche qu'il avait adoptée ces jours derniers, de la prendre pour modèle.

Il y a un instant, il a fait chercher Shihâb l'Alépin. Celui-ci lui a bien vite apporté le calame et l'encre, de cette encre spéciale qui sèche et disparaît quelque temps après avoir été employée. On écrit le message, on le fait parvenir à son destinataire, et le temps qu'il soit lu, l'encre se dessèche et disparaît. Aucune trace... Au bout de deux jours, la feuille est complètement blanche, puis elle-même disparaît. Elle s'envole, comme un brouillard que dissipe l'ardent soleil du matin. Sous le règne du sultan Farag ibn Barqouq, la tête du Grand Espion tomba, à cause d'une missive. Cela ne pouvait pas arriver à Zakariya. Pas un mot qu'on aurait pu recueillir et monter en épingle ou utiliser contre lui. Il a d'ailleurs longuement discuté du problème avec le Grand Maître de l'État d'Ismaïl Châh le Séfévide. Cet homme, qui est un espion remarquable, soutenait que si un agent devait faire son rapport à un émir, à un prince, il devait y aller lui-même et le faire oralement. Mais Zakariya s'était inscrit en faux : « Une discussion ne disparaît pas de l'esprit de celui qui l'a entendue. Et il y a toujours le risque d'avoir été entendu par plusieurs personnes qui vous dénonceront et obtiendront votre tête. Mais que dirait Votre Excellence d'une encre qui disparaîtrait après que le message aurait atteint son destinataire ? » Ce qu'il avait omis de dire au Grand Espion du Séfévide, c'est que cette encre était déjà en sa possession et qu'il était le seul à en avoir connaissance. Et il n'était prêt à en livrer le secret à personne ! Le Grand Maître du Châh avait nié qu'un tel prodige puisse jamais exister. Cette nuit pourtant, plusieurs lettres écrites avec cette même encre allaient parvenir à leurs destinataires : l'une à l'émir Qounbouk, l'autre à Qoûsoûn, l'autre à Toman Bey... Bref, à tous les grands dignitaires de l'État. Dans ces missives, il souligne avec force que les agissements du Zayni sont intolérables, et ne se conforment en aucune façon aux usages qui doivent régler l'exercice de la Censure. Il explique que le Zayni empiète particulièrement sur les prérogatives attachées aux charges dont lui-même assure l'exercice. Cela apparaît de façon nette depuis que le Zayni a annoncé qu'il mettait sur pied ses propres équipes d'espions. Ainsi donc, il se permettait d'innover en constituant un nouveau corps d'espions ! Zakariya étouffe de colère : le fourbe est peut-être au courant du système inauguré par un des rois de l'Inde et dont lui-même a eu connaissance. Ce roi ne se contente pas d'un seul corps d'espions, il en a trois à sa disposition, trois responsables sous ses ordres. Ainsi là-bas, par souci de sécurité, personne ne se voit confier le monopole de la police secrète. Zakariya a une réelle admiration pour ce système où se révèle la ruse démoniaque de ce souverain. Il a bien pensé à se rendre sur place, ou à y envoyer l'un de ses proches collaborateurs pour en connaître les détails. Seulement voilà... Envoyer un de ses lieutenants là-bas pourrait susciter des soupçons. De plus, l'existence d'un tel système pourrait parvenir aux oreilles du sultan, et Zakariya serait perdu. Zakariya n'y comprend rien. Évidemment, il n'est pas le seul à réfléchir, ni à demander conseil à autrui. Mais enfin, comment le Zayni aurait-il pu prendre connaissance de ces informations ? La colère l'emporte, les renseignements sur le Zayni lui manquent toujours. Son préfet rencontre peut-être des difficultés pour accomplir cette tâche, ou bien cet imbécile ne se rend pas compte de l'importance de la chose. Il faut absolument tout savoir sur les habitudes du Zayni : à quelle heure il se couche, à quelle heure il se lève, qui sont ses femmes, où il a voyagé dans le passé, combien de langues il connaît, comment il se comporte au lit... Il faut absolument éclaircir l'incident de cette grosse femme qui l'a apostrophé. Il faut coûte que coûte mettre la main sur elle. Il y a aussi cet étudiant d'el-Azhar, qui semble familier du cheikh Abou Sooûd : raison de plus pour lui attacher de l'importance. En voilà un autre dont il va falloir s'occuper !

Zakariya s'est arrêté en plein milieu de la pièce, son bol de lait à la main... c'est un de ses plaisirs quotidiens, au réveil et juste avant de se coucher. Il aime à dire : « C'est avec ce bol de lait bien crémeux que je commence ma journée, et que je la terminerai. Entretemps, advienne que pourra. » Zakariya n'est pas gourmand comme d'autres, l'émir Qounbouk par exemple. L'émir Oounbouk qui, dit-on, avale à jeun un seau rempli à ras bord d'extrait de testicules de coqs. D'après ce que disent les rapports, il serait capable de satisfaire quatre femmes en une seule nuit, sans le moindre effort et malgré ses quarante ans bien sonnés. Sait-on jamais, c'est peut-être bien en effet la boisson matinale qui est responsable de ces prodiges ! Mais voilà qu'une idée lui vient à l'esprit. Il va immédiatement aller trouver le Zayni pour lui parler. Évidemment, l'usage aurait voulu que ce soit le Grand Censeur qui ait l'initiative de se mettre en rapport avec lui, vu sa qualité de Grand Maître de la Police secrète et, à ce titre, de premier lieutenant du Grand Censeur. Malgré cela, c'est Zakariya qui prendra l'initiative. Il va tâter le terrain. Attention, la plus grande souplesse s'impose dorénavant ! Sur du papier normal, avec de l'encre normale, il va demander à Shihâb l'Alépin d'écrire une lettre au Zayni dès ce soir. Au même moment, les autres missives parviendront à leurs destinataires, Leurs Excellences les émirs...

Missive de Son Excellence Zakariya ibn Râdhi au Zayni Barakat, détenteur de la noble charge de la Censure

« Dieu, puisses-tu tenir ce pays en Ta sainte garde. »

Nous témoignons qu'il n'y a de Dieu qu'Allah l'Un, l'Unique, témoignage auquel nous nous tenons pour toutes nos décisions. Puissent nos épées se lever et y venir à preuve contre ceux qui ne veulent point l'entendre.

Nous témoignons que Mahomet est créature de Dieu et Son envoyé, nous témoignons de l'excellence de celui qui s'est soumis à Son ordre de faire régner la justice et le bien, lui, le juste d'entre les justes, qui sut convaincre ceux de sa nation de peser leurs actes sur la balance de la justice. Que Dieu lui accorde Sa bénédiction, ainsi qu'à ceux de sa descendance et à ses compagnons, qui, par amour de Lui et en prévision de Sa récompense, n'ont point épargné leur peine. Que Dieu le Très-Haut leur accorde à tous Son salut.

Sache que par la présente, nous espérons inaugurer avec toi un échange de missives qui te transmettront une information profitable. Ce faisant, nous n'avons d'autre dessein que de mieux œuvrer à la sécurité des sujets de Sa Majesté dans l'ensemble des régions et des villes de notre pays d'Égypte.

En effet, si Votre Excellence désire savoir ce qui se dérobe à sa connaissance, elle ne pourra le faire sans le secours des espions que nous avons disséminés un peu partout parmi le bon peuple musulman. De même si elle souhaite pouvoir entendre ces chuchotements (qui sont souvent le présage des plus grands et des plus terribles desseins) chez le prince comme chez l'homme du commun, elle ne pourra le faire qu'en s'en remettant à nous et en acceptant l'aide que nous lui apportons, selon l'usage qui fait loi dans le royaume de Sa Majesté le sultan. Celui-ci stipule que les tâches qui consistent à prévenir les malheurs grands et petits risquant d'affecter le pays sont prises exclusivement en charge par nos soins, et ceux de nos services, pour lesquels œuvrent des milliers d'individus. Ils sont au service du sultan ; ils ne se croisent pas les bras, et c'est pour le bien des sujets de Sa Majesté qu'ils déploient leurs efforts sans épargner leur peine. C'est pourquoi nous avons tenu à vous faire savoir ce que nous attendons de Votre Excellence, espérant vous convaincre de la nécessité de nous envoyer chaque nuit un rapport, par lequel nous puissions prendre connaissance des fautes, malversations, abus et fraudes que vous aurez pu constater, et savoir par là même qui en sont les auteurs, afin que nous puissions les porter sur les listes des malfaiteurs, et ainsi, protéger le bien-être des sujets fidèles. Nous souhaitons aussi que vous consentiez à accepter les services des crieurs publics que nous mettons à votre disposition, pour la raison que toutes leurs paroles sont soumises à notre contrôle, ce qui, malgré l'apparente trivialité de la chose, est de la plus haute importance ; ne pas se soumettre à cet usage risquerait d'entraîner de très graves préjudices. Nous nous mettons à la disposition de Votre Excellence pour lui expliquer plus longuement nos propos, dès que nous pourrons nous rencontrer. Nous n'avons d'autre dessein que notre salut à tous et la connaissance des choses de ce monde. Voilà donc comment, d'après les usages, les choses doivent se passer, et cela de temps immémorial, ce que nous faisons depuis toujours et que nous comptons faire tant que Dieu nous prêtera vie. Ce n'est point là une règle que nous avons nous-même établie, mais une coutume dont l'origine remonte aux générations passées. Recevez notre salut.

Fait au Caire le dix du mois de shawâl
de l'an 912 de l'hégire.

Extraits des missives envoyées par le Grand Maître de police, le Grand Shihâb Zakariya ibn Râdhi, à Sa Majesté le sultan et aux émirs du royaume

Sur ce sujet, à savoir la transgression de nos usages au mépris de notre Loi, dont nous croyons pouvoir faire état, je pourrais être très disert, mais je préfère être bref... C'est pourquoi je dirai :

– Premièrement : que pour la première fois, car c'est bien là un événement sans précédent, voilà qu'un dignitaire appelle au rassemblement général de la population, tous rangs confondus, et qu'il s'adresse directement aux gens du peuple, ses paroles ayant pour effet principal de réveiller leurs blessures, et Dieu sait à quel point notre pays a vécu sur des charbons ardents, d'où pouvaient naître des incendies que rien n'aurait maîtrisés ni éteints, si mes hommes n'avaient été sur le pied de guerre et n'avaient assuré la protection des âmes et leur sécurité.

– Deuxièmement : des crieurs publics, sur lesquels personne ne sait rien, ont été désignés sur la seule initiative du personnage en question. Je n'ai donc pu contrôler les avis rendus publics, ni décider de l'ordre dans lequel ils ont été délivrés, non plus que les façonner à mon intention. Je ne pense pas devoir souligner les implications d'une initiative aussi désastreuse.

– Troisièmement : il a été fait allusion à la création prochaine d'un corps spécial d'espions qui ne dépendrait que du Grand Censeur et qu'il présiderait en personne. Cette information est confirmée par des rapports de mes subordonnés dont l'exactitude ne saurait être mise en doute ; ceux-ci ont entrepris de découvrir tout ce qu'il était possible sur la vie du Zayni, depuis sa naissance jusqu'à nos jours. Notre but, évidemment, à travers une telle initiative, vise à l'assainissement de la situation, et je ne saurais trop attirer votre attention sur les risques que nous encourrions si tout fonctionnaire, ou tout titulaire d'une charge, grande ou petite, se mettait à créer son propre corps de police secrète, et le dirigeait à sa guise, sans être soumis au moindre contrôle. Ce que je ne tolérerai à aucun prix et que j'entends empêcher. Il n'y a que moi et mes hommes qui soyons habilités à être les yeux et les oreilles du sultan.

– Quatrièmement : plusieurs de mes rapports confirment que les gens du peuple se permettent de critiquer les émirs. Tout le monde de dire : « Pourquoi ne viennent-ils pas nous parler ? Qu'ont-ils de plus que ce brave Zayni Barakat ? » Pour terminer, je vous demande d'être extrêmement vigilants. Sinon, les choses iront à l'encontre de ce que nous souhaitons ; l'ordre sera définitivement troublé, la paix et la sécurité dont nous jouissons seront menacées. Je prends à témoin Dieu mon Seigneur, à qui aucun secret n'échappe, de la véracité de mes propos.

Le dix du mois de shawâl *de l'an 912 de l'hégire.*

II

Où l'on voit l'astre du Zayni Barakat
briller toujours plus haut,
où son destin se confirme,
où l'on voit la chance
lui sourire.

Avis

« Bonnes gens de la ville du Caire, oyez, oyez !
Sachez que, sur ordre de Notre Seigneur le sultan,
Le scélérat, fils de scélérat, Ali ibn Abi I-Goud
A été remis entre les mains du Zayni Barakat ibn Moussa,
Détenteur de la noble charge de la Censure.
Celui-ci doit instruire son affaire et a pour mission
De lui faire rendre gorge et de lui faire goûter à son tour
Les sévices infligés aux misérables créatures de Dieu.
Bonnes gens du Caire, bonnes gens du Caire, oyez !
Quiconque aura été victime d'un abus,
Quiconque aura été privé injustement d'un de ses biens ou de son argent
Par la faute du dénommé Ali ibn Abi I-Goud,
Devra demander audience au Zayni Barakat ibn Moussa,
Grand Censeur de la ville du Caire et des districts du Sud,
Pour se voir rétablir dans ses droits et se faire restituer ses biens.
Bonnes gens du Caire, bonnes gens du Caire, oyez, oyez... »

Saïd el-Gohaïny

Son attachement pour cette maison et les gens qui l'habitent ne date pas d'aujourd'hui. Il aime ces pierres, les bois des moucharabiehs, les frises de gypse sur les murs, la lumière qui règne là. La salle où on lit le Coran pendant les mois de Ramadan, avec son plafond haut et ses murs percés de fenêtres à mi-hauteur communiquant avec l'appartement des femmes et leur permettant d'entendre réciter les versets du Livre sacré, à l'abri du regard des étrangers. *Elle* est sûrement là, derrière l'une des fenêtres du haut desquelles son regard plonge dans la pièce. Assurément, elle est là, elle le regarde. Il est absorbé dans la contemplation de la mosaïque de marbre qui revêt le bassin avec son jet d'eau, au milieu du petit jardin de la maison. Il l'imagine : des coussins douillets protègent son corps délicat de la dureté des murs. Quand il n'y a pas de visiteurs, Samâh parcourt les couloirs de la maison. Un baume secret réchauffe le cœur de Saïd ; ici, il n'est pas un étranger. Tandis qu'il écoute le cheikh Rayhân, il la voit avec les yeux du cœur. Elle va et vient dans une des pièces de la maison... elle regarde par la fenêtre... elle s'appuie sur un coussin. Il y a sept mois – c'était exactement trois jours après la fête de Rupture du Jeûne – elle était venue ; oui, elle était venue, elle s'était penchée vers lui, mal à l'aise et timide. Il avait pris sa petite main délicate dans la sienne. Espoir fébrile de ceux qui attendent la vingt-septième nuit du mois de Ramadan. Murmure du jour qui vient de naître. Ah ! Tendre douceur de l'extase amoureuse ! Pour lui, Samâh n'est plus un corps. Ce n'est pas sa nuque, ni sa gorge qui retiennent ses yeux. C'est l'apparition d'un rêve, d'une pure vision, d'un chuchotement venu d'ailleurs. Samâh... lis inaccessible. Il lui arrive, dans la rue, de croiser des femmes. Certaines sont voilées, d'autres non. En esprit, il les déshabille lentement. Il en voit une là, devant lui, le dos appuyé à un coussin ; ses vêtements de soie ont disparu. Il la dénude, pour la revêtir à nouveau ; doucement il s'attarde, les mains tremblantes de désir. Deviner la peau de ses bras nus, la rondeur des seins, et, comme une étendue qui se découvre, la nudité du ventre. Son regard alors se perd dans le vague. Son imagination le mène jusque chez Ouns, dont ses collègues d'el-Azhar fréquentent l'établissement, tout au moins ceux d'entre eux qui peuvent se le permettre. On dit que chez Ouns, il y a une salle entière, immense, remplie d'Abyssines et de Grecques. Il y aurait même des Indiennes. L'année dernière, il s'était constitué un petit pécule en copiant un livre de logique pour un cheikh de Haute-Égypte. Ses camarades avaient insisté pour qu'il les accompagne jusque chez Ouns. Malgré ses hésitations secrètes, il avait refusé avec obstination. Pourquoi avoir refusé ? Pourquoi ? Pour tout le monde, étudiants pensionnaires d'el-Azhar, habitants des grandes maisons populaires ou des impasses de Bâtiniyeh, Saïd était un bon garçon, doux et pieux, prompt à venir en aide à son prochain. Qu'une femme soit assaillie par un mamelouk et Saïd volait à son secours. Il se mettait alors à crier, appelant les étudiants d'el-Azhar à la rescousse, poussant les hommes à intervenir. Devant l'attroupement, le mamelouk lâchait sa proie. Les gens avaient coutume de dire que si Saïd avait été doué de la force de Oirqamâs le lutteur, il n'y aurait pas eu un mamelouk pour oser enlever une cosse de fève du panier d'une orpheline. Malheureusement, Dieu l'avait fait chétif et lui avait donné une constitution maladive. Quand il était malade et tenu de garder le lit, couché sur son vieux matelas, sous le portique qui l'abritait à el-Azhar, les gens s'empressaient de prendre de ses nouvelles. Qu'auraient-ils dit alors s'ils avaient su qu'il fréquentait l'établissement de cette maquerelle, et qu'il avait payé quelques dirhams pour posséder une femme l'espace d'un instant ?

« L'un n'empêche pas l'autre, Saïd ! »

Non, il s'y refuse. Samâh hante son esprit comme une figure lointaine. Elle est le secret qu'il garde jalousement. Dans son esprit, il ne peut la dénuder. Il ne peut la voir, au hammam par exemple, avec pour seuls habits de hautes socques de bois protégeant ses pieds de l'eau sale. Samâh résume en son être toutes les femmes de la terre. Elles ne sont que des répliques. Elle est leur point de départ et leur point de retour. Dans un avenir lointain, elle sera toujours avec lui. Ils regarderont ensemble par la fenêtre du moucharabieh, ils marcheront de concert dans un jardin, ils partiront en voyage. Depuis quelques jours, le froid se fait vif, et dans ce froid qui l'entoure, Samâh lui apparaît comme une source de chaleur et de paix.

– Montons à la pièce du haut, lui dit le cheikh Rayhân.

Le voilà qui emprunte l'escalier intérieur de la maison. Il s'imagine que l'air conserve encore les traces de *son* souffle, comme s'il en gardait l'empreinte indélébile. Et si jamais le cheikh Rayhân entendait les battements de son cœur ? Si l'on devinait son trouble, la rougeur qui envahit son visage ? Le cheikh croise les jambes sur un confortable coussin vert. Lentement, il exhale la fumée. Le narghilé gargouille. Il se lève à moitié. Saïd se penche vers lui :

« Cette année, dit le cheikh, nous n'avons pas encore vu apparaître le froid de l'hiver.

– Certes, la saison est plus clémente que les années passées, mais à el-Azhar, sous le portique, le froid est à peine supportable.

Les pièces de la demeure resplendissent de lumière. On entend quelque chose tomber. C'est peut-être un vase, ou une boîte qu'*elle* avait prise entre ses mains. La nuit est d'une telle douceur, ici ! Sérénité de cette maison... atmosphère apaisante et familiale...

« Aujourd'hui, mon oncle, les mamelouks de l'émir Toushtamir ont failli malmener la population. Si nous n'étions pas sortis d'el-Azhar pour nous interposer, Dieu sait ce qui serait advenu !

– Tiens donc ! Je n'ai pas entendu parler de ça, je ne suis pas sorti de la journée. Les mamelouks de qui, dis-tu ?

– De Toushtamir, mon oncle.

– Étrange, c'était un homme tranquille et ses mamelouks savaient se tenir. Qu'est-ce qui a bien pu le faire changer ?

– Eh bien, il a fallu que l'émir Khaïrbek dise un mot en sa faveur au sultan, qui s'apprêtait à l'arrêter.

– Mon Dieu, Toushtamir a toujours été une tête brûlée, oui, une tête brûlée. Impossible de lui faire entendre raison.

Saïd ne dit rien. Les commentaires du cheikh frisent le ridicule, mais il lui pardonne. Il cherche à tout prix à lui reconnaître quelques qualités ; après tout, c'est le père de Samâh qui parle. A peine prononce-t-on le nom d'un émir ou de quelque dignitaire que le vieil homme s'empresse d'affirmer que ce personnage lui est très proche. Il arrive à Saïd de poser des questions, de demander des éclaircissements :

– Mon oncle, depuis quand connaissez-vous Toushtamir ?

Le cheikh fait machine arrière. Le voilà qui appelle le serviteur, pour se faire apporter de la braise pour le narghilé.

– Voyons, ce Toushtamir, c'est comme si je l'avais élevé moi-même ! Il venait me voir, alors qu'il n'était encore qu'un pauvre mamelouk. Je l'ai connu avant qu'il prenne Khônad Zaynab pour épouse. C'est sa première femme.

Khônad Zaynab – est-ce bien ainsi que s'appelle la première épouse de Toushtamir, se demande Saïd qui dit :

– Je crois que Toushtamir et l'émir Moulouktamir, l'échanson du sultan, ont...

Mais le cheikh lui coupe la parole :

– Moulouktamir... Moulouktamir... c'est lui qui a tranché en ma faveur dans le différend qui m'opposa à Moïse Ben Isaac, dans une affaire concernant le Trésor. Moulouktamir m'avait fait appeler en plein milieu de la nuit, oui, Dieu m'est témoin, en plein milieu de la nuit. Je suis allé le trouver, à la Citadelle même – combien de fois ne suis-je pas monté à la Citadelle ! Ce qui n'est pas le cas de tout le monde ! Eh bien, il m'embrassa la main, oui, Dieu, m'est témoin. Moulouktamir m'embrassa la main, car je suis plus âgé que lui. Et il me dit qu'il me connaissait très bien, qu'il savait que j'étais un homme de bien et de piété et que c'est pour cela qu'il ne voulait plus entendre parler de cette affaire avec Moïse Ben Isaac. Je me rappelle même qu'il me tapota gentiment l'épaule, et qu'alors, je le pris par le bras. Oui, c'est tout à fait vrai, Saïd, mon fils, je le pris par le bras.

– Et savez-vous, mon oncle, ce qu'il arriva lorsque le Zayni Barakat lui-même fit son apparition ? Les mamelouks de Toush-tamir se débandèrent. Mais il réussit à mettre la main sur quatre d'entre eux et il les envoya à la prison de la Maqshara.

– Zayni Barakat... Ah ! Il faut absolument que j'aille lui rendre visite dans quelques jours.

– Le Zayni t'a fait chercher, mon oncle ?

Aïe ! Pourquoi s'être laissé emporter ? Pourquoi avoir posé cette question, lui qui d'habitude sait se taire ; pourquoi précisément cette fois-ci...

– Le Zayni est un ami. Je devrais simplement lui rendre visite, il serait naturel que je le fasse, mais il y a tellement de choses que je ne puis faire à cause de ma santé.

– Que Dieu te donne la force et la guérison, mon oncle !

– Voilà donc qu'on lui a donné le titre de Zayni ! Eh bien, mon fils, il fut un temps où les gens de son acabit n'entraient pas facilement chez moi. Je les avais à ma botte. Mais dis-moi, est-on content de lui ? A-t-il la faveur du peuple ?

– Tout à fait, mon oncle.

– Je le connais, c'est un homme juste, mais il est surtout très intelligent. Que raconte-t-on à son sujet, ces derniers temps ?

– Mon oncle, il semble que les crieurs publics de Zakariya aient disparu.

– Ah, Zakariya ibn Râdhi... Dieu Tout-Puissant, protégez-nous ! Baisse le ton, mon fils, baisse le ton, on ne sait jamais, s'il nous entendait...

Voilà qui suffit à remplir Saïd d'amertume ; pas un étudiant qui ose maudire Zakariya en public ; Saïd lui-même le maudit secrètement. Il sait que son ombre menaçante s'étend jusqu'au portique d'el-Azhar, jusqu'aux *mihrabs*, jusqu'aux nattes des mosquées, jusqu'aux alcôves. Comme dit le cheikh Abou Sooûd : « Cet individu est un des signes annonciateurs du Jugement dernier. Il est nécessaire qu'il reste sur cette terre, c'est le représentant d'Iblis, il doit faire subir aux créatures de Dieu des tourments qu'ils n'ont jamais connus jusqu'ici. »

Le cœur de Saïd s'était serré... Peut-être le Vénérable disait-il cela parce qu'il ne pouvait pas mettre la main sur Zakariya ; pourtant, comment douter qu'il en fût capable ? Mais où était Zakariya ? Où le trouver ? Personne ne l'avait vu. On disait qu'il avait plusieurs domiciles. Personne ne pouvait dire quel âge il avait réellement. Sa demeure principale était là-bas, au loin, au pied du mont Moqattam. Certains disaient tout bas qu'ils y avaient entendu d'horribles cris, des cris d'êtres humains qu'on fouettait au sang, qu'on brûlait vifs, qu'on empalait. Mais était-il bien vrai que Zakariya habitait là ? On disait qu'il ne dormait pas deux nuits de suite sur la même couche ; que personne n'avait jamais vu son visage, pas même le vénérable cheikh Abou Sooûd.

Un jour, c'en avait été trop : trois pensionnaires d'el-Azhar, des Nubiens avec qui Saïd passait le plus clair de son temps, avaient brusquement disparu. Ils se servaient du même Coran, ils avaient la même écuelle pour leurs repas et ils dormaient les uns contre les autres, si bien qu'à les voir, on aurait dit une seule personne. Telle était leur habitude. Il arrivait de temps à autre qu'un pensionnaire ou un étudiant disparaisse, ou bien quelqu'un parmi le petit peuple du bazar. Puis on ne savait plus rien. Ces disparitions plongeaient les gens dans une terreur et un trouble extrêmes. Demain, ce pourrait être le tour de n'importe qui. On avait à peine le temps d'oublier qu'un nouveau drame menaçait. Encore une fois, la panique, la terreur. La disparition des Nubiens avait été à peine supportable pour Saïd. Ah, s'il avait pu hurler, invoquer la terre, les étoiles, la lune, les astres. Ah, s'il avait pu insuffler la vie aux choses ! Ce jour-là, il s'était précipité en courant jusqu'à Kôm el-Gâreh. Après l'avoir écouté, le cheikh lui avait dit : « Ont-ils vraiment insulté Zakariya, comme cela m'a été rapporté ? » Saïd ne savait pas. Ils parlaient toujours dans cette langue étrange que personne ne comprenait : alors, comment Zakariya aurait-il pu le savoir, comment ? On dit dans le peuple que le cheikh Abou Sooûd possède une bague marquée du sceau de Salomon, qui lui permet de déchiffrer les talismans des djinns. On dit aussi qu'il peut soumettre les djinns aux desseins de l'homme. Le cheikh pourrait bien transporter Zakariya ibn Râdhi jusqu'aux montagnes du Wâq-wâq, et alors on ne le reverrait plus, car pour revenir, il lui faudrait des milliers et des milliers d'années. Saïd n'en a jamais rien dit au Vénérable : il sait très bien qu'il se met dans une colère noire lorsqu'on lui attribue des miracles. Ce soir-là, Saïd n'était pas fier de lui ; avec le cheikh Abou Sooûd il fallait être sûr de tout ce qu'on disait.

Saïd se met à réciter le verset bien connu :

– « Gardez-vous de la précipitation. Ne soyez pas les artisans de votre propre perte. »

– Mon fils, dit soudain le cheikh Rayhân, tu restes dîner avec nous, n'est-ce pas ?

Il est tenté... goûter à un plat préparé à la maison... à une sauce à laquelle Samâh elle-même goûtera ce soir... cette cuillère, ses lèvres l'ont peut-être effleurée... Ces insomnies en perspective. Il n'arrive pas à se décider, il ne tient pas en place. Le cheikh Rayhân n'insiste pas. Saïd glisse ses pieds dans ses sandales, suit le chemin des allées étroites qui traversent le jardin ; il est seul, il pense à regarder en haut. Si jamais elle regardait, elle aussi. Ah ! s'il pouvait la voir une heure durant... Par Dieu, il y aurait de quoi voler de minaret en minaret, hurlant son nom à la face du ciel, criant à tue-tête les pensées qui se tournent et retournent en lui. Parcourir les pays, comme l'avait fait le

Vénérable, avec, pour tout viatique, le souvenir de ses yeux. Ah, si elle l'écoutait, ils prendraient une barque, le long du Nil, laissant leur main flotter au fil de l'eau. Cela laisserait des traces d'écume blanche. Elle lui apparaît dans une ville qui ne connaît pas la peste, où l'on ne tombe pas raide mort en travers du chemin, où personne ne se lamente sur le sort d'une fille qu'on vient d'enlever. Pas de misérables qui disparaissent dans la prison du Goub ou de la Maqshara. Pas d'Arqanah où se consument des vies entières. Là, on n'arrache pas la main de qui a volé un concombre. De sa fenêtre, Samâh contemple une rue où nul danger ne menace. Il a son bras autour de ses épaules. Ils rient ensemble. Elle mâchonne des grains de résine qu'il a reçus de Perse...

C'est quand les autres se sont endormis, là, sous le portique, que Samâh lui apparaît. Souffle de tiédeur que lui offre généreusement l'hiver cruellement froid, frissonnement d'air frais dans la canicule de l'été implacable et étouffant. Il ne se rappelle même plus la couleur de ses cheveux. Et pourtant, où donc, sinon en elle, trouver l'espoir d'échapper aux inévitables souffrances de ce bas monde ?

Voici les impasses dont la vue lui est si pénible... les chameaux chargés de fourrage... Jusqu'à quand cela va-t-il durer ? Où trouvera-t-il du repos ? Où aller ? Hamzaoui ? Attarin ? Les formules de politesse, les salutations, tout cela l'indispose ; où passer inaperçu ?

Non, il ne peut plus supporter de rester là, sous le portique, jusqu'au matin. Quel vide étouffant... Il aurait pu accepter de rester dîner. Mais en une seule semaine, il avait déjà dîné deux fois là-bas. Il ne fallait pas s'imposer : cela pouvait les faire jaser, elle et sa mère. Rien qu'à imaginer ce qu'elles pourraient dire, il frissonne de honte. Ira-t-il chez maître Hamza boire un verre de *helba* mêlée de sésame et de lait, bavarder un peu, et oublier ses idées noires ? Après la prière du soir, l'établissement de maître Hamza est plein de monde, surtout de fumeurs de haschich... Et alors, ne se trouverait-il pas des gens pour dire : « Regardez donc, voilà le disciple du vénérable Abou Sooûd qui s'adonne aux délices de la drogue. Il sera frais pour accomplir la prière de l'aube... » Où aller, donc, où ? Il faut bien qu'il s'arrête quelque part. Si jamais il passe deux fois par le même endroit, les espions vont le signaler, et son nom arrivera jusqu'aux oreilles de Zakariya. D'ailleurs, il est persuadé qu'un jour ou l'autre Zakariya entendra parler de lui. Autant repousser l'échéance et choisir pour l'occasion un prétexte qui en vaille la peine. Cependant, on ne peut jurer de rien. Peut-être Zakariya détient-il d'ores et déjà des pages et des pages de rapport à son sujet ?

Aurait-il échappé à la vigilance de ses sbires ? D'ailleurs, ces jours-ci, Zakariya n'est plus omniprésent. C'est l'impression intime qu'a Saïd. Personne ne lui a rien dit. Aucun personnage haut placé ne l'a mis dans ses confidences. Mais c'est ce que le premier venu peut deviner.

Pour la première fois dans les annales du sultanat, voici que les rues du Caire sont sillonnées par des crieurs publics qui ne dépendent pas du grand Shihâb – peu de gens, d'ailleurs, savent que tous étaient auparavant sous ses ordres, sans compter les chansonniers, qui se produisent dans les cafés, les chanteurs et musiciens, les jongleurs, les prédicateurs qui, tous, appartiennent plus ou moins à la corporation des espions. Voilà pourquoi Saïd a pleinement conscience de la signification particulière que revêt l'apparition de ces nouveaux hérauts en pantalon bleu et jaquette verte soutachée d'or, dont la livrée inédite indique qu'ils sont soumis à l'autorité du Grand Censeur. Ce n'est d'ailleurs pas la seule chose qui ait attiré l'attention de Saïd : il a remarqué aussi qu'ils se montraient à heures fixes, le matin, puis après le repas du midi, puis peu avant le crépuscule, enfin avant la prière du soir. Ils circulent seuls, sans gardes, avec, pour seul insigne de leurs fonctions, une baguette de bois dont ils frappent leurs tambours avant de porter à la connaissance de la population les dernières directives du Zayni, ses incitations à dénoncer les fraudeurs et autres malversateurs. Un avis, en particulier, avait étonné Saïd : pouvait-on croire qu'un négociant important, protégé par un vizir, un émir ou par le Zayni lui-même, comme ils le sont tous, allait subir le sort de tout un chacun ? Voilà qui ne s'était jamais fait et qui aurait paru extravagant. Toujours est-il que quelques jours après la publication de l'avis, Saïd s'était trouvé devant un groupe de citoyens en pleine effervescence qui entourait un crieur public portant la nouvelle livrée. Que se passait-il ? Il était question d'un tailleur, dont la boutique se trouvait dans le quartier du souk aux tamis – non pas un misérable petit artisan, mais quelqu'un qui fournissait les émirs et les grands dignitaires en gilets brodés, caftans, etc. – un homme qui avait dépassé la quarantaine, et qui était la proie (ainsi en avait décidé le Seigneur) d'un vice incurable ; se promenant dans le souk des fabricants de tentes, il avait remarqué un jeune garçon qui l'avait tout de suite attiré.

– Comment t'appelles-tu galopin ?

– Kamal, lui avait répondu l'enfant.

– Viens, je vais te conduire auprès de ton père qui t'attend, à la mosquée. En chemin, je t'achèterai un *sambousik*.

En fait, le vilain bonhomme l'avait attiré derrière des ruines, près de la Mosquée bleue, et là, il l'avait violé. L'enfant n'avait pu supporter l'assaut ; il avait été déchiré et s'en était tiré avec trois plaies. Il s'était enfui, en sang, retrouver son père. Le pauvre homme était venu trouver le Zayni, lequel avait fait venir le tailleur et avait demandé à l'enfant s'il s'agissait bien de son agresseur. L'enfant ayant acquiescé en pleurant, l'autre s'était écrié que c'était un menteur ; sur quoi, le Zayni l'avait frappé au visage : « Les enfants ne mentent jamais », lui avait-il dit. Il avait ordonné qu'il soit exposé à l'opprobre public et promené sur un âne à travers toute la ville. Ensuite, il l'avait fait enfermer à la prison de l'Arqanah, et Dieu sait ce qu'il était advenu du malheureux par la suite. Des cheikhs étaient venus intercéder auprès du Zayni : « Rien là que de très ordinaire. Ce sont des choses qui arrivent tous les jours... » Et puis ils laissèrent entendre que le bonhomme avait des relations : « De nombreux émirs défilent dans sa boutique... Ces gens-là, n'est-ce pas, risquent de... » On dit qu'à ces mots, le Zayni avait bondi, les avait pris au collet et mis à la porte. « De tels scandales ne se produiront pas tant que je serai responsable de la Censure. Il n'y a que Lui – avait-il dit en indiquant le ciel – dont j'aie à craindre et personne d'autre. » Les gens du peuple racontent qu'il les aurait même frappés de sa cravache au manche d'ivoire incrusté d'or... « Oserez-vous affronter votre Seigneur le jour du Jugement ? » leur avait-il crié au visage.

Saïd craint pour le sort du Zayni. Surtout que, depuis le temps qu'Ali ibn Abi l-Goud est entre ses mains, il semblerait, aucun avis n'ayant été publié, qu'on n'ait pas encore découvert les biens qu'il a dissimulés. Pour le sultan, c'est cet argent qui importe, et Zakariya pourrait bien le monter contre le Zayni ; alors, celui-ci serait destitué de sa charge. La querelle qui oppose, actuellement, les émirs Toushtamir et Khaïrbek peut faire gagner du temps... Mais, que se passe-t-il ? Serait-ce que Saïd s'inquiète pour le sort du Zayni ?.... Irait-il jusqu'à souhaiter, pour le bien du Zayni, qu'il faille recourir à la torture afin de faire avouer Ali ibn Abi l-Goud ? S'est-il jamais surpris, auparavant, à souhaiter qu'on torture un être humain – quand bien même ce serait Ali ibn Abi l-Goud ? Bien sûr, on ne compte plus le nombre de ceux qu'il a torturés, lui... et puis, les tourments que Dieu lui infligera le jour du Jugement ne seront-ils pas encore plus atroces ?.... Non, impossible de le nier : il faut bien que Saïd reconnaisse à quel point le Zayni lui est cher. Lorsqu'il l'avait approché pour lui transmettre la demande du Vénérable – c'était la nuit –, le Zayni s'était présenté à lui voilé, coiffé d'un turban aux dimensions modestes ; ses vêtements étaient banals : du genre de ceux que porte un humble soufi. Ils avaient marché en silence. De temps à autre, Saïd lui lançait un regard à la dérobée. L'odeur de la laine, mêlée à celle de la virile sueur, lui rappelait le souvenir lointain de son oncle, dans ce petit village de Nizzah... Souvenir de ce désir qu'il avait eu alors... Si jamais des amis le voient marcher dans la rue en compagnie d'un homme dont le nom est sur toutes les lèvres au Caire... tout le monde en parlera. Quel trait dans ce visage exprimerait le mieux la fierté indomptable qui lui avait donné la force de refuser une charge si prestigieuse ? Tous ceux qu'un décret avait désignés pour succéder à Ali ibn Abi l-Goud dans l'une de ses fonctions ne se lassaient pas de recevoir des délégations venues les congratuler. Barakat ibn Moussa, lui qui était pressenti pour une fonction considérable, la refusait tout bonnement. Il refusait... Or, le refus est rare par les temps qui courent, une telle aubaine en ferait galoper plus d'un. Après un moment de silence, Saïd avait dit : « Le Vénérable m'a recommandé de ne pas revenir sans toi. » L'autre s'était tourné vers lui et avait hoché la tête. Saïd en avait été gêné. L'avait-il interrompu alors qu'il était absorbé par des préoccupations importantes ? Mais l'autre avait répondu brusquement : « Jamais je ne saurais refuser quoi que ce soit au Vénérable. » Ensuite, le Zayni n'avait cessé de lui poser des questions : Saïd lui avait dit qui il était : comment il était venu de son village jusqu'au Caire, comment il avait rencontré le Vénérable, la régularité avec laquelle il lui rendait visite et lui tenait compagnie, l'initiation qu'il recevait auprès de lui, les longs moments qu'il passait avec lui... Il se rappelle encore fort bien tout ce qu'il lui avait demandé. Ensuite, il y avait eu ce silence subit. Saïd ne sait que penser de ce qui s'était passé entre eux. Le Vénérable lui avait dit de retourner à el-Azhar. Depuis lors, Saïd n'avait plus jamais approché le Zayni, si ce n'est dans le groupe qui l'avait escorté, à son retour de la mosquée d'el-Azhar, le jour où il s'était adressé au peuple. Mais, cette fois-là, il était seul dans la foule ; le Zayni ignorait sa présence à ses côtés et ne pouvait l'entendre.

Cela fait deux heures déjà que le dernier crieur public est passé dans les rues. De quoi a-t-il bien pu informer les gens ? Saïd n'en sait rien. Pendant les deux premières semaines qui ont suivi l'apparition des nouveaux crieurs publics, ceux-ci provoquaient de multiples attroupements. Les gens ne se lassaient pas de les regarder, de les écouter. Avec le temps, la foule est moins nombreuse ; mais les enfants, eux, ne les quittent pas d'une semelle.

Saïd s'arrête. Il lui semble reconnaître les abords du quartier de Qasr el-Shauq. Cet homme, là, qui marche à toute allure, n'est-ce pas lui ? Mais pourquoi donc s'être arrêté brusquement, incapable de bouger ? Pourquoi cette confusion qui l'envahit ? Il essaie de se souvenir... est-ce la stature du Zayni ? Celui-ci est mince...

non, plutôt bien en chair... Se tenait-il droit... ou plutôt voûté... ? Il ne sait plus. L'image qu'il a gardée de lui est bien floue. Mais ce passant là-bas... Mais oui, c'est lui, c'est bien lui. Il a dû traverser le quartier du Trésor, et le voilà qui prend le chemin de Bayt el-Qâdhi, qui mène à la mosquée d'el-Husseïn. Il disparaît. Mais il n'irait pas comme ça dans les rues, sans gardes du corps. Quelle imprudence ! Et si c'est bien le Zayni, comme il le pense, l'a-t-il vu, lui ? L'a-t-il reconnu ?....

Avis

« Bonnes gens du Caire, bonnes gens du Caire, oyez, oyez, bonnes gens du Caire !

Nous ordonnons le Bien, nous interdisons le Mal !

Sa Majesté le sultan s'est rendue aujourd'hui à Raydaniyeh où elle a joué au polo.

Sa Majesté est en parfaite santé ; puisse Dieu maintenir notre sultan en cet état et lui donner force et santé !

Bonnes gens du Caire, sachez que la querelle entre les émirs Toushtamir et Khaïrbek n'a toujours pas pris fin ! Que chacun d'entre vous soit vigilant ; prenez garde !

Le dénommé Sâber ibn Hamzaoui, droguiste de son état, s'est rendu coupable de fraude sur le poids des marchandises.

Il a été prouvé que ce même individu avait vendu de la poudre de fenugrec mélangée à de la terre,

Ainsi que du *moughât* frelaté.

Est en outre accusé de s'être procuré en contrebande du lézard *saqanqoûr* en provenance des Indes,

Et d'avoir spéculé sur cette marchandise dont il détient le monopole.

Sachez aussi, bonnes gens, que le Zayni Barakat ibn Moussa, détenteur de la noble charge de Grand Censeur de la ville du Caire et du district du Sud,

Garant de l'application scrupuleuse des prescriptions de la Loi musulmane,

Protecteur des droits du bon peuple, serviteur de Sa Majesté le sultan,

A décidé de lui infliger une amende de cent dinars,

Et ordonné que soient mises sous séquestre les réserves de *saqanqoûr* qu'il avait constituées, pour les distribuer aux autres droguistes et qu'ainsi nos concitoyens puissent en profiter.

Il a fixé le tarif de cette marchandise à trois dirhams la pièce.

Qu'on se le dise !

La vengeance divine attend tous les fraudeurs et autres scélérats de son acabit !

A bon entendeur, salut !

Bonnes gens du Caire, oyez, oyez, bonnes gens du Caire !.... »

Zakariya ibn Râdhi

Le mardi 7 du mois de zoûlqidah
de l'année 912 de l'hégire, au matin.

Contempler un jeune enfant, pour Zakariya, c'est se retrouver seul avec soi-même. Délicatesse et fragilité de la vie encore neuve, douceur d'un duvet, tiédeur de la peau encore si tendre et si fine. Ah ! si l'on pouvait toujours rester petit enfant ! se mouvoir à sa guise, rire pour un oui, pour un non, se traîner par terre. Savoir qu'à la moindre larme une âme compatissante viendra sécher vos pleurs. Les terreurs qui traversent l'imagination n'ont jamais une emprise durable sur ce petit cœur ; l'émerveillement et la curiosité habitent toujours ce regard qui découvre le monde. Zakariya ne peut pas remonter le temps pour retrouver les premières années de sa vie. Il a parfois la conviction qu'il ne lui a jamais été donné de connaître un tel paradis. Pas le moindre souvenir d'une main caressante.

Jamais Zakariya n'a permis jusque-là aux circonstances extérieures, si graves soient-elles, de l'empêcher d'aller voir Yassin, son fils unique. Le voici qui vient vers lui, tout emmailloté de velours noir brodé d'or, dans les bras de sa mère, Zaynab, qui les contemple tous les deux. Elle lui raconte les derniers exploits de Yassin : combien de fois il a pris le sein dans la journée, le sourire serein avec lequel il sombre dans le sommeil, et à son réveil, son regard qui cherche son père chéri ; ses premiers démêlés avec les sons du langage. Elle est intarissable. Yassin est le seul lien qui la rapproche de cet homme ; elle en est fière et en tire avantage auprès des autres épouses légitimes et des concubines du harem. Aucune n'a eu d'enfant. Elle, elle a donné Yassin au maître. Bien sûr, elle feint d'ignorer la naissance d'Ahmed, il y a quatre ans, puisqu'il est mort quelques mois plus tard. Sa mère, une esclave abyssine, vit toujours dans le harem, ignorée de tous.

De temps à autre, la morsure de la nostalgie transperce le cœur de Zakariya ; les années écoulées n'ont pas réussi à la faire disparaître ; mais, maintenant, la douleur se fait moins aiguë. Sous aucun prétexte, même dans les circonstances les plus graves, il n'a été question pour Zakariya de renoncer à ces moments qu'il consacre à son fils Yassin. Il lui arrive même de le réveiller en pleine nuit, malgré les protestations de sa mère, pour jouer avec lui, le taquiner.

Il y a quelques mois, ses hommes avaient arrêté au Khan el-Khalili un commerçant osmanli, soupçonné d'envoyer au Grand Seigneur des rapports d'espionnage sur le royaume d'Égypte. Zakariya était là, en personne, lorsque cet individu avait été soumis à la question. On lui avait broyé les chevilles, on lui avait brûlé le dos à petit feu. C'est Mabrouk qui appliquait la torture, avec tout le zèle, le dévouement et la compétence dont il est capable. Un silence de mort s'était abattu sur les autres cellules de la prison. Les détenus écoutaient les cris de la victime, qu'étouffait l'épaisseur des murs extérieurs. Zakariya savait la terreur et l'angoisse qu'ils ressentaient aux cris de douleur que poussait cet homme, dont ils ignoraient pourtant jusqu'au nom. On leur aurait arraché les dents avec une tenaille chauffée à blanc que la torture n'eût pas été pire. C'était surtout pour les nouveaux détenus que la chose était insupportable. N'importe lequel d'entre eux pouvait bien, d'un moment à l'autre, se trouver à la place du malheureux Osmanli. Celui-ci avait mis du temps à parler. Tout ce que Zakariya pouvait voir, c'était les crispations de son visage, ses yeux exorbités, son nez qui enflait démesurément, et sa mâchoire qui pendait. Mais l'homme n'avait rien dit.

Zakariya était hors de lui : il était convaincu que l'homme avait des complices. Après avoir attendu un jour entier, il se saisit d'une pique longue et mince comme une aiguille, préalablement chauffée à blanc, et il se mit à l'enfoncer lentement dans le ventre du Turc, tout près de son nombril. La fumée dégagée par la chair brûlée le faisait suffoquer. Il était sorti, et avait aspiré l'air comme si c'eût été une eau désaltérante. Il avait traversé la cour en direction des bâtiments du harem, monté les marches qui menaient à la chambre de Zaynab.

– Dort-il ? avait-il demandé.

– Oui, Seigneur.

– Je veux le voir.

Elle allait certainement être déçue. Elle qui espérait qu'il allait passer la nuit avec elle et rester dans ses appartements jusqu'au matin. Son triomphe devant les autres femmes du harem ne serait pas complet tant qu'elle ne réussirait pas à le retenir jusqu'au matin avec elle. Il avait demandé à voir Yassin.

– Il dort déjà depuis un moment, Seigneur.

Et, d'une voix creuse, qui la fit trembler de peur :

– Je ne t'ai pas demandé de le réveiller, avait-il dit.

Elle avait marché devant lui. Au milieu des coussins, tendresse de ce petit visage plein et rond. Il avait les yeux fermés. Lune au milieu des nuages. Un teint lisse comme une pomme. Une légère mousseline de soie laissait transparaître les traits de son visage. A la lumière vacillante du candélabre, Zakariya était resté un bon moment à le regarder. Le visage du Turc s'était estompé dans son esprit.

– Est-ce que j'enlève le caftan, Seigneur ? lui avait dit la pauvre femme.

Mais il s'était redressé tout d'un coup, et, sans même lui jeter un regard, il avait marché vers la porte. Il n'avait pas encore eu le temps de passer en revue les rapports de la journée et avait encore à faire. Et puis il y avait cette affaire concernant l'espion turc qu'il voulait porter à la connaissance du sultan. Elle le suivait à petits pas rapides. Sa voix trahissait une déception mal contenue.

Zakariya redescend les nombreuses marches qui mènent à la cour intérieure. L'air embaume le basilic, et le bruissement des palmes parvient jusqu'à lui. Le jardin contient des arbres étranges que lui ont envoyés les Grands Maîtres de l'Inde, du Yémen, d'Abyssinie. Dans un coin à droite, quelques rares fleurs jaunes. Il connaît chacune d'elles. Des fleurs légères comme un murmure imperceptible, d'un jaune délicat, bordé de violet. Leur cœur est d'un rouge profond, avec trois taches vert sombre. Il les a vues s'ouvrir devant lui. Ses yeux ont été témoins de leur venue au monde. Il se rappelle encore le spectacle avec émerveillement. Il y a aussi de petites cages où sont enfermés d'étranges oiseaux dont certains poussent des cris inconnus. En ce moment, ils sont muets. L'hiver, il lui arrive de voir des oiseaux en liberté, dont il a appris, par les oiseleurs, qu'ils viennent de fort loin, des pays où la nuit dure six mois, et le jour six mois aussi. Ils repartent avec l'hiver, ne pouvant supporter la sécheresse de l'été. Zakariya note le jour où il voit le premier de ces oiseaux dans son jardin. « Est-ce bien celui-là qui est déjà venu l'année dernière ? se demande-t-il. Combien de temps vivent-ils, s'ils ont le bonheur de ne pas être pris par un chasseur, meurent-ils de mort naturelle ? Ce genre de créatures est-il donc mortel ? » Il avait été tenté de diffuser un avis pour interdire la chasse aux oiseaux, mais était revenu sur sa décision. Allez savoir ce que les émirs auraient imaginé ! Et puis, une telle initiative risquait de ne pas être prise au sérieux. Zakariya n'avait-il donc rien d'autre à faire que d'interdire la chasse aux oiseaux !

Ces derniers jours, il est souvent venu contempler ces oiseaux prisonniers de leur cage. Il a beaucoup joué avec Yassin... Mais il est très mal à l'aise et l'angoisse pèse sur son cœur. Sans les petits oiseaux et Yassin, sans ces quelques expéditions incognito, dans la ville, sans les moments de détente dans son domaine de Syriachos, il aurait pu se faire éclater une veine dans un transport de colère. Mais patience. Une affaire comme celle-là demande à la fois de la souplesse et du courage. Le Zayni ne lui a toujours pas répondu, si bien qu'il s'est demandé si son message est arrivé. Il a dû s'assurer que la lettre lui avait bien été remise en main propre. Il s'est donné toutes les peines du monde pour vérifier que cela avait été fait. Car il n'a personne à lui qui travaille chez le Zayni. Avant le début de cette affaire, son préfet ne s'était pas préoccupé d'introduire un de leurs hommes chez lui, étant donné qu'à cette époque, c'était un parfait inconnu. Il a promis de faire entrer quelqu'un dans la place, mais il ne connaît pas un seul des serviteurs du Zayni. A croire qu'il les a amenés de l'étranger ! Pendant ce temps-là, le préfet continue à mettre ses hommes sur la piste de cette femme qui avait fait irruption devant le cortège du Zayni et l'avait accusé de vilenie devant tout le monde.

Ainsi, elle le connaît. Si on la retrouve, on découvrira peut-être un détail secret de la vie du Zayni. Que disait le premier rapport du préfet des Espions ? Ah oui... : « C'est une femme à laquelle on ne connaît pas de famille. Depuis le quartier de Sayârig, en passant par la rue de l'Émir-des-Armées, jusqu'à Bab Shaariyeh, les habitants la connaissent. Ils disent l'avoir souvent vue dans les rues, et cela depuis leur enfance. On ne lui connaît pas de domicile. On dit qu'elle dort dans les cimetières, à l'extérieur de Bab el-Nasr. On sait qu'elle répond au nom d'Oum Souheïr, mais certains disent qu'elle s'appelle Miska. Elle n'a en fait aucune fille du nom de Souheïr, comme son nom pourrait le faire croire. Cette femme est donc venue insulter le Zayni par deux fois dans la rue Saliba, et aussi dans la rue d'el-Mouizz. On l'a à peine vue ; c'était comme si la terre s'était entrouverte et l'avait avalée. Selon le rapport d'un espion particulièrement digne de confiance, un vieil homme, qui a coutume de s'asseoir près du *sibil* de l'émir Pouchtak, et qui porte un bandeau sur les yeux, signale que cette femme se rend parfois chez le Zayni Barakat ; qu'elle le serre contre elle et qu'ils pleurent dans les bras l'un de l'autre. Toujours d'après le même agent, elle prend son visage entre ses mains, et elle a pour lui les mots les plus doux. Cette femme, de plus, lui prédit l'avenir et le prévient des complots dont il risque d'être la cible. Le vieux ajoute qu'elle a commercé avec certains djinns qui lui obéissent au doigt et à l'œil, et que c'est grâce à eux qu'elle peut prédire l'avenir. Quant à dire qui elle est, le vieux en est incapable. Quand voyait-elle le Zayni en privé, il ne le sait pas non plus. Quant à dire pourquoi elle lui a crié ces mots à la face, en public, personne ne le saura jamais, affirme notre témoin. Le vieux a laissé entendre qu'il n'était pas exclu que le Zayni lui-même entretienne des relations secrètes avec les djinns... »

Toujours est-il que le Zayni fait comme s'il n'avait pas reçu le message de Zakariya, ou comme s'il ne l'avait pas lu. Il y a quelques jours, Shihâb l'Alépin a demandé si on avait reçu une réponse du Zayni. Zakariya a bondi et lui a répondu grossièrement : « Depuis quand te permets-tu de demander des nouvelles d'une lettre que je t'ai fait écrire ? C'est ainsi que je vous ai appris à vous comporter, vous, mes subordonnés ? Sais-tu comment l'on récompense les bavards, les menteurs et les curieux de ton espèce ? Chaque mot que tu écris, tu te dois de l'oublier... »

Le pauvre Shihâb tremblait de peur. Il ne craint rien tant que la colère de Zakariya. « Le pire, se disait-il, c'est qu'il va sans doute imaginer que ma question n'était pas innocente. Et voilà qu'il me soupçonnera des pires machinations. Que va-t-il advenir de moi ? J'ai beau être à son service depuis de longues années, on ne me pardonnera pas pour autant la moindre faute, fût-elle involontaire ». Zakariya aime à lui répéter l'histoire de l'homme de confiance du Grand Maître ottoman : après avoir gravi tous les degrés de la hiérarchie de la Police secrète du Grand Seigneur, bien longtemps après, on avait découvert qu'il avait trahi et qu'il entretenait des relations étroites avec le Séfévide, l'ennemi juré de son maître le Hünkar. Shihâb l'Alépin se mêle toujours de ce qui ne le regarde pas. Il n'est pas le seul d'ailleurs, ils sont tous comme ça au diwân de la Police secrète.

Zakariya est surpris par la violence de sa propre colère. Mais les atermoiements du Zayni l'excèdent et la question de Shihâb l'Alépin l'a agacé. Chaque jour, il se dit : « Sans doute répondra-t-il ce soir, ou demain. » L'insolence de cet homme dépasse les limites.

L'émir *djamdâr*, page de la garde-robe de Sa Majesté, lui a dit d'un air découragé que le sultan suivait aveuglément l'avis du Zayni sur toutes les questions : Chaque nuit, le Zayni se rend auprès du sultan et il s'enferme avec lui une heure durant. Nul n'a l'écho de ce qu'ils se disent. Zakariya connaît des difficultés d'un type nouveau, que ses prédécesseurs n'ont pas eu à affronter. D'ailleurs, peut-être est-il question de lui au cours de ces entretiens et doit-il s'attendre à un mauvais coup ?

Son moral avait été à nouveau très atteint, lorsque, un soir, lui était parvenu un rapport confirmant que le Zayni continuait à entretenir son propre corps d'espions. L'émir Mankali Boughâ, qui lui était très proche, avait rencontré le Zayni, et en avait profité pour faire allusion aux usages qui voulaient qu'il n'y ait qu'un seul corps d'espions dans tout le sultanat. « Le Grand Censeur devrait donc se soumettre à Zakariya ainsi que l'usage le veut. » Mais le Zayni avait secoué la tête, en signe de dénégation, et avait répondu qu'il n'avait confiance qu'en ses propres hommes.

C'est bien cela qui inquiète Zakariya : savoir qu'il existe en Égypte un autre corps d'espions, échappant à son contrôle. Rien n'exclut qu'on ait tenté d'introduire l'un d'eux chez lui, ou pire encore dans le diwân des Affaires secrètes. Partout, à tous ses collaborateurs, au préfet des Espions du Caire, à celui de la Charkieh, à celui des districts du Sud, au préfet des Espions de Nubie, il a envoyé les directives les plus strictes, leur enjoignant d'être à l'affût de toute initiative prise par le Zayni, et de surveiller de près les membres du nouveau corps d'espions ; il faut savoir qui ils sont, où ils se trouvent, comment ils travaillent.

Les rapports qui lui parviennent au sujet du Zayni sont toujours d'une banalité désespérante. D'une façon générale, il faudra travailler avec circonspection, mais sans faire traîner les choses, conclure, et vite, l'affaire

Zayni Barakat, ou alors, c'est l'existence même de la police secrète et son histoire qui seront menacées. Zakariya a convoqué le doyen des poètes et chansonniers du Caire, Ibrahim « la Limonade », qui compte parmi ses agents les plus sûrs. Il a la haute main sur ce milieu de poètes qui évoluent dans les cafés, joueurs de rebec, conteurs et autres artistes qui se produisent à l'occasion de la fête de la naissance du Prophète ou des saints personnages de l'Islam. Tout ce qui sort de leur bouche, les paroles des poèmes de style *mawwal* ou *dûbît*, qu'ils chantent devant le public, le texte des pièces improvisées ou des récits épiques, tout cela doit obligatoirement passer entre les mains d'Ibrahim « la Limonade ». Il a tout pouvoir de censurer ce qu'il juge contraire aux prescriptions de la religion et aux bonnes mœurs, ou ce qui risquerait de blesser l'honneur d'un notable ou d'un dignitaire. Chaque mardi, Ibrahim se rend chez Zakariya pour lui rapporter les dernières nouvelles concernant les conteurs et les chansonniers : ce qu'ils font, ce qu'ils disent... les projets intimes, les intentions secrètes de tout un chacun – y compris les siennes propres –, bref, tout ce qui affecte la vie de ce petit monde de la chanson et de l'art. Zakariya rit sous cape : voilà qui ne viendrait pas à l'esprit du Zayni. Tout le monde écoute les poètes dans les cafés, tout le monde écoute l'histoire de Saïf Zou I-Yazan qui creuse la terre à la recherche du Livre du Nil. On se passionne pour les aventures de Zât el-Himma, et on tremble pour son sort. On écoute avec intérêt l'histoire des Barmécides et leurs démêlés avec les califes Abbassides. On suit avec passion les exploits d'Abou Zayd de la tribu des Hilaliens, de Dyab, de Zanati Khalifa, ou encore le récit de la vie du prophète Salomon qui régna sur les djinns. On pleure en écoutant le récit tragique des martyrs de Karbellâ. Mais on ne sait pas qu'un fil relie les chanteurs, les poètes et les conteurs les uns aux autres. Personne ne sait cela. L'entretien que Zakariya va avoir avec Ibrahim se déroulera sans témoin.

Il lui demande de préparer un texte qui sera chanté avec accompagnement de rebec. C'est l'histoire d'un homme sans naissance, ni mérite, qui se voit brusquement promu aux plus grands honneurs et se prend pour un justicier. Dès ce soir, quatre chansonniers seront chargés de faire circuler l'histoire : à el-Husseïniyeh, chez Landy et chez Bahgoury, à Fostât, chez Younis et à Boulaq, chez Abou I-Ghît. Les deux premiers lieux sont très connus, on y consomme la *helba*, l'infusion de gingembre, et on y fume volontiers le haschich. Les deux autres sont des établissements beaucoup plus modestes, fréquentés par des gens du commun, des travailleurs. L'histoire sera répétée dans une dizaine d'établissements, dans plusieurs quartiers du Caire, et pas plus tard que la semaine prochaine, ce sera le principal sujet de discussion. A ce moment-là interviendront des espions, qui se seront mêlés à la population, et qui se chargeront d'expliquer et de commenter le sens de cette petite histoire pour ceux qui ne l'auraient pas compris.

L'entretien est terminé. Ibrahim « la Limonade » est parti. Zakariya se lève, descend au jardin. Le voici rempli d'une énergie toute neuve. Les pensées se bousculent dans sa tête. Des dizaines de noms lui viennent à l'esprit. Le voilà qui se frappe du poing la paume de la main. Il boit une gorgée d'eau parfumée à la rose. Des pensées surgissent, des pensées qu'il n'aurait même pas eues en rêve. Il ne sait plus où il en est. Que de projets... qu'il faudra réaliser au plus vite. Il ne néglige aucun détail. Tout est prévu pour leur organisation. Un instant après le départ d'Ibrahim, il monte, en pleine agitation, aux appartements de Zaynab, sa première femme, pour prendre Yassin dans ses bras. Il le soulève, le place sur ses épaules, marche devant lui à quatre pattes, imitant le bêlement du mouton et le braiment de l'âne. Les rires de Yassin le transportent de joie. Il nage dans le bonheur... Ces petits rires d'enfant... gazouillis d'un narghilé fou... Fraîcheur de la menthe, du basilic et de la balsamine... Brusquement il le remet dans les bras de sa mère et repart à toute allure, plantant là le bambin, sans que Zaynab s'en étonne. Elle s'attend à tout de sa part ; ce n'est pas la première fois.

Il envoie chercher maître Awad, connu dans le peuple sous le nom de « la Fumette ». Tout le monde sait que c'est un grand fumeur de haschich, qu'il est très porté sur les femmes, et qu'il a une langue redoutable. Maître Awad est arrivé. Il est planté là, silencieux, devant Zakariya, attendant que celui-ci lui adresse la parole. Maître Awad, lui aussi, est une créature de Zakariya. Zakariya ne se tient plus de joie : comment le Zayni pourrait-il savoir que tous ces hommes lui obéissent au doigt et à l'œil, qu'ils travaillent pour lui ? Ce ne sont sans doute, à ses yeux, que des gens sans importance, et pourtant, les services qu'ils rendent sont inestimables. Maître « la Fumette » est donc là. Il est énorme, il a une voix de stentor. Cependant, il tremble comme un petit enfant. A peine Zakariya le voit-il qu'il se précipite sur lui pour lui donner l'accolade, ce qui ne fait qu'augmenter la confusion du pauvre homme, qui ne sait comment se comporter devant le Grand Maître de la Police secrète du sultanat. Va-t-il rendre l'embrassade, ou doit-il rester figé dans un silence respectueux ? Il hésite quelques instants, puis se rend compte qu'il ne saurait répondre avec le même empressement et que ses salutations risqueraient de manquer de sincérité et de chaleur. Zakariya le prend par le bras et les voilà qui se dirigent vers un banc de marbre, au pied d'un haut palmier dont le tronc a été couvert, jusqu'à mi-hauteur, de plaques de cuivre brillant. Zakariya lui demande des nouvelles de ses enfants, de ses femmes. A-t-il fini par se réconcilier avec sa deuxième épouse, qui, il y a quatre jours, à la suite d'une querelle, était retournée chez sa mère, ou bien sont-ils toujours en froid. Il lui dit très vite qu'il était au courant de son intention de la répudier. Sa voix se fait calme et posée, il rejette la tête en arrière :

– Il n'y a vraiment pas d'autre solution ? Tu sais que, bien que permis par la Loi, c'est là un acte qui n'est pas pour plaire au Seigneur. Enfin, si tu insistes, je ne vois pas ce que je pourrais te conseiller d'autre.

Le pauvre homme est incapable de cacher sa stupéfaction, sa panique même, devant le comportement de son maître. Aucun détail n'échappe à Zakariya. Cet homme est au courant de tout. Maître Awad est en proie à la plus grande confusion, lorsque Zakariya se penche pour lui rire au nez :

« Entre nous, mon cher, il faut reconnaître que c'est toi qui as tort. Il faut lui rendre justice, maître Awad... Tu es accaparé par ta nouvelle épouse, qui est toute jeune. Il n'y en a que pour elle. Non, mon cher, il faut savoir être équitable. Dans un cas comme celui-là, l'équité s'impose. Tu la négliges. Depuis combien de temps ne vas-tu plus la voir ? Hein, depuis combien de temps ? Je vais te le dire, moi... Cela fait deux mois et une semaine ! Ce n'est pas à un vieux singe qu'on apprend à faire des grimaces ! Tu la mets dans une situation humiliante.

Le pauvre homme ne sait plus où se mettre. Sa voix de stentor s'est transformée en murmure à peine audible, un râle dans lequel on distingue à peine ces quelques mots :

– Vous avez raison, Excellence, tout à fait raison...

Zakariya coupe net :

– J'ai un petit service à te demander, lui dit-il d'un air entendu.

Il tend les doigts de sa main, les écarte, puis les replie un à un pour ponctuer les différents points de sa requête. L'autre plisse les yeux, il est tout oreilles. Il jette de-ci, de-là, des regards en coin autour de lui. Zakariya parle d'un ton parfaitement serein, comme s'il s'agissait d'une affaire des plus banales. Il peut avoir mille raisons d'être inquiet, cela ne l'empêchera pas d'engager la conversation sur un ton détendu, comme s'il débitait de simples formules de politesse. C'est sa façon de faire, même lorsqu'il aborde les sujets les plus graves, les plus complexes. En l'occurrence, voilà de quoi il s'agit : il va falloir faire circuler dans la population un certain nombre de rumeurs, répandre des propos dont il précisera la teneur exacte. Maître « la Fumette » a bien compris :

– L'affaire est simple, dit-il, Votre Excellence veut que je fasse en sorte que... que les gens disent exactement ce qu'elle aura décidé.

Zakariya plisse les paupières.

– Mais attention ! Pas un mot ! Rien de ce qui a été dit entre nous...

L'autre l'interrompt immédiatement :

– Là, vous me faites injure !

Zakariya l'arrête d'un geste de la main :

– Je sais, je sais. Ce que je veux dire, c'est qu'il ne faut absolument pas qu'on devine la main qui est derrière tout cela.

Maître « la Fumette » se frappe la poitrine :

– « La Fumette » connaît son métier... !

Et Zakariya de rire :

– Tu me plais, « la Fumette », il n'y a pas à dire, c'est toi le meilleur ! Et n'oublie pas...

– Que voulez-vous dire, Excellence ?

Mais « la Fumette » comprend bien vite à la vue du sourire en coin qui apparaît sur les lèvres de Zakariya.

« Par Dieu, je saurai me servir de mon intelligence, Excellence. Et puis... je sais très bien, maintenant, que bien que permise par Sa Loi, la répudiation n'est pas pour plaire au Seigneur.

Zakariya hoche la tête, quelques rides apparaissent sur son front, ses yeux se plissent. Il semble que l'affaire soit entendue.

– Va la voir, avec un beau coupon de tissu, ou avec quelques douceurs. Les femmes sont comme les enfants.

Maître « la Fumette » opine du bonnet. Il fait quelques pas en arrière, s'incline pour prendre congé. Mabrouk le raccompagne jusqu'à la porte du jardin. On entend résonner sa voix tonitruante, tandis qu'il claironne les formules d'adieu, et lance des salutations à la cantonade. Car maître « la Fumette » est ainsi : aux portes rencontrées sur son chemin, aux fentes dans les murs, aux herbes folles, il distribue généreusement ses saluts retentissants.

Aujourd'hui, le temps est à l'hiver, il n'y a pas de doute. Les pierres du chemin brillent d'un éclat faible et timide. Les fleurs étranges du jardin sont là. Les oiseaux prisonniers ne cessent leur troublant gazouillis. La nuit, ils se taisent, mais, à cette heure de la journée, ils n'arrêtent pas. Zakariya retourne à la pièce du premier étage qu'il a préparée pour ses entrevues. Une imperceptible humidité imprègne les coussins de fin duvet disséminés dans la pièce. C'est un endroit où il aime à se retirer. A l'extérieur, des plantes d'un vert luxuriant s'agrippent au bois du moucharabieh. On n'entend rien d'autre que le bruit des feuilles dans le vent. Le haut plafond est incrusté d'or et d'argent, orné de motifs dus au pinceau du célèbre du célèbre Kesrawâni le Persan. A coté de lui, un disque de cuivre qu'il frappe d'une baguette gainée de cuir. Un seul coup, et voici Mabrouk : il suffit que son maître murmure son nom pour qu'il accoure aussitôt.

Zakariya est étendu sur ses coussins, tout aux pensées qui encombrent sa tête : Combien de rapports sont nécessaires pour aboutir à la page unique qu'on lui fait parvenir ? A cet instant, un homme est en train de mourir. Ce moment passe. Un autre lui succède. Cet homme est mort. A cette heure, combien sont-ils à prononcer son nom ? Et le Zayni lui-même, à quoi pense-t-il ? Une femme est en train d'accoucher. Que sera l'enfant dans trente ans ? A quel endroit surviendra sa mort ? Un capitaine sur son navire en détresse pousse un cri de terreur devant l'immense abîme marin qui va l'engloutir. Souvent, à la nuit tombante, Zakariya essaie de percer, par les yeux de l'esprit, le secret de l'obscurité. Combien d'hommes en ce moment, dans la ville, sont-ils en train de faire l'amour ? Des chiffres, des chiffres innombrables, des chiffres à l'infini. C'est dans des moments comme celui-ci qu'il comprend que, si pénétrante soit sa lucidité, tant de choses resteront hors d'atteinte ! Quand viendra-t-il ce temps où ses espions seront capables de dire à l'instant même combien d'hommes sont en train de coucher avec leur femme, combien d'enfants habitent le ventre de leur mère ? Quand viendra ce temps où l'on pourra même dire lequel parmi eux enfantera à son tour, et lequel de ces nouveau-nés sera amené à semer le désordre et le trouble ? Tout savoir... Décider... Oui, décider à qui revient le droit de naître, et couper le mal à sa racine. Si Pharaon avait pu disposer d'un espion de cette trempe, capable de percer à jour le destin de cet enfant abandonné aux eaux du Nil... Eh bien, le monde n'aurait pas connu Moïse le Prophète, et Pharaon et son armée n'auraient point péri, noyés dans la mer Rouge... Zakariya est persuadé que le temps viendra où ses hommes pourront savoir tout ce qui se passe jusqu'aux confins du royaume sans pour autant quitter les flancs du Moqattam. Si l'on compare les méthodes employées actuellement avec celles des Ayyoubides ou du sultan Qaït Bey il n'y a de cela que trente ans, on voit tout le chemin parcouru. Tout change, rien n'est immuable. En ces temps-là, à peine avait-on mis la main sur un criminel qu'on le rouait de coups, au risque de le tuer. A présent, de telles choses ne risquent plus de se produire. La mort n'est plus qu'un dernier recours. On préfère que le prévenu reste en vie, et lui infliger toutes sortes de douleurs. S'il perd conscience, rien n'est épargné pour le ramener à lui. Voilà des choses que le Zayni ignore totalement. D'ailleurs, à quel résultat est-il parvenu après avoir soumis son prédécesseur, Ali ibn Abi l-Goud, à la question ? Voilà un mois qu'on le lui a remis. Or, depuis cette date, aucun de ses crieurs publics ne s'est vanté de ce qu'un seul dirham lui ait été arraché... non plus d'ailleurs que le moindre aveu. Le bruit court que le Zayni ignore l'art de la torture. On dit aussi que les émirs murmurent, et que certains n'accordent aucun crédit aux rumeurs qui circulent à propos de Ali ibn Abi l-Goud. L'émir Ylboughâ Djahanguir affirme que ce n'est pas parce que la canaille raconte les pires calomnies sur un dignitaire de l'État qu'il faut pour autant croire ces billevesées : « Voilà qui ne va pas du tout, a-t-il dit, pas du tout. » Le Zayni fait comme si de rien n'était. Il n'a toujours pas répondu à la lettre de Zakariya : Eh bien ! il ne l'emportera pas en paradis ! Il prétend ignorer ces milliers d'espions qui sont pourtant comme les membres de son corps ! Eh bien, il entendra parler d'eux ! Zakariya se laisse entraîner par ses divagations : l'homme porte toujours deux anges sur ses épaules : sur la droite, celui qui enregistre les bonnes actions, sur la gauche, celui qui enregistre les mauvaises. Sans compter qu'il y a aussi Nâker et Nakîr qui l'attendent devant sa tombe, qui l'interrogent, qui demandent des comptes, des explications, et qui arrachent la vérité aux morts à coups de bâton. On a coutume de dire que rien n'est plus affreux que les coups infligés par ces bâtons angéliques. Or, combien y a-t-il de créatures de Dieu sur terre ? Chacun a donc deux anges. Nâker et Nakîr, les deux anges de la mort, sont-ils seuls pour accomplir leur tâche, ou bien ont-ils des auxiliaires ? Car, supposons que deux hommes soient enterrés au même moment, comment procéder alors à l'interrogatoire ? Comment peuvent-ils être, au même instant, tous les deux, soumis à la question ? Comment Nâker et Nakîr pourraient-ils être à deux endroits à la fois ? Seul le Très-Haut a le don d'ubiquité. Quel système extraordinaire, quelle organisation terrifiante ! Il doit faire aussi bien. Le monde entier sera à lui. Rien ne lui échappera, il saura tout : chaque bonne action, chaque mauvaise action sera comptabilisée... Un jour, il faudra, dans l'isolement le plus complet, qu'il rédige un rapport détaillé où il exposera ce qu'il attend de ses espions, les méthodes qu'il préconise, les moyens magiques qui permettront de découvrir les pensées les plus secrètes, et d'autres encore grâce auxquels on pourra remonter le temps et ainsi forcer les aveux de ceux qui résistent...

Zakariya se lève, parcourt la pièce de long en large, en mesure la longueur au nombre de ses pas : quatorze pas qu'il fait lentement, tête baissée, tandis que les pensées l'assaillent de toutes parts. Une main implacable pèse sur son cœur : ainsi donc, le Zayni passe à l'attaque. Jusque-là, il n'avait rien fait contre lui. Finis, les moments de découragement où il était prêt à se résigner. Il faut passer à l'action, même si le sultan s'obstine à vouloir appuyer le Zayni. Les yeux de Zakariya se font tout petits, ses pas s'accélèrent... Plus que dix pas pour parcourir la pièce dans sa longueur. Qui donc fit monter le sultan Muayyad sur le trône ? Le sait-on ? Ni le Zayni ni le sultan lui-même n'en savent rien. Qui l'a poussé jusqu'au trône, après qu'il eut passé toutes ces années dans la prison de Khizanet Shâma'il, qu'il s'était juré de détruire à sa sortie, pour la remplacer par une mosquée dont on parlerait durant des générations après lui... Il en est bel et bien sorti, et il a détruit la prison et construit une mosquée dont Le Caire s'enorgueillit encore de nos jours. Et pourtant, personne, ni les fidèles qui y prient ni les dignes ulémas qui la fréquentent, non, personne ne sait qui a sauvé le sultan, qui a permis en conséquence que la mosquée soit érigée, ni qui, en vérité, a permis au sultan de monter sur le trône. Aucun livre d'histoire ne le dit. Seules les archives du diwân des Espions ont gardé ce secret. C'est le Grand Maître qui est à l'origine de tout cela. Le trône du sultan est à la portée de sa main. D'ailleurs, d'ici, il peut le faire trembler sur ses bases. Ah ! si seulement Shaabân avait pu rester en vie et révéler ce qui avait pu se passer réellement entre lui et le sultan el-Ghoury. Mais voilà, il a été obligé de le tuer... Une lune, ce Shaabân, un astre ; mais les astres déclinent. Aujourd'hui même, Zakariya va faire quérir l'officier préposé au service des pigeons voyageurs. Voilà une étonnante invention dont il se vante auprès de ses collègues du monde entier. Chaque pigeon est dressé et connaît son itinéraire. Ils ne doivent jamais survoler une maison habitée, ni même une caravane dans le désert. Pour parvenir à destination, ils sont dressés, au prix des détours les plus longs, à ne passer que par des régions désolées. Aujourd'hui, des vols entiers seront lâchés. Que tout le monde le sache ! Seigneurs dans leurs fiefs, chefs de village, et même ceux, parmi les gens du commun, qu'on a abusés, que tous sachent l'immense erreur que le sultan a commise lorsqu'il a permis qu'en ce pays d'Égypte le sort de la communauté des croyants fût remis entre les mains d'un individu dont on ne sait rien, dont on ne peut même pas dire s'il accomplit régulièrement la prière du vendredi, un individu qui se fait passer pour un justicier redoutable alors qu'on ne sait rien de ses véritables desseins. D'ailleurs, il a déjà perdu un temps précieux à interroger Ali ibn Abi l-Goud sans réussir à lui soutirer le moindre aveu. Est-on bien sûr qu'il n'est pas de mèche avec l'accusé et qu'ils ne se sont pas mis d'accord sur le dos du peuple ?

Dès aujourd'hui, les pigeons porteront leurs messages à l'émir Toughlouq, grand architecte du sultan, à l'émir Pouchtak, que les gens du peuple ont surnommé « Fève épluchée ». En outre, il faut faire en sorte de multiplier les incidents entre Toushtamir et Khaïrbek. Eh bien, nous allons informer l'émir Toughlouq de ce que Pouchtak, Fève épluchée, a fait des remarques désobligeantes sur la nouvelle mosquée qu'il vient de construire pour le sultan au souk des marchands de *sharboûsh*. Au même instant, Pouchtak apprendra que Toughlouq le tourne en ridicule, en contrefaisant ses manières de parvenu essayant d'imiter les façons de la Cour, et bien d'autres choses tout aussi agréables. Zakariya, content de lui, sourit. Ses pas se font de plus en plus rapides. Toughlouq va écumer de rage ! Chacun va lancer ses mamelouks contre l'autre. Les choses vont aller de mal en pis. Les prix vont monter, les pillages vont se multiplier. Il y aura quelques enlèvements de jeunes filles et de jeunes garçons dont se chargeront nos plus redoutables agents... Brusquement, Zakariya s'arrête, cessant son va-et-vient. La journée s'écoule, sereine. Dans le vide, on croirait entendre le bruissement du temps qui passe. Comme il aime l'hiver ! Il se saisit du petit marteau gainé de cuir et frappe sur le gong. Un coup unique qui résonne à travers la maison tout entière...

Avis

Soir du mardi, 7e jour du mois de zoûlqidah.

« Oyez, bonnes gens du Caire, oyez !

Nous exigeons le Bien, nous interdisons le Mal !

Gloire au Très-Haut, devant qui, esclaves soumis, nous nous prosternons !

Louanges à Celui devant qui les infâmes tyrans ont dû baisser la tête !

Bonnes gens, réjouissez-vous, oyez la bonne nouvelle !

Sachez que Sa Majesté le sultan a pris connaissance du rapport véridique que lui a fait parvenir le Zayni Barakat ibn Moussa,

Grand Censeur de la ville du Caire et des districts Sud, rapport dans lequel celui-ci lui représentait l'état de ses fidèles sujets,

Et, tout particulièrement, les lourds fardeaux qui accablent les pauvres gens.

Le sultan décide donc d'abolir la gabelle.

Le commerce du sel est désormais libre, la poignée d'exploiteurs qui s'en était accaparé le monopole en est, dorénavant, privée.

Bonnes gens du Caire, notre sultan bien-aimé ordonne, sur les représentations hautement véridiques du Zayni Barakat, de retirer des mains de l'émir Toughlouq le monopole du commerce du concombre *shambar*, ainsi que des autres légumes verts.

Dorénavant, la vente en sera confiée aux paysans eux-mêmes, sur les marchés, sans intermédiaire, ce qui pourra en faire baisser le prix.

Tout garde ou mamelouk qui sera convaincu d'avoir essayé d'extorquer une taxe à ceux qui feront pénétrer en notre ville des chargements de concombres ou de légumes verts

Sera pendu haut et court sans autre forme de procès. »

Extrait d'un avis porté
à la connaissance de la population
par les crieurs publics le soir du même mardi,
7e jour du mois de zoûlqidah

« Sur ordre de notre Seigneur le sultan, et sur représentation du Zayni Barakat ibn Moussa, Grand Censeur de la ville du Caire et du district Sud, par laquelle il lui décrivait fidèlement l'état de ses sujets,

Il est interdit à tout mamelouk de sortir le visage voilé sur la voie publique après le coucher du soleil.

Il est, pareillement, interdit à tout mamelouk de pénétrer armé dans les quartiers de la ville après la prière du soir. »

Extrait de l'avis proclamé
par les hommes du Zayni
le soir du mardi,
7e jour du mois de zoûlqidah

(Dès la première lecture de ce texte inhabituel, la population était descendue sur la voie publique où la proclamation était écoutée dans l'allégresse générale) :

« Après m'être enquis du point de vue de la Loi,

Après avoir consulté les gens de réflexion et de bon conseil,

Après avoir interrogé le passé pour en tirer des leçons profitables,

Moi, Zayni Barakat ibn Moussa, Grand Censeur de la ville du Caire et du district Sud,

J'ordonne qu'il soit mis fin aux usages permettant jusqu'alors que les cortèges funèbres se déroulent au son des tambours de basque.

Toute femme qui aura été convaincue d'avoir joué de cet instrument pour accompagner un mort à sa dernière demeure subira l'opprobre public.

Telle est notre décision. Elle est sans recours. »

Texte d'un avis diffusé immédiatement
après le précédent

« Le Zayni Barakat ibn Moussa, Grand Censeur de la ville du Caire et de la région Sud,

Fait savoir qu'il a consacré une des portes de sa demeure à l'accueil des plaignants.

Quiconque aurait à se plaindre d'une injustice qu'il aurait eu à subir d'un grand personnage aussi bien que du plus humble sujet.

Doit se rendre auprès du Zayni Barakat pour obtenir réparation et se voir rétabli dans ses droits... »

Extrait d'une missive parvenue
à Zakariya ibn Râdhi
et portée personnellement
par un émissaire attaché
à la maison du Zayni

Nous citons la parole du Très-Haut : « Par le mont des Figuiers, par le mont des Oliviers, par le mont Sinaï. Par ce territoire sacré... »

Au Grand Maître des espions du sultanat d'Égypte, premier lieutenant du Grand Censeur, Son Excellence le Grand Shihâb Zakariya ibn Râdhi : Puisse Dieu lui accorder le Salut...

Avis proclamé dans la nuit du mardi
au moment même où parvenait
à Zakariya ibn Râdhi
la lettre citée plus haut

« A partir de ce jour, et à l'avenir, des lampes à huile d'une taille conforme aux directives devront être suspendues aux murs pour éclairer les rues de la ville.

Leur conception est due à l'émir Toughlouq, Grand Architecte du sultan,

Selon les directives du Zayni Barakat, Grand Censeur de la ville du Caire et de la région Sud.

Ces lampes devront être suspendues devant la porte de chaque quartier, devant chaque maison, chaque palais, ainsi que devant les caravansérails.

En tous les endroits susdits, les nouvelles lanternes devront être placées.

Les hommes du Zayni se chargeront de les allumer tous les soirs.

Ainsi, notre bonne ville du Caire pourra dormir en paix.

Nous mettons en garde ceux qui s'aventureraient à arracher une lanterne croyant le faire en toute impunité.

Les propriétaires des murs qui les portent en seront responsables et encourront les peines prévues.

Bonnes gens de la ville du Caire,

Sachez que la pose de ces lanternes ne vous coûtera pas un dirham.

Apportez votre aide au Grand Censeur, sachez le seconder dans sa tâche.

Bonnes gens du Caire, oyez, bonnes gens du Caire, oyez !

Sa Majesté le sultan confirme Zakariya ibn Râdhi dans l'exercice de ses fonctions. Celui-ci continuera donc à assumer celle de premier lieutenant du Grand Censeur, ainsi que toutes les autres fonctions qui lui étaient confiées. Dorénavant, son nom sera précédé du titre de Shihâb.

Bonnes gens du Caire, oyez ! Bonnes gens du Caire, oyez !

Prenez grand soin des nouvelles lanternes !

Quiconque s'opposera aux ordres du Grand Censeur sera pendu sans autre forme de procès ! »

Rapport du dénommé Amr ibn el-Adawi,
adressé au préfet des Espions de la ville du Caire,
au sujet des rumeurs qu'il a pu recueillir
parmi le peuple dans la nuit du mardi
7e jour du mois de zoûlqidah

Cela fait l'unanimité : les gens âgés se plaisent à le répéter, ainsi que les secrétaires des diwâns, ou les gens de justice et tous ceux qui ont une certaine connaissance du passé. Chacun est d'accord pour dire que le spectacle dont les rues du Caire ont été témoin la nuit du mardi 7e jour du mois de *zoûlqidah* représente un événement absolument sans précédent. Ce sont là des propos que j'ai entendus chez les étudiants d'el-Azhar aussi bien que chez les vieux fidèles de la Zawiya de Sidi el-Halougui, ou parmi les commerçants du quartier de Ghouriyeh et de Bâtiniyeh. J'ai entendu dire les mêmes choses dans les échoppes sises à Bab el-Mouzayyinin, ou à Zâwiyet el-Umyân, dans la grande mosquée d'el-Azhar... Car c'est alors qu'on a pu voir les crieurs publics toutes les demi-heures, toujours annoncés par les tambours, proclamer à chaque apparition un nouvel avis. Il y en a eu tellement qu'aucun n'a pu être répété, ne serait-ce qu'une fois, alors que l'usage veut qu'un avis émanant de Sa Majesté le sultan soit répété une semaine durant et cela cinq fois par jour, sauf en cas d'urgence. J'ai été le témoin de rassemblements importants : tout le quartier de Bâtiniyeh – hommes et femmes – était dans la rue. Ce n'étaient que you-yous et hurlements, mains brandies et agitées frénétiquement, bouches grandes ouvertes criant à tue-tête. Je dois dire que les rumeurs dont j'ai pu être témoin sont extrêmement diverses.

Premier point : Après la diffusion du premier et du quatrième avis publiés émanant du Zayni Barakat, la foule n'en finissait pas d'appeler la bénédiction de Dieu sur celui-ci ; les commentaires les plus élogieux étaient sur toutes les lèvres ; les femmes, surtout, étaient enthousiastes. En pleine effervescence, « Longue vie au Zayni ! », « Longue vie au Zayni ! » les entendait-on scander ; elles se plaisaient à répéter que le Zayni connaissait bien les peines que les gens subissaient dans leur âme et dans leur corps : « Cet homme, disaient-elles, ne connaît ni morgue ni mépris envers le peuple, et c'est pourquoi il sait bien la vie misérable que nous menons. »

Certaines prétendaient même qu'au récit des mauvais traitements subis par le peuple, le Zayni avait frémi ; j'ai entendu dire aussi qu'il réprouvait totalement la torture, et qu'aux moments où il savait que quelque malheureux y était soumis, il se mettait à prier. Un certain individu (il s'agit d'un marchand ambulant de *harissa*, qui répond au nom de Shams Ramadani et dont le domicile se trouve dans le premier pâté de maisons à l'entrée de Roum Gouwaniyeh – un homme qui a dépassé la quarantaine et porte une barbe blanche, je peux dire exactement où il exerce son commerce), cet individu a déclaré que le Zayni se promenait incognito dans la ville, de jour et de nuit, recueillant attentivement tous les renseignements possibles sur les conditions de vie de la population. « Le Zayni est à l'affût de la moindre injustice, affirmait cet homme, et, en vérité, c'est Dieu lui-même qui l'a envoyé parmi nous pour venir en aide aux miséreux. » Ce même individu a affirmé avoir, parmi ses connaissances, un homme attaché au service du Zayni ; c'est de lui qu'il tenait que, chaque nuit, avant de s'endormir, le Zayni pleurait longuement ; pourquoi ces pleurs, sinon parce qu'il savait fort bien que chaque soir, une dure journée d'épreuves et de souffrances s'achevait pour le peuple. Voilà pourquoi le Zayni ne pouvait rester en paix, et s'il implorait souvent le pardon de son Seigneur, c'est qu'il n'était pas en son pouvoir de mettre un terme à toutes les injustices.

D'autre part, après la diffusion du quatrième avis, la rumeur s'est répandue que le Zayni Barakat était monté à la Citadelle pour s'entretenir en privé avec le sultan et que l'entretien avait duré fort longtemps. « Tu auras à rendre compte devant Dieu de ce que subissent tes sujets, aurait-il dit au sultan ; le jour du Jugement, des comptes te seront demandés, ainsi qu'à moi, et cela, pour toute faute qui aura été commise, même à notre insu ; alors, ce jour-là, comment pourrons-nous nous soustraire à la toute-puissance de notre Seigneur ? » On raconte que le sultan l'aurait longuement écouté – le discours du Zayni était accompagné de citations du Saint Coran, des Traditions Prophétiques et de textes que connaissent les docteurs de la Loi, et encore, seulement les plus experts d'entre eux. Le bruit court parmi les commerçants du bazar que le Zayni sait le Coran par cœur et qu'il en a même écrit un commentaire que personne n'a lu jusqu'à maintenant. Le bruit a couru aussi que le Zayni avait tenu à parler au sultan de l'émir Charbek qui a l'exclusivité du commerce du sel pour le pays d'Égypte entier ; il aurait répété au sultan que si un pauvre malheureux était pris en train de vendre ne serait-ce que pour un demi-dirham de sel, on lui coupait l'avant-bras droit, ou bien le gauche si le droit avait déjà été coupé, ou bien sa jambe droite s'il avait déjà les deux bras coupés, ou la gauche si la jambe droite lui avait été enlevée. « Et si le malheureux n'a plus ni main, ni jambe, on fait venir à sa place quelque parent, fils, frère, mère ou père », aurait alors précisé le Zayni, ajoutant que ce monopole du commerce du sel permettait à Charbek de pratiquer une hausse des prix quand bon lui semblait : s'il était de bonne humeur voilà que les prix dégringolaient au bas de l'échelle, mais venait-il à être en colère, les crieurs publics annonçaient une hausse. « Cela est tout à fait préjudiciable à l'intérêt de vos sujets », avait dit le Zayni à Sa Majesté, et il avait ajouté que c'était sur la personne même du sultan que le peuple appelait publiquement les malédictions, que c'était contre lui qu'il criait vengeance. « Et encore, cela n'est rien en comparaison du scandale du commerce des concombres que l'émir Toughlouq a accaparé, en en réservant l'exclusivité à ses hommes de paille. »

Les commerçants affirmaient que, par ses récits, le Zayni avait tiré des larmes au sultan, si bien que celui-ci lui avait donné carte blanche pour faire ce que bon lui semblait, à condition qu'il s'engage à ne pas faire baisser d'un seul dirham les revenus de l'État. Jamais en effet le royaume n'avait eu autant besoin d'argent, depuis la disparition de nombreuses sources de revenus. Le Zayni avait certes fait preuve d'une grande maîtrise dans la réalisation de ses plans. Dès que les avis ont été rendus publics, le nom de l'émir Toughlouq fut traîné dans la boue et on peut dire que, si on avait pu mettre la main sur lui, il aurait été mis en pièces, une intention que beaucoup ont proclamée bien haut. Les gens du commun ont maudit l'émir Charbek et sa descendance ; la malédiction de Dieu a été appelée sur lui, on a même vu des gens misérables donner quelques menus cadeaux aux crieurs publics pour marquer leur contentement.

Deuxième point : J'ai été personnellement le témoin d'une conversation tenue par trois individus dans le café de Landy. L'un d'eux est connu de moi ; il répond au nom de Foutouh el-Iskandarani et il habite Bab Shaariyeh où il possède un pressoir à olives. C'est un homme de cinquante-cinq ans. J'ai entendu là un autre son de cloche, puisque le sieur Foutouh el-Iskandarani exprimait ses doutes et même sa suspicion à l'endroit des avis publics émanant du Zayni. Le dénommé Foutouh a affirmé que, selon lui, cette situation ne pouvait durer éternellement, que le sultan n'écouterait pas toujours avec la même complaisance ce qu'on lui disait, à moins qu'il n'ait intérêt à cela. L'individu en question a tout fait pour essayer de convaincre l'assistance, avec force gestes et explications. J'ai tenté de le provoquer – à dessein – pour essayer d'en savoir plus, mais impossible d'orienter la conversation à mon gré. Dans un autre café, j'ai entendu un certain Abou Ghazâla qui travaille dans une teinturerie du quartier de Midha faire la remarque suivante : « Voilà maintenant que ceux qui nous gouvernent voudraient faire preuve de justice... Elle est bien bonne ! »

Troisième point : Près du souk de Tarbîa, fréquenté par une clientèle féminine attirée par les boutiques des commerçants syriens qui y ont élu domicile, certains se sont interrogés sur la raison de l'interdiction faite aux femmes d'user des tambours dans les cérémonies de deuil ; tout le monde était d'accord cependant pour reconnaître que le Zayni avait le droit, en tant que Grand Censeur, d'interdire de telles pratiques. Mais il semble bien que l'affaire la plus importante, la plus scandaleuse, soit celle des lanternes. Abd el-Hamid, doyen de la corporation des porteurs d'eau du Caire, qui aime à converser avec les commerçants de l'endroit, a affirmé qu'il s'agissait là d'une hérésie intolérable en terre d'Islam. J'ai relevé, de la bouche d'un étudiant d'el-Azhar, des propos identiques en substance. Il s'agit d'un certain Gâd Allah, originaire de Haute-Égypte, et qui réside sous le portique de la mosquée réservé à ses compatriotes. D'après lui, si le Zayni prétend introduire cette nouvelle pratique, ce ne serait qu'un prétexte pour faire parler de lui. J'ai aussi entendu dire que c'était là une initiative funeste qui pourrait bien attirer le mauvais œil sur les habitants de ce pays. Sur cette affaire des lanternes, les commentaires vont bon train. Certains font valoir que c'est là une mesure qui permettra d'empêcher les mamelouks et les bandits de se livrer aux incursions nocturnes dont ils sont coutumiers ; à cela, il a été répondu que la lumière à elle seule n'empêcherait pas les rôdeurs, les mamelouks ou les bandits d'attaquer ; si ces derniers étaient déterminés à le faire, ils n'auraient alors qu'à détruire les lanternes. Certains cheikhs ont fait remarquer que, jusque-là, on n'avait eu qu'à se louer des mesures prises par le Zayni et que cette nouvelle mesure devait donc avoir son avantage. Dès que les crieurs du Zayni eurent terminé leur tournée, les hommes attachés à la maison du Grand Censeur firent leur apparition, portant des échelles pour accrocher les lanternes. Ils s'empressèrent de les allumer et ce fut aussitôt l'exultation générale : les cris fusaient de partout. « Hourrah ! Longue vie aux lanternes ! Les lanternes, les lanternes ! » Et la ville du Caire ne ferma pas l'œil de la nuit.

Quatrième point : Ce matin, à l'aube, alors que j'entrais dans la grande mosquée d'el-Azhar, mon attention fut attirée par un étudiant, le dénommé Saïd el-Gohaïny, que j'ai déjà signalé plus d'une fois. L'individu discutait au milieu d'un groupe d'étudiants. Il levait le poing avec énergie, le visage en proie à la fureur, visiblement contrarié, et agité d'une profonde haine. Tout le monde l'écoutait. Je saluai l'assistance. Les propos que j'entendis alors étaient stupéfiants : le Saïd en question faisait allusion à un fait que personne n'avait relevé jusqu'alors, absolument personne. Le seul commentaire qu'il avait à faire sur l'affaire des lanternes et sur l'avis qui avait été communiqué à la population, c'est que ç'avait été là l'occasion de confirmer Zakariya ibn Râdhi dans ses fonctions de premier lieutenant du Grand Censeur. Voici l'essentiel des propos tenus par l'individu en question :

1. Il y aurait là les signes d'une victoire certaine de la part du Grand Shihâb Zakariya ibn Râdhi et de ses acolytes sur le Zayni. Les pressions auraient été telles que ce dernier aurait été contraint de confirmer Zakariya dans ses fonctions de premier lieutenant de la Censure du Caire.

2. L'individu en question prétend bien connaître le Zayni et affirme que celui-ci n'est absolument pas satisfait de cette décision.

3. La multiplicité des avis se succédant sans trêve n'aurait pour autre but que de détourner l'attention du peuple de l'essentiel, à savoir la confirmation du Grand

Shihâb dans ses fonctions, dont le caractère officiel était renforcé.

Voici, textuellement, les phrases prononcées par ledit Saïd el-Gohaïny :

« Cela commence à aller mal ! »

« C'est mauvais signe. »

« Seigneur, sauvez-nous, protégez-nous. »

Tandis que j'écris ces lignes, cet individu continue à passer d'un groupe à l'autre, en exprimant son intention d'aller voir le Vénérable Abou Sooûd, dont il est le disciple, pour lui expliquer la gravité de la situation et lui demander d'intercéder, tout cela au milieu d'un flot d'injures destinées au Grand Shihâb, injures les plus basses et les plus grossières.

Cinquième point : Du haut de leurs chaires, les prédicateurs ont parlé de l'affaire des lanternes et ce, en des termes très critiques. Quant aux chansonniers, dans les cafés, ils ont tourné l'innovation en ridicule ; voici l'une des pièces composées sur ce thème :

« Debout, pauvre fou
Prends garde à ton cou
Ou bien la lanterne
Sera ton licou. »

Avis

Dixième jour du mois de zoûlqidah
de l'année 912 de l'hégire.

« Bonnes gens du Caire, oyez, bonnes gens du Caire !
Nous ordonnons le Bien, nous interdisons le Mal !
Aujourd'hui, un ambassadeur du roi des Abyssins ainsi qu'un ambassadeur du doge de Venise.
Ont été reçus par Sa Majesté.
A chacun, Sa Gracieuse Majesté a offert une robe d'honneur de velours, fourrée de martre et de zibeline.
Bonnes gens du Caire,
Sachez qu'un différend a subitement éclaté entre l'émir Toughlouq, architecte de Sa Majesté,
Et l'émir Pouchtak, dit « Fève épluchée ».
L'émir Pouchtak aurait parlé en termes désobligeants du minaret que l'émir Toughlouq vient de construire pour la nouvelle mosquée du sultan, prétendant qu'il n'était pas droit...
En conséquence, bonnes gens, prenez garde...
Soyez vigilants. »

Saïd el-Gohaïny

Toute-puissance du désarroi. Règne du doute, effondrement des certitudes. Rien ne tient plus, tout s'efface. Seul demeure ce désir impérieux... Ah ! se perdre dans un désert immense, infini. Sentir le corps se décomposer, les cheveux partir en poussière. Alors, alors seulement pourra-t-il enfin découvrir tout ce qui s'était dérobé à lui, ce que masquait le nuage, ce qui se cachait derrière le brouillard. Peut-être pourra-t-il alors saisir le secret de cette vie perdue, de ce désir qui se consume en une passion sans espoir. Son seul viatique ici-bas : Savoir qu'elle se trouve dans cette maison où il ne pénètre que deux fois par semaine. Son seul espoir : la voir, de ses yeux, la contempler. Le soleil se lève à l'Orient, se couche à l'Occident. Quelle distance sépare le premier ciel du deuxième et celui-ci du troisième ? La mesure-t-on en longueur ou en durée ? Quelle distance sépare les étoiles de la terre ? Quelles chaînes énormes les y relient et les maintiennent dans le firmament ? Ces étoiles que l'on voit plonger dans l'abîme, sont-elles les âmes damnées chassées du paradis et qui, l'espace d'un instant, apparaissent, dans l'obscurité, pour s'y perdre immédiatement ? Rien qui les relie à la terre, aucun point fixe qui les maintienne dans la voûte céleste. Même ces traînées de feu qui les suivent disparaissent comme un mauvais rêve. Quelle force secrète empêche les océans d'envahir les terres et fait que les eaux du Nil enflent, que la crue déborde et qu'ensuite son lit retrouve son étroitesse d'origine ? Lorsque le Zayni est né, pouvait-il savoir ce que Dieu avait écrit sur la tablette réservée à son destin ? Pouvait-il savoir qu'un jour, il serait Grand Censeur et qu'alors il rencontrerait un homme du nom de Zakariya ? Comment, Grand Dieu, comment a-t-il pu permettre la confirmation de Zakariya dans ses fonctions de lieutenant du Grand Censeur ? Comment a-t-il pu accepter que la Censure soit entourée des espions les plus redoutables, qui n'ont pas leurs pareils pour répandre la terreur jusque dans les pierres des édifices, les alcôves des foyers, les minarets des mosquées, les *mihrabs*, sous les pieds des imâms conduisant la prière ? Saïd a-t-il eu tort d'aller chercher le Zayni pour l'accompagner à Kôm el-Gâreh ? Celui-ci continue à proclamer à qui veut l'entendre que quiconque a à se plaindre d'une iniquité doit venir le trouver. Et tous les jours, ceux qui ont une plainte à faire valoir se rendent chez lui. Les gens ne veulent voir que lui : plus personne devant les portes des émirs et des gens de justice... Si bien que le bruit court que le Zayni veut cumuler les fonctions de cadi et de Grand Censeur. A ces rumeurs, le Zayni a répondu de la façon suivante : le vendredi, monté sur sa mule, il s'est dirigé vers la mosquée d'el-Azhar pour la prière du vendredi. S'adressant à la foule, il a démenti ce que l'on disait à son sujet. La Censure lui demandait une vigilance et une attention rares. Comment pourrait-il donc porter la responsabilité d'une autre fonction et assumer ainsi des tâches supplémentaires ? La foule exultait, « *Allah ou Akbar :* Dieu est grand ! *Lâ ilâha illa-llâh :* Il n'y a de Dieu que Dieu ! » entendait-on de toute part. Ils essayaient d'embrasser les pans de son manteau. Le Zayni n'avait pas caché son irritation et les avait rabroués sans ménagement.

C'est à ce moment précis que Saïd avait senti l'angoisse l'étreindre. Le Zayni s'était avancé, ses lieutenants marchant derrière lui. Il était vêtu d'un manteau de brocart jaune et il portait un turban ordinaire, sans aucune marque distinctive si ce n'est un rubis qui fixait en son milieu la mousseline du chèche qui l'entourait.

Saïd a confié ses craintes à Mansour, son ami et voisin au dortoir. Celui-ci a été impressionné par ses propos ; voilà donc qu'à nouveau, dans les couloirs d'el-Azhar, les espions de Zakariya seraient partout. Il fallait être très prudent lorsqu'on prononçait le moindre mot. Saïd les connaît bien, il entend leurs pas furtifs derrière son dos, il les sent se glisser dans l'air, il sait lorsque Amr l'épie, il sent son regard le transpercer. Amr vient de s'acheter un nouveau manteau et une paire de babouches. On dit qu'il fréquente une femme, dans l'établissement de Ouns, à qui il achète de la viande, des légumes et des *sambousiks*. Saïd voudrait bien lui parler en toute franchise et savoir ce qui le pousse à rapporter tout ce qu'il entend à Zakariya... Mansour ne manifeste aucune angoisse en face de Zakariya : « Le Zayni n'a pas plein pouvoir sur toutes les décisions, il est nouveau dans cette charge. Et Zakariya n'est pas n'importe qui, il ne faut pas sous-estimer le personnage, encore moins l'ignorer. Et, qui sait ? C'est peut-être une manœuvre dont le Zayni est tout à fait conscient. Aurait-il fait démettre Zakariya, celui-là n'en resterait pas moins un danger obscur, un piège invisible, mais toujours menaçant. Il a entre ses mains les secrets du royaume. Le Zayni doit-il l'attaquer de front, ou vaut-il mieux gagner sa bienveillance, et par là même le neutraliser ? » Saïd n'a pipé mot... Que fallait-il croire dans cette affaire ? Toute chose, en ce bas monde, suit son cours, un cours inévitable et tortueux. Impossible d'y voir clair.

Mansour aime à se tenir dans un coin du café de Landy. Saïd tend la main pour arranger le tabac sur le foyer du narghilé, le voilà qui sombre dans les délices de la fumée, là est le plus sûr refuge contre la tristesse. Voilà que sa lointaine bien-aimée s'approche de lui, lui ouvre les bras. Il la contemple. Elle s'approche, elle est là. Elle s'agenouille à ses pieds... Il fuit, il fuit au loin, jusqu'aux terres extrêmes du pays de Wâq-wâq, razziant les lointaines îles des Amazones. Le Zayni lui apparaît comme un prophète inspiré accompagné de Zakariya, son fidèle apôtre, ombre rassurante qui protège de l'insécurité, des malheurs, des complots menaçants. Avant de partir lui-même pour ce monde de l'oubli, Mansour dit : « Je suis indifférent à tout ; alors, pourquoi me tourmenter. Il a été écrit que je vivrais ma vie ici, dans ce monde éphémère ; alors, abreuvons-nous aux sources du plaisir. Je veux vivre en paix. Pourquoi se laisser emporter par les sentiments excessifs, et passer d'un extrême à l'autre ? »

Il lui arrive d'appeler Saïd à lui tenir compagnie ; mais, lors de ses voyages vers ce monde de nuages bleutés, peuplé de houris et d'éphèbes, Saïd se sent terriblement seul. Il est inquiet ; il quitte le café de Landy, les rues sont éclairées par la lueur des lanternes. Cette affaire des lanternes n'est toujours pas tranchée et risque de provoquer des troubles. Quant à lui, il ne sait quoi en penser. Cela fait quatre jours qu'il n'est pas allé voir le Vénérable... Repartir en Haute-Égypte. Et libérer ainsi ses épaules de ce fardeau qui lui pèse depuis cette époque lointaine où il arriva à el-Azhar. Ou bien, se précipiter à la mosquée de Husseïn... Passer sa vie sous la protection de ce lieu sacré, de l'intimité avec le Bien-Aimé, psalmodier sans relâche les noms du Seigneur, confier ses peines au Saint Martyr... Retrouver Samâh, arracher le voile de son visage, la prendre dans ses bras, trésor très cher, talisman précieux, poème inégalé, paradis perdu. Mais non, ce n'est qu'un mirage poursuivi par l'égaré que la soif rend fou. Samâh, incarnation de toutes les femmes ; il n'y a plus qu'elle sur terre. En dehors d'elle, tout est ruine... Ce n'est que loin d'elle qu'il trouvera son salut !

La nuit, sous le portique d'el-Azhar, le désir le consume. Son lit brûle d'un feu doux et tranquille qui ne s'éteint jamais. Que se passe-t-il chez la fameuse Ouns ? Il se l'est souvent demandé. On dit que là-bas, les hommes entrent, choisissent celle qu'ils veulent ; ils ne savent même pas le nom de la fille avec qui ils s'étendent. « La première fois, j'avais demandé à la fille comment elle s'appelait, lui avait raconté Mansour. Eh bien, elle s'est moquée de moi. "Je m'appelle Râwiya", m'avait-elle dit. Mais ce n'était pas son nom, je le savais bien. » Il faut y aller, oui, y aller. Est-ce vraiment impossible ? Jamais, dans les rêveries de Saïd, Samâh ne quitte ses vêtements. Il n'ose même pas se la représenter sur sa couche, allongée dans une pose troublante. Ne sera-t-elle jamais qu'un rêve ? Il ne se rappelle même plus la couleur de ses yeux, l'expression de son regard, ni les traits de son visage... Tout ce qui fait qu'elle est Samâh et personne d'autre. Il y a quelques années, Saïd n'était qu'une page blanche, encore vierge de toute trace d'encre, une feuille qu'aucun calame n'avait touché de sa pointe, et voici que maintenant le monde devant lui est plein de lettres, de signes ! Ce ne sont que questions déroutantes, sans rime ni raison. Le monde entier n'est qu'une question sans queue ni tête, une question qui restera posée jusqu'à la fin de l'éternité, à déchiffrer sur un vieux palimpseste aux pages défaites et aux bords rongés, dont les caractères sont à moitié effacés...

Rapport spécialement consacré aux rumeurs suscitées par l'affaire des lanternes. Ne sont citées ici que des bribes de propos recueillis au hasard des enquêtes

Le dernier jour du mois de zoûlqidah,
en l'an 902 de l'hégire.

Remarque préliminaire : Les paroles que nous citons ont été prononcées par l'ensemble des prédicateurs, quel que soit le rite auquel ils appartiennent. En voici la teneur :

« Peuple d'Égypte, voici ce que nous dit le Prophète – sur lui le Salut et la Bénédiction : *Le sage n'aura pas honte d'avouer son ignorance si on l'interroge sur ce qu'il ne connaît point.* Et c'est cela même que nous disons à ceux qui ont déclaré licite l'usage des lanternes qu'ils ont fait placer devant les maisons et les boutiques. Pour légitimer une telle hérésie, on a invoqué la "connaissance des usages du passé et de l'histoire". Tant que nous y sommes, pourquoi ne pas aller jusqu'à prétendre connaître l'avenir ?.... Nous le disons net. Ces gens-là ne sont pour nous que des mécréants. Ils ont beau nous déclarer qu'il y a des précédents, que, chez plusieurs peuples, dans de nombreuses nations, les autorités ont doté leurs villes de lanternes pour éclairer les rues... Mais – avec tout cela – ont-ils fait état d'un exemple précis ? Notre Prophète avait-il besoin de lanterne pour éclairer ses pas lors des deux voyages qui le menèrent, l'un l'été, l'autre l'hiver, en Syrie et au Yémen ? A-t-il eu besoin, pour éclairer son chemin, de lanternes fabriquées de main d'homme ? Nous le disons tout haut, sans détour, et nous sommes prêts à risquer nos têtes ; nous le disons à tous ces ignorants qui ont bien du mal à cacher leur ignorance, nous le leur disons sans crainte – car nous n'avons rien à craindre – habitants de notre pays d'Égypte, sachez que cette coutume hérétique est sans précédent. Jamais l'usage des lanternes n'a existé. Votre Prophète vous a ordonné de détourner les yeux des parties du corps humain dont la vue offensait la pudeur. Or, les lanternes découvrent ces parties et si le Créateur a instauré la nuit et le jour, la nuit sombre et obscure, le jour resplendissant, c'est qu'il a conçu la nuit comme un voile et un manteau impénétrable. Allons-nous arracher ce voile, allons-nous dévoiler ce que Dieu nous a ordonné de tenir caché ? Allons-nous pousser notre insolence sacrilège jusqu'à abolir l'obscurité naturelle de la nuit, et la chasser pour toujours de notre ville ? Ce serait là le comble de l'impiété et nous ne saurions le permettre. Ce serait là enfreindre les limites fixées par Dieu aux prérogatives de Sa créature, et nous ne saurions y souscrire. N'était la pureté d'intention du Zayni que personne ne contestera, nous dirions que ces mesures répondent à des desseins inavouables. Mais nous reconnaissons que depuis qu'il a pris la responsabilité de la Censure, nous n'avons eu qu'à nous louer des initiatives qu'il a prises, et cette affaire des lanternes n'entamera pas la confiance que nous avons placée en lui, ne nous inspirera pas le moindre soupçon à son égard.

Habitants de notre ville, adressez-vous au Zayni lui-même, allez le trouver chez lui, individuellement ou en groupe, et demandez-lui qu'on nous débarrasse de ces lanternes qui violent ce qui doit rester secret, qui encouragent nos femmes à sortir après la prière du soir. Allez donc le voir ; sachez vous montrer humbles, mais fermes ; sachez supplier, mais sachez exiger. Puisse-t-il ne pas vous circonvenir par des paroles habiles et séduisantes. Ne vous laissez pas détourner de votre dessein. Ces lanternes sont un signe de la fin du monde, un monde qui n'obéit plus au dessein de son Créateur – que Son nom soit exalté ! Exigez les pires châtiments contre celui qui a osé inspirer au Zayni une idée si funeste, demandez qu'il soit brûlé à petit feu, lapidé, scié en deux ! Ces gens-là sont des ignorants, qui prétendent savoir... Maudit soit le jour qui a vu l'apparition de ces funestes lanternes ! Grand Dieu, épargne-nous ce malheur, délivre-nous des maudites lanternes, puisses-tu raccourcir nos vies, pour que nous ne connaissions point ces jours maudits... »

(C'est alors que, dans les mosquées, les fidèles ont éclaté en pleurs, et que certains s'exclamèrent : « Ô Dieu, puisses-tu détruire les maudites lanternes !.... Ô Dieu, fasse qu'elles soient mises en pièces et détruites. »)

Déclaration du Grand Cadi d'Égypte.
Texte de la fetwah

Nous affirmons que l'usage hérétique des lanternes privera le peuple d'Égypte de la protection toute particulière que Dieu, dans Son ineffable sollicitude, lui avait accordée.

1er jour du mois de moharrem *de l'année 903 de l'hégire.*

Déclaration du cadi du rite hanéfite, qui soutient l'opinion inverse

La lumière des lanternes chassera les démons, permettra aux étrangers d'y voir clair la nuit et de reconnaître leur chemin ; elle empêchera les mamelouks à la solde des émirs ainsi que les bandits de se livrer aux agressions nocturnes dont ils étaient coutumiers au détriment de pauvres innocents...

Déclaration du Grand Cadi d'Égypte

L'un de nos grands ulémas s'est rendu coupable d'infraction à la Loi ; sa décision est contraire aux principes sacrés qui fondent notre Loi, de même qu'elle contredit la jurisprudence en ce qu'elle justifie l'usage des lanternes.

Aujourd'hui, des émirs de haut rang sont montés à la Citadelle pour être reçus par le sultan. Voici les propos tenus.

L'émir Khaïrbek

Majesté, la décision d'installer ces lanternes dans tous les quartiers de notre ville n'a eu pour autre effet que d'inciter les femmes du commun à sortir de chez elles après la prière du soir – quelle hardiesse ! –, à se promener sur la voie publique ou à veiller devant les portes de leur maison où dans les bazars. Voilà qui enfreint gravement les usages, voilà qui va à l'encontre de la modestie et de la pudeur auxquelles les personnes du sexe doivent être soumises.

L'émir Qoûsoûn

Dorénavant, les jeunes gens ne rentrent que fort tard dans leurs foyers. Voilà qu'ils restent, des heures durant, sur la voie publique à réciter des poésies, à chanter ; ils s'enhardissent même parfois à narguer nos mamelouks, leur jettent des pierres et leur adressent des paroles injurieuses.

L'émir Qounbouk

Cette illumination de la ville et, par conséquent, les veillées prolongées fort tard dans la nuit à la lumière des lanternes représentent une insulte à nos augustes personnes. C'est de plus un cas de lèse-majesté.

L'émir Toushtamir

Le Zayni envoie ses hommes, au début de chaque nuit. Ils montent sur leurs échelles de bois, allument les lanternes et les tiennent en état, du moins c'est ce qu'ils prétendent ; en fait, Majesté, et vous tous, nobles émirs, ils ne font rien d'autre que d'épier les braves gens... et nous aussi, par la même occasion ; c'est ainsi que l'intimité des foyers est violée par ces tristes individus.

Et tous de s'écrier : « Voilà qui est juste ! C'est ce que nous pensons tous ! »

Déclaration du Grand Cadi
Abd el-Barr ibn Shihna

Les propos tenus par le cadi hanéfite constituent un précédent extrêmement grave et tout à fait nouveau ; il a osé nous contredire ; nous considérons qu'il s'agit là d'un incident d'une extrême gravité.

El-Azhar,
portique des étudiants de Haute-Égypte

Certains étudiants ont approuvé la décision du Grand Cadi. Ils ont fait valoir qu'un homme de son importance ne pouvait condescendre à s'occuper de cette question des lanternes que si l'affaire était de taille, contrairement à ce qu'il apparaissait à d'autres. « Vous donnez à l'incident plus d'importance qu'il n'en mérite, fit remarquer le dénommé Saïd, les grandes rues du Caire sont déjà grandement éclairées par les lumières des boutiques qui s'y tiennent. » Il fut interrompu et contredit par un collègue qui fit remarquer que les boutiques fermaient peu après la prière du soir, et qu'auparavant, dès minuit, tout le monde était rentré chez soi et dormait. C'est alors que Saïd éleva la voix :

– Qui d'entre vous osera dire qu'il regrette qu'on ait éclairé les quartiers et les maisons ? Cela ne fait que garantir la sécurité, et bien plus, la vie même des habitants. Ce que veulent les émirs, c'est que les rues restent plongées dans l'obscurité pour qu'ainsi leurs mamelouks puissent agir à leur guise.

A ce moment précis, la voix de Amr el-Adawi s'éleva :

– Exactement ! Ce que dit Saïd est tout à fait juste.

– Toi, Saïd, tu n'es jamais d'accord avec qui que ce soit, fit remarquer un étudiant syrien.

Saïd sembla très touché par la remarque :

– Absolument pas ! Je ne contredis que ce qui me semble être une erreur.

Un étudiant nubien posa la question de savoir si un Grand Cadi pouvait jamais se tromper. Mansour, s'adressant à Saïd, lui dit qu'il n'était pas d'accord avec lui :

– Qu'avait-on besoin d'adopter des usages si extravagants et si peu conformes à la tradition, n'y avait-il pas d'autres affaires plus importantes ? Le Zayni ferait mieux de s'en occuper. Et puis, franchement, Saïd, cette innovation ne me dit rien qui vaille.

Saïd avait baissé la tête. Que savait-il ? Les motifs véritables de ces changements le dépassaient peut-être totalement.

L'étudiant syrien avait repris la parole :

– Quand il s'agit de parler, les gens sont capables de mettre le monde sens dessus dessous, mais qui donc – grand prince ou simple sujet de Sa Majesté – osera décrocher la lanterne suspendue devant sa maison ?

Un étudiant originaire de Manfaloût se mit à crier :

– Ils ont tous peur du Zayni.

Et Amr d'opiner :

– Exactement, c'est cela.

– Vous croyez peut-être que l'Atabek, maréchal des Armées, a peur du Zayni ? se moqua Mansour.

Saïd se mordait la lèvre. Si seulement il pouvait leur expliquer, leur dire qu'au lieu de se jeter à corps perdu dans cette discussion harassante, ils feraient mieux de se préoccuper de ce que Zakariya faisait pendant ce temps-là. Regardez comme il s'est imposé ! mais s'est-il vraiment imposé au Zayni ? Et si le Zayni avait lui-même approuvé cette décision ?....

– C'est bien plus qu'une simple histoire de lanternes, bien plus que ça...

Ainsi conclut Amr.

Une phrase qu'on entendit plus d'une fois dans les rues et dans les mosquées : « Maudites soient ces funestes lanternes. Puisse Dieu nous en débarrasser ! Maudites soient ces funestes lanternes ! »

Saïd el-Gohaïny

Ce n'était pas la première fois qu'il se rendait chez lui. Il y était déjà venu lorsque, au petit matin, il l'avait conduit chez le Vénérable. Ah ! C'est là : le portail est grand ouvert, rien n'a changé. Pourtant, en tant que Grand Censeur, le Zayni aurait pu déménager et acquérir une maison plus vaste. Non, il préfère rester ici. Devant la porte, un Nubien vêtu d'une tunique verte au col et aux manches jaunes – cette nouvelle livrée par laquelle le Zayni a voulu singulariser la tenue de ses hommes. Tous ceux qui dépendent de lui la portent. Face au Nubien, une file d'attente, si longue qu'elle ressort par l'autre porte de la maison, sur la rue de derrière. Le Nubien s'enquiert :

– Est-ce le Zayni en personne que tu souhaites voir ?

Saïd fait signe que oui. L'homme disparaît. Tous ces plaignants... Malgré leur grand nombre, on les entend à peine. Il faut qu'il arrive coûte que coûte à voir le Zayni. Il lui ouvrira son cœur, il lui dira qu'il prie tous les jours pour que le Seigneur l'aide à assumer une charge si périlleuse.

Au cours de cette nuit déjà lointaine où il avait marché à ses côtés, le Zayni lui avait dit fort peu de chose. Il était resté évasif. S'il le recevait maintenant, ils pourraient discuter à leur aise. Saïd lui expliquerait toute l'affaire, ce qui avait éveillé sa méfiance. Le

Zayni, de son côté, lui confierait ses ennuis : Tout ce qu'exigeait de lui cette charge de Grand Censeur, les bruits qui circulaient sur son compte... Mais voilà que le Nubien était de retour :

– Le Zayni est sorti tôt ce matin, peut-être reviendra-t-il dans l'après-midi.

Ces quelques paroles lui firent l'effet d'un arrêt brusque au milieu d'une longue course.

– Tu ne sais pas où il est allé ?

– Parfois, personne n'est au courant des activités du Zayni, lui répondit le Nubien. Il tient à cette discrétion, pour être assurément au courant de ce qui se passe et remplir ainsi son devoir envers le peuple. Il a une chose importante à faire aujourd'hui. Tu le sais, il y a eu un incident entre les mamelouks de Toushtamir et ceux de Khaïrbek. Cela s'est passé du côté du quartier de Gouwaniyeh. Profitant du désordre provoqué par l'accrochage, ils ont pillé nombre de boutiques sur leur chemin. Le Zayni est allé là-bas pour faire un état précis des dégradations et des dommages subis, car il a l'intention de saisir le sultan de l'affaire.

– Mais quand donc cela s'est-il passé ?

– Pendant la nuit, répondit l'autre avec étonnement.

Comment Saïd n'était-il pas au courant ? Il est vrai qu'il avait été pris par ses études jusqu'au milieu de la journée. Mais la paix n'était-elle pas sur le point d'être conclue entre Toushtamir et Khaïrbek ?

– Pas du tout.

Ces deux-là s'étaient mis d'accord pour faire front avec les autres émirs dans l'affaire des lanternes. Mais, tout de suite après, l'émir Khaïrbek avait fait savoir à qui voulait l'entendre qu'il était hors de question pour lui de s'entendre avec Toushtamir. A peine celui-ci avait-il eu vent de ces paroles qu'il s'était mis à crier : « Quoi ? Ce pauvre idiot croit qu'on peut m'injurier impunément ! Par Dieu, je le ferai basculer cul par-dessus tête. » Et voilà, tout avait recommencé...

Le vacarme éclata tout d'un coup. Des paysans au visage couvert de poussière, leurs yeux affolés regardaient en tous sens. Saïd se souvint. Le village, là-bas... Les enfants – têtes énormes posées sur une nuque fragile comme une brindille – qui mangeaient la poussière des chemins. Des yeux où les mouches avaient élu domicile. « Merci de ne point m'avoir fait culterreux ! Ne pas être obligé de trimer dans les champs, de faire monter l'eau du canal de distribution jusqu'aux canaux d'irrigation ; avoir la chance de ne pas crouler sous les impôts et les taxes, d'échapper au fouet du contremaître ou de l'intendant. Ne pas être obligé d'aller en ville pour demander justice... sans l'espoir de jamais revoir les siens. » Saïd déroulait, imperturbable, le fil de ses pensées. « Que serais-je devenu si j'avais eu le malheur de naître fellah ? »

– Mais qu'attends-tu de cette entrevue avec le Zayni ? lui demanda le Nubien après un bref silence. Le lieutenant du Zayni, qui est là actuellement, peut très bien t'écouter.

– Non, le Zayni me connaît ; il faut absolument que je le voie en personne.

Saïd n'était pas un délateur mais il possédait des indices, bien plus, des preuves irréfutables, pour affirmer que Bourhân ed-Dîn ibn Sayyid en-Nâs, qui faisait le commerce de fèves et possédait nombre de felouques sur le Nil, sans compter les entrepôts qu'il avait installés à Minyet ibn Khasîb, que ce Bourhân ed-Dîn, donc, achetait depuis un bon moment, sans relâche, des fèves aux paysans pour les entreposer dans les innombrables silos qu'il avait fait construire sur les berges du Nil, à Athâr en-Nabi, dans le Vieux Caire. Saïd savait qu'il avait versé des pots-de-vin à des émirs haut placés, pour arriver en fin de compte à exercer, le plus légalement du monde, le monopole du commerce des fèves : par privilège sultanien. C'était une pratique bien connue, aussi ancienne que désastreuse, et que le Zayni s'employait à faire disparaître, que ces monopoles exercés par certains accapareurs sur le commerce d'une denrée. Voilà qui touchait, certes, à l'intérêt général. Pourtant, Bourhân ed-Dîn s'était mis dans la tête qu'il allait faire ce coup-là : interdire la vente des fèves sur le marché de sorte qu'elles viennent à manquer et, qu'ainsi, il puisse imposer ses prix ! Voilà qui allait loin, tout de même. C'était la première fois qu'on entendait parler d'une histoire pareille. On n'avait jamais vu, de mémoire d'Égyptien, un négociant essayer d'obtenir le monopole de la vente des fèves. Le Zayni ne laisserait pas faire, pour sûr. Était-ce vraiment l'affaire elle-même qui préoccupait Saïd, ou bien voulait-il simplement s'assurer de l'honnêteté du Zayni ? Il n'en savait plus trop rien.

Mais voici le ministre de la Guerre dont le cortège fend la foule. Autour de lui, les marteaux ne cessent de frapper sur le cuivre rouge, façonnant marmites, aiguières et plateaux. Un muletier a attaché sa bête à un pieu planté au bord de la route ; il s'est assis à côté ; il mâchonne un radis et un morceau de pain en guise de repas. Enfin, voici l'estaminet de Hamza « la Petite Fête ». Saïd va s'y asseoir, et se reposer un peu. Personne ne le connaît. C'est une véritable retraite. Il est seul : pas même son ami Mansour pour lui tenir compagnie.

« Bonjour, mon cher, bienvenue à toi, bienvenue ! » Quel accueil chaleureux de la part du patron ! Saïd y répond en levant, à hauteur du front, la main dont il presse ensuite la paume contre sa poitrine. Il commande une *gouzah* qui ne tarde pas à arriver... Dès les premières bouffées, il ressent un vertige légèrement enivrant – pourtant, point de haschich dans le fourneau du narghilé. Il se laisse aller : il a terriblement besoin de réfléchir à tous ces changements subits. Il faut qu'il prépare ce qu'il va dire au Zayni, s'il arrive à le voir ce soir. Et puis, il n'y a qu'ici qu'il puisse savourer avec autant de plaisir l'image de Samâh lorsqu'elle a le bonheur de visiter son esprit.

Ordonnance de Sa Majesté le sultan

Le cheikh Saïd ibn Sikkit se voit retirer la charge de cadi du rite hanéfite.

Le Grand Cadi d'Égypte
à Sa Majesté le sultan

Votre Majesté a prouvé qu'elle était le garant de la Voie droite. Nous avons vu triompher l'authentique parole de l'Islam et les hérétiques sont réduits au silence. Puisse Dieu conserver encore longtemps, en votre sublime personne, le plus ferme défenseur de notre pays d'Égypte...

Ordonnance de Sa Majesté le sultan

Que l'on sache que l'usage des lanternes est aboli. Celles qui ont été installées doivent être enlevées. Que tout se passe comme si elles n'avaient jamais existé.

*Commentaire des émirs
et des grands dignitaires de l'État*

La décision de Sa Majesté est conforme au Droit et à la Justice. Dieu maudisse ces funestes lanternes.

Saïd el-Gohaïny

– Raconte-moi donc. Quelles nouvelles m'apportes-tu ?

Saïd est embarrassé, il ne sait par où commencer.

– Le cheikh Balqini, qui enseignait les Traditions Prophétiques à l'université d'el-Azhar, est mort. Il avait quatre-vingt-treize ans.

Aucune réaction de la part du Vénérable, qui ne semble pas ému le moins du monde ; un simple hochement de tête, à peine perceptible :

– Dieu ait pitié de lui, et de nous tous.

– Zakariya et le Zayni sont de connivence, ils s'entendent très bien.

– Je sais...

Saïd n'en croit pas ses oreilles.

« Le Zayni est venu me voir, hier. Dès que j'ai appris la nouvelle, j'ai pensé le faire chercher pour connaître le fin mot de l'histoire, mais il est venu de lui-même et il m'a tout expliqué.

Le Vénérable l'a habitué à ne pas poser trop de questions, ni à trop insister pour recevoir des explications. Il se contente d'écouter ce qu'on lui dit, d'en déduire ce qu'il peut, et d'essayer de comprendre.

– Maître, je ne sais plus que penser. Je ne comprends plus...

Un sourire qui est la pureté incarnée :

– Plus rien, vraiment rien ?

– Vénérable, c'est moi-même qui ai accompagné le Zayni jusque chez vous. J'ai participé à son cortège. J'étais devant ses chevaux, comme un simple garçon d'écurie. Jusque-là je n'ai dit que du bien de lui, j'étais un fervent partisan du Zayni. Mais maintenant, je ne crois plus en lui. Je n'en peux plus ! Voilà un mois que je me dis qu'il faut que j'aille le trouver pour lui raconter ce que j'ai appris – je suis sûr de ce que j'avance. C'est une affaire qui met en cause un certain Bourhân ed-Dîn ibn Sayyid en-Nâs.

– Comment dis-tu ? Bourhân ed-Dîn ?

– Oui, Vénérable, le Bourhân en question accapare le commerce des fèves. Je connais très bien les procédés qu'emploie cet individu. J'étais tout à fait convaincu que le prix des fèves allait battre tous les records de hausse, je suis donc allé trouver le Zayni que j'ai réussi enfin à voir après plusieurs tentatives malheureuses. Eh bien, lorsque nous fûmes réunis, il se répandit en lamentations : il évoqua le retentissement qu'avait provoqué l'affaire des lanternes, me dit que le peuple s'était fait berner, que les émirs avaient réussi à exciter les passions pour que le sultan interdise la mesure qu'il avait prise. Il me fit part de son intention de porter devant le sultan les nombreuses plaintes dont il était saisi. Il me parla longuement des difficultés, et même des désagréments qu'entraîne l'exercice de sa charge de Grand Censeur. Rendez-vous compte, Maître, il s'est plaint du peu d'argent dont il disposait. Il m'a dit qu'avant d'être Grand Censeur, il voyageait beaucoup pour son commerce, il s'adonnait spécialement, selon ses propres paroles, au négoce de certaines denrées. Il me dit aussi que le Diwân ne lui alloue pas plus de cinquante dinars, ce qui ne suffit même pas à assurer les frais de représentation que lui impose son titre, et encore, à supposer qu'il puisse raisonnablement les réduire, il lui faudra toujours se soumettre à certaines exigences vestimentaires chaque fois qu'il est reçu par le sultan, ce qui revient fort cher. Lors de cet entretien, il semble qu'il ne m'ait rien caché. Par Dieu, Vénérable, je me suis trouvé très proche de lui, si bien que j'ai failli lui confier mon embarras, et lui demander pourquoi il a maintenu Zakariya ibn Râdhi dans les fonctions de premier lieutenant du Grand Censeur. Ah, j'aurais bien voulu pouvoir lui raconter ce que le malheureux peuple de ce pays endure par la faute de Zakariya. J'aurais voulu lui dire aussi combien ses sbires sont détestables, et combien détestables leurs pratiques. Que les couloirs d'el-Azhar continuent à être truffés de ces gens-là. Lui demander s'il ne s'en indignait pas. J'ai failli, Vénérable, j'ai failli lui dire tout cela, et pourtant, je n'en ai rien fait. Je lui ai seulement parlé de l'affaire pour laquelle j'avais décidé de venir le trouver. « Je vais charger un de mes lieutenants de le surveiller de près, m'a-t-il répondu après quelques hochements de tête, et lorsque nous aurons des preuves suffisantes pour le confondre, alors, il verra ce qui l'attend. » Vénérable, sur qui compter, maintenant, pour faire respecter la justice ? Qui donc va empêcher les Bourhân ed-Dîn de perpétrer leurs forfaits ? Et, Zakariya, oui, Zakariya... J'en suis arrivé à me dire que le Zayni cherchait à utiliser Zakariya pour le bien du peuple. J'ai continué à observer Bourhân ed-Dîn... rien de changé dans son comportement. Je suis donc retourné voir le Zayni, qui m'a dit qu'une affaire comme celle-là demandait beaucoup de temps, et de me citer en exemple l'incident auquel était mêlé ce tailleur qu'il avait sévèrement puni pour avoir violé un jeune garçon : s'il était arrivé à ses fins, ce n'était pas sans avoir contrecarré les interventions des plus grands émirs. Vénérable, je dois avouer que je ne sais pas ce que veut le Zayni. Il n'a toujours pas levé le petit doigt contre Bourhân ed-Dîn. Peut-être qu'un jour je me repentirai d'avoir fait partie de ceux qui l'ont porté en triomphe. Pourquoi toutes ces vilenies ? Cela me fait mal. Pourquoi continue-t-on à fouetter les paysans ? Pourquoi tel grand maître d'el-Azhar refuse-t-il de reconnaître sa mère spécialement venue de la campagne pour lui rendre visite, honteux qu'elle ne soit qu'une pauvre paysanne ? Vénérable, comment croire encore que les gens sont nés égaux ? Après tout ce qui est arrivé, tout ce qui arrive, et tout ce qui ne manquera pas d'arriver, après toutes ces choses qui ne font que démentir une telle croyance ? Maître, il n'y a rien que je souhaite plus ardemment que de voir le monde entier avancer sur la voie de la justice, que de voir arrachées jusqu'à la dernière les racines de l'oppression et de la corruption, pas seulement ici, en Égypte, mais dans le monde entier. Seulement, voilà, Vénérable, nos vies n'y suffiraient pas. Nous mourrons sans avoir rien pu y faire. Savez-vous, Maître... J'ai peur, oui, j'ai peur, rien qu'à voir Amr ibn el-Adawi : je me demande ce qu'il a bien pu écrire sur ses papiers à mon sujet. Il se pourrait bien qu'un de ces jours, il me fasse jeter en prison. Alors, je serai enfermé à vie à l'Arqanah, à la Maqshara, ou au Goub. Mais que pourront-ils bien me faire ? Me couper les vivres, pour m'empêcher de continuer mes études à el-Azhar ? M'interdire toute possibilité de carrière ? Qu'ils le fassent ! Quelle importance ? Si j'arrive à soulager quelque peu les peines de mes semblables, quelle importance ? Est-ce bien vrai, suis-je bien sûr de ne pas craindre les souffrances, les frustrations, saurais-je supporter la prison, les chaînes, la torture ? Rien que d'entendre le nom de Zakariya, je tremble, Vénérable, je tremble, moi qui ne supporte pas de voir, au pays, les yeux de nos enfants remplis de mouches. Et je me prends à espérer. Et je remercie Dieu de ne pas m'avoir fait paysan, Vénérable, de m'avoir épargné la dureté de la vie du paysan, de m'avoir épargné la persécution des intendants. Vénérable, pardonnez-moi d'avoir déballé ici les fardeaux que je porte, mais comment faire autrement ? Je suis muselé, ma mâchoire va se briser, à force d'être serrée. Je ne peux pas rester muet...

La nuit s'écoule doucement dans le silence. Les couleurs, trompeuses au début, deviennent de plus en plus sombres, au fur et à mesure que le jour disparaît, puis le monde, enfin, entre dans les ténèbres, et l'on n'entend plus de bruit au-dehors. Le cheikh frotte ses pouces l'un contre l'autre. Saïd a peur de la nuit. Jamais il ne se trouve sous le portique du dortoir à la tombée de la nuit. Il préfère, alors, être dehors, dans la rue. Il baisse la tête, puis promène son regard sur la petite cour : au milieu, le vigoureux tronc de palmier s'élève bien loin au-dessus du sol ; tiens, voilà quelque chose qu'il n'avait pas remarqué. Le Vénérable garde le silence. Saïd montre du doigt un tas de terre dans la cour, qui fait saillie sur le sol : « C'est la première fois que je le vois... » Comment briser ce silence, quelle question saura l'interrompre ?

– De temps en temps j'ai besoin d'une retraite : c'est pour cela que je me suis creusé cette crypte. Je l'ai creusée spécialement à l'échelle de mon corps. Je m'y réfugie chaque fois que mon âme est désemparée et que je ne supporte plus la cruauté de ce monde...

Ainsi donc, cet orifice mène au souterrain de sa cellule. Ainsi donc, il s'est réservé un bout de terre à l'intérieur duquel il oublie ses peines et où son âme peut voler vers des lieux où les vérités premières sont à portée de main ; il va pouvoir frapper aux portes de l'univers, qui se dérobent. Dissolution des arcanes, des mystères. Là, le cœur est doué de vue et accède à la Vision...

Avis

« Oyez, bonnes gens, oyez !

Nous vous exhortons au Bien, nous vous détournons du Mal !

Écoutez ce qui est porté à votre connaissance :

Sachez que toute la lumière a été faite sur les agissements scandaleux d'Ali ibn Abi l-Goud !

Tout ce qui avait été dérobé à notre investigation a été découvert et mis à jour.

Dès ce soir, après la prière du crépuscule, dans chaque mosquée,

Les docteurs de la Loi donneront lecture d'un document digne de foi,

Par lequel seront portés à la connaissance de tous les moyens par lesquels

L'infâme réussissait à sucer le sang des musulmans.

Sachez que le plus sévère et le plus terrible des châtiments lui est réservé. »

III

Où l'on apprend, pour commencer,
la détention d'Ali ibn Abi l-Goud
et les événements
qui l'ont accompagnée.

Paroles prononcées par le Zayni lors du prône du vendredi

Au nom de Dieu le Bienfaiteur miséricordieux,

Gloire à Lui qui connaît l'inconnaissable. Gloire à Lui, qui, sous nos pieds, a déroulé le tapis de la terre et qui, sur nos têtes, a bâti la voûte des cieux.

Par la présente, nous nous adressons à la communauté des croyants, pour livrer à sa connaissance une affaire que beaucoup suivent depuis longtemps. Nous le faisons dans l'espoir que cela soit un exemple pour ceux qui savent tirer profit des exemples. Un enseignement pour ceux qui sont encore de ce monde et pour ceux qui l'ont quitté.

L'affaire, dans les détails, se présente comme suit...

Voici un an, ordre a été donné d'arrêter le dénommé Ali ibn Abi l-Goud et de le remettre entre les mains du Grand Censeur pour qu'il subisse le châtiment qu'il méritait. Ordre avait été donné aussi de procéder à une investigation afin de mettre la main sur les objets de valeur que l'infâme avait cachés en sa demeure pour les dérober à la justice. Du début jusqu'à la fin, nous avons usé de la plus grande patience, ceci parce que nous répugnons à employer la torture, quels que soient les individus à qui nous avons à faire : nous ne tolérerons jamais ce genre de pratiques en vertu desquelles des êtres humains sont brûlés à petit feu, ou ferrés aux pieds comme des bêtes de somme. C'est pourquoi nous avons mis tant de temps à faire la lumière sur cette affaire. L'importance des biens dissimulés à l'investigation de la justice dépasse l'imagination. Ces richesses proviennent des malversations et exactions que cet infâme individu a fait subir au bon peuple dont il a, jusqu'à présent, sucé le sang en toute impunité. Voici, dans le détail, dans l'ordre et nommément, l'énumération des biens que nous avons découverts :

Le revenu journalier de l'individu, provenant de ses biens immobiliers et des diverses redevances perçues sur ses terres, se montait exactement à mille dinars.

D'autre part, il avait laissé cent cinquante mille dinars d'or.

De plus, ont été trouvés chez lui une pierre précieuse, un rubis d'une rare beauté pesant une livre et demie, et six coffres regorgeant de bijoux et joyaux. Nous y avons dénombré cent pièces diverses parmi lesquelles : diamants, aigues-marines, ainsi que de l'or, à concurrence d'un quintal, de la vaisselle d'argent pour un poids de six quintaux, une centaine de caftans fourrés de peau d'écureuil, quatre cents caftans sans fourrure, des selles brodées d'or, au nombre de vingt. Dans ses écuries, on a découvert cinquante chevaux, cent mules, cent chameaux ainsi que nombre de moutons, sans compter quantité d'esclaves mâles et femelles. Dans les lieux d'aisances, il a été découvert une vasque truquée qui recelait de l'or. On a aussi trouvé des réserves de blé, d'orge et de fèves. Il y en avait pour plus de cent mille *ardabbs*. Nous avons appris également que l'individu possédait soixante-dix bateaux naviguant sur le Nil.

Cet infâme personnage dissimulait sa richesse et avait conçu mille ruses pour qu'elle passe inaperçue. Grâce à notre patience, à notre persévérance, nous avons pu découvrir ce qu'il avait dissimulé. Tout cela sera chargé à dos de mulet et amené jusqu'au Trésor public. Par ces temps incertains où nos ennemis se font de plus en plus menaçants à nos frontières, l'apport de ces revenus ne sera pas de trop.

Quiconque veut, de ses yeux, voir les objets énumérés ci-dessus, n'aura qu'à se trouver à quatre heures précises, heure arabe, donc tôt le matin, au lieu indiqué.

Sachez aussi que vous pourrez voir le dénommé Ali ibn Abi l-Goud. Vous pourrez constater qu'il est en bonne santé, qu'il est sain et sauf, qu'il ne porte la trace d'aucun sévice et qu'il ne lui a été fait aucun mal.

Les trente esclaves femelles et les cent vingt esclaves mâles qu'il possédait ont été mis sous séquestre, ainsi que les quarante eunuques que l'infâme avait castrés de ses propres mains. Ô communauté des croyants, ô peuple d'Égypte, moi, Grand Censeur, je vous en conjure : si, d'aventure, vous avez connaissance d'un accapareur, d'un vampire qui suce le sang des musulmans, faites-le-moi connaître. Jamais nous ne tolérerons que le peuple soit affamé par une minorité qui se permet toutes les jouissances. Ô croyants, et vous, habitants de ce pays, faites-vous un devoir de m'informer de tout cas similaire, et que le rang de l'accapareur ne vous fasse pas reculer. Quelle que soit la nature des détournements – or, argent, bêtes de somme, esclaves mâles et femelles... – nous saurons lui faire rendre gorge...

Relation des tortures infligées
à Ali ibn Abi l-Goud

A l'attention du Grand Shihâb Zakariya ibn Râdhi, Grand Maître de la Police secrète et premier lieutenant de Son Excellence le Grand Censeur.

Au nom de Dieu le Bienfaiteur miséricordieux, nous invoquons la parole du Très-Haut, telle que la consigne notre Saint Coran :

Seigneur, puisse ce pays être conservé en Ta sainte garde !

Rapport adressé par le préfet des Espions
de la ville du Caire à Son Excellence
le Grand Shihâb Zakariya ibn Râdhi,
Grand Maître de la Police secrète,
premier lieutenant
du Grand Censeur

Conformément à vos directives, une équipe composée de nos meilleurs agents a été chargée de mener l'enquête sur l'incarcération d'Ali ibn Abi l-Goud.

Nous avons réussi à forcer des obstacles jamais franchis jusque-là. Nous avons réussi à pénétrer dans la place, et ainsi eu accès aux secrets les plus jalousement gardés : après maints efforts infructueux, nous avons enfin réussi à gagner à notre cause un des hommes du Zayni. Nous ne nous en sommes pas remis pour autant entièrement à lui, car c'était la première fois que nous arrivions à un tel résultat. Nous nous sommes donc assuré d'autres sources pour vérifier nos renseignements. Parmi ces sources, certaines vous sont connues. Nous ne vous révélerons les autres que lorsque nous vous parlerons de vive voix. Mais passons à l'objet de cette missive :

Il est avéré, sans que le moindre doute soit possible, que la maison du Zayni ne possède aucun local qui puisse servir de prison. Il s'agit de la maison qu'il possède à la lagune de Ratli, de modestes dimensions, et qui ne peut contenir des lieux propres à l'incarcération. D'autre part, les cris qu'y pousseraient les détenus risqueraient d'être entendus des voisins. Ali a donc été emmené plus loin, près de Helwân. Il s'agit d'une maison entourée d'une épaisse verdure. Nous ne savons pas exactement quand le Zayni en a fait l'acquisition, ni s'il l'a lui-même fait construire ; une enquête est en cours pour faire le point sur ce sujet. Les sous-sols de la maison abritent vingt-quatre cachots. Il ne s'agit pas de cachots au sens courant du terme. Chaque pièce a une forme allongée, un homme adulte peut y faire trois pas. La hauteur du plafond dépasse la taille moyenne d'un empan et demi. La largeur de la pièce n'est pas suffisante pour qu'on puisse y étendre les deux bras. Au milieu du plafond, on a pratiqué une ouverture qui communique avec l'extérieur ; à travers cette ouverture on peut entrevoir un morceau de ciel. Pourtant, de l'extérieur, rien ne permet de déceler l'existence d'un tel local. A l'intérieur, une lampe fait face au prisonnier.

Quel que soit l'endroit où il se trouve, il lui est impossible de l'éviter, si bien que même s'il se couche immédiatement sous la porte, ou lui tourne le dos, il la trouve inévitablement devant lui. La lumière brûle nuit et jour, produisant un léger bruissement, imperceptible au premier abord, mais qui, très vite, se transforme en un sifflement déchirant le tympan. Faisant saillie sur la paroi, une courte planche de bois, sur laquelle le prisonnier prend ses repas. Le gardien chargé de s'occuper des prisonniers est un jeune homme au visage agréable, d'un abord avenant et qui s'exprime avec délicatesse, fait inhabituel – jusqu'à plus ample informé – dans ce genre d'endroit. Cet individu a accueilli Ali ibn Abi l-Goud avec le sourire et s'est adressé à lui avec une politesse exquise : « Si tu as besoin de quelque chose, frappe donc contre la porte. Un seul coup suffira. Lorsque je dirai « Qui est-ce ? », tu ne diras pas ton nom, tu te contenteras de dire : « Le numéro un. » Dorénavant, tu es le numéro un. » Pendant qu'il parle, le sourire ne quitte pas ses lèvres. Devant la propreté des lieux, Ali n'a pas été tranquillisé pour autant. Il fut saisi, dès son arrivée, d'une peur diffuse, une peur à l'image de ces lieux étranges. Cette tranquillité, cette porte qui semble pouvoir être ouverte d'un moment à l'autre... Ces murs qui menacent de se refermer sur le détenu... Le sourire du gardien avait changé lorsqu'il apporta la nourriture : quelle surprise ! Ali se retrouva devant un plat de riz épicé, une assiette de *mouloukhiyeh*, un morceau de viande et une orange, voilà qui ne s'est jamais vu, de mémoire de prisonnier. Il faut tout de même préciser une chose : ni Ali, ni d'ailleurs aucun des détenus que le hasard a amenés en ces lieux ne sont jamais rassasiés. Les prisonniers, ici, sont toujours tourmentés par une faim tenace. Apparemment, les portions sont plus que suffisantes ; l'absorption de la nourriture produit une sensation de rassasiement immédiat mais ne vient jamais à bout de cette faim sournoise qui les ronge.

Ali a donc séjourné là quatre-vingt-treize jours : quatre-vingt-treize jours pendant lesquels il n'a pu entrevoir d'autre visage que celui d'Osmân, son gardien. A n'importe quelle heure du jour ou de la nuit, un simple coup frappé à la porte le faisait apparaître, toujours souriant, à croire qu'il ne dormait jamais et qu'il ne quittait jamais les lieux, ou bien qu'il avait une sorte de prescience des moments où on allait l'appeler comme s'il n'avait d'autre souci qu'attendre. Avec le temps, Ali se mit à redouter la vue de ce sourire, de ces yeux sereins dont il évitait de rencontrer le regard. Il pouvait même lui arriver d'être en proie à une insupportable envie d'uriner, et pourtant il préférait ne pas frapper à la porte. Toute sa vie lui revenait en mémoire ; il ne s'y retrouvait plus, ne distinguait plus le jour de la nuit ; le temps lui apparaissait comme un corps informe, méconnaissable. Il savait que d'autres étaient là, tout près de lui et chaque fois il entendait Osmân demander : « Qui est-ce ? » Puis, c'était le bruit de ses pas jusqu'à ce qu'il s'arrête devant l'une des portes proches de la sienne. Jamais il n'avait réussi à entendre la voix des autres prisonniers. Il était poursuivi par cette seule pensée : comment arrive-t-on à penser ? Il finissait par souhaiter qu'on le brûle, pour que le monde disparaisse de son esprit. Et cette lampe dont la lumière mordait dans sa chair, et qui lui desséchait le sang. Au moment même où il était en proie à l'angoisse la plus intolérable, le Zayni est entré, le Zayni en personne.

– Je suis le Zayni Barakat ibn Moussa, lui dit-il d'un ton glacial.

Ali le regarda avec étonnement : c'était la première fois qu'il le voyait.

Voici, en substance, les propos que tint le Zayni :

« Comme tu le vois, Ali, nous ne t'avons fait subir aucun mauvais traitement. Nous n'avons pas voulu te faire souffrir dans ta chair. Je sais que tu as mis de côté une fortune immense et je te sais suffisamment astucieux pour l'avoir cachée en lieu sûr. Dis-moi où est la cachette. Comme tu le sais, je ne mettrai pas un seul dirham dans ma poche : tout, jusqu'au moindre sou, ira dans les coffres du sultan. Quant à tes femmes et à tes enfants, je me charge d'assurer leur subsistance. Où as-tu caché cet argent ?

Pas un mot, Ali se contentait de hocher la tête.

« Est-ce que tu nies ?

Comme l'autre persistait dans son refus de parler, le Zayni se leva.

« Dieu m'est témoin que je ne suis pas responsable de ce qui va se passer. Tu ne devras t'en prendre qu'à toi-même.

Un laps de temps qu'on n'a pas su évaluer exactement s'écoula, puis Osmân fit son apparition. Il banda les yeux d'Ali avec un tissu humide. Le moment attendu était arrivé. Ali ne savait pas ce qu'on allait lui faire, mais il quittait enfin ce lieu étrange. C'était déjà ça.

On lui fit descendre quelques marches, longer des couloirs, traverser des portes, puis Osmân le laissa dans une salle vide. Ses articulations tremblaient, il n'osait pas s'asseoir. Le temps avançait à pas lourds comme un cheval harassé. Il tremblait de tous ses membres, sentait l'ankylose gagner son dos. Il eut un sursaut de tout le corps lorsque, brusquement, une main puissante s'abattit sur lui, au-dessus de la nuque. Il vit des étincelles et des étoiles bleues danser dans le vide obscur qui l'entourait. Trois gifles lui firent l'effet d'un étau brûlant autour de son cou. (C'est ainsi que commencèrent les tortures que l'on fit subir à Ali ibn Abi l-Goud.)

Premier jour :

On lui enduisit la plante des pieds d'eau salée et on fit venir une chèvre, une petite chèvre noire, qui avait une tache blanche sur le front. Le chevreau se mit à lécher l'eau salée, lentement. Les lèvres d'Ali se tordirent de douleur, ses côtes se mirent à frissonner. Il hurla. Puis ses hurlements se transformèrent en fous rires jusqu'à ce qu'il perde conscience. Alors, on lui jeta de l'eau froide à la figure.

« Où as-tu caché l'argent que tu as volé aux croyants ? »

Pas de réponse.

Deuxième jour :

Il ne fait absolument aucun doute que le Zayni n'a pas quitté la pièce mitoyenne de celle où l'on procédait à « la découverte de la vérité ». Au début de la journée il fut pris de colère devant l'obstination d'Ali ibn Abi l-Goud. Il entra et, d'un geste brusque de la main, il lui enfonça son doigt dans la poitrine. Au même moment, l'un de ses hommes se saisissait d'une aiguière dont il fit couler l'eau, goutte à goutte, à intervalles réguliers, sur sa tête. Un frisson ne tarda pas à gagner la nuque du malheureux, son corps fut pris de tremblements. On aurait dit qu'il allait se déchirer en deux. Un hurlement terrifiant, sorti des profondeurs de ses entrailles, se fit entendre. C'est alors que le Zayni lui cria à la figure : « Et l'argent que tu as volé aux bons musulmans ? »

Toujours pas de réponse.

Le lendemain après-midi, on fit venir un paysan prisonnier oublié dans quelque cachot. On le mit complètement nu. Tout en regardant Ali droit dans les yeux, le Zayni lui dit : « Regarde bien : ce que je fais à cet homme, tu le subiras plus tard. »

Ils apportèrent deux fers à cheval chauffés à blanc et commencèrent à les river aux talons du malheureux. Le cri du paysan transperça la poitrine d'Ali. Chaque fois qu'il essayait de fermer les yeux, Osmân lui fouettait la nuque avec une lanière de cuir.

Troisième et quatrième jours :

Trois paysans, dont l'existence avait été oubliée depuis longtemps, furent égorgés devant Ali. Après quoi, on appuya leurs gorges tranchées sur sa poitrine. Le Zayni entrait et sortait, bouillant de colère : « N'a-t-il pas encore avoué ? » demandait-il.

Toujours pas de réponse. Le Zayni redoublait de rage.

Septième jour :

Lorsqu'on amena Khalil, le plus jeune de ses fils, Ali n'était plus lui-même, il semblait avoir perdu ses esprits. Ce n'est pas tout. Lorsque Khalil cria de douleur, les yeux de son père s'élargirent, mais il n'entendit pas les cris.

Note : Ce n'est là qu'une partie des informations qui nous sont parvenues au sujet des tortures infligées à Ali ibn Abi l-Goud. Il n'en reste pas moins qu'il n'a toujours pas avoué. Voilà pourquoi nous posons la question : comment le Zayni a-t-il pu savoir le montant de sa fortune et l'endroit où elle était cachée, ainsi qu'il l'a fait savoir publiquement ? Non moins étonnant : tout d'un coup, après toutes ces tortures inédites qui lui ont été infligées et auxquelles le Zayni donne le nom de « Découverte de la vérité », Ali ibn Abi l-Goud a retrouvé la santé. La seule trace visible de ses épreuves, ce sont les yeux : il ne peut que regarder droit devant lui, à croire qu'il est aveugle ; mais on sait qu'il jouit parfaitement de sa vue. Si on l'appelle, il ne répond pas, il se contente de hocher la tête et de remuer la langue comme un animal. On n'a pu trouver aucune explication à ce comportement.

Signé : Le préfet des Espions du Caire.

Avis

« Bonnes gens du Caire, oyez, bonnes gens du Caire !
Nous vous exhortons au Bien, nous vous détournons du Mal !
Sur ordre de Sa Majesté le sultan, l'infâme Ali ibn Abi l-Goud est condamné à mort.
Ordre a été donné qu'il soit frappé au visage jusqu'à ce que mort s'ensuive.
On obligera le scélérat à singer la danse des femmes.
Frappez-le, frappez-le chaque fois qu'il s'arrêtera !
Qui veut assister à ce spectacle et se venger de cet ennemi de Dieu
N'aura qu'à se trouver sur la voie publique après la prière de l'après-midi.
Bonnes gens du Caire, oyez, bonnes gens du Caire !.... »

Deuxième extrait de la relation de voyage de Viasconti Gianetti, concernant son premier séjour au Caire. Revenant d'un long périple au pays des Zandj et au Soudan, il se préparait à reprendrela mer vers sa patrie

Mois de radjab *de l'année 914 de l'hégire.*

En sortant du caravansérail, je dois dire que je fus désagréablement surpris par la densité de la foule où hommes et femmes se côtoyaient, les petits enfants se faufilant entre les jambes des adultes pour essayer de mieux voir le spectacle. De chaque côté du chemin, une haie d'hommes robustes, revêtus d'une cuirasse et portant livrée bleue à col jaune. Par Ali, mon dragoman, j'appris que le cortège était sorti de chez le Zayni Barakat, Grand Censeur de la ville du Caire, qu'il s'était arrêté au collège d'ibn Zamân, qu'ensuite il avait fait un détour par l'île du Nil, puis qu'il était arrivé à Choubrâ pour traverser ensuite la digue d'Abou l-Mounadjâ, puis le pont du Chambellan, et qu'il avait pénétré dans la ville par Bab Shaariyeh. Quant à moi, je me tenais au lieu-dit Bayn el-Soûrayn, qui est le nom d'un grand bazar. J'étais devant une boutique de teinturier. Brusquement, l'impatience gagna la foule : les gens se mirent à se pousser à qui mieux mieux, un enfant cria et une femme lança cette longue trille aiguë que l'on appelle ici *zaghrouda*, puis la tête du cortège fit son apparition. Cela commença par un certain nombre de chevaux sellés, tous blancs.

Puis passèrent quatre autres chevaux dont les cavaliers frappaient sur un tambour, s'arrêtant de temps à autre pour qu'un petit homme à la voix de stentor – je n'ai jamais entendu une voix pareille – puisse s'adresser au peuple. J'appris par Ali, mon dragoman, qu'il exhortait le peuple à frapper un certain Ali ibn Abi l-Goud, chaque fois que celui-ci s'arrêterait de danser. Cela devait durer jusqu'à ce que le malheureux tombât raide mort. On informait le peuple qu'à l'endroit où la mort surviendrait, les gens recevraient une somme d'argent – cadeau personnel du Zayni. Je dois avouer que c'est la mise à mort la plus étrange dont j'aie jamais pu être le témoin et même dont j'aie jamais entendu parler. Ali m'apprit aussi qu'on annonçait au peuple une bonne nouvelle : le sultan venait de nommer le Zayni Barakat *wély* de la ville du Caire, en plus de la charge de la *hisbah* qu'il détenait déjà. On disait que le Zayni avait accepté pour le seul bien du peuple. On faisait savoir que quiconque avait des objections contre cette nomination devait le faire savoir publiquement, et ce, après la prière du vendredi, qui aurait lieu dans la plus grande mosquée de la capitale, la mosquée d'el-Azhar. Ce poste de *wély* ressemble fort à celui de gouverneur régional chez nous. Quant à la *hisbah*, elle n'a pas d'équivalent exact dans nos institutions, car c'est une charge qui tient à la fois de l'autorité religieuse et du pouvoir civil. On peut la résumer par la formule suivante : *ordonner le Bien, interdire le Mal.* Je dois dire que je n'arrive pas à croire ce que m'a dit Ali : que la population était engagée à se rendre à la mosquée d'el-Azhar pour donner son opinion sur cette nomination. J'entends souvent le nom du Zayni revenir sur les lèvres des gens, ici. Il semble que ce soit une personnalité extraordinaire. C'est pourquoi je vais tout faire pour le rencontrer. Lorsque le crieur eut terminé sa harangue, le battement du tambour frappa mon oreille et la foule, comme un seul homme, cria et gesticula de plus belle. Les gens se poussaient pour arriver plus près de la petite charrette tirée par deux mules, et sur laquelle se tenait un homme de taille moyenne qui bougeait sans cesse. Il avait les sourcils et la barbe rasés. Ses yeux, à l'instar de ceux des femmes, étaient fardés d'antimoine, ses deux joues étaient colorées de rouge. Sur sa tête, une sorte de bonnet triangulaire et multicolore pourvu d'un long gland s'agitait chaque fois que l'homme se penchait en avant ou en arrière. Celui-ci remuait son ventre de façon saccadée et peu harmonieuse, pendant que le tambour n'arrêtait pas de frapper. Tandis qu'il penchait la moitié supérieure de son corps en arrière, sa poitrine s'agitait d'un tremblement frénétique. Puis, brusquement, il se redressait, faisant saillir son arrière-train. Pendant ce temps-là, les gens tendaient la main, pour le gifler, le frapper. Voilà que l'un d'entre eux lui introduisait un petit bâton entre les fesses. Son front ruisselait de sueur, sa langue pendait hors de sa bouche. La foule semblait en proie à une sorte de frénésie en le frappant. On avait dit que, là où il tomberait mort, l'assistance recevrait une gratification. En vain les hommes du Zayni essayaient-ils d'empêcher les mains qui portaient bâtons ou galoches de l'atteindre. La charrette s'éloigna et se fondit dans la foule. J'avalai ma salive : je n'arrivais pas à me défaire de l'image de ce visage hagard et de ce corps tremblant d'effroi. En vérité, j'étais moi-même terrifié.

Avis

« Par ordre du sultan, notre Maître,

L'émir Kurt Bey, ci-devant gouverneur de la ville du Caire,

A été confié à la garde de Son Excellence le Grand Censeur, dorénavant gouverneur de la ville du Caire,

Le Zayni Barakat ibn Moussa,

Et ce, pour qu'un juste châtiment punisse les malversations et le pillage

Auxquels cet infâme personnage s'est livré au détriment du bon peuple musulman.

Toute la lumière doit être faite sur cette affaire. »

Zakariya ibn Râdhi

Si ses souvenirs sont bons, cette fois-là, sa rencontre avec le Zayni avait eu lieu en pleine nuit. En temps normal, à pareille heure, l'une des dernières de la nuit, personne n'aurait osé le déranger, sauf pour un motif d'une extrême importance.

Cette nuit-là, il était en train d'écouter Wassilah lui parler de son pays. Il aimait par-dessus tout l'entendre parler de son pays : les coutumes de ses habitants, la cuisine... Abruptement, il lui demanda comment il se faisait que le marchand d'esclaves ne lui eût pas ravi sa fleur après l'avoir fait enlever.

Elle a pris l'habitude de ses questions osées, elle ne s'effarouche plus. Elle lui répond qu'il avait envie d'elle... que tous ceux qui la voyaient avaient envie d'elle :

– Près d'Alep, il arriva que...

A ces mots, Zakariya tend la main et lui caresse légèrement les lèvres du bout des doigts.

– Parle-moi d'Alep, dit-il.

Elle n'est pas embarrassée pour autant : elle est accoutumée à ces brusques coq-à-l'âne. Tout d'abord, elle se remémore les routes qui menaient à Alep, les préposés au relais de poste dans leur petite maison plantée au milieu de l'immensité désertique, les yeux des paysannes syriennes, leur empressement, à l'approche des caravanes, à barricader leur maison. Elle se rappelle la façon dont les gardes avaient accueilli la caravane ; Mesrour, le marchand d'esclaves, les connaissait tous. Il leur verse toujours une certaine somme en or, et ainsi ils ne mettent aucun obstacle à son passage. Ils vont même jusqu'à lui fournir une escorte sur une partie du chemin.

Zakariya saisit une coupe au bord dentelé. Il ne boit jamais de vin. Jamais il ne pourrait accepter que sa conscience fuie ce monde, ne serait-ce qu'un instant. D'ailleurs, c'est le vin qui causa la perte d'un des plus grands maîtres de l'espionnage qu'ait connus l'Égypte. Il y a deux cents ans – cela se passait sous le règne du sultan Zaher Baybars – le Grand Maître d'alors, Ibn el-Kazeroûni, s'était pris d'une passion immodérée pour le vin, au point qu'il ne pouvait plus s'en priver. Et voilà qu'il se mit à raconter en privé et en public ce qu'il savait, aussi bien des gens du peuple que des dignitaires de l'État, ce qui fit grand scandale et fut la cause de sa perte : il fut décapité. Les hommes avaient alors inventé une nouvelle sorte de breuvage dont on disait qu'il suffisait de le humer pour être complètement ivre. On donna son nom à ce vin qui fut connu dès lors sous le nom de Kâzerouniya. Le sultan Naser ibn Qalaoûn l'avait par la suite fait interdire, et avait fait répandre toutes les outres qui en contenaient. Zakariya adore les jus de fruits, il a fait spécialement venir de la ville de Tlemcen, en Extrême Occident, un appareil qui permet de presser les fruits les plus durs et de filtrer les pépins. Il déguste un verre de jus de raisin, tend la main et la pose sur le cou de Wassilah, où il la fait courir doucement ; la jeune femme continue à parler, mais voilà que, brusquement, les mots tremblent dans sa voix, tandis que la main de Zakariya monte et descend, que ses doigts s'approchent du lobe de l'oreille et que son haleine tiède vient toucher sa nuque. Le frisson qui parcourt le corps de la jeune fille se communique au sien, il continue à caresser les coins de sa bouche. Soudain, il saisit le lobe de l'oreille entre ses lèvres, suçant la chair ferme et résistante. La voici qui halète et étire ses membres. Elle presse ses seins de ses mains, elle ferme les yeux... Elle est partie loin, très loin. D'un seul coup, il déchire la robe sans prendre la peine d'en défaire les boutons. Il déchire, écoute avec joie le bruit du tissu qui craque. Voici qu'à ses yeux apparaissent les prémices de ce monde frais et juvénile. Un mouvement des yeux qui résume toute la tendresse de cet âge. La fleur s'entrouvre, une jeune fille qui passe à peine le seuil de la vie, tout étonnée de se trouver transportée à mille lieues. « Est-il possible qu'un tel plaisir existe vraiment... »

A ce moment même, il entend résonner en bas, dans le vestibule, le gong de cuivre : Shihâb l'Alépin l'appelle. Il descend.

« Le Zayni a envoyé un messager, réclamant la présence immédiate de Zakariya. Il s'agit d'une question urgente. »

Zakariya fait un signe de la tête, remonte à l'étage, se dirige vers sa garde-robe, choisit un manteau comme en portent les cheikhs d'el-Azhar. Depuis qu'il a été promu lieutenant du Grand Censeur, c'est la première fois que le Zayni le fait appeler. Le seul lien qui les unissait jusqu'alors était ce rapport journalier qu'il lui faisait parvenir. Évidemment, c'est un rapport très particulier. Le Zayni, de fait, n'a eu que rarement recours à ses services. Il lui est arrivé d'envoyer quelqu'un pour obtenir des informations sur certaines affaires. Zakariya a toujours répondu, en cachant son étonnement devant la futilité des renseignements demandés : quel était, par exemple, le nom des esclaves dont l'émir Pouchtak avait fait l'acquisition en 907 ? Quelle quantité de vin l'émir Qoûsoûn était-il capable d'ingurgiter en une seule soirée ? Comment s'appelait la mère d'un certain marchand de condiments au vinaigre dont la boutique se trouvait à el-Husseïniyeh ? Quels étaient les plats préférés du Grand Cadi Abd el-Barr ? Combien de mètres fallait-il pour fabriquer un manteau destiné à dame Zaynab, la femme de l'émir Toushtamir ? Combien y avait-il de mamelouks ayant dix doigts à chaque main ?

Zakariya avait d'abord trouvé cela étrange mais il s'était bien gardé de se moquer et il n'avait pas traité la chose à la légère. Si le Zayni demandait ces renseignements, c'est qu'ils répondaient à des desseins sensés, sans aucun doute. La première fois qu'il l'avait rencontré, à la lagune de Ratli, il avait tout de suite compris quel homme exceptionnel il était. « Nous étions faits pour nous rencontrer », s'était-il dit. Zakariya s'empresse de descendre l'escalier...

« Dès que j'approcherai de chez lui, je dois prendre garde à ne montrer aucun étonnement. Je lui parlerai calmement, rien ne devra indiquer ma surprise. Au contraire, j'aurai intérêt à laisser entendre que je m'attendais à ce que le Zayni fasse appel à moi. »

Le voici qui sort dans la vaste cour, les feuilles des arbres font entendre un froissement tout à fait perceptible.

« Comme il sera bon de retrouver Wassilah, tout à l'heure... »

C'est qu'il n'a pas eu le temps de se rassasier d'elle. Il cherche Mabrouk du regard. Mabrouk est le seul à pouvoir le reconnaître en de telles occasions, quand bien même il se serait déguisé en djinn. Les étrangers croient que Mabrouk est muet, mais il parle, fort peu il est vrai, mais il parle. Et parfois même, il n'hésite pas à l'interpeller violemment, car il lui arrive de lui faire des reproches véhéments fort bien tolérés par son maître. Celui-ci l'écoute avec attention, et fait ce que Mabrouk lui dit de faire.

– Où est l'envoyé du Zayni ? demanda Zakariya.

Mabrouk le précède. Zakariya murmure :

« Si je ne suis pas de retour demain à midi, tu devras dire au préfet du Caire de suivre les instructions que lui donnera Shihâb ed-Dîn, chancelier privé du Diwân. C'est compris ?

Zakariya pénètre dans le vestibule du diwân, un homme se lève. C'est un Bédouin au visage voilé :

– Salut à toi, Grand Shihâb...

Zakariya scrute le visage voilé, remarque la large ceinture cloutée... Le manteau... Tout à l'examen de ces détails, il ne laisse rien transparaître de son étonnement lorsque le Zayni lui apparaît en personne. Celui-ci n'y va pas par quatre chemins :

– Inutile de tergiverser. Je veux savoir exactement où Ali a caché sa fortune.

Zakariya appuie sa tête sur les deux doigts de sa main droite. Sa réponse tombe, abrupte et lapidaire :

– Je n'en sais rien.

Un oiseau pousse un cri étrange. La nuit touche à sa fin. Tout d'un coup le Zayni se lève, s'approche à pas lents de Zakariya :

– Zakariya, tu sais très bien où est la fortune d'Ali. Tu le sais, car rien ne t'échappe. S'il n'en était ainsi, je n'aurais pas risqué ma renommée en te choisissant comme premier lieutenant du Grand Censeur. Tu le sais, non pas parce que tu étais l'homme de confiance d'Ali, tu le sais parce que tu es Zakariya. Tu me comprends. Oui, Zakariya, le plus habile des Grands Maîtres qu'ait connus le sultanat d'Égypte.

Aucune réponse de Zakariya : le Zayni peut dire tout ce qu'il voudra. Secret ancien, profondément enfoui, sur le point de se révéler... Lueur pâle et tremblotante qui risque de devenir incendie dévastateur, mais une main de fer l'étouffe et la retient prisonnière.

« Tu sais très bien où se trouve l'argent d'Ali, mon cher, de même que moi, je sais où se trouve la tombe de Shaabân.

Depuis, du temps a passé. Pourtant, la décision que Zakariya a prise dès le départ du Zayni est encore brûlante. Même s'il lui faut attendre des années et des années, il arrivera à ses fins. A-t-on jamais vu, en Égypte, qu'un Grand Maître fût empêché d'une façon ou d'une autre de mener à bien ses projets ?.... Non, rien ni personne ne l'en empêchera. Aucune créature de ce monde ou de l'autre, ni un millier de talismans, rien... Jamais il n'oubliera les jours de solitude qu'il s'imposa à lui-même, dès le lendemain de la visite du Zayni. Il avait donné des ordres pour qu'aucun rapport ne lui soit directement adressé. Il avait dit à Mabrouk qu'il ne voulait voir personne. Il ne mangeait que par nécessité, la nourriture le dégoûtait. Quand sa retraite avait pris fin, certains étaient venus le féliciter, mais ils en étaient sortis découragés : il leur avait montré un visage fermé et lugubre. Zakariya s'était réjoui en lui-même lorsque Shihâb l'Alépin l'avait informé que le plus renommé des médecins du sultan se préparait à venir le voir tout le temps que durerait sa retraite. Une semaine ne s'était pas encore écoulée depuis la venue du Zayni que Mabrouk était venu l'avertir d'une nouvelle visite de celui-ci : « Il est là, dans la cour. » En effet, il était là ; il tâtait de son bâton le tronc de l'immense palmier couvert de plaques de cuivre.

– Si nous nous asseyions là, au soleil ? Chez moi, à la lagune de Ratli, le soleil n'entre jamais.

Le Zayni remuait la terre de sa canne. Zakariya soutenait son front de sa main droite.

« J'espère que tu vas m'écouter et me faire confiance.

Zakariya hocha la tête. Cette fois, le Zayni était habillé normalement, il ne portait plus le costume de bédouin qu'il avait l'autre nuit.

« Mon esprit est occupé par une multitude de pensées. Je ne pourrai les mener à terme que si je te les expose. Je te demande de m'interrompre et de porter la contradiction chaque fois que tu le jugeras nécessaire. Tu es plus âgé que moi, tu as plus de connaissances, plus d'expérience sur les sujets dont je vais t'entretenir.

C'était évident : il était mal à l'aise, il hésitait dans le choix de ses mots. Zakariya en ressentit un intime soulagement.

« Je tenais à te confier ce que j'attends de notre Police secrète, à te parler des plans que j'ai conçus à ce sujet, car qui oserait prétendre ordonner le Bien, interdire le Mal, comme le veut la charge de la Censure, sans le concours d'espions capables et dévoués ? Il me faut de tels espions à travers lesquels je puisse voir, comme par mes propres yeux.

– Pour cela, tu as tes agents qui n'obéissent qu'à toi.

– Je savais que tu allais me dire cela. Crois-moi, Zakariya, tu donnes beaucoup trop d'importance à mes hommes. Et puis, ne vaut-il pas mieux voir ce monde avec deux yeux plutôt qu'un seul ?

Il avait l'air content. Peut-être parce qu'il avait réussi à faire parler Zakariya...

« Tu me répondras que nous avons des milliers d'espions, c'est vrai, je ne dis pas le contraire. Mais si je pouvais disposer d'une autre police, avec un autre système, d'autres méthodes, ne crois-tu pas que cela me serait très utile ?

Tout d'abord, Zakariya, il ne faut pas m'en vouloir : nous ne nous voyons pas assez souvent, je suis trop occupé. Imagine ce que représente l'ambition de rétablir la justice dans ce bas monde. Et puis, tu sais aussi bien que moi ce à quoi on doit s'attendre du côté des Ottomans. Tôt ou tard, nous aurons la guerre. C'est inévitable, Grand Shihâb, inévitable. Voilà ce que j'ai dit à notre maître, le sultan. Mais ce n'est pas tout, et si je t'en dis davantage, c'est uniquement parce que j'ai une entière confiance en toi : il n'y a pas de place, en Orient, pour les États de l'Ottoman et le sultanat mamelouk d'Égypte : c'est soit eux, soit nous. Tu as l'air étonné, Zakariya ? Ne fais pas semblant, tu sais cela aussi bien que moi, sinon mieux. Tu es au courant de tout ce qui se passe à Constantinople. Le moindre éternuement à la Cour du Grand Seigneur, tu l'entends d'ici, comme si tu y étais ; le moindre incident t'est rapporté. Si Dieu le veut, nous l'emporterons. Les temps sont durs, c'est pourquoi il faut nous rencontrer plus souvent, régler nos affaires ensemble. Tout ce que j'apprends par mes hommes te sera rapporté, jour par jour. Tu as une expérience sans pareille, tu as entre les mains le système le plus parfait qui soit au monde : les pigeons voyageurs, la poste... Qui peut se vanter d'utiliser de tels moyens ? Tous deux, nous allons faire de grandes choses, Zakariya. Nos mains unies tendront le glaive et la balance. Je veux, Zakariya, que nos hommes soient l'instrument de la justice, les serviteurs de son règne triomphant sur l'humanité, l'humanité tout entière. Tu dois comprendre cela, Zakariya, il le faut...

Le Zayni cessa de parler. Zakariya ne leva pas la tête, le regard fiché à terre.

– Hum... Et alors ? dit-il au bout de quelques instants de silence, comme si le Zayni ne s'était pas arrêté.

– Je ne voulais pas abuser de ton temps, reprit l'autre sans tarder, c'est pourquoi je suis venu t'apporter des documents sur lesquels j'ai couché par écrit quelques idées. Je te demande de me dire ce que tu en penses.

Sur le seuil, au moment de partir, il avait pris la main de Zakariya dans la sienne :

« Je t'invite à dîner, ton heure sera la mienne.

– Je ne sors pas souvent.

Un sourire était apparu sur le visage du Zayni :

– Tu as le temps, tout le temps que tu veux.

– Eh bien, j'enverrai quelqu'un pour te prévenir et nous nous verrons très bientôt.

Il était retourné au jardin. Il lui faudrait d'abord penser tranquillement à ce qui avait été dit jusqu'à cette nuit, lire les documents que le Zayni avait apportés, bien comprendre ce qui se cachait derrière les mots, y regarder de près, lettre par lettre.

Ensuite seulement il réfléchirait à ce qui venait de lui être dit. Ce n'était pas une mince affaire. L'intuition qu'il avait eue cette nuit-là ne faisait que se préciser dans son esprit. Il fallait tout de même avouer que c'était un homme exceptionnel que ce Zayni. Un homme qui aurait dû naître plus tard. Plus tard... Quand exactement ? Il ne pouvait le dire. Mais il aurait été certainement mieux à sa place dans une époque où il aurait eu à sa disposition les instruments dont il rêvait et que lui-même – ou plutôt son époque – se trouvait cruellement impuissant à lui offrir. En même temps, il avait le sentiment que cet homme venait du fin fond des âges, de ces temps lointains et obscurs où il aurait tant voulu vivre. Quel homme ! Certes, ce n'était pas n'importe qui.

Avec la tombée de la nuit, une idée désagréable et lancinante, qui le poursuivait depuis le jour où le Zayni était venu le voir en secret, refit son apparition. Voilà qu'il lui faudrait se remettre à une activité qu'il n'avait pas pratiquée depuis fort longtemps, depuis l'époque où il était préfet des Espions du Caire, peu avant son accession à la charge de Grand Maître de la police. Dès ce soir, il allait revenir à cette époque lointaine où lui-même faisait l'espion. En ces temps-là, il lui arrivait souvent de se déguiser en artisan d'une quelconque corporation. Il avait alors inauguré une nouvelle méthode de filature qui consistait, non pas à suivre les suspects mais à les précéder, méthode que seuls les espions les plus habiles pouvaient mettre en pratique. Zakariya avait commencé le métier tout au bas de l'échelle, ce qui n'était pas le cas de tout le monde. La nuit ne faisait qu'exacerber en lui des sens qu'il avait si souvent mis à profit du temps qu'il n'était encore qu'un jeune espion. Mais, cette fois, où donc allait-il agir ? Ici, dans sa propre maison ! Comment le Zayni avait-il pu apprendre ce qui concernait Shaabân, le page du sultan ? Comme toujours, lorsqu'il avait à résoudre une énigme, il prit un calame et se mit à dessiner des formes ; lignes, cercles, figures sans aucun sens apparent ; cela l'aidait à se concentrer. Voyons. Qui donc était avec lui lorsqu'il était descendu égorger les prisonniers et creuser la tombe de Shaabân ?

Mabrouk.

Aucune raison de l'exclure de la liste des suspects. Personne n'est au-dessus de tout soupçon. Bien au contraire, Mabrouk sera au premier rang des suspects, jusqu'à preuve du contraire. Il s'agit ensuite de savoir qui aurait pu les suivre et les épier pendant qu'ils enterraient Shaabân. Cette nuit-là, la maison était complètement vide... Passons en revue les gens qui la fréquentent régulièrement.

– Shihâb ed-Dîn l'Alépin,
– Le préfet des Espions du Caire,
– Les agents du Diwân, qu'il connaît tous fort bien.

L'un d'entre eux aurait-il pu se faufiler jusqu'ici ? Aurait-il réussi à les surprendre pour en avertir le Zayni ? Un désastre, oui, un désastre ! Ainsi donc, un étranger serait parvenu à percer le secret de cette maison, si bien gardée ! Inouï ! Il allait vérifier, sans oublier personne, ce qu'il avait consigné par écrit sur ses agents : leur origine, leur condition, leur caractère, leurs manies. Voilà qui va rétrécir le cercle des suspects. Les lignes s'allongent, il trace des cercles... Le cercle va se réduire, oui il va se réduire jusqu'à se refermer autour d'un cou scélérat.

Il y a ensuite les connaissances et les proches. Outre les agents du Diwân :

– Le harem.

Premièrement, ses quatre épouses légitimes. Deuxièmement, les concubines. Dès cette nuit, il ira toutes les voir, à commencer par les plus anciennes. Hikmet, la première épouse, qu'il délaissait depuis un moment. Cette nuit, c'est par elle qu'il allait commencer : tout en respirant délicatement le parfum du musc, en dégustant son jus de raisin, son poulet au beurre et à l'eau de rose, il s'arrangera pour laisser échapper quelques questions apparemment oiseuses. Les nuits suivantes, ce sera le tour des autres, une par une, sans oublier les concubines, même Wassilah... Une enfant, pourtant. Elle est arrivée tout juste avant l'investiture du Zayni, quelques semaines avant. Mais, sait-on jamais... Tous, en tant que suspects, doivent être inclus dans le cercle qu'il trace. Et puis, il faut aussi envisager la possibilité que le Zayni ait eu recours à un stratagème inédit, auquel lui-même n'aurait jamais pensé. Et, voilà... oui, voilà un moyen de savoir : Zakariya ne manquera pas d'aller chez lui, à la lagune de Ratli. Et puisque le Zayni lui a proposé qu'ils étudient ensemble leurs méthodes de travail et les stratagèmes de leur métier, ce sera une bonne occasion d'apprendre quels sont ses procédés. Zakariya n'oubliera jamais l'atroce sensation qui l'étreignit lorsqu'il entendit ces quelques mots si douloureux... Certes, il a l'habitude de se méfier de son entourage, y compris de ses proches. Mais enfin, il n'a jamais été jusqu'à étudier de près chacun d'entre eux. De qui donc se compose son plus proche entourage ? Les individus qui travaillent dans la maison ? Ses femmes ? Si ceux qui lui jettent la pierre, si ceux qui le maudissent savaient quels tourments l'assaillent ! Sous le calame apparaissent des cercles, d'innombrables cercles. Dorénavant, chaque habitant de cette maison va devenir un espion pour son voisin, chaque femme va espionner sa voisine. Voilà que lui revient en mémoire un fragment de chronique ancienne consacrée à l'histoire des espions. C'était sous le règne de l'empereur des Mongols, un descendant du grand Gengis Khan. On raconte que celui-ci avait réussi à s'assurer la complicité d'un espion du calife de Bagdad. Un seul espion, mais celui-ci avait été promu Grand Maître de la Police secrète du califat abbasside entier, et c'est ainsi qu'il avait pu avoir accès à tous les secrets d'État. Pendant très longtemps, les Mongols avaient été en relation avec lui – des messages circulaient –, si bien que lorsqu'ils envahirent Bagdad, ils connaissaient parfaitement le sol qu'ils foulaient de leurs pieds. Voilà comment, en vérité, les choses se passèrent, et comment, par la suite, il arriva ce qui arriva.

Il ne sortira pas, non, il ne sortira pas tant qu'il n'aura pas découvert le coupable. Lorsqu'il se représente l'individu qui a pu le dénoncer au Zayni – son image se forme précisément dans son esprit – la rancœur lui étreint le cœur et il se plaît à imaginer les tortures qu'il réserve à ce traître. Il ne se privera pas d'en inventer de nouvelles, des tortures auxquelles personne – ni humain, ni démon – n'oserait penser. Ce sera dans les plus horribles tourments qu'il mettra fin aux jours du scélérat. Quant à la décision qu'il a prise au sujet du Zayni, il ne reviendra pas dessus, dût-il y consacrer sa vie entière...

Missive adressée à Son Excellence Zakariya ibn Râdhi, Grand Maître des Affaires secrètes

Au nom du Seigneur, Dieu de miséricorde et de bonté.

« Si tu prêches la Voie du Seigneur, que ta seule force soit la sagesse et l'excellence de tes sermons ! Sache entraîner la foi par la seule vertu de tes arguments ! Car personne, en vérité, ne connaît mieux que Lui ceux qui se sont égarés hors de Sa Voie, comme ceux qui ont su la reconnaître et la suivre. » Tel est l'enseignement du Livre.

Nous ne soumettons à Votre Seigneurie que quelques réflexions réunies ici au hasard de notre pensée. J'ose espérer qu'elles gagneront son assentiment et qu'ainsi nous pourrons œuvrer de concert, n'ayant pour autre dessein que de faire de nos humbles personnes les serviteurs de la justice et les auxiliaires de son règne sans partage. Plaire au Seigneur des deux mondes, telle est, croyez-le bien, notre seule ambition, suivant, en cela, les enseignements du Prophète, créature excellente s'il en fut, et qui nous dit :

« Quiconque saura plaire à Dieu, au prix du mécontentement de ses semblables, Dieu lui épargnera leur méchanceté. Quiconque voudra plaire à ses semblables au prix de la colère divine, Dieu l'abandonnera à la colère de ceux-ci. Quiconque établit avec son Seigneur des liens excellents jouira avec ses semblables de liens excellents. Qui aura été juste dans le secret de son âme, Dieu le fera reconnaître aux yeux de tous. Quiconque œuvrera pour l'autre monde, Dieu lui épargnera les maux de ce bas monde. »

Or donc, le fondement de notre action commune est la consolidation de la sécurité et de la justice sur toute l'étendue du royaume. Je me contenterai de parler cependant aujourd'hui des secteurs qui relèvent de mon autorité, à savoir : la ville du Caire et les provinces du Nord, que le sultan vient d'ajouter à ceux qui relevaient jusqu'alors de ma charge de Grand Censeur. En ce qui concerne les provinces syriennes, c'est là un sujet que tu connais mieux que moi.

Si nous voulons faire régner sans partage la justice sur les États du sultan d'Égypte, il faut la bâtir sur de solides fondements et, comme nous le savons, c'est là une tâche à laquelle tout le monde renâcle. Ceux qui t'ont précédé n'ont su en faire apparaître que les aspects les plus brutaux, si bien que le peuple a perdu sa foi en la nécessité d'une telle institution. On ne comprend plus que, privé d'un tel secours, le monde va à sa perte. C'est pourquoi il nous faut parvenir à ce que chaque espion soit aimé du peuple, aimé de tous, de ceux qui sont attachés aux biens de ce bas monde comme de ceux qui œuvrent pour l'Autre Monde. Nombreux sont les moyens pour arriver à nos fins : nous aurons loisir d'en discuter ensemble. Je me contenterai ici de parler de la distinction nécessaire à établir entre les différents groupes, communautés, classes et milieux parmi lesquels nous aurons à agir, de telle sorte qu'apparaisse clairement l'importance respective de chaque groupe, ainsi que les soins requis en conséquence.

Les sujets des États du sultan d'Égypte peuvent être classés en plusieurs groupes ou classes dont nous tenons à dire en premier lieu que Votre Excellence, à nos yeux, les surpasse tous.

Premièrement : Le sultan et les principaux émirs.

Deuxièmement : Les mamelouks et les émirs de rang inférieur.

Troisièmement : Les descendants de la noble caste des mamelouks, les gens de religion, les hommes de loi, les représentants des diverses communautés et corporations, ainsi que les marchands.

Quatrièmement : les gens du commun.

En ce qui concerne le premier groupe, il est pour nous du plus grand intérêt de percer à jour ce qui s'y trame, et cela, grâce à des espions formés spécialement à cet effet. Il nous faut des gens de bonne éducation, cultivés, rompus à la discussion, possédant les usages de cette classe et les connaissances qui y sont généralement dispensées. Notre but, parmi les gens de cet État, est de veiller à la sécurité de Sa Majesté le sultan et des grands émirs. Selon mon avis, les espions destinés à pénétrer cette classe doivent eux-mêmes y appartenir, contrairement à la marche suivie jusqu'ici.

– Les mamelouks et les émirs de moindre importance : un corps spécial, directement placé sous tes ordres y est déjà affecté, dont les agents accomplissent leur tâche de façon irréprochable.

– Quant au troisième groupe, il mérite que nous y consacrions le plus gros de nos efforts, car ces individus ont une influence déterminante sur les groupes qui les côtoient, aussi bien ceux qui appartiennent à la classe supérieure, les émirs et les dignitaires du royaume, que ceux qui appartiennent à la classe inférieure – les gens du commun et la canaille.

– Enfin, quant aux gens du commun, toujours prompts à provoquer des troubles – à noter que, dans certaines circonstances, cette classe peut influencer les gens de religion et les hommes de loi – je me vois dans l'obligation d'y distinguer plusieurs groupes.

1) Les étudiants d'el-Azhar et les maîtres d'école. Ces individus doivent faire l'objet de notre attention constante. Il n'est pas inutile, d'autre part, de déclencher de temps à autre des mouvements de révolte qui seront pour nous l'occasion de reconnaître ceux qui restent en dehors de l'agitation et, de même, ceux qui y participent et poussent la racaille à se révolter contre les autorités. Il ne faut pas cependant les exécuter : cela provoquerait malencontreusement la colère du peuple. Il y a diverses façons de s'occuper d'eux, sur lesquelles nous devrons nous mettre d'accord.

2) Les gens du commun proprement dits : c'est un troupeau qui va là où on le dirige, une vaste mer que le vent pousse là où il veut. Ce sont des bêtes sans cervelle. Ils ne savent qu'obéir à un chef. La vie de ces gens-là ne vaut pas grand-chose, car plus les conditions d'existence sont dures, moins la vie a de valeur, et moins on se soucie d'elle. C'est pourquoi, de temps à autre, il n'est pas mauvais de faire disparaître quelques-uns des individus de cette classe – mais dans la plus grande discrétion – car cela provoque une terreur salutaire dans leur entourage.

Je souhaite être secondé dans la préparation d'une tâche importante que je me suis fixée et pour laquelle ton aide me serait précieuse : j'ai l'intention de procéder à la constitution de guides où seraient répertoriés les noms de tous les artisans et de tous ceux qui exercent un métier quelconque : fabricants, marchands, commerçants et membres des autres communautés d'arts et métiers. Il y aurait un guide concernant les bouchers, un autre concernant les maçons, ou les ouvriers du marbre, les teinturiers, les tailleurs de pierre, les fabricants de cordage, ceux qui travaillent la nacre, les artisans du cuivre, les marchands de confiseries, de sorbets, etc. J'ai aussi formé le projet de recenser les enfants qui viennent au monde. Ainsi tout père qui vient d'avoir un enfant et n'en informerait pas mon représentant – quelle que soit la raison de cette négligence – serait puni par le fouet. D'ailleurs, si Dieu le veut, j'entends bien en pendre d'abord quelques-uns pour effrayer les autres. Nous pourrons ainsi évaluer le nombre des individus qui formeront la génération à venir. Nous les enregistrerons et nous pourrons les suivre au long de leur vie. Nous saurons quel enseignement ils reçoivent – religieux ou profane, dispensé par une secte ou une confrérie, à moins que ce ne soit un enseignement militaire, comme c'est le cas pour les enfants des émirs ou des mamelouks. Chaque période de leur vie devra faire l'objet d'un rapport, de telle sorte que nous puissions être au courant de leurs penchants, de leurs passions et même, éventuellement, des dangers que représentent certains individus, de telle sorte que, si nous sommes amenés à disparaître – et seul Dieu peut savoir quand cela se fera –, nous puissions laisser à nos successeurs les fruits de nos efforts, dûment enregistrés, ainsi que notre avis sur notre temps. Voilà quel est mon projet. Pour le mettre à exécution, j'ai l'intention de faire publier un avis qui en informera la population, et d'agir en conséquence dès que j'aurai obtenu l'accord du sultan. Étant donné que nous marchons à grands pas vers une époque où ne manqueront ni les troubles ni les épreuves, vu l'état d'excitation extrême dans lequel se trouvent les différentes communautés du sultanat, nous pensons qu'il serait souhaitable d'obliger les individus, jeunes et vieux, valides et invalides, à porter des cartes de cuir où seraient consignés un numéro correspondant à celui porté sur les registres dont il a été question plus haut, ainsi que la mention de la profession de l'individu et de son domicile. Ces cartes devront porter deux sceaux : l'un sera celui de mon représentant dans la région où l'individu a élu domicile, l'autre celui du préfet des Espions de la même circonscription. Il est bien entendu que quiconque sera trouvé sans carte encourra des peines sévères. Lors du décès d'un individu, la famille sera tenue de déposer la carte du défunt auprès du préfet des Espions de la circonscription, lequel en informera le Diwân, pour que son nom soit rayé de la liste des vivants et porté sur les registres des personnes décédées. A noter que les femmes seront soumises aux mêmes formalités.

Pendant la courte période qui a suivi mon accession à la charge de la Censure il m'a été donné de voir que, dans les milieux populaires, certaines anecdotes faisaient périodiquement leur apparition et étaient colportées par la rumeur publique. Tout cela, semble-t-il, dans le seul but de ternir la réputation d'un émir ou d'un quelconque dignitaire du régime. J'ai d'ailleurs été personnellement la cible de l'une de ces historiettes – et c'est là une chose qu'il faut absolument combattre – Votre Excellence ne me contredira pas – par respect pour le prestige des princes et des dignitaires. Je vous en donnerai un exemple fort simple : lorsque j'ai voulu faire éclairer les rues de notre ville par des lanternes, cela provoqua des commentaires à n'en plus finir. L'incident en vint à être considéré comme un événement de la dernière gravité, digne d'être consigné dans les livres de chroniques. A tel point que j'ai dû revenir sur ma décision, alors qu'il s'agissait d'une affaire que j'avais commencé à mettre à exécution. Je dois dire que la chose en elle-même ne m'a nullement contrarié. Ce n'était peut-être pas le moment opportun. En revanche, ce qui m'a blessé, ce sont ces historiettes qui circulaient chez les gens du peuple, lesquels, je le sais, m'ont en affection. C'est pourquoi j'ai été conduit à penser que ces histoires avaient été forgées à dessein. Or, tu es le lieutenant du Grand Censeur. Tu es également mon lieutenant dans toutes les charges dont je viens d'être investi – j'ai décidé cela dernièrement. Le coup qui m'est porté aujourd'hui t'atteindra donc, toi, demain. Tout ce qui me touche te touche. C'est pourquoi je pense que tu es le seul capable de faire face à cette campagne dont je suis victime, et de faire taire ces anecdotes et chansonnettes au moment même où elles apparaissent. Je n'accepterai aucune excuse, car je sais que rien ne peut t'empêcher d'obtenir ce que tu as décidé.

Reçois de nous le salut. Je prie avec toi le Très-Haut pour que ce pays continue à bénéficier de Sa protection.

Zayni Barakat ibn Moussa,
Grand Censeur des États du sultan d'Égypte
et gouverneur de la ville du Caire.

Amr ibn el-Adawi

Il ne le quitte jamais des yeux, et si jamais il s'éloigne, il sait obtenir ses informations par ses collègues pensionnaires d'el-Azhar. Il s'assiéra tranquillement parmi les étudiants et posera alors une question apparemment innocente sur un ton qu'il sait très bien moduler :

– Quelqu'un d'entre vous aurait-il vu Saïd el-Gohaïny, aujourd'hui ?

– Il est sorti depuis ce matin, répondra l'un d'eux.

Et un autre de lancer :

– Saïd est maintenant un habitué d'un café qui se trouve près de la mosquée de Qalaoun.

– Un brave garçon, ce Saïd, s'empresse-t-il d'ajouter.

Puis il se tait. Depuis quelques jours, lorsqu'il sort dans la rue, il lui arrive de revivre les jours lointains où, pendu aux jupes de sa mère, il partait avec elle aux champs arracher les patates douces. Il se souvient encore de l'odeur du brouillard matinal, du pain qu'on vient de cuire pour midi ; les roseaux, les fours allumés. Avec les autres enfants, il court, dès l'arrivée du lieutenant du Grand Censeur. Les femmes jettent des regards effarés à travers les fenêtres étroites : la peur étreint les cœurs...

Il arrive près du souk des chaudronniers, voilà l'odeur de la fumée qui sort des foyers attenants au hammam de Qalaoun ; sur le feu sont posés des chaudrons où cuisent les fèves.

– Bonjour à toi, maître Hamza !

Hamza « la Petite Fête » le salue de la main :

– Voilà un revenant ! Tu nous as manqué, cheikh Amr !

Depuis trois semaines, il se rend chaque jour chez maître Hamza. Il s'y arrête pour boire un verre de lait parfumé de cannelle, qu'il paie un dinar entier au lieu d'un demi. Un seul jour, il n'est pas venu. Le lendemain, Hamza lui a fait part de son inquiétude, remerciant le Ciel que rien ne lui soit arrivé. Les apparitions de Amr se répètent à heures fixes : il cherche des renseignements sur Saïd et sait parfaitement quand celui-ci se rend au café. Lorsqu'il en avait averti le préfet des Espions, ce n'était pas tombé dans l'oreille d'un sourd : « Le fait que Saïd fréquente le café de Hamza est quelque chose de tout à fait nouveau, et il n'y a que toi qui me l'aies signalé. Oui, un indice tout à fait nouveau, que de le voir fumer le tabac au miel. La question se pose de savoir ce qui l'a poussé à choisir cet endroit plutôt qu'un autre. »

Au début, on soupçonnait Saïd d'avoir choisi cet estaminet pour d'obscurs rendez-vous. Mais après l'avoir observé avec obstination, Amr conclut qu'il y passait son temps dans la solitude la plus extrême, ne parlant à personne, si ce n'est à Hamza « la Petite Fête ». On avait d'ailleurs soupçonné que les quelques mots qu'ils échangeaient n'étaient pas innocents. Mais, une fois de plus, il s'avéra que ce n'était rien de plus que ceux qu'on utilise communément pour commander un bol de *helba*, formuler les salutations habituelles, ou les marques d'amitié les plus banales. Rien que de très normal dans une conversation entre un patron de café et son client, encore que celle-ci se signalât par un ton particulièrement chaleureux et amical. Jusqu'à la façon qu'avait Saïd de commander son bol de *helba*, irréprochable : aucun geste dont on eût pu soupçonner qu'il impliquât une signification secrète, aucun symbole au sens caché, rien qui eût pu échapper à un observateur vigilant. Mais enfin, la question restait posée, une véritable énigme : à quoi Saïd pouvait-il bien penser pendant tout ce temps ? Il lui arrivait de rester assis une heure, deux heures durant... Une autre fois, le préfet avait demandé instamment à Amr de se placer tout près de Saïd el-Gohaïny :

– Tu le connais bien. Au dortoir, sous le portique d'el-Azhar, ton lit est près du sien. Tu connais parfaitement son caractère, tu sais reconnaître ses moments de joie ou de tristesse, tu lis sur son visage...

Voilà pourquoi on pouvait penser qu'en se contentant de suivre les changements d'expression sur le visage de Saïd, le frémissement de ses paupières, ainsi que les mouvements de ses mains, Amr était capable de faire du bon travail. Mais il fallait être très prudent :

– Il te faudra bien choisir l'endroit où te poster de sorte que Saïd ne puisse se rendre compte de ta présence.

Il avait objecté qu'il voyait mal comment ce serait possible, les locaux étant particulièrement exigus. C'est alors que le préfet avait sorti une feuille de papier, sur laquelle il avait dessiné les lieux avec tout ce qu'ils contenaient : la vaisselle, les sièges creusés à même le mur. Il avait indiqué une anfractuosité dans le mur, près du foyer où l'on préparait le charbon de bois et les boissons chaudes, *helba* et *salep*.

C'est là que tu t'assiéras. Saïd n'entre jamais, il reste toujours dehors. Tu peux très bien l'observer sans être vu. Mais attention ! sois discret ! Tu t'assiéras là une bonne fois pour toutes. Va donc chez Hamza "la Petite Fête", sois aimable avec lui, et généreux ; le verre de *helba* coûte, là-bas, un demi-dinar. Eh bien, paie-le un dinar... Aimes-tu la *helba ?* Ah ! J'oubliais : tu adores le lait à la cannelle ! C'est le même prix, et d'ailleurs, tes frais te seront payés chaque semaine. Dès aujourd'hui, tu vas aller à l'estaminet de Hamza et tu y retourneras quinze jours durant. Tu iras après la prière du soir, à n'importe quelle heure, mais le soir. Tu peux t'asseoir où tu veux : Saïd ne vient pas à ces heures-là. Le seizième jour, tu iras à la boutique tôt le matin ; tu demanderas à Hamza de te laisser t'asseoir dans l'anfractuosité que je t'ai indiquée, tu t'y installeras et tu n'en bougeras pas. Fais semblant d'être triste et de ne pas vouloir parler. Saïd viendra, il s'assiéra, comme à son habitude et, de l'endroit où tu seras, tu pourras le voir parfaitement, alors que lui ne te verra pas. C'est compris ?

Amr n'en revenait pas de la précision des détails. Avec quelle minutie le préfet avait réalisé ce plan, réduisant les proportions des lieux à l'échelle d'une feuille !

« Maintenant, il ne te reste plus qu'à t'en remettre à la providence divine, avait conclu le préfet, mais, dis-moi, as-tu besoin d'argent ?

– Tu me noies sous les bienfaits.

Sa main était restée longtemps dans celle du préfet.

– Comment va ta mère ?

Il sentit dans sa bouche un goût d'amertume : il n'avait toujours pas de nouvelles.

Lorsque le cheikh de Zâwiyet el-Umyân, à el-Azhar, était revenu, Amr s'était empressé d'aller le voir. Elle avait certainement voulu lui faire parvenir quelque chose du village : quelques pains, quelques galettes, une cruche avec un morceau de fromage conservé dans du petit-lait, qui lui rappelleraient le bon temps. Jamais il n'oublierait la réponse du cheikh, ni le ton de sa voix : Aucune trace d'elle. On lui a dit, au village, qu'elle n'était certes pas morte mais que, depuis quelque temps, elle racontait que pendant son sommeil, elle entendait une voix : il fallait absolument qu'elle revoie son fils avant de mourir.

Comme elle ne voulait pas le distraire de ses études, elle avait dit à son amie la potière Sakina « le Vermisseau » – c'était elle qui avait fait office de sage-femme, lorsque Amr était venu au monde sur un tas de *bersim* ; elle lui avait coupé le cordon ombilical –, elle avait donc dit à Sakina : « Je vais partir au Caire pour revoir le fruit de mes entrailles. » L'autre lui avait répondu que c'était trop loin, qu'elle ne connaissait pas la route. Mais elle n'avait rien voulu entendre, elle disait au premier venu, homme, femme, enfant qu'elle arrêtait sur le bord de la route pour leur raconter son histoire, leur parler de son fils Amr, qu'il fallait absolument qu'elle aille le voir. Elle disait aux enfants qu'elle leur souhaitait de grandir comme lui et de lui ressembler. Sakina lui avait donné quelques provisions de bouche pour le voyage... et un beau matin, elle s'était réveillée : la mère de Amr avait disparu.

On l'avait cherchée partout : dans les champs de patates douces et de pastèques, mais en vain. Au bout de quelque temps, on l'oublia : Personne n'avait besoin d'elle, c'est elle qui avait toujours besoin des autres.

Le cheikh avait exprimé son étonnement. « Je croyais qu'elle était déjà auprès de toi. »

Une flamme de désespoir avait alors traversé le regard d'Amr. Vision de sa mère cheminant sur la route poussiéreuse, perdue entre deux villages, sur une venelle traversée par les canaux d'irrigation, au milieu des palmeraies. La nuit tombait et elle n'avait rien pour se réchauffer, rien pour calmer sa faim. Elle demandait aux passants qui allaient dans les deux sens la direction du Caire. Parfois, il avait la conviction qu'elle était là, tout près de lui, et qu'elle allait surgir au coin d'une rue. Saurait-il la reconnaître ? Ce long voyage l'aurait sans doute défigurée : elle serait affaiblie, sa vue aurait baissé... elle ne pourrait pas le reconnaître.

Trois ans qu'il n'a eu la moindre nouvelle. Il ne se rend même pas compte du tremblement de ses paupières. C'est lui qui a changé. Il est rongé par le remords : Comment a-t-il pu rompre ces liens pendant trois ans ? Trois longues années... Comment ?

Non, inutile d'y repenser. Reste une blessure enfouie au fond de son cœur. Et pourtant, qu'arriverait-il si elle passait devant lui, dans la rue, pendant qu'il observe Saïd par exemple ? Se lèverait-il brusquement pour aller la prendre dans ses bras ? Oserait-il se démasquer aux yeux de Saïd ? Car alors, celui-ci comprendrait tout. Quant au préfet, il ne manquerait pas de savoir que son plan aurait échoué par sa faute. Amr n'est pas seul dans le café, il le sait fort bien, il sait qu'il est surveillé... mais par qui ? Maître Hamza, peut-être, ou un autre ? Il n'y a que de Saïd qu'il n'ait pas à se méfier, et encore, sait-on jamais ? Ce n'est sans doute pas par hasard qu'on lui a imposé cette épreuve avant de lui donner du galon. Après qu'Amr lui eut parlé, le préfet avait l'air sincèrement ému : « C'est pire que si elle était morte, lui avait-il dit. »

Puis il lui avait promis de donner des ordres pour que l'on fasse des recherches dans tout le pays. Il le tiendrait au courant. Ainsi donc, il allait certainement savoir quelque chose. Lorsqu'il avait rencontré le préfet, il avait remarqué un changement sensible. Personne ne s'y serait trompé. C'était un changement dans sa façon de parler, dans la façon qu'il avait de traiter son agent. Son ton était amène, il faisait preuve d'une sollicitude peu ordinaire pour les problèmes personnels d'Amr. Plus de menaces comme avant, ce qui était fort appréciable. Depuis lors, Amr s'était senti beaucoup plus proche de lui.

Pour le moment, il est là, complètement recroquevillé dans son coin. Le préfet lui a appris à supporter les longues attentes. Il peut lui arriver, par exemple, de se trouver immobilisé derrière un moucharabieh, regardant à travers le treillis du bois, attendant la venue d'un individu qui ne viendra peut-être pas. C'est à lui de faire en sorte de rendre la chose supportable. Dans cette anfractuosité, l'humidité se fait sentir, et le cœur d'Amr est plein de tendresse pour cette vieille femme dont il ne sait ni où elle se trouve, ni où elle va, ni où elle mourra. Mais il faut bannir cette nostalgie. Il est en service commandé. Il gagne sa vie. Comme il le lui a recommandé, Hamza ne s'est pas approché une seule fois de lui.

Voici qu'entrent trois personnages : ce sont des maîtres d'école, de ceux qui enseignent le Coran aux enfants. Cette manière qu'a l'un d'entre eux de siroter bruyamment son *salep*... dégoûtant ! Quant à celui qui semble être le doyen du groupe, il se répand en lamentations, ne cesse de regretter le temps passé, quand les enfants faisaient leur possible pour apprendre le Saint Coran par cœur.

– Hélas ! les temps ne sont plus ce qu'ils étaient. Aujourd'hui, lorsque tu as un enfant de dix ans assis en face de toi, tu as l'impression qu'il est sur des charbons ardents, qu'il n'attend que la fin du cours pour s'éclipser.

– Galopins ! Grand Dieu, donnez-nous la patience...

– C'est la fin du monde... les signes ne trompent pas : le jour du Jugement approche !

Que peut-il bien vouloir dire par ces « signes annonciateurs du Jugement » ? Il faut prêter l'oreille. Évidemment, Amr est là pour observer Saïd, mais il faut aussi qu'il écoute ce qui se passe. Il peut tomber sur une conversation qui a son importance. Peut-être le hasard le mettra-t-il sur une piste que mille stratagèmes ne lui auraient fait découvrir autrement. Le plus vieux reprend sa ritournelle :

– Oui, par Dieu, aujourd'hui, rien ne m'étonnerait plus. On me dirait qu'une mule vient de mettre bas que je ne m'en étonnerais pas pour autant.

– A Dieu ne plaise, maître, répond le plus petit, si cela arrivait, cela voudrait dire que c'est la fin du monde.

– Et qu'est-ce qui te permet de dire que ce n'est pas la fin du monde ? reprend l'autre, celui qui a la grosse voix.

Amr tend l'oreille, écoute cette étrange conversation. Tout cela a certainement un sens, les trois vieillards communiquent par un code convenu, mais quel code ? Il faut tendre l'oreille... et la bonne. La première fois que le préfet des Espions l'a reçu, il lui a dit : « Un véritable espion, c'est simplement une paire d'yeux et une paire d'oreilles. Écouter, voir, retenir et rapporter, voilà la devise de l'espion. Voilà ce qu'il doit faire, même dans son sommeil ! »

– On en aura vu des vertes et des pas mûres. On ne peut plus bouger, même pour aller à la mosquée, sans ce morceau de cuir qu'ils nous obligent à porter.

– Par Dieu, celle-là, je ne m'y attendais pas !

– Inouï, on n'a jamais vu ça, reprend le petit.

Voyons, de quelle école sont-ils ? Ce soir, il interrogera maître Hamza, ou bien demain, pour ne pas susciter de soupçons, ou tout simplement pour montrer qu'il sait observer les règles du métier. Car, n'est-ce pas, si Hamza était là pour le surveiller ? Son attention est attirée par deux marchands qui viennent d'entrer.

– Crois-tu que le sultan aura quitté le turban léger qu'il portait récemment pour remettre celui qu'il porte en temps normal ? demande le premier, un homme aux cheveux blancs.

– S’il en est ainsi, cela voudrait dire qu’il est guéri ; mais la nouvelle n’a pas été annoncée encore par les crieurs publics, répond le second.

De quel quartier sont-ils ? De l’autre bout de la salle lui parviennent les réflexions du plus vieux des maîtres d’école :

– Autre signe de la fin du monde : l’apparition de l’Antéchrist.

– Je sais, de source sûre, qu’il a porté son grand turban, et qu’il a reçu l’émir Toman Bey.

– Par Dieu, l’Antéchrist est bientôt parmi nous !

Le cœur de Amr bat la chamade, voici qui est important :

– Non, je ne veux pas croire que le sultan ait repris son grand turban, car il n’y a eu aucun avis public, aucun, vous en avez entendu un, vous ?

– Oui, Dieu m’est témoin qu’il ne nous reste plus qu’à voir le soleil se lever au couchant, par Dieu, je ne m’en étonnerais plus !

Entre un homme brun, grand, portant un turban bleu, un *dhimmi*, un chrétien... Hamza lui a déjà parlé de cet homme. En voilà un qui est avare de paroles. Des paroles aussi rares que la pluie en plein mois d’août, comme disent les Coptes. Il vient régulièrement, quatre fois par jour, d’abord au lever du soleil, dès que la boutique ouvre, puis dans la matinée, puis dans la soirée et enfin juste avant la fermeture de la boutique... Les vieux éclatent de rire. Quelque chose lui a-t-il échappé ?

– Dieu me prêtera vie pour qu’avant ma mort je puisse me réjouir des aberrations de mon époque, déclare celui qui a les cheveux blancs.

Tous de s’esclaffer. Il faut absolument retenir la phrase, mot pour mot.

– Un dinar et demi pour six boisseaux, impossible d’obtenir moins.

Ces deux-là, entre-temps, ont changé de sujet de conversation.

Chaque fois qu'il vient, le chrétien boit un verre de badiane et fume deux narghilés, mais il n'utilise pas le tabac fourni par la maison. Il a sur lui une blague de cuir, remplie d'un excellent tabac blond à l'odeur étrange. Amr n'a aucune idée de l'endroit où il se le procure. Il y puise toujours la même quantité de tabac, ni plus ni moins, demande à Hamza de remplir le fourneau du narghilé, suit l'opération avec attention, puis se met à tirer, laissant la fumée s'échapper par le nez, de l'air de quelqu'un qui souffre, balançant la tête de droite et de gauche, comme s'il adressait au narghilé une plainte muette, comme s'il lui confiait un affreux malheur dont il serait la victime. Juste avant que le fourneau s'éteigne, il le regarde, rectifie l'arrangement du charbon, le presse, entoure le fourneau de ses mains, se penche et souffle dessus... prière secrète pour que les bouffées de tabac ne tarissent pas encore.

– Eh oui ! Dieu m'est témoin (c'est le plus jeune des marchands qui parle).

– Je n'en crois pas mes oreilles ! Impossible ! répète l'autre.

Hamza lui a dit ce qu'il sait du chrétien ; il habite à l'*okelle* de la volaille, près de Khan el-Khalili. Il n'a ni femme, ni enfant. Une fois, Hamza l'a vu pleurer, les larmes coulaient doucement et naturellement de ses yeux, sans qu'il fasse rien pour les retenir. Il ne sanglotait pas. Où peut-il bien se procurer ce tabac et pourquoi a-t-il l'air si soucieux ? On dirait qu'il parle à des interlocuteurs invisibles. Ah ! Voilà Saïd qui s'est installé devant le café. Une arrivée impromptue qui est passée inaperçue. Inutile de dire qu'Amr s'est fait surprendre, cela pourrait être retenu contre lui. Saïd est là, sur un banc, la tête baissée. Amr essaie d'étouffer les battements de son cœur. Eh bien, il lui faudra encore du temps avant d'arriver à la perfection, avant d'être capable de rester impassible, quel que soit le spectacle qui s'offre à lui, impassible, insensible. Ce n'est pas à la portée du premier espion venu. Ah ! s'il y avait moyen de lire à distance ce qui se passe dans la tête des individus ! Il suffirait à l'espion d'interpréter un battement de paupières, un frémissement de narines... il se renfonce dans l'encoignure, cale son dos contre la paroi...

Avis

« Bonnes gens du Caire, oyez, bonnes gens du Caire !

Nous ordonnons le Bien, nous interdisons le Mal !

Sachez que toute lumière a été faite ! C'est en vain qu'on avait voulu nous abuser !

Il y a six mois, l'émir Mâmây « le Petit » avait été livré.

Au Zayni Barakat ibn Moussa, Grand Censeur et gouverneur de la ville du Caire.

Les trésors que l'émir avait mis en lieu sûr ont été découverts.

Grâce aux aveux qu'on a pu lui arracher.

Ses biens ont été mis sous séquestre.

Il est apparu que la valeur en atteignait quatre-vingt-dix mille dinars, somme qui dépasse de vingt mille dinars celle réclamée par le sultan.

Cet argent a été intégralement versé dans les coffres du sultanat.

Bonnes gens du Caire, oyez,

Sachez que le Zayni Barakat ibn Moussa, Grand Censeur et gouverneur de la ville du Caire a ordonné.

Que soit levé un impôt sur les lieux de plaisir et en a interdit l'entrée à qui n'a pas encore atteint la vingtième année de sa vie,

Et ceci pour le bien du peuple et par respect de la Loi.

Bonnes gens du Caire, le Zayni se rendra dans les provinces de Damiette et de Daqahliyeh,

Où il mènera une enquête et prendra les mesures nécessaires pour faire cesser les incursions bédouines qui menacent la paix de ces régions.

Mission lui est donnée de rétablir l'ordre.

En son absence, agira en ses lieu et place le sieur Abd el-Azim Sayrafi, trésorier du Grand Censeur et lieutenant de celui-ci pour ce qui concerne les affaires financières.

En l'absence du Grand Censeur, chacun doit savoir que tout demeure en l'état.

Les contrevenants à la Loi seront soumis aux mêmes peines que par-devant.

Bonnes gens du Caire,

Sachez que le Zayni Barakat, titulaire de la noble charge de la Censure et gouverneur de la ville du Caire

S'est engagé auprès de Sa Majesté à instruire l'affaire Bouktamir, concernant l'émir du même nom, ci-devant Grand Échanson de la Cour et commandant de Dix.

Le Zayni promet de lui faire rendre gorge et de restituer les biens extorqués aux musulmans, biens dont la valeur, selon le Zayni, s'élèverait à cinquante mille dinars, ni plus ni moins,

Sans compter ce qui aura été mis en lieu sûr et que les développements de l'enquête permettront de découvrir. »

A Son Excellence
le préfet de la Police secrète du Caire

Urgent

Ce lundi matin, à l'occasion de la fête du Chamm en-Nasim, alors que la population se livrait à ses passe-temps favoris – flânerie, badauderie et farniente –, j'ai pu suivre le dénommé Saïd el-Gohaïny. Je précise que j'avais pris les dispositions nécessaires pour que la chose se fasse dans la plus grande discrétion.

L'individu en question n'était pas seul. Il marchait en compagnie de deux femmes dont l'une était âgée. Je les ai suivis depuis Bab el-Khalq jusqu'aux jardins de Boulâq où ils rejoignirent un vieillard portant turban, qui répond au nom de Rayhân el-Birouni, et chez qui je crois savoir que le dénommé Saïd est souvent reçu. Je crois pouvoir affirmer, sans risque de me tromper, que Saïd s'est entiché de la fille du cheikh en question. J'ai d'ailleurs appris, par certains de ses collègues étudiants à el-Azhar, que, pendant son sommeil, il lui arrive très souvent de prononcer un prénom féminin : Samâh. Il se trouve que c'est précisément là le nom de la fille de ce cheikh Birouni, avec qui il se promenait aujourd'hui dans les jardins de Boulâq. J'ajoute que, par deux fois, Saïd s'est trouvé en tête à tête avec elle. Je ne manquerai pas de vous tenir au courant de tout élément nouveau concernant cette affaire.

Signé : Amr.

Avis

« Oyez, bonnes gens du Caire, oyez !
Abd el-Azim Sayrafi, Trésorier du Grand Censeur,
Fait savoir que tout reste comme par-devant.
Que les commerçants le sachent :
Quiconque tentera de frauder sur les prix encourra les châtiments les plus sévères :
Son sang sera déclaré licite.
Tout est maintenu en l'état jusqu'au retour de Son Excellence le Zayni.
Qu'on se le dise. »

Avis

« Oyez, bonnes gens du Caire, oyez !
Sur ordre d'Abd el-Azim Sayrafi,
Un marchand d'œufs qui avait vendu sa marchandise à un prix supérieur à celui fixé.
A été pendu devant sa boutique. »

Avis

« Bonnes gens du Caire, oyez !
Sachez que sur ordre d'Abd el-Azim Sayrafi,
On a coupé la langue à trois jeunes gens convaincus d'avoir essayé de répandre des rumeurs mensongères. »

Avis

« Bonnes gens du Caire, oyez !
Sachez que, sur ordre d'Abd el-Azim Sayrafi
Ont été remis à Son Excellence le Grand Shihâb Zakariya, premier lieutenant du Grand Censeur,
Trois Maghrébins convaincus d'entretenir des relations avec l'Ottoman. »

Avis

« Bonnes gens du Caire, sachez que, sur ordre d'Abd el-Azim Sayrafi,
Chacun d'entre vous est sommé d'ouvrir l'oreille,

Et de dénoncer quiconque sera soupçonné d'avoir des relations avec l'Ottoman.

Une récompense est promise à quiconque se conformera à ces ordres.

Bonnes gens du Caire, sachez que demain

Le Grand Shihâb Zakariya ibn Râdhi se rendra à la grande mosquée de Cheïkhôun,

Où il conduira la prière ;

Après quoi il s'adressera aux croyants.

La mosquée est ouverte à quiconque désire assister au prône. »

Message envoyé par pigeon voyageur au Zayni Barakat ibn Moussa, Grand Censeur de la ville du Caire et de toutes les provinces du pays d'Égypte, gouverneur du Grand Caire, présentement à Damiette

Au nom du Seigneur, Dieu de bonté et de miséricorde. Seigneur, ayez ce pays en Votre sainte garde.

Diwân des Affaires secrètes de Son Excellence le Grand Shihâb Zakariya ibn Râdhi.

1) Sur la question de savoir qui est le cheikh Rayhân el-Birouni. L'individu a pour nom : Rayhân, fils de Zayd Muhammad, originaire d'Asyout, fils de Amer Fâdel Ahmed, fils d'Ibrahim. Quant à l'appellation de Birouni, elle lui est propre, et date du temps où il étudiait les sciences de la logique sous la direction d'un cheikh aveugle arrivé à la vieille mosquée vers la fin de l'année 805, en provenance des États du schah Ismaël le Séfévide. L'individu se faisait appeler cheikh Birouni ; il n'était point chiite, à la différence de ses compatriotes, et n'appartenait à aucune secte hétérodoxe. Il semblerait qu'au contraire ce fût un authentique sunnite orthodoxe, qui vécut en Égypte et resta célibataire jusqu'à la fin de sa vie en 883. Cet homme fut enterré au cimetière oriental, en compagnie d'autres vénérables ulémas et hommes de loi.

Le cheikh Rayhân a commencé sa carrière comme simple chancelier privé du Grand Cadi. Il était chargé alors de rédiger les actes et les *fetwahs* promulgués par son maître. Il s'est montré irréprochable dans l'accomplissement de ces tâches, et il est à noter que son travail lui a permis de côtoyer les émirs et grands dignitaires du royaume que, jusqu'alors, il n'avait jamais approchés que sur la voie publique. Il semblerait que la fréquentation de ces personnages haut placés ait encouragé cet esprit fantasque aux divagations les plus excessives. On sait, par exemple, que notre homme posait, avec le plus grand sérieux, des questions telles que : « Ces grands personnages rient-ils comme le commun des mortels ? Est-ce qu'ils échangent des plaisanteries, des mots d'esprit ? Se taquinent-ils les uns les autres ? L'amitié et la sympathie ont-elles cours parmi eux ? » Plusieurs fois, il s'est posé la question : « Quelles sont leurs manières à table ? Comment leur présente-t-on la nourriture ? » Il s'imaginait en compagnie d'un de ces grands émirs, et même en celle du sultan en personne : Comment alors aurait-il dû s'adresser à eux ? On sait, de source sûre, qu'il a demandé à l'un de ses collègues (cela se passait entre l'année 863 et l'année 875) si des personnages aussi prestigieux que l'émir Tamrboughâ, qui était alors Atabek, ministre des Armées, pissaient et faisaient leurs besoins comme le commun des mortels. On dit même qu'il aurait confié à un de ses amis les questions embarrassantes qui l'obsédaient alors : le sultan enlevait-il ses vêtements, mettait-il son arrière-train – qu'il avait, comme chacun sait, fort volumineux – à l'air lorsqu'il besognait l'une de ses femmes ? La salive coulait-elle de sa bouche ? Fermait-il les yeux ? Sa mâchoire tremblait-elle de désir et d'excitation dans des moments pareils ? Il semble bien que, pour le cheikh Rayhân, de telles questions soient extrêmement importantes et méritent même qu'on y consacre des ouvrages entiers. Son plus cher désir était de parvenir jusqu'à l'intimité de ces grands, de faire partie de leur entourage, de pouvoir échanger avec eux des réflexions sur le temps présent, partager leurs espoirs et leurs rêves. Il se voyait en compagnie de l'Atabek, par une soirée tranquille où ils fumeraient de compagnie ; l'Atabek se pencherait alors vers lui et lui ferait une confidence qu'il serait le seul à recueillir. Ou bien il serait en compagnie de l'émir Djôkandâr, et celui-ci lui raconterait une histoire tout à fait singulière concernant Sa Majesté, à la suite de quoi il lui demanderait de n'en dire mot à personne ; car, si jamais le sultan apprenait que l'affaire s'était ébruitée, l'indiscret n'en aurait pas pour longtemps à vivre, non plus que son confident.

De telles pensées transportaient notre homme de joie. Ainsi donc, on lui ferait des confidences qu'il serait le seul à entendre. Lui, Rayhân el-Birouni, lorsqu'il se trouverait dans la rue Saliba, ou dans le souk aux citrons, sous la porte de Bab el-Foutouh, au milieu de la foule de marchands et de chalands tout à leurs occupations triviales et futiles, lui, pendant ce temps, aurait la tête bourrée de secrets d'importance. Quelle joie à l'idée qu'après avoir passé une nuit blanche dans le palais d'un grand émir, se refusant un sommeil pourtant bien mérité, et obligé malgré cela de se rendre au diwân des Correspondances où lui était confiée la rédaction des actes et des *fetwahs*, il s'arrêterait en chemin pour boire un bol de *helba* ou de *salep*. Gardant à grand-peine les yeux ouverts, il étoufferait bâillement sur bâillement. Alors, tout le monde le regarderait, son extrême fatigue ne passerait pas inaperçue et on ne manquerait pas de lui en demander les raisons. Il n'hésiterait pas à expliquer qu'il avait passé une nuit fort longue en compagnie des émirs et des grands dignitaires de ce royaume. Alors, on serait indulgent à son égard, et on profiterait de ces moments de repos pour venir le trouver et lui demander d'intercéder auprès des gens haut placés. Comme il était bon, jamais il ne refuserait son aide.

Les *fetwahs* se succédaient sans relâche sur son bureau, il lui fallait les rédiger. Le Grand Cadi Abd el-Barr insistait pour qu'il aille toujours plus vite. Cela le contrariait. Il se voyait donc en imagination allant trouver son maître le Grand Cadi. Il se tiendrait devant lui, Abd el-Barr n'en reviendrait pas. Son employé aurait bien changé. Ce regard sévère, ce turban imposant, ce parfum délicat dont les effluves lui chatouilleraient les narines... Alors, le cheikh Birouni se pencherait vers lui, et lui demanderait, avec la plus grande simplicité, de ne pas trop le presser. Il parlerait à voix basse – à moins qu'il ne fût préférable de parler haut. Non, mieux valait parler d'une voix douce, mais sûre de soi ; il saurait employer des mots choisis. Il dirait comment il avait passé la nuit en compagnie des émirs ; il dirait qu'il avait ses entrées chez l'émir Bouktamir, qu'il était reçu chez l'émir Mintâsh, qu'il était le confident de l'émir Toman Bey lui-même, et que l'émir Tamrboughâ s'en remettait totalement à lui. Abd el-Barr n'en reviendrait pas. Il craindrait pour sa propre personne, il lui ordonnerait de se ménager, de ne pas se surmener et de se fier à son propre jugement dans les affaires qu'il avait à traiter. Car le sultan pourrait bien destituer Abd el-Barr, tout Grand Cadi qu'il fût, et ce même Abd el-Barr serait bien obligé alors d'avoir recours à lui pour que la charge de Grand Cadi lui soit rendue.

Vers 876, il avait alors dans les vingt-cinq ans, entraîné par ses camarades, le cheikh Rayhân se mit à fréquenter l'établissement d'une certaine Saniya « Fleur de nave », près de Fostât.

Il y fit la connaissance d'une jeune paysanne que la tenancière avait recueillie dans la rue et à qui elle avait enseigné le métier de prostituée. C'était sans doute la première fois que Rayhân el-Birouni couchait avec une femme. Dès les premiers moments de cette relation, il avait raconté à la fille qu'il occupait un poste élevé, qui le mettait en contact fréquent avec l'émir Aqboughâ. La petite lui ayant demandé qui était cet Aqboughâ, il lui avait répondu que, parmi ceux que le sultan admettait dans son intimité, c'était celui qui était le plus proche de Sa Majesté. « Est-ce possible ? » s'était écriée la petite en se frappant de la main la poitrine qu'elle avait ronde et ferme. Alors, il avait mis un doigt sur ses lèvres, lui enjoignant la discrétion la plus absolue envers la tenancière de la maison ; toute indiscrétion, lui avait-il dit, la mettait en danger de mort. Ses fonctions secrètes lui interdisaient d'apparaître publiquement avec des femmes ; la recherche de leur compagnie lui était tout aussi déconseillée. Pourtant il n'avait qu'à se baisser pour faire son choix parmi les femmes des émirs, ou des dignitaires. Plus d'une lui accorderait volontiers ses faveurs, mais il ne pouvait rien se permettre. D'ailleurs, plus que les exigences de sa fonction, sa conscience le lui interdisait. Plusieurs fois, tout en parlant, il s'était arrêté, la menaçant du doigt : qu'elle prenne garde à ne pas ébruiter ses confidences. La petite, effrayée, avait cru ce qu'il lui disait, d'autant qu'il l'avait gratifiée d'un pourboire substantiel, comme elle n'en recevait jamais. Chaque lundi et chaque jeudi, le cheikh se rendait à Fostât. Il lui arriva une fois de ne pas trouver la petite et, malgré les ruses que déploya la tenancière, il ne voulut point d'une autre. Il revint plus tard. Elle s'était fait belle pour le recevoir. Il s'était dévêtu, puis étendu auprès d'elle et alors il s'était frappé le front de la main en poussant un cri. La petite, effrayée, lui avait demandé ce qu'il avait.

– Cela m'est sorti de la tête, lui avait-il répondu, j'ai complètement oublié que l'émir Mintâsh m'avait chargé d'une affaire fort importante...

Puis il s'était tu quelques instants. Le simple fait d'entendre ces noms, qu'il prononçait avec une telle désinvolture, la remplissait de frayeur. Mais l'autre était tout à ses regrets :

« Dieu m'est témoin, j'ai été injuste envers cet homme, Mintâsh est tellement obligeant... Rends-toi compte, lui qui n'a que mon intérêt en tête, je ne lui accorde pas la moindre attention ! Enfin, il faut dire que j'ai des excuses : je suis débordé.

A ces mots, il avait poussé un grand soupir et s'était frappé le genou. La pauvre petite ne savait que lui dire, ni que faire. Elle s'était glissée vers lui et avait collé son corps au sien :

– Ce n'est rien, mon chéri, ne te tourmente pas ainsi.

On raconte qu'une autre fois, il s'était étendu auprès d'elle, de fort bonne humeur.

– Ce Toman Bey, riait-il, quel drôle de bonhomme, je n'en reviens pas.

Et la petite d'écarquiller les yeux : Comment, il parle de l'émir Toman Bey comme de l'un de ses proches ? Il se permet de mentionner son nom sans aucune marque de respect ?

– Qu'a-t-il fait, mon chéri ? lui avait-elle demandé.

– J'ai passé la nuit avec lui. Vraiment, quelle histoire étrange, très étrange.

Il s'était tu un instant, puis :

« Je me demande bien comment cela a pu arriver, vraiment, comment est-ce possible ?

Une autre fois encore, ils étaient au lit et il promenait ses lèvres autour de la pointe du sein gauche de la petite, une de ses habitudes préférées en amour. Tremblante sous sa caresse, elle lui aurait dit alors que la patronne avait beaucoup d'ennuis avec le Grand Censeur, qui avait décidé de l'imposer encore plus durement. Si le cheikh pouvait parler à l'une de ses connaissances... Le cheikh Rayhân avait sursauté. Il avait éclaté, en proie à une colère extrême, au point que la sueur lui inondait le front :

– Tu es folle, nous sommes perdus maintenant, est-ce que tu as raconté quelque chose à Saniya ?

La petite en avait la chair de poule, elle avait juré sur ce qu'elle avait de plus sacré, juré sur la sainte famille du Prophète, sur la mémoire de son père – qu'elle n'avait d'ailleurs jamais vu – que c'était simplement une idée qui lui était venue.

Et qui d'autre connaissaient-elles parmi les gens haut placés ? Elle avait éclaté en pleurs, si bien qu'il s'était calmé et qu'il s'était attendri :

« J'aurais bien voulu faire quelque chose, mais encore faudrait-il que ce soit raisonnable et que je ne sois pas mis en cause, car là, que puis-je dire ? Dois-je dire à tel ou tel émir de ma connaissance que je souhaite qu'on ait des bontés pour Saniya "Fleur de nave", maquerelle de son état ? Alors, ils vont me répondre : "Comment se fait-il que tu connaisses cette Saniya ?" Non, dès qu'il s'agit d'intervenir auprès de ces gens-là, il faut y réfléchir à deux fois, il ne faut pas agir à la légère.

Le cheikh avait été éprouvé par cet incident. Après cela, chaque fois qu'il rencontrait Saniya, il l'observait à la dérobée. Allait-il repérer quelque détail qui la trahirait ? L'idée qu'un jour, à l'improviste, elle allait lui demander d'intercéder en sa faveur était devenue une obsession. Et si elle ne savait pas tenir sa langue et racontait n'importe quoi devant ses clients... On aurait vite fait de deviner d'où venaient les confidences qu'il n'avait que trop souvent adressées à la petite. Celle-ci lui avait elle-même révélé que, parmi les habitués de la maison, nombreux étaient ceux qui appartenaient aux diwans des émirs du Grand Censeur ainsi que des émirs de moindre rang.

C'est à peu près à cette époque qu'il fut convoqué par le Grand Cadi Abd el-Barr. Tandis qu'il se rendait là-bas, les pires suppositions lui venaient à l'esprit : on avait mis Abd el-Barr au courant de ses bavardages inconsidérés. C'est à double titre que le Grand Cadi allait le punir ! D'abord parce qu'il fréquentait ces lieux de péché, ensuite à cause des divagations auxquelles il se livrait. Il préparait ce qu'il allait dire pour sa défense : il supplierait le Grand Cadi de lui pardonner son inconduite : les mauvaises langues étaient sans pitié. Mais comment se faire pardonner ses paroles inconsidérées, ses inventions à propos des émirs ?

De fait, Abd el-Barr l'avait reçu avec bienveillance, avec le sourire même, ce qui n'était pas monnaie courante, car le Grand Cadi était un personnage au caractère plutôt austère et renfrogné. De plus, il était peu accommodant et ne mâchait pas ses mots. Il l'avait informé de la venue prochaine de l'émir Salâmoush, page de la garde-robe sultanienne, charge réservée à des personnages triés sur le volet : le sultan prenait en effet le risque de lui tourner le dos ; il tendait ensuite les bras que le *djamdâr* était chargé de glisser dans les longues manches en même temps qu'il rectifiait la tenue. A noter que le titulaire de cette charge avait le privilège d'être salué nommément par le sultan. Salâmoush s'était donc adressé à Abd el-Barr afin que celui-ci lui recommande quelqu'un de sûr pour rédiger sa correspondance. Le Grand Cadi y avait beaucoup réfléchi, et il était arrivé à la conclusion que, parmi ses employés, personne n'était plus dévoué que le cheikh Rayhân. Seulement, pour que tout se fasse selon les règles, il fallait qu'on lui trouve une épouse, car l'émir Salâmoush n'acceptait pas de célibataire sous son toit. « Et puis tu n'es plus tout jeune », avait ajouté le Grand Cadi. Le cheikh Rayhân s'était levé, avait embrassé son bienfaiteur. Une fois dans la rue, il dansait de joie. Enfin, il allait voir de près les émirs ; il allait rédiger leur correspondance ; il serait au courant des secrets d'État. L'envie lui vint de raconter tout cela à sa chère petite. Mais il n'y aurait là rien de nouveau, pour elle : ne lui racontait-il pas à longueur de temps qu'il était dans l'intimité des émirs et des grands de ce monde ?

Revêtu de ses plus beaux atours, il s'était alors rendu chez l'émir Salâmoush, bien décidé à faire assaut de courtoisie. Il lui fallait montrer qu'il avait, de tout temps, servi dans les meilleures maisons. Il attendit longtemps d'être reçu par l'émir, mais il ne le rencontra point. Il se dit que les occupations de l'émir empêchaient sans doute celui-ci de le recevoir. Lorsque l'homme de confiance de l'émir lui demanda s'il était marié, il lui répondit que c'était fait, depuis deux semaines. En effet, il était allé trouver un de ses parents, maître Mahmoud ibn Salâma, marchand de lentilles à Athâr en-Nabi et propriétaire de trois bateaux naviguant sur le Nil qui l'approvisionnaient en denrées récoltées en Haute-Égypte ainsi qu'en jarres et autres ustensiles. Nous avons appris que cet individu était décédé en l'an 909. Toujours est-il que maître Mahmoud ne tarissait pas d'éloges sur le compte du cheikh Rayhân, qui savait le Coran par cœur et possédait sur le bout des doigts le recueil de Traditions de Boukhari. Une semaine plus tard, le cheikh Rayhân venait cohabiter avec sa fille, sous son toit, jusqu'à ce qu'on lui trouve une maison où l'installer. Depuis lors, maître Mahmoud était fier de dire que son gendre occupait un poste important à la chancellerie de l'émir *djamdâr*.

Dans le palais de l'émir son maître, le cheikh Rayhân se vit affecter une petite pièce dans un bâtiment situé à l'écart du palais proprement dit. C'était une salle obscure qui devait être éclairée jour et nuit à la chandelle.

Ni le deuxième ni le troisième jour, le cheikh n'eut la chance de se présenter devant l'émir. Ainsi passa une semaine, puis une deuxième, puis un mois entier et l'on peut affirmer que jamais il n'eut l'honneur d'être reçu par son maître.

Lorsque maître Mahmoud rencontrait son gendre et lui demandait des nouvelles de l'émir :

– Dieu m'est témoin qu'hier il n'allait pas si bien que cela, répondait-il avec un geste désabusé. Il s'est réveillé avec un tressaillement dans la paupière droite, et comme cela est un mauvais présage chez lui, il a passé la journée dans une humeur noire.

A ces mots, maître Mahmoud exprimait à voix haute sa désolation, assez haut pour que ses collègues les marchands entendent bien qu'il parlait du fameux émir Salâmoush :

– N'a-t-il pas consulté ?

– Mais si, on lui a d'ailleurs fait une saignée.

A ces mots, maître Mahmoud priait son interlocuteur de transmettre ses vœux de prompt rétablissement à l'émir. Le cheikh hochait la tête et répondait, à voix haute lui aussi, que c'était entendu, qu'il transmettrait le message et que, d'ailleurs, il était chargé de saluer maître Mahmoud tout spécialement.

Le cheikh Rayhân venait souvent voir son beau-père et, de fort loin, criait à tue-tête :

– Tu as le salut de l'émir ! Que la paix de l'Islam soit avec toi.

Maître Mahmoud rayonnait de joie, passant ses doigts dans sa barbe et frisant sa moustache :

– Ne manque pas de lui rendre mon salut quand tu le verras.

Apparemment, le cheikh Rayhân supportait mal d'avoir à tenir ces discours mensongers. Il ne vit jamais personnellement l'émir Salâmoush, ne fut reçu qu'une seule fois par son homme de confiance, lors de sa prise de fonctions. Chaque jour, les lettres qu'il avait à rédiger lui étaient apportées par un eunuque du palais. Nous sommes absolument certains qu'il n'a jamais rencontré l'émir. On sait même que lors de la naissance de sa fille, Samâh, qui est née en 902, c'est-à-dire après trois ans de mariage – il n'a d'ailleurs pas eu d'autre enfant, aussi surprenant que cela puisse paraître –, l'émir Salâmoush s'est contenté de lui faire parvenir une certaine somme d'argent et des vêtements d'apparat (plus précisément, il s'agissait d'une somme de dix dinars *ashrafis*, d'une pièce de satin, et d'une tunique de brocart pour le nouveau-né).

Deux ans après la naissance de Samâh, en 904, l'émir Salâmoush encourut la disgrâce du sultan, c'est là un incident connu. Il se trouva que l'émir ne sut fixer de façon convenable le chèche de mousseline qui entoure le turban d'apparat du sultan, si bien que celui-ci se défit au moment même où Sa Majesté recevait en audience l'ambassadeur d'Éthiopie, ce qui le mit dans un grand embarras et provoqua de sa part un vif mécontentement. Il fit convoquer le page de sa garde-robe, exigea des explications. Il le jeta violemment à terre, lui porta des coups qui faillirent être mortels. Le sultan, se croyant victime d'un coup monté, fit jeter Salâmoush en prison, à la Maqshara où, vingt-deux ans après cet incident regrettable, celui-ci croupit toujours.

Par un caprice du destin, il se trouva que, peu de temps avant l'incident que nous venons de mentionner, Salâmoush avait adressé le cheikh Rayhân à l'émir Toughlouq pour qu'il se chargeât de rédiger des lettres qui devaient être envoyées au Yémen. Et c'est pendant que le cheikh Rayhân se trouvait chez l'émir Toughlouq que survint l'incident du turban. Toughlouq lui proposa alors de rester à son service. Le cheikh accepta sur-le-champ, se félicitant grandement d'avoir eu la chance d'être en contact direct avec l'émir Toughlouq.

Tout heureux d'avoir été vu en sa compagnie, il s'empressa de confier à maître Mahmoud et à quelques personnes de son entourage que certains émirs et certains grands personnages de sa connaissance l'avaient prévenu discrètement de la disgrâce qu'allait encourir Salâmoush, et lui avaient fortement conseillé de s'éloigner de lui. C'est ainsi, d'après lui, qu'on l'avait recommandé auprès de Toughlouq que d'ailleurs il connaissait bien, et celui-ci l'avait gardé à son service. Chaque fois qu'il pouvait se placer dans le cortège de ce prince, il faisait en sorte d'être près de lui, cherchant désespérément du regard quelqu'un de sa connaissance qui puisse témoigner l'avoir vu en cette noble compagnie, campé sur sa mule richement harnachée, car c'était là à ses yeux un honneur dont peu de gens avaient le privilège.

Voici quelques années, il accueillit chez lui un jeune homme originaire de Haute-Égypte, plus précisément du village de Gohaïna, un lointain parent qui habita quelque temps chez lui avant de s'installer à el-Azhar, parmi ses compatriotes, sous le portique qui leur est réservé dans les locaux de l'université. En toute honnêteté, nous ne pouvons dire s'il a eu des relations intimes avec Samâh, la fille du cheikh, d'autant que celle-ci n'avait pas plus de dix ans lorsqu'il est arrivé au Caire.

Les renseignements que nous avons pu recueillir ne nous permettent pas de dire quand exactement le dénommé Saïd Gohaïny s'est épris de la jeune fille. Mais, à en juger d'après son attitude et les propos qu'il lui aurait tenus lors de leur promenade dans les jardins de Boulaq, le jour du Chamm en-Nasim, son amour pour elle ne fait aucun doute, et son affection ne fait qu'augmenter, bien qu'il ne la voie que très rarement, ce qui nous a été confirmé de source sûre. Nous croyons pouvoir dire aussi que le cheikh ignore tout des sentiments dudit Saïd pour sa fille. Nous procédons à l'heure actuelle à une enquête détaillée grâce à laquelle nous espérons découvrir le fin mot de l'histoire.

Fait au secrétariat privé
du Grand Maître de la Police secrète,
premier lieutenant du Grand Censeur
et gouverneur de la ville du Caire.

Signé du sceau de Zakariya ibn Râdhi.

Avis

« Oyez, bonnes gens du Caire, oyez !
Abd el-Azim Sayrafi vous informe du retour imminent
Du Grand Censeur Zayni Barakat ibn Moussa, pareillement gouverneur de notre ville du Caire,
Après une tournée dans nos provinces de Haute-Égypte.
Tous : boutiquiers, chanteurs, joueurs de rebec, danseurs,
Sont invités à aller à sa rencontre.
Son Excellence arrivera par la route de Guizeh,
A l'heure de midi après-demain mardi.
Quiconque restera chez soi
Encourra les châtiments les plus sévères. »

Kôm el-Gâreh

Immensité des espaces infinis... Reflet du vide dans les yeux du pèlerin qui avance péniblement sur ses jambes. Pour tout viatique, cet amour du Parfait, cette passion qui le jette vers les extrémités les plus reculées d'une terre dont le seul parcours vaut tous les enseignements.

Cruelle peine que celle que se voit infliger le cœur, dans cette demeure vouée à la ruine, sur cette terre peuplée d'une engeance qui ne reconnaît plus le Premier du Dernier.

Cruel tourment que celui du marin qui se tient debout, sur la proue de son bâtiment voguant toutes voiles déployées. Océan, l'univers n'est qu'océan... Le navire tangue, puis revient à l'horizontale, vacille, se rétablit. Cri déchirant du marin, cri arraché au fond de la gorge. Ultime profondeur de la voix, quintessence de l'espoir, douleur extrême que cet appel du marin face à l'immensité du vide : devant lui, pas une terre en vue, rien que la surface des eaux... Où était-ce ? Il ne sait plus... Cette lutte à mort contre le vertige... Les mains tendues en porte-voix autour de sa bouche... Il avait crié, crié au risque de se faire éclater les veines, de faire sortir ses yeux de leurs orbites. Du fin fond de ses entrailles, il avait hurlé, de toute l'ardeur de l'amant tendu vers l'horizon lointain. Du fin fond de son passé, il avait hurlé, poussé ce cri issu du plus profond de son cœur. Hurlement arraché sous la torture d'un amour éternel. Il avait hurlé avec ce qui lui restait de cette passion orpheline. Un seul cri après lequel il avait pu fuir la prison des entrailles, abandonner le fardeau du corps périssable. Alors, lui étaient apparus les arcanes cachés, et la vérité première s'était presque révélée à lui. Alors, les astres s'étaient réduits en poussière, et le ciel aride avait laissé couler une larme. « Oh toi, l'Unique, toi l'Un, montre-toi ! Sauve-moi ! Sauve-moi... »

Quel nom donnait-on à cette mer ? Tout au long de ses pérégrinations en ce bas monde, il ne s'était jamais préoccupé de connaître le nom des lieux par lesquels il passait – immense était la demeure ; sur cette surface infinie, aucun repère. Nulle trace de latitude ni de longitude. Divertissement impie, pour l'âme, que cette illusion d'arriver au but. Il avait franchi les sept mers, les sept terres, il avait dépassé la montagne de Qâf, et le pays du Wâq-wâq, traversé les îles des Amazones. Il avait pénétré le ventre de la baleine, il avait vu par les yeux de l'amour le Lotus des extrémités de l'Univers. Espoir ultime... Là-bas, sa voix chétive et pitoyable s'était fait entendre. Ah, se retrouver à nouveau perdu au milieu de l'Océan. Se dresser tout en haut du mât de misaine, hurlant son désir brûlant : cri déchirant qui se ferait corde d'amour tendue vers le ciel. Mais non, sa vie n'est plus qu'un murmure, quintessence de détresse, pitoyable appel au secours lancé par un oiseau exténué, aux ailes brisées. Seul, il avait commencé son exil, et seul il se retrouverait au bout. Combien de fois, dans sa vie, avait-il pensé que le salut était proche, et que la Vérité première était à portée de main ? Mais le temps était là, avec sa contingence, qui venait troubler la perfection de la Vision, souiller la pureté immaculée de l'âme.

Dans ce siècle, c'est en vain que les lumières divines brillent au-dessus de nos têtes. Le corps ne peut plus s'amenuiser, se faire léger, léger, transparent. Voilà que lui apparaissent ces jours lointains. Son premier regard sur le monde... La pierre noire de la Kaaba contre laquelle il avait posé sa joue, les jeux insouciants avec les tigres sauvages, les cailloux qu'il suçait à la recherche de la moindre humidité, pour étancher cette soif qui lui parcheminait le gosier. Ces Berbères et leurs rezzous, dévoreurs de chair humaine, avec qui il avait tenu à parler. Abandonner de nouveau la sédentarité, se remettre en mouvement, laisser derrière soi la stagnation pour l'errance perpétuelle. Jamais, de toute sa longue vie errante, l'inconstance du sort ne l'avait poussé à l'extrémité d'une longue retraite. Et voilà qu'ici, il avait suffi de quelques années passées dans son pays d'origine pour qu'il se trouve poussé à creuser cette crypte, de ses propres mains ; un endroit où s'enterrer, d'où ne plus voir cette prison qu'était le monde... Fermer les yeux, se boucher les oreilles pour ne plus entendre les voix de ses semblables. Au début de la vie, on découvre un monde contrefait, et on veut le réformer ; ensuite, tout apparaît dans sa réalité. Il n'y a plus d'espoir, plus d'espoir de renverser le monde, plus d'espoir de rien changer. Même ses enfants, il ne les comprend plus. Lorsqu'il console Saïd en pleurs – Saïd est pour lui comme un de ses enfants : il n'a connu aucun de ses véritables enfants... il avait pris femme, dans sa jeunesse : c'était dans le Khwarezm, au tout début de la longue errance. Une année ne s'était pas écoulée qu'il était parti vers la montagne ; il laissait une trace de son passage. Il ne savait même plus : était-il bien venu au monde, cet enfant qu'il avait conçu ? La même histoire s'était partout répétée : dans cette ville de la Chine orientale, dans ce village perché en haut d'une montagne escarpée de l'Inde, dans cette petite île de l'immense océan Indien abritant tout au plus quarante âmes. Jamais il n'avait pressé l'un de ses enfants contre son cœur. Il ne savait même pas combien ils étaient, mais son cœur battait d'amour pour eux. Où qu'il se trouve, aussi loin qu'ils soient, il savait toujours ce qu'ils devenaient et il était sûr qu'eux savaient où il était. Le monde était un, peut-être allait-il rencontrer l'un d'eux dans les bazars populeux de Perse, dans le port de Bassora, ou dans les étendues désertiques du Kazakhstan. Il ne les reconnaissait pas et les reconnaissait à la fois. N'étaient ses yeux, dont les larmes étaient depuis longtemps taries, il aurait pleuré avec Saïd. Petit garçon persécuté... Les malheurs sont comme des jumeaux inséparables : l'un ne vient jamais sans l'autre.

Ils ne se donnaient même plus la peine de se cacher lorsqu'ils le prenaient en filature, et voici que l'un d'eux, après l'avoir approché, se mettait à crier à voix haute : « Comment ? C'est un tel misérable qui prétend épouser cet astre resplendissant ? » Une autre fois, il avait entendu une voix invisible profaner le nom de sa bien-aimée. Il avait alors tourné la tête, rempli de terreur. L'univers entier écoutait. Par quatre fois, le préfet des Espions l'avait fait chercher, et il n'avait pu qu'obtempérer. Quant à Zakariya, n'était-il pas, en ce moment même, en train de conduire la prière à la Grande Mosquée de Cheïkhoûn ; il récite à voix haute la sourate liminaire ; les gens lui embrassent la main pour s'attirer la baraka et, pendant ce temps, de la Citadelle, centre nerveux de l'État, cerveau du sultanat, des messages partent à destination de l'Ottoman.

Il savait ce qui se tramait en secret : pas une rumeur, pas un murmure n'échappaient à Khaïrbek, à Djânbirdi, ni à Ghazzâli, et ceux-là en avertissaient aussitôt le Grand Seigneur.

Le soir du mariage de Samâh, Saïd avait erré dans la ville, oiseau blessé qui n'en finissait pas d'agoniser. Tous ces grands personnages étaient venus assister à la noce. Le marié était un jeune homme promis à un grand avenir. Tout le monde avait entouré le cheikh Rayhân, au comble de la joie. Tout le monde plaisantait avec lui, faisait assaut de familiarité. Le Zayni Barakat lui-même avait généreusement participé aux frais de la noce. Quant à ce Bourhân ed-Din, il avait bel et bien réussi à accaparer le commerce des fèves et si quelqu'un s'en inquiétait, on saurait lui dire que le peuple n'avait pas à se plaindre. Jusque-là, aucune augmentation n'avait été signalée : pas même d'un centième de dinar. Le Zayni avait réponse à tout, se débrouillait toujours pour que les choses semblent aller de soi. En fin de compte, l'homme n'est que le produit de son temps. Parfois, le siècle trouve son représentant en la personne d'un seul individu qui en résume le meilleur et le pire.

Ce que le Vénérable voyait, c'était la quintessence de la corruption. Il avait confié les raisons de son découragement au cheikh Bahâ el-Haqq Alwân – un saint homme, un ascète qui n'avait pas abandonné l'errance : c'était toujours un grand pèlerin qui ne passait jamais deux nuits de suite sur la même couche, et, partout, continuerait à glorifier le nom de Dieu jusqu'à ce que la mort le fasse taire. Le Vénérable lui avait dit que, chaque fois qu'il avait cru se délivrer de ses peines, ce n'avait été qu'une illusion. Plusieurs fois, lui avait-il confié, il avait pensé se retirer de ce monde et passer le peu de temps qui lui restait à vivre dans son refuge souterrain, mais il s'en était voulu. Pouvait-il rester indifférent, alors que cette terre d'Égypte, qui l'avait vu naître, était la proie du malheur ? Il avait été heureux de la choisir pour y passer le temps qui lui restait à vivre, avant le salut éternel, et voilà qu'il fallait se rendre à l'évidence : comment croire que Dieu accordait encore Sa protection à cette terre ! C'était simple, clair comme l'aleph, clair comme de l'eau de roche... impossible d'y croire. « Nous brûlons tous deux, toi dans ta vie sédentaire, moi dans mon errance perpétuelle, avait dit le saint homme avec un hochement de tête. Mais l'illusion d'échapper au siècle cruel est toute-puissante... alors, tout est perdu. »

IV

Où l'on apprend ce qu'il advint
entre le Zayni et Zakariya,
ainsi que d'autres choses
dont l'importance
n'échappera point.

Zakariya ibn Râdhi

Les dépêches sont parties, vers de nombreux destinataires. Souverains des pays de l'Extrême Occident, roi de Fès, négus d'Abyssinie, doge de Venise, grands princes des États de l'Inde, souverain de l'Empire du Milieu... tous, sauf le Grand Seigneur de Constantinople, le seul qui ne saurait, dans les circonstances actuelles, être accueilli au Caire, ni prendre part à ce concile qui va réunir les Grands Maîtres les plus fameux des Polices secrètes du monde entier. L'occasion pour eux d'étudier ensemble les nécessités de l'heure et les tâches qui s'imposent. Chacun fera état de son expérience et de ses acquis. Un événement qui, certes, restera inscrit dans les annales, mais tout juste évoqué en quelques lignes discrètes. Le but réel de l'entreprise sera soumis au secret le plus strict. Pourtant, les effets en seront retentissants, qui dépasseront les limites du monde d'ici-bas. Ils sont deux seulement, dans le sultanat, à être au courant : Zakariya lui-même et le Zayni Barakat, à qui revient l'initiative de cet événement sans précédent. Zakariya n'a pas hésité à exprimer son enthousiasme. Le Zayni a su le convaincre des avantages d'une telle entreprise : il pourra ainsi apprendre à connaître chacun de ses partenaires et surtout ses méthodes, son style propre. Certes, il ne devait pas espérer qu'on lui livrât sans réserve les secrets du métier : à Zakariya de découvrir lui-même ce qu'on chercherait à lui dérober, et libre à lui d'agir comme il l'entendrait. L'enjeu était de taille : si la guerre éclatait entre le sultanat mamelouk et l'un des États représentés, les informations les plus secrètes et les plus précises seraient alors en sa possession. Il saurait tout des pays où mener ses opérations ; il serait au fait des méthodes de leurs espions et aurait ainsi accès aux secrets d'État, sans avoir à quitter son diwân du Caire.

Lorsque Zakariya avait entendu le Zayni lui exposer ses idées, il s'était demandé d'où tout cela pouvait bien lui venir. Après un moment de silence, il s'était senti obligé de lui confier :

– Sais-tu que cela fait deux ans que l'idée m'en était venue et que j'en caressais le projet ? Réunir les Grands Maîtres du monde entier... mon rêve... Mais je suis toujours absorbé par une multitude de tâches.

– Voilà qui ne m'étonne guère, lui avait répondu le Zayni, tout en lui tapotant le genou, tu serais la dernière personne à négliger de telles possibilités...

Pour le moment, le Zayni est occupé par une tournée en Haute-Égypte. Dans chaque village, il s'arrête et, accompagné de ses sbires, il fait son apparition à côté de ses lieutenants portant la balance et le gong. Depuis quelque temps, l'ensemble des États du sultan est passé sous la juridiction du Grand Censeur, responsable, en tous lieux, du maintien de l'ordre et du respect de la Loi. Zakariya est au courant, au jour le jour, des péripéties de cette tournée : il a enfin réussi à enrôler pour son propre compte deux agents qui travaillent avec le Zayni ; mais il n'est toujours pas arrivé à mettre la main sur un seul des espions qui dépendent directement du Grand Censeur. Après sa tournée en Haute-Égypte, le Zayni doit se rendre à Damiette, car voilà déjà plusieurs mois qu'il a promis au sultan de tirer des impôts des provinces de Damiette et Mansourah, une somme qu'il a fixée d'avance. Combien exactement ? Zakariya ne sait plus ; peut-être dans les trente mille dinars... Toujours est-il que dès que l'on a appris la nouvelle, les émirs ont été nombreux à venir le voir. « Si jamais le Zayni réussit dans cette entreprise, s'étaient-ils dit, c'en est fait de nous. Le sultan va entrer dans une rage folle. "Voilà bien nos honnêtes musulmans !" nous dira-t-il. » Ils ont donc rencontré le Zayni, lui ont dit qu'ils le plaignaient beaucoup : Damiette et Mansourah ne pouvaient rapporter plus de dix mille dinars par an ; comment ferait-il si, l'année touchant à sa fin, il n'avait pas réuni la somme promise ? Sans compter qu'il aurait bien du mal à garder un quelconque bénéfice par-devers lui. Que de tracas : lorsqu'il se rendrait sur place, il serait harcelé par les paysans ; il lui faudrait sévir, pendre quelques individus pour l'exemple. Et qu'est-ce que ça lui rapporterait ? Rien, pas un sequin. Ce à quoi le Zayni a répondu qu'il ne ferait pendre ni exécuter qui que ce soit pour cause de retard dans le paiement de ses impôts. Quiconque pourrait justifier de circonstances difficiles serait excusé. Il n'avait qu'une chose à espérer : que Dieu lui vienne en aide... Si jusque-là Damiette n'avait jamais rapporté plus de dix mille dinars, cela allait changer. Il se faisait fort d'en tirer plus que ce qu'on n'avait jamais rêvé d'obtenir.

Les émirs étaient repartis, hors d'eux. Zakariya avait su tirer profit de l'incident – il n'était pas prêt d'oublier –, il leur avait fait discrètement savoir qu'ils devaient se méfier du Zayni : c'était un coup monté. Ils s'étaient émus de l'affaire et avaient demandé à voir le sultan. Ils s'étaient montrés pressants et avaient dénoncé le Zayni sans vergogne. Mais Sa Majesté les avait rabroués : « Je vous reconnais bien là : il suffit que quelqu'un prétende œuvrer pour la justice pour que vous vous empressiez de lui mettre des bâtons dans les roues. » Mais ils ne s'étaient pas calmés pour autant. Alors, el-Ghoury s'était échauffé. Hors de lui, il avait jeté son turban à terre : « Par Dieu, j'abandonne le trône, je vous le laisse. D'ailleurs, le sultanat n'est qu'une ruine : les coffres sont vides, l'Ottoman est à nos portes qui nous défie, le peuple est en ébullition, les marchands francs ne prennent plus la route d'Alexandrie et de Damiette, nos revenus ont baissé, et, comme si ce n'était pas assez, voilà que lorsqu'un de mes sujets s'ingénie à faire entrer de l'argent dans les caisses de l'État, vous vous liguez contre lui et vous voulez l'en empêcher ! Voilà bien là le comble de la stupidité. Même le dernier des païens serait bien en mal de vous comprendre. » Zakariya lui-même n'en revenait pas. Comment le Zayni pouvait-il espérer réunir trente-six mille dinars, à Damiette et à Mansourah ? Le soir même, il avait décidé d'envoyer quelques agents à son préfet, à Damiette, des hommes particulièrement compétents grâce auxquels il saurait comment le Zayni allait s'y prendre. Qu'allait-il encore inventer ? Il faut dire qu'au cours de ces derniers mois, Zakariya n'a pu nier l'admiration profonde que suscitent en lui les plans du Zayni et l'habileté de ses machinations. Zakariya sait apprécier les gens à leur juste valeur, quelle que soit la haine qu'il leur voue... Le Grand Maître ottoman, par exemple. Il sait tout de lui, bien qu'il ne l'ait jamais vu : son caractère, ses préférences en matière de femmes ou de jeunes garçons, sa promptitude à décider du sort de chacun. Dans son cabinet secret, il a un registre complet consacré à cet homme. C'est comme s'il le connaissait depuis toujours. Zakariya le considère comme l'un des espions les plus redoutables.

Ces deux dernières années, il a mis sur pied une équipe spéciale dont certains agents peuvent passer pour d'authentiques habitants de Constantinople, tant est parfaite leur maîtrise de la langue osmanlie. D'autres sont spécialisés dans l'histoire de la famille impériale ottomane : ils doivent tout savoir sur chacun de ses membres. D'autres encore s'occupent de l'armée du Grand Seigneur et particulièrement des innovations en matière d'armement. Zakariya a une grande estime pour son homologue ottoman, surtout depuis qu'il sait parfaitement qu'ici même nombre d'émirs mamelouks sont en relation avec lui. Lorsqu'il avait appris la nouvelle, il en avait été profondément affecté. Non pas du fait que des émirs mamelouks puissent travailler avec les Ottomans – rien de plus naturel –, mais parce qu'il aurait dû être déjà au courant, ce qui n'était pas difficile. Non, la chose en soi n'avait rien d'extraordinaire. D'ailleurs, s'il n'en avait été ainsi, le Grand Maître ottoman n'aurait pas mérité son titre. Ce qui était plus grave, et qui préoccupait Zakariya, c'était le rang des émirs qui collaboraient avec les Ottomans. Parmi eux, par exemple, il y avait Khaïrbek, l'un des proches du sultan. Zakariya s'était bien gardé de mettre ce dernier au courant. Il fallait avoir des preuves en main avant d'agir. C'est pourquoi il avait fait surveiller le courrier de Khaïrbek. Mais il n'avait rien trouvé. Les Ottomans disposaient donc de moyens de correspondance qui lui étaient encore inconnus. Les preuves ne pouvaient reposer que sur les témoignages oraux, mais même lorsqu'il aurait réussi à réunir des preuves irréfutables, il les garderait encore un certain temps par-devers lui, en attendant le bon moment. A la moindre incartade, il pourrait brandir l'épée au-dessus de la tête de Khaïrbek. Sans preuves tangibles, le sultan refuserait de le croire. Khaïrbek était un de ses intimes à qui il avait confié le gouvernorat d'Alep dont la marche se trouve aux confins ottomans. Ne valait-il pas mieux lui faire directement comprendre qu'il sait ?

Zakariya surveille les émirs comme un aigle surveille sa proie. Certes, ils sont sur leur garde, mais ils doivent savoir qu'il sait. Il sait donc, mais il se tait. Au fond de son esprit, une vague idée se fait jour : sait-on comment les choses vont tourner ? Et si, par la suite, l'un d'entre eux se voyait accorder un poste important ? Zakariya ne veut pas que cette idée arrive jusqu'à sa conscience. Elle lui fait horreur : en arriver là, à ce point de trahison envers votre maître, envers ce pays qui vous a nourri, où vous avez grandi ! Ainsi, ce pays, ils vont le vendre à l'Ottoman, ils vont le lui livrer sur un plateau d'argent ! Quel crime abominable ! Zakariya ne cache pas qu'il a longtemps espéré enrôler un prince ottoman à son service. Il l'accueillerait à bras ouverts, se montrerait extrêmement généreux... mais en lui-même, il ne pourrait s'empêcher de le mépriser. Toujours est-il que, jusqu'ici, son homologue ottoman a le dessus : plus d'un émir mamelouk a été gagné aux Ottomans alors qu'aucun des princes de Constantinople ne travaille pour Zakariya, pas le moindre émir, encore moins un personnage d'un rang équivalent à celui de Khaïrbek.

Lorsque Zakariya avait appris l'existence de cette conjuration d'émirs hostiles au Zayni, il s'était demandé où ils voulaient en venir. Leur but allait-il rejoindre celui qu'il s'était tracé et qu'il poursuivait avec une patience extrême ? Non, rien à voir : on ne se débarrassait pas du Zayni d'un simple coup de poignard, pas plus qu'en versant quelque poison dans sa nourriture, ou en lui tendant une embuscade au détour d'une route de Haute-Égypte, ou au beau milieu de la campagne de Damiette, non certes pas !

Il était facile au Zayni de faire de même. Zakariya aurait beau prendre toutes les précautions, il n'y pourrait rien. Lorsqu'il avait décidé qu'il le supprimerait, il n'avait jamais eu en tête de le faire égorger. Il s'agissait de l'éliminer tout en le laissant vivre, oui, vivre, manger, boire, forniquer. Il le tuerait, mais en même temps le laisserait en vie. C'était bien plus difficile, cela demanderait peut-être une vie entière. N'importe qui ne méritait pas ce traitement, des hommes de cette trempe étaient rares en des époques pareilles. Zakariya ne l'a pas jugé à la légère, il étudie ses façons d'agir, n'hésite pas à prendre ce qui peut lui servir, même si cela a été utilisé contre sa propre personne.

Il a fait observer de près les émirs, chacun d'eux étant surveillé par un de ses hommes : il veut savoir comment ils cherchent à se débarrasser du Zayni. On lui répétera des conversations tenues à huis clos dans le plus grand secret, des vieilles viendront lui rapporter des informations qu'elles auront glanées de-ci de-là.

Les craintes des émirs n'avaient fait qu'augmenter lorsque Azdamour avait été livré au Zayni. Celui-ci s'était engagé à lui soutirer cent mille dinars d'or. Il y avait de quoi les inquiéter : « Si on le laisse faire, nous y passerons l'un après l'autre, s'étaient-ils dit, nous serons totalement discrédités aux yeux du peuple et, avec nous, ce sera la fin de la crainte et du respect que les mamelouks inspirent dans ce pays... » Dès le lendemain, Zakariya, convaincu de la gravité de la situation, s'était rendu incognito à la lagune de Ratli. A ce moment-là, le Zayni s'apprêtait à repartir en Haute-Égypte. Arrivé à Bab el-Foutouh, Zakariya ralentit le pas : il hésitait. Comment avait-il pu prendre une telle décision ? Allait-il vraiment prévenir le Zayni du complot qui menaçait sa vie, lui proposer de changer constamment de domicile et de s'occuper lui-même de son hébergement ? Enfin, alors que ses propres agents ne quittaient pas le Zayni d'une semelle, voilà qu'il faisait surveiller et filer les émirs qui en voulaient à la vie de celui-ci... Aurait-il tout oublié des affronts subis ? Ne ferait-il pas preuve de faiblesse ? C'était peut-être l'occasion ou jamais ? Non, certes pas ! Ce serait sans doute une façon expéditive de se débarrasser de lui, mais inefficace. Si jamais il périssait assassiné par ces imbéciles, il serait pleuré comme un martyr. Le peuple n'en finirait pas de le regretter. Mort, il serait encore plus présent parmi eux que vivant, il suffisait de se rappeler ce qui était arrivé à l'émir Tayboughâ, sous le règne du sultan Nasser ibn Qalaoûn : Tayboughâ s'étant mis en tête d'agir en juste et de venir au secours du pauvre pour le protéger du riche, il n'avait pas manqué de gêner considérablement les autres émirs. Pour se venger, ceux-ci l'avaient empoisonné lentement. Mais le peuple n'avait pas été dupe ; il avait été pleuré amèrement. Les gens se frappaient les joues en signe de deuil, déchiraient leurs vêtements. Pour un oui, pour un non, on disait : « Ah, si Tayboughâ était encore parmi nous... » Si bien que, lorsque le Grand Maître de l'espionnage de l'époque demanda aux Ulémas de composer des écrits à sa mémoire, cela ne fit qu'augmenter l'attachement que le peuple avait pour le disparu. On se mit à fabriquer en son honneur des friandises qu'on vendait à l'occasion des fêtes (et encore maintenant chaque fois que l'on célèbre la fête de Sidi Ismaïl Embabi, de Sidi el-Ghaytn, ou de n'importe quel autre saint, les étalages des confiseurs regorgent de friandises dites « de Tayboughâ »).

Mais les émirs stupides et bornés ne peuvent comprendre ce genre de choses. Pourtant, pas un seul d'entre eux n'avait eu à supporter le dixième de ce que lui-même, Zakariya, avait eu à subir du Zayni. Jamais il n'oubliera cette nuit-là : les preuves étaient là, irréfutables, de cette chose qu'il avait eu tant de mal à admettre...

Cette nuit-là, il s'était précipité chez Wassilah, haletant, les vêtements en désordre, et lorsqu'il l'avait vue en face, à la lumière du petit jour qui se faufilait par les trous du moucharabieh, il avait eu soudain la conviction que tout cela, que tout ce qu'il avait eu tant de mal à admettre était vrai. Oui, il avait été trompé, et c'était la première fois qu'il lui arrivait de ressentir cela. Même à ses débuts, lorsqu'il n'était encore qu'un humble petit espion, à qui on demandait de rapporter des renseignements sur toutes sortes de choses... Les preuves étaient là pour le convaincre, mais c'est son regard qui, à cet instant précis, avait mis fin à toute hésitation. Plus de doute possible. Il lui revint à la mémoire ce qu'avait fait son prédécesseur le Grand Maître Kazeroûni, lorsqu'il s'était emparé de l'un des émirs de Zaher Baybars : il lui avait arraché un à un les membres du corps en commençant par le sexe, faisant durer le supplice le plus longtemps possible, si bien que le malheureux avait mis quarante-cinq jours pour rendre l'âme... Zakariya commença par lui raser les cheveux, qui foisonnaient sur sa jolie tête comme la haine qui envahissait son être. Puis il la défigura, pour que disparaissent les marques d'une extrême jeunesse qui auraient pu attendrir son cœur. Il lui enfonça dans la chair la pointe de son poignard chauffé à blanc, la fit tourner lentement...

Elle n'avait pu supporter la douleur, et, dès la première nuit, elle avait cessé de respirer. Un violent chagrin avait envahi le cœur de Zakariya. Mais se laisser aller au chagrin, pour un homme comme lui, ne pouvait être qu'un signe de faiblesse intolérable. Il se reprocha de l'avoir fait mourir vite ; mais elle n'avait pas eu la force de supporter... il avait été trop brutal... Il aurait dû essayer de savoir où et quand le Zayni avait pris contact avec elle, comment il avait réussi à l'enrôler. Le Zayni l'avait introduite chez Zakariya quelques semaines avant d'entrer lui-même dans ses fonctions de Grand Censeur. Il aurait fallu, coûte que coûte, obtenir d'elle des renseignements sur le corps d'espions que le Zayni avait mis sur pied pour ses propres services. Le préfet du Caire lui avait dit : « De deux choses l'une : ou c'est une organisation parfaite, au point d'être totalement impénétrable, ou bien alors, elle n'existe pas, tout simplement. » Zakariya, lui, était convaincu de son existence. A quelle organisation Wassilah obéissait-elle ? Oui, cela avait été une erreur de la faire disparaître si vite. Comment pouvait-il savoir, maintenant, si elle avait dans la maison des complices lui servant de liaison avec le Zayni ? Il lui fallait bien une complicité dans la place. Il devrait passer en revue chacun des membres de la maisonnée, vérifier scrupuleusement toutes les sorties que Wassilah avait faites, essayer de repérer les boutiques de tissus ou de parfums qu'elle fréquentait, savoir avec quels marchands elle avait parlé, toutes choses dont Zakariya s'occuperait personnellement, cette affaire devant rester strictement confidentielle. Lorsqu'on ferait les annales de sa vie, ce serait un incident qui ferait tache, un déshonneur. Et ses successeurs, les futures générations d'espions, ne manqueraient pas d'en faire des gorges chaudes. Ah ! traîtresse ! Elle avait dû raconter au Zayni comment il lui faisait l'amour. Il en avait des frissons dans le dos. C'était comme si le Zayni avait été le témoin de leurs moments les plus intimes. Ah ! il se l'imaginait les yeux brillants, les espionnant, et contemplant ses fesses nues, pendant qu'il la besognait. Et maintenant, si c'était au tour d'une autre de ses femmes d'être de connivence avec le Zayni ? Chaque fois qu'il y pensait, il fuyait ses femmes. Qui donc avait eu à subir de telles offenses, de telles insultes, de la part du Zayni ?

Pourtant, le voilà qui frappe à sa porte pour l'avertir de la conjuration des émirs. Pour le sauver. En réalité, en venant trouver le Zayni pour lui sauver la vie, c'est une lame, une lame dure et inflexible qu'il lui enfonce dans le cœur...

Le Zayni accueille Zakariya à bras ouverts, se met aussitôt à parler des incidents survenus à el-Azhar. Certains étudiants tiennent semble-t-il ouvertement des propos inconvenants sur Sa Majesté, et d'autres tout à fait insultants à l'égard de Zakariya et du Zayni lui-même.

– Je t'enverrai les noms des trublions, dit le Zayni... A propos, qu'avez-vous appris de neuf sur ce garçon... comment s'appelle-t-il déjà ?

– Saïd, Saïd el-Gohaïny.

– C'est cela, c'est cela.

Zakariya sourit :

– Nous l'observons de près, nous le connaissons mieux que lui-même, il est passé par une période d'abattement, après le mariage de sa bien-aimée. Nous pensions qu'il allait se jeter dans le Nil, ou avaler du poison. Depuis quelques jours il passe le plus clair de son temps seul, au café de maître Hamza... Parfois, il est rejoint par un de ses camarades qui s'appelle Mansour.

– Mansour, dis-tu ?

– Oui, Mansour... Rakaïby de son nom. Les renseignements ne manquent pas sur lui. Il est beaucoup plus raisonnable que son ami, rien à craindre de ce garçon.

Le Zayni l'interrompt d'un geste de la main :

– Bien, mais revenons-en à ce Saïd.

– Il n'arrive plus à se passer de tabac, ni de cette boisson nouvelle qui nous vient du Yémen, le café. Quelques mois après le mariage de sa bien-aimée, il s'est mis à fréquenter l'établissement de Saniya « Fleur de nave ». Il s'y rend tous les mardis, et les raisons de cette régularité nous échappent.

Le Zayni se penche vers lui, le menton appuyé sur la main :

– Renforce la filature, non point pour mieux le surveiller, mais pour qu'il sente qu'il est suivi.

– Nous avons fait mieux. J'ai demandé à mes hommes de le suivre et, tout d'un coup, de crier à voix haute le nom de Samâh. Cela l'a rendu presque fou.

– Bravo, très bien ! Et le prône du vendredi, comment cela s'est-il passé ?

– Ils embrassaient ma main comme si c'était la pierre noire de la Kaaba.

Le Zayni de rire de plus belle :

– Dis-moi, Zakariya, sais-tu ? Il faut qu'ils nous aiment encore plus. Demain, tu vas sortir à cheval. Demande à un de tes hommes de s'habiller en paysan, à un autre de s'habiller en mamelouk. Demande au second de rouer le premier de coups et cela bien sûr juste au moment où, comme par hasard, tu passeras par là avec ton équipage. A ce moment-là, tu descends de cheval, tu mets pied à terre, tu voles au secours du fellah et tu fais arrêter le mamelouk. Il faut multiplier ce genre d'incidents. C'est comme cela que tu te feras aimer du peuple. Ainsi, tu seras le premier exemple dans l'histoire de l'humanité d'un Grand Maître de police qui, non content d'être expert en son métier, aura su gagner l'estime du peuple. Notre tâche sacrée n'en sera que plus facile, et, partout, la justice et l'équité régneront grâce à nous.

Zakariya se tait, tout à son étonnement devant cette nouvelle idée qui le séduit. Il en était presque arrivé à oublier la raison de sa venue. Le Zayni aurait-il deviné ? Est-ce exprès qu'il retarde le moment où il faudra parler des émirs ? Si, au contraire, il ignore cette histoire, il doit être embarrassé et inquiet. Il doit même se demander pourquoi Zakariya est venu le voir à cette heure de la nuit. Il ne doit pas savoir quoi penser. Enfin, après quelques instants de silence rendus encore plus pesants par la lumière chiche que diffuse l'unique candélabre de la pièce, Zakariya lâche brusquement ces quelques mots :

– Zayni, ta vie est en danger...

L'autre écoute. Deux jours plus tard, Zakariya se rappellera encore l'expression de son visage à ce moment, et ce brusque sursaut : le Zayni s'est levé et l'a pris dans ses bras. Il a vu, réellement vu ses yeux se remplir de larmes, des larmes d'émotion :

– Zakariya, le malheureux que je suis ne peut vivre sans ton aide...

Une fois rentré chez lui, Zakariya remarque en lui-même l'apparition d'un penchant à peine avoué pour le Zayni... Surtout depuis que celui-ci a accepté les planques que Zakariya a préparées pour lui et qui doivent lui servir tant que sa vie est en danger. Il a accepté de s'en remettre à lui et à sa protection jusque dans son sommeil. Mais enfin, peut-on dire pour autant que le cœur de Zakariya soit pur de ressentiment envers le Zayni ? Non, certes non. Pas question de capituler, ni de revenir sur une ancienne décision. Ce serait, pour Zakariya, un suicide. Pour renforcer sa détermination, il reprend un vieux projet presque oublié.

C'est ainsi que Zakariya fait venir Abou l-Kheïr el-Marâfi, un espion depuis longtemps à son service, et qui pendant un certain temps avait travaillé pour lui au fin fond de la Haute-Égypte. Il était au Caire depuis quelques jours. C'est le genre d'individu qui aime à se vanter d'avoir apporté ruine et dévastation dans des dizaines de foyers et d'innombrables familles auxquelles personne n'aurait prédit une telle fin. Si Abou l-Kheïr tourne autour de sa proie, il ne la rate jamais, surtout s'il sait que sa victime jouit d'une situation bien établie, est heureuse en ménage, aimée de ses enfants. La passion d'Abou l-Kheïr, c'est de transformer la joie en larmes amères, le bonheur en malheur, l'aisance en gêne. Abou l-Kheïr n'a de cesse que les maisons ne se vident, que le bonheur et la joie des gens ne s'écroulent. Il danse de joie lorsqu'un divorce est prononcé... Zakariya contemple son visage sombre, la bosse plantée au milieu de son dos, ses yeux qui regardent toujours au-dessus de votre tête. De temps à autre, Abou l-Kheïr expire violemment par les narines. Comme s'il se demandait avec angoisse ce que lui réservent les minutes à venir...

Avis

« Bonnes gens du Caire, oyez, bonnes gens du Caire.

Nous ordonnons le Bien, nous interdisons le Mal.

Le Zayni Barakat, Grand Censeur des provinces d'Égypte,

Gouverneur de la ville du Caire et fermier des Impôts de Basse-Égypte

Vous fait savoir que le vendredi,

Il s'adressera au peuple pour mettre fin aux rumeurs et racontars,

Et faire triompher la vérité.

Que ceux d'entre vous qui ont le désir de connaître la vérité se rendent à la Grande Mosquée d'el-Azhar,

Le jour du vendredi après la prière,

Son Excellence le Zayni vous parlera. »

Troisième extrait de la relation de voyage du Vénitien Viasconti Gianetti, qui visita Le Caire pour la deuxième fois en l'an 917 de l'hégire, lors d'un voyage qui le menait en Syrie et au Hedjaz

(A noter qu'alors, ayant eu le loisir d'apprendre la langue du pays, il n'avait plus besoin d'un traducteur indigène.)

Je ne porte plus mon costume de négociant osmanli, car, ici, les ressortissants ottomans sont traqués par la police et parfois même par la population. Les malheureux sont arrêtés et remis entre les mains du Grand Maître de police qui leur fait subir la question et leur arrache l'aveu des renseignements qu'ils auraient pu communiquer à l'Ottoman.

Je suis sorti avec un bâton pour repousser les chiens qui importunent les passants. La ville est en effervescence. Il est très rare, dans une ville d'Orient et plus encore dans cette ville du Grand Caire, commandée par un homme à la poigne de fer, jaloux du respect de la Loi et respecté du peuple, de trouver, la nuit, des gens sur la voie publique, surtout des femmes. L'homme à l'origine de cette agitation : Son Excellence le Zayni Barakat ibn Moussa. Ici, les retournements de situation sont fréquents et quiconque se voit confier un jour une charge peut très bien en être destitué le lendemain. Dans la rue, j'ai noté que les boutiques sont éclairées par des lanternes. J'ai remarqué un vieillard assis près d'un vieux mur, que je vois toujours là, de jour comme de nuit, imperturbable, à croire qu'il est partie intégrante du mur, simple prolongement à forme humaine. Je me rappelle l'avoir déjà vu lors de mon précédent séjour. Il n'a pas changé, et j'aimerais pouvoir l'observer de près, savoir s'il lui arrive de manger, si sa main lâche parfois le bâton qu'elle tient serré entre ses doigts.

Plus loin, une femme corpulente est assise devant un immense panier sur lequel elle a posé persil et cresson. Là-bas, un homme propose sur son étal une pâtisserie délicieuse à base de farine, de sucre et de beurre de conserve. Les Orientaux en sont très friands. On l'appelle ici *basboussa.* Certains bons faiseurs, ici au Caire, sont renommés pour l'excellence de leur *basboussa.* Je me rappelle l'un d'entre eux : c'était un petit homme borgne qui, chaque soir, sortait de chez lui un peu avant la prière du soir pour se rendre au quartier des parfumeurs et des droguistes, où il rejoignait son point de vente habituel. Il s'y installait, raide et compassé. Aussitôt hommes, femmes, enfants, de s'empresser autour de lui. Pas un cri, pas un mot plus haut que l'autre et si quelqu'un se hasardait à élever un peu la voix pour le presser, le vendeur se contentait de le regarder, et, d'un geste simple et sans équivoque, il lui faisait signe de partir. Après une telle incartade, il ne fallait pas s'attendre à se voir resservir une autre fois. On pouvait toujours insister ! Lorsqu'il coupait la *basboussa* avec son couteau court à la lame large et triangulaire, les mouvements de sa main étaient précis et ordonnés, comme ceux d'un joaillier, ou d'un tailleur de marbre. Très vite, le plateau ne contenait plus que quelques miettes éparses qui brillaient sur la légère couche de beurre, tels des rayons de soleil d'un jaune éclatant. A l'aide du couteau, il rassemblait les miettes et les poussait dans un coin de son plateau. A peine avait-il fini qu'arrivait un vieillard grand et maigre, les yeux bandés, qui marchait à tâtons, portant un petit enfant sur ses épaules. Celui-ci avait l'air serein ; il ne pleurait pas. Le marchand lui tendait les miettes de pâtisserie enveloppées dans une petite feuille de papier. Puis, il prenait le trépied de bois qui supportait son plateau, le mettait sous son bras, et il s'en allait. Comme j'aimais à me tenir près de lui, regarder les mouvements de ses mains, son visage figé... Je ne suis pas encore allé le voir.

Estaminets et tavernes sont encore ouverts. En passant devant, on entend les assiettes, la vaisselle s'entrechoquer. Les odeurs des plats viennent chatouiller les narines : poissons frits, poulets farcis à l'oignon, *sambousiks* (ce sont de petits pâtés triangulaires faits d'une pâte très fine, farcis de viande, et dorés dans le beurre). Au loin, des voix s'élèvent : un groupe de menuisiers juchés sur des charrettes tirées par des bêtes de somme. Ils frappent dans leurs mains, hurlant : « *Allah ou Akbar, Allah ou Akbar* », ce qui veut dire « il n'y a pas d'être plus grand que Dieu », et : « *Lâ ilâha illa llâh* » (« il n'y a de Dieu qu'Allâh »). Puis ils scandent à intervalles réguliers les mots suivants : « Ibn Moussa... Ibn Moussa... » Je n'ai pu distinguer dans le brouhaha le reste de leurs paroles. De temps à autre, un groupe passe, criant à tue-tête. Leurs cris s'élèvent, puis s'éloignent. Les mots qu'ils prononcent sont déformés, confus, et soudain, on n'entend plus rien.

« Des hommes comme ibn Moussa, il n'en vient qu'un par siècle... », dit-on dans la foule. Et quelqu'un ajoute : « Chaque fois qu'il y en a un qui vient pour mettre un peu d'ordre, on trouve à y redire... »

Mais la chose la plus étrange qu'il m'ait été donné d'entendre, ce fut par la bouche d'un vieillard. Cela se passait dans la vieille boutique d'un droguiste, dans le quartier de Hamzaoui : « Cet ibn Moussa est un signe annonciateur de la fin du monde... disait-il. Je sais sur son compte des choses qui vous feraient frémir. » Les gens le regardèrent. Pendant un moment, ils ne purent rien dire, puis brusquement, ce fut un assaut de louanges à la gloire du Zayni. A croire qu'ils cherchaient à conjurer quelque obscure menace, ou qu'ils espéraient ainsi effacer jusqu'au souvenir des paroles insoutenables du vieillard.

Cet incident me laissa perplexe : une véritable énigme. Je n'ai rien vu de pareil dans un autre pays : voilà un personnage qui jouit de l'affection de tous, dont le nom est sur toutes les lèvres, et, au moment même où on l'encense, un sentiment obscur et insidieux est partout présent. On sent que cet homme inspire une peur diffuse. Pourtant rien n'est visible sur les visages. Quelque chose que seuls des yeux invisibles peuvent déceler. Voilà qui me troubla fort et me laissa désemparé.

Les timbales du crieur public se firent entendre : ainsi donc, le Zayni allait s'adresser au peuple demain. Toute la ville veillait. Pas un cavalier mamelouk en vue. J'appris par mon serviteur que, depuis un an, les méfaits de ces individus avaient atteint des proportions effrayantes : c'était une véritable aventure que de sortir dans les rues après la prière du soir. On barricadait les portes du quartier, et les habitants étaient obligés d'y monter la garde à tour de rôle. Les choses ne faisant qu'empirer, ibn Moussa était allé trouver le sultan pour intervenir en faveur de la population. « Si les choses continuent ainsi, il faut s'attendre au pire. Les femmes se font enlever, de pauvres malheureux se font assassiner, et tout cela impunément... » Le sultan avait répondu favorablement à la démarche du Zayni, et les mamelouks s'étaient vu interdire le droit de quitter leur caserne après le coucher du soleil, sauf permission spéciale et exceptionnelle. On leur avait interdit aussi de se voiler le visage, comme ils avaient coutume de le faire. C'est là une période de la vie du Caire que je n'ai pas connue, mais j'ai appris, toujours par mon serviteur, que, trois jours durant, les mosquées avaient retenti sans interruption des actions de grâces en faveur du Zayni. Jamais personne n'avait été l'objet de telle manifestation, que, d'ailleurs, ibn Moussa lui-même finit par interdire. Je tiens de mon serviteur qu'à la même époque, trois jeunes gens coupables d'avoir tenu des propos critiques envers ibn Moussa périrent assassinés. La foule leur trancha la gorge parce qu'ils avaient osé dire que les agissements du Zayni étaient douteux et affirmaient qu'il avait lui-même poussé les mamelouks à agir de la sorte, créant ainsi un prétexte pour intercéder auprès du sultan et se faire passer pour le Sauveur. Ils auraient dit aussi qu'après les mesures prises contre les mamelouks, le Zayni avait beau jeu d'appeler les gens à cesser les actions de grâces en sa faveur. Je rentrai chez moi, en proie au vertige. Pour le moment, la population jouissait d'une sécurité et d'une tranquillité indéniables : la rumeur insouciante de la foule résonnait encore à mes oreilles.

Le lendemain matin, je m'éveillai très tôt. Il m'était difficile de pénétrer dans la mosquée. A supposer qu'on m'arrêtât, je demanderais la protection du Zayni. Pas un seul étranger – et tout particulièrement un Franc – ne peut entrer en Égypte sans que son nom soit enregistré, ainsi que son pays d'origine. C'est là une nouvelle réglementation qui n'était pas en vigueur lors de ma première visite. S'il me demandait ce que je faisais là, je lui dirais que j'étais de passage, et que je ne voyage que pour voir du pays. Ibn Moussa me comprendrait certainement. Cette fois-ci, il faut absolument que je le rencontre. En fait, je ne l'ai vu qu'une seule fois, entouré de sa suite. Il faisait partie de ce cortège qui accompagnait son prédécesseur, le jour où celui-ci fut mis à mort de la façon étrange dont j'ai déjà parlé (le malheureux avait été forcé de danser jusqu'à ce que mort s'ensuive). Je me dis que je ne pouvais manquer de profiter de cette occasion de l'entendre, et qu'il fallait que j'entre dans la mosquée. Je remarquai des individus portant livrée bleue à col jaune. Ils étaient là, parmi les fidèles, observant leurs moindres mouvements, de plus en plus nombreux au fur et à mesure qu'on s'approchait des rangs de devant. Par souci de sécurité, je m'assis près de l'un d'eux. Je ne fis aucune erreur dans l'accomplissement de la prière, station debout, agenouillement, etc. J'en connais fort bien les rites, plus faciles que dans l'Inde où ils n'en finissent pas. Un murmure se répandit parmi la foule, comme les cercles concentriques s'élargissent autour d'une pierre tombée dans l'eau dormante. Tous les yeux étaient rivés au *minbar* de bois (c'est le nom que donnent les mahométans à la chaire du prédicateur), dont le maître de cette ville du Grand Caire gravissait les marches. Le Zayni Barakat, Grand Censeur de tout le pays, était là, devant moi. Je tendis l'oreille : il parlait en langage vulgaire, ce qui, autant que je sache, est contraire aux usages. Parfois j'étais obligé de mettre ma main autour de l'oreille pour pouvoir entendre. Il commença doucement, puis sa voix enfla. Je l'entendis parler de son accession à la charge de Grand Censeur, de son désir d'œuvrer pour la justice, rôle que certains ont en estime et d'autres en horreur : Enfin, l'occasion lui avait été offerte de faire comme ses prédécesseurs, de mettre la population en coupe réglée, d'amasser argent, pierres précieuses, perles, comme les autres. Mais il s'y était refusé et cela par crainte du Très-Haut, de l'Unique (il voulait dire Dieu).

En fin de compte, il possédait à peine de quoi subvenir à ses besoins. Il parla aussi de son engagement envers le sultan de lever les impôts sur certaines circonscriptions : il avait pu en tirer le double de ce qu'elles rapportaient d'habitude, cela sans que personne ait eu à souffrir d'un quelconque sévice, sans non plus qu'un seul paysan ait été dépouillé de ses biens. Il avait mis un terme aux attaques des bédouins dont les paysans étaient victimes. Voilà pour ce qui concernait la campagne. Quant à la ville du Caire, quelqu'un avait-il à se plaindre des impôts qu'il avait levés ? Il en avait supprimé beaucoup, mais – et c'est là que son débit se fit plus lent : voilà qu'on écoutait un secret d'État que personne n'oserait répéter – le sultan avait l'intention d'imposer une taxe nouvelle (les cris de fuser dans la salle : « Dieu te protège, Dieu te protège ! »). Cependant, la magnanimité du sultan et son sens de la justice lui avaient fait accepter favorablement l'intercession d'ibn Moussa, et il était revenu sur sa décision – « Dieu te protège ! Dieu te protège ! » – car que pouvait le meilleur intercesseur sans la magnanimité de notre généreux sultan ? Il était donc revenu dans la Citadelle, le samedi, après ce séjour en Haute-Égypte où il avait pu s'assurer que tout allait comme il faut...

A ce moment, alors que sa voix trahissait une émotion certaine, il fut interrompu. L'agitation s'empara de l'assistance. Je remarquai que, d'un coin éloigné de la mosquée, provenaient des cris. Aussitôt les individus en livrée bleue se mirent à resserrer les rangs, puis ils se dispersèrent à nouveau, mais pour se poster en des endroits différents de ceux qu'ils occupaient au début...

« Et puis, le samedi à midi, un individu a été reçu à la Citadelle, cet Abou l-Khaïr de malheur – que Dieu lui pardonne – qui peut se vanter d'avoir été, en une seule année, à l'origine de la disparition d'une trentaine de familles. » Ibn Moussa affirmait qu'il n'était pas là pour lui jeter la pierre. Il ne faisait que mentionner des choses qui s'étaient réellement passées. Il pouvait d'ailleurs le prouver de façon irréfutable : ceux dont on avait détruit le foyer en témoigneraient, ils étaient toujours en vie. Il y avait aussi les orphelins qui pleuraient leurs parents. De qui tenait-il tous ces détails ? Qui lui avait dit la vérité sur ce triste individu ? Eh bien, son premier lieutenant, si dévoué et si sûr, jaloux de la justice comme de sa propre famille. (Il désignait du doigt les premiers rangs de l'assistance) : « Zakariya ibn Râdhi ! » Tout le monde tendait le cou pour apercevoir Zakariya et alors, on se mit à crier : « Longue vie à Zakariya, vive Zakariya ! » Pendant ce temps, les hommes à la livrée bleue s'approchaient d'un coin de la mosquée où il semblait qu'une dispute avait éclaté. La voix d'ibn Moussa s'enfla et je le vis se frapper la poitrine du poing : « Cet individu, cet Abou l-Khaïr m'a calomnié, oui ! N'a-t-il pas proposé au sultan de me faire rendre gorge ? Ne s'est-il pas fait fort de me soutirer soixante mille dinars si l'on me confiait à lui pour me faire subir la question ? »

« Que Dieu maudisse Abou l-Khaïr ! Que Dieu maudisse Abou l-Khaïr ! » entendait-on de toutes parts.

Mais le sultan n'est pas homme à se laisser berner. Sait-on ce qu'il répondit ? Sa première réponse fut de faire mettre l'infâme aux fers. Ensuite, il lui dit : « Me crois-tu si ignorant ? Penses-tu que je ne sais pas ce que possède ibn Moussa ? Je vais te raconter une petite histoire : lors de l'une de nos soirées, j'ai entendu Mâmây, notre émir hallebardier, tenir d'un air déconfit les propos suivants : "Jusqu'à présent je tenais ibn Moussa pour quelqu'un de très riche, je pensais qu'il avait de l'argent à ne savoir qu'en faire. Mais ne voilà-t-il pas qu'il vient me trouver, l'air inquiet, pour me demander que je lui prête de l'argent. Devinez combien il voulait m'emprunter ? Je vous le donne en mille : il était venu pour m'emprunter *cinq dinars*." On m'a dit que le sultan lui-même s'était fait répéter le chiffre, que lui-même l'avait répété à son tour, n'en croyant pas ses oreilles. Voilà pourquoi Sa Majesté avait rétorqué à Abou I-Khaïr : "Alors, crois-tu que quelqu'un qui emprunte cinq dinars est susceptible d'en cacher soixante mille ? Et c'est de lui que tu prétends obtenir cette somme ? Et pourquoi précisément soixante mille dinars ? Ibn Moussa a fait rentrer dans mes coffres des milliers et des milliers de dinars. Il n'en a pas mis un seul dans sa poche. Je le tiens de mes espions, qui le surveillent jusque chez lui, et grâce auxquels rien ne m'échappe." »

C'est alors que, du fond de la mosquée, parvint un brouhaha ; un murmure parcourait l'assistance. Sur le *minbar*, ibn Moussa restait muet, la tête baissée. De ses mains il serrait les pans de son grand manteau noir. Dans l'assistance, on réclamait le silence avec force cris. Je voyais des gens allant et venant sur le toit qui surplombe la cour centrale de la mosquée. Puis trois hommes à livrée bleue apparurent et repoussèrent les individus qui regardaient d'en haut. La vue devait être magnifique du haut de ce minaret que venait de faire construire le sultan.

Voici ce que je pensai alors : Ce minaret ressemble à l'autre, quadruple, qui s'élance au-dessus de la nouvelle mosquée, à l'entrée du souk des marchands de *sharboûsh*. C'est un monument que je ne me lasse pas de regarder. Quand on est à ses pieds, on reçoit, comme une pluie brillante, les reflets du marbre multicolore. Je viens le regarder le matin, et lorsque j'y retourne l'après-midi et que je le vois, recouvert de poussière, c'est un nouveau spectacle : des siècles se sont écoulés. Il m'arrive aussi, le soir, de m'arrêter à un estaminet près d'el-Azhar, et je le regarde qui pénètre dans la nuit, et se fond dans l'obscurité. J'ai peur qu'il disparaisse et, le lendemain, j'y retourne à nouveau...

Ibn Moussa ne recommença à parler qu'après que l'agitation se fut calmée :

– Vous me pardonnerez d'avoir osé mentionner des choses de ma vie privée... Mais, n'êtes-vous point des frères pour moi, oui, des frères ? Ai-je jamais volé l'un d'entre vous ?

Toutes les gorges crièrent à l'unisson, l'espace tout entier retentissant de leurs cris :

– Jamais, à Dieu ne plaise, jamais !

– Ai-je pêché contre les mœurs ?

– Non, jamais !

– Ai-je maltraité l'un d'entre vous ?

Les voix s'élevaient en s'entremêlant. Je vis alors ibn Moussa faire un signe de la main. Lorsque le silence revint, un petit homme vêtu d'une tunique de peau s'avança. Je m'efforçai d'entendre ce qu'il disait, mais ne le pus. Ibn Moussa leva la main ;

« Cet homme demande justice. Il se plaint d'avoir été maltraité. Il prétend que l'un de mes hommes l'aurait frappé, alors qu'il marchait dans la rue portant une outre d'eau, car il exerce le métier de porteur d'eau. Il marchait au milieu de la route, ce qui risquait de mouiller les habits des passants. De plus, l'eau tombait sur le sol, qui est de terre battue, ce qui est contraire aux usages définis par le Grand Censeur en ce qui concerne les porteurs d'eau. Malgré tout, nous devons lui rendre justice du fait qu'il a été agressé par un des hommes d'ibn Moussa car il est absolument contraire à la Loi que ceux-ci frappent. C'est inacceptable, le Grand Censeur ne l'acceptera pas. Après la prière, rends-toi chez moi, tu m'informeras de l'endroit où l'incident a eu lieu et je ferai paraître devant toi tous les hommes qui s'y trouvaient alors. Tu peux donc être sûr que tu seras rétabli dans tes droits. »

A ce moment même, juste avant que les gens ne se mettent à répéter les formules d'usage, s'éleva une voix du fin fond de la mosquée, dans un de ces intervalles de silence complet qui ponctuaient le discours du Zayni.

« Menteur », entendit-on. C'était une voix tranchante. Je crois qu'ibn Moussa n'en crut pas ses oreilles. Je ne cachai pas mon étonnement ni mon admiration pour cet homme : en vérité, pendant toutes ces années passées à parcourir le monde, il ne m'avait jamais été donné de voir un homme de cette trempe. Mon admiration ne fit que croître, lorsque je le vis baisser la tête : il ne parlerait pas avant que le silence le plus complet ne se fît. Je remarquai néanmoins qu'il était légèrement troublé. On l'aurait été à moins ; quel camouflet ! Peut-être ses ennemis étaient-ils parvenus à leurs fins et avaient-ils réussi à saboter son prône ? Pour la deuxième fois, il montra de la main les premiers rangs, où se trouvait son fidèle lieutenant, Zakariya ibn Râdhi. « Longue vie à Zakariya, vive Zakariya ! » C'était lui, lui en personne qui avait arrêté Abou l-Khaïr et l'avait jeté en prison, non pas parce qu'il avait voulu porter tort au Zayni – s'il n'avait tenu qu'à celui-ci, il l'aurait gracié, il lui suffisait de voir que le sultan savait de quel côté se trouvait la vérité –, non, Zakariya voulait lui faire subir ce que les autres avaient subi par sa faute. Quant à ibn Moussa, il resterait inflexible. Il ne reviendrait pas sur ce qui lui semblait juste. Le sultan était de son côté, et il pouvait aussi compter sur l'affection du peuple. Ses ennemis pouvaient venir. Tout ce qu'il souhaitait, c'est que quiconque avait été maltraité, ou demandait justice, s'adressât à lui, et s'il s'avérait qu'il avait été injuste envers qui que ce soit, il était prêt à payer pour cela comme un simple mortel.

Un brouhaha se fit à nouveau entendre dans le coin d'où était parti le fameux cri. Ibn Moussa se mit à descendre les marches du minbar. Certains criaient :

« Allah est grand ! Allah est grand !.... Le Zayni, Zakariya ! Que Dieu te prête vie, que Dieu t'ait en sa sainte garde. » Les derviches qui étaient dans l'assistance faisaient résonner leurs sébiles de cuivre, puis les voix qui saluaient le Zayni se turent. Je ne cachai pas ma joie et je me dis avec encore plus de conviction qu'il fallait absolument que je rencontre cet homme avant mon départ.

Avis

« Bonnes gens du Caire, oyez, bonnes gens du Caire !

Nous ordonnons le Bien, nous interdisons le Mal !

Oyez la bonne nouvelle !

Aujourd'hui, à l'apparition des premières chaleurs de l'été, Le sultan a quitté ses vêtements de laine noire pour se vêtir de blanc.

Habitants du Caire !

Sachez que le grand Shihâb Zakariya ibn Râdhi, lieutenant du Grand Censeur de tout le pays d'Égypte, représentant du gouverneur du Caire,

A ordonné que soit pendu le dénommé Abou l-Khaïr el-Marâfi.

Son cadavre sera exposé trois jours durant.

Que cela soit un exemple pour qui sait méditer.

A bon entendeur, salut !

Bonnes gens du Caire !

Obligation est faite aux commerçants de boissons et de pâtisseries de fermer boutique après la prière du soir.

Quiconque enfreindra cette disposition sera puni de cinquante coups de fouet.

Bonnes gens du Caire,

La nouvelle est parvenue d'une bataille qui aurait opposé nos valeureux chevaliers de l'Islam aux soldats de l'Ottoman.

L'armée de notre sultan a mis hors de combat quarante cavaliers ottomans.

C'est la première fois qu'il y a effusion de sang.

Soyez vigilants !

Bonnes gens du Caire, oyez, oyez... »

Avis

« Bonnes gens du Caire, oyez !

Nous ordonnons le Bien, nous interdisons le Mal !

Sa Majesté le sultan nomme le Zayni Barakat ibn Moussa intendant de l'Arsenal et premier représentant du Grand Chancelier de Sa Majesté l'émir Toman Bey, Grand Chancelier,

Bonnes gens du Caire !

Quiconque d'entre vous aura été témoin de paroles infamantes pour le sultan

Ou pour un des grands dignitaires du royaume

Quiconque aura su repérer à de tels propos les ennemis de notre religion

Et de notre nation,

Doit faire connaître l'incident au représentant du Grand Censeur, le Grand Shihâb Zakariya.

Il sera dûment récompensé.

Quiconque se sera tu est passible de la peine de mort. Qu'on se le dise. Oyez, bonnes gens du Caire, oyez... »

Saïd el-Gohaïny

Le cœur n'est que blessures inguérissables, l'âme, une forêt de piques acérées que rien ne pourra arracher. Rien ! Rien pour barrer le flot de ce chagrin immense qui déferle sur l'être ; le zéro et l'infini se confondent ; *un* égale *deux* ; l'alphabet s'arrête à la deuxième lettre. Doux espoir qu'assassine la séparation des amants... Le désir a disparu de l'horizon de la vie. Dans la prime jeunesse, tu étais hanté par une idée obsédante – ton front serein n'était pas encore touché par les rides du désespoir. Autour de toi, partout, cette terreur omniprésente qui réglait jusqu'à la marche des astres, à l'affût de leur moindre tourment, et maintenait la terre suspendue à la voûte du ciel. Autour de toi, l'amertume et la détresse, mais « patience, douce patience ! pensais-tu, attendre, attendre quelques années seulement... Viendront les jours heureux : rien n'est immuable » ! Dans la prime jeunesse, il suffisait que tu fermes les yeux pour qu'apparaisse la vision du lendemain. Douceur d'un printemps juvénile. Finie, l'arrogance des mamelouks, évanouie, la peur du brigand, disparus, les espions qui vous suivent à la trace et fondent brusquement sur vous.

On n'aime qu'une fois... Un premier amour est toujours immortel. C'est pour lui que le cœur continue de battre, qu'il bat indéfiniment. Non, on ne peut arracher un cœur et le jeter en pâture au vautour qui le livrera à ses petits pour qu'ils s'en délectent.

Dans tes rêves, les enfants parlent une langue qui ignore les mots tels qu'*empalement, décapitation, peste*. Les visages sont empreints de cette sérénité, de cette pureté que tu as l'habitude de voir sur celui du Vénérable Abou Sooûd. Non, les temps sont proches, l'attente sera courte : Cinq ans seulement ! cinq ans, te dis-tu ! Mais les jours, les mois passent et on se demande avec angoisse si les cinq ans ne sont pas déjà passés. Encore peut-être cinq autres années ! Mais non, jamais... Même ce rêve si doux : avoir sa maison pour soi tout seul, une maison dont on puisse fermer la porte derrière soi, et des commodités à ne partager avec personne, même ce rêve si modeste est hors d'atteinte...

« Ce monde où nous sommes nés, quand nous le quitterons, nous ne serons pas bien vieux, a coutume de te dire ton ami Mansour. Laissons aux autres l'espérance des jours heureux ! Saïd, pourquoi nous leurrer ? Pourquoi nous frapper la tête contre les murs ? Ce qui nous attend est pire que ce que nous avons connu. »

Cinq ans... Puis encore cinq ans. Tu as beau refermer ta main, le temps t'a filé entre les doigts, et voilà que vingt-sept ans ont passé. Ce monde n'est que puanteur, puanteur éternelle. Les démons ne cesseront jamais de se jouer des humains. L'injustice, l'iniquité sont comme le feu des zoroastriens qui jamais, jamais ne s'éteint...

Il ne sait plus le chemin qui mène à la demeure du cheikh Rayhân. Après tous ces jours de vaine espérance, la porte s'en est refermée devant lui. Mais son cœur résonne encore des coups du heurtoir.

« Tu trouveras dans le temps le meilleur des remèdes, lui dit Mansour. Cela s'appelle l'oubli. »

Viennent parfois quelques jours de répit, où la douleur se fait moins cuisante. Alors il se dit, dans sa pauvre tête : « Voilà que le remède agit. » Mais aussitôt, à n'importe quelle heure du jour ou de la nuit (le matin par exemple, quand il se trouve chez maître Hamza « la Petite Fête », ce sera au moment précis où il avale une gorgée de *helba* ; ou bien dans la cour d'el-Azhar, en plein milieu d'une leçon), un poids énorme vient l'écraser. Et voilà qu'un sang noir lui parcourt les veines et le plonge dans les plus mornes pensées. Il se souvient encore de ce moment précis où la douleur s'est cabrée comme un cheval rétif : il avait bondi sur ses pieds. La vie, depuis lors, n'est plus que cet enchaînement infernal de douleurs qui brûlent l'âme à vif. Ce n'est plus que le souvenir sans fin de la souffrance lancinante qui lui colle à la peau. Dans quelle étoile lointaine trouver le salut ? Lequel de ces mondes terrestres en révèle l'accès ? Dans quelle planète inaccessible trouver le remède à cette douleur implacable ? Quel astre saura apaiser la tourmente, ou au moins prévenir de sa menace ? Ah, se couler dans un vase de cuivre, comme les djinns du prophète Salomon, et fuir ainsi son siècle ! Un vase qui resterait scellé jusqu'à ce qu'arrive le règne du bonheur. Un simple pêcheur en déferait alors le sceau et il s'échapperait à l'extérieur, pur rayon de lumière, pur esprit immatériel et transparent, qui recevrait le don de vie et retrouverait son amour perdu. Le pêcheur lui donnerait refuge et ils seraient reçus dans le sein de l'éternité. Seulement alors, il reprendrait le chemin vers ceux qu'il a aimés... Mais par les temps qui courent, la tendresse d'un cœur généreux n'est pas de mise ! Époque trop dure pour sécher les larmes d'une mère qui pleure son fils disparu, ou panser le déchirement de la séparation. Époque où l'espoir assassiné ne renaît pas, où les blessures ne guérissent jamais. Non, jamais...

« Les jours heureux finiront par arriver », répète Saïd, et Mansour de crier : « Mais quand ? Quand donc ?

Pourquoi nous frapper obstinément la tête contre les murs ? Non, Saïd, aucun intercesseur, aucun sauveur à espérer pour le genre humain. Non, même le Prophète, élu de Dieu, n'y pourrait rien. Comment changerait-il cette terre d'iniquité et d'oppression ? L'espoir m'a abandonné, Saïd, et je n'attends plus le Messie de la fin des temps. Même s'il apparaissait, venant de la Kaaba, brandissant son sabre d'or, il trouverait devant lui Zakariya, et celui-ci l'empêcherait de venir à nous. Il l'arrêterait, le jetterait en prison, le ferait disparaître dans les cachots de la Maqshara. Voilà la seule et unique vérité de ce monde, la vérité première et dernière : la Maqshara, rien d'autre que la Maqshara. Tout le reste n'est qu'illusion, tout !.... Le Grand Shihâb, le Zayni et Saniya "Fleur de nave" la tenancière, et ses filles... »

Saïd écoute patiemment ce que lui dit Mansour. Ses paroles, il les tourne et retourne dans sa tête. Il y a quelques jours, il est monté tout en haut du minaret que l'on vient de construire. Là-haut, rien que le silence, le vide, une mer sans fond, une mer déserte, vide même de coquillages. Dans ce désert, il s'est vu seul, premier homme de la création. Il s'arrache une côte et voici que Samâh apparaît. Il a la gorge serrée : impossible d'avaler sa salive, de respirer. Cette douleur, brûlante comme un soleil de canicule... Son âme devenue légère et transparente s'élève, libérée de la prison du corps. Les ailes qui la portent sont des larmes sans mélange. Là-haut, les étoiles semblent silencieuses, mais elles murmurent des paroles muettes et mystérieuses que nul ne peut saisir. N'a-t-il donc pas raison ? Pourquoi sa prière ne se fait-elle pas tempête, une tornade qui ébranlerait la terre ? Alors apparaîtraient les mirmillons, avec leur caftans angéliques – brocarts brillant de mille vertus dont la doublure cache les vices les plus noirs –, caftans taillés dans les malheurs et les maléfices. Les voici qui conduisent la prière, qui gravissent les marches des *minbars*. Une larme s'échappe de son œil, pure comme l'aube au lever du jour. Voici l'image de Samâh, la délicate Samâh, dont il avait peine à croire, il y a encore peu de temps, qu'elle avait un corps comme les simples mortels. Voici qu'elle lui apparaît dénudée, chevauchée par un sodomite aux fesses nues, qui gémit de plaisir sur elle, explore dans ses moindres recoins cette terre jusque-là interdite, le voici qui met le feu à son herbe, récolte figues et olives, coupe la moisson et enfin, éteint l'incendie qui s'était allumé en elle. Souvenir de la main de Samâh, cette main petite et douce comme un murmure, comme un vers de poésie admirablement ciselé, cette main qu'il avait prise chastement dans la sienne, en ce jour orphelin où ils étaient partis se promener pour le Chamm en-Nasim. Voici maintenant que cette main caresse le dos grossier qui est penché sur la source abondante...

Le cheikh Rayhân, quant à lui, n'a à la bouche que le nom des nobles personnages qui l'ont honoré de leur visite. Le soir de la noce, l'émir Soudoûn était venu lui glisser dans le creux de l'oreille quelques mots qui avaient déchaîné son hilarité, et lorsque le Zayni lui en avait demandé la raison, le cheikh avait répondu humblement, la main appuyée sur son cœur : « Ne m'oblige pas à révéler un secret ; je serai muet comme la tombe ! » Le Zayni avait ri : « Sais-tu que c'est la première fois que je vois Soudoûn se laisser aller à quelque confidence ? » Le vieux Rayhân était en transe, il n'en pouvait plus de joie. N'avait-il point marié sa fille à un émir, fils d'émir dans les veines duquel coulait le sang des nobles princes ?

A quoi bon faire surgir des pensées si pénibles... Quelle âme déchirée, délabrée, habite à l'intérieur de cette poitrine ? Est-ce vraiment l'âme d'un jeune homme de vingt-sept ans ?

Ils ne prennent même plus la peine de se cacher, ils se montrent ouvertement, ils traversent la rue en face du café de Hamza. Ils sont nombreux. Ils vont, ils viennent, on les reconnaît toujours. Ils peuvent surgir n'importe quand... Peut-être sous les traits de ce paysan, de ce vieux fellah qui marche à petits pas et qui se trahira par un regard furtif. On se demande alors qui est cet individu. Ce qu'il fait en pareil endroit. Ou bien sous l'apparence d'une jeune femme, ou d'une vieille, chargée par le poids des ans, ou d'un enfant... D'innombrables enfants travaillent pour le Grand Shihâb. Le fils ira dénoncer son père, rien de plus précieux que le témoignage d'un enfant de moins de cinq ans, Zakariya est le premier à l'avoir compris. Saïd le sait fort bien : ses faits et gestes sont observés, sa respiration est comptée. Il ne se hasarde plus à se montrer en compagnie de Mansour ; cela suffirait pour le faire suivre, ils chercheraient à se renseigner sur lui. Les conversations qu'il a si souvent sous le portique d'el-Azhar sont sans nul doute commentées. Peut-être même lui attribue-t-on des intentions qu'il n'a jamais eues. Étranges, ces étudiants qui n'hésitent pas à injurier l'émir Toushtamir ouvertement : sans doute des espions...

Une autre fois, pourtant, il avait entendu un étudiant syrien – un Alépin – jurer sur le saint livre de Boukhari que l'émir Khaïrbek correspondait secrètement avec le sultan de Constantinople, et le renseignait sur l'état d'esprit de la population, en Syrie et en Égypte, et de bien d'autres choses encore. D'après lui, les renseignements parvenaient régulièrement à l'Ottoman. A ces mots, la perplexité se lisait dans les yeux, les gens se passaient la main dans la barbe. A quelle catastrophe fallait-il s'attendre ? Quel malheur allait nous toucher ? Ce qui étonnait Saïd, ce n'était pas tant que l'émir Khaïrbek pût être de connivence avec l'Ottoman – supposition à la portée du premier venu –, non, ce qui l'effrayait, c'était le ton sur lequel ces paroles avaient été prononcées. Depuis longtemps, il avait le sentiment de porter un fardeau énorme. Et personne pour l'aider, pas même Mansour. Si on lui avait demandé ce qu'il pensait de ses amis et de ses collègues, il aurait dit qu'il n'y avait rien à attendre d'eux. Les mamelouks étaient passés par là. Ils en avaient fait, à leur insu, des eunuques d'une race nouvelle, des eunuques, oui, même s'ils continuaient à se reproduire, des castrats, même s'ils pouvaient engrosser leurs femmes, des êtres sans langue, des esclaves qui obéissaient à un espion et se faisaient éduquer par une maquerelle. Pourtant, voilà que maintenant, ils ne se gênaient plus pour crier ce que lui-même avait toujours hésité à dire ! Que s'était-il passé ? Était-ce la vieillesse, ou bien alors, chez lui aussi, la lame du couteau avait-elle été portée jusqu'aux entrailles, jusqu'à son être intime, jusqu'à sa langue ? Il allait et venait, parmi les cercles d'étudiants. Les nouvelles allaient bon train : les émissaires du sultan étaient revenus de chez l'Ottoman qui les avait maltraités, humiliés, qui avait piétiné leur honneur. On avait rasé le plus vieux d'entre eux, l'émir Moughal Bey, et on l'avait enchaîné. N'étaient quelques Ottomans plus raisonnables que les autres, il aurait été assassiné... La guerre allait éclater, cela ne faisait aucun doute. Les ambassadeurs d'Abyssinie se rendaient à la Citadelle. Sur leur passage, les badauds s'assemblaient, attirés par l'étrangeté de leur mise. L'émir Djânbirdi Ghazâlî s'était rendu en Sharkieh et les têtes avaient volé : des milliers de victimes, des fellahs. L'eau des canaux était polluée par les cadavres. Un marchand de *basboussa*, qui n'avait pas son pareil, était mort, emportant dans la tombe le secret de sa recette.

On pense que le Zayni Barakat s'adressera au peuple vendredi...

« Savez-vous que certains émirs ne sont pas étrangers au fait qu'Abou I-Kheïr aille trouver le sultan et essaie de le monter contre le Zayni ? »

La mosquée est pleine. Odeur de vieilles nattes et d'ablutions récemment accomplies. Le Zayni gravit les marches du *minbar*. Brusquement, le monde bascule.

Ce que Saïd voit sur le *minbar* de bois, c'est la scène de sa promenade avec Samâh le jour du Chamm en-Nasim. Joie suprême : un jour entier à lui parler, un jour entier passé auprès de l'astre de son cœur. Vision insupportable, maintenant que tout espoir en lui est brisé. Les mots résonnent à ses oreilles en un brouhaha confus. Il croit entendre les gens qui étaient là le soir de la noce, ce soir où il a été immolé, sans que, cette fois, l'ange Gabriel – Dieu le protège – vienne lui sauver la vie. Il était resté insensible à sa mort : Saïd avait dû errer, loin du monde, comme un lépreux.

Le monde lui était apparu comme un point minuscule, on lui avait offert une gorgée d'eau lorsqu'on l'avait arrêté pour l'empêcher de continuer sa course effrénée, son sang s'était répandu sur le sable du désert, et l'aveu s'était échappé de ses lèvres, venu du fond du cœur.

Le Zayni fait son discours, du haut de la chaire. Et pendant ce temps ibn Sayyid en-Nâs s'enrichit impunément et continue à spéculer sur les fèves. Tout le monde se précipite sur Zakariya pour lui embrasser la main ou toucher un pan de son manteau. Devant les boutiques, les hommes hochent la tête et plissent les yeux : « Par Dieu, de mémoire de Cairote, a-t-on déjà vu un homme pareil ? répètent-ils. Regardez : quels scrupules, quelle piété !.... Jamais, sous aucun sultan, nous n'avons eu un Grand Maître comme celui-ci... » Le Zayni continue à s'adresser au peuple : une voix douce et calme. Est-il pour quelque chose dans le mariage de Samâh ? Pourquoi avoir assisté à la noce ? Dans quel but ? Où est passée cette vieille qui avait fendu la foule pour lui jeter ces quatre mots fatals à la face ? Depuis longtemps, on n'entendait plus parler d'elle. Peut-être l'avait-il envoyé dans l'autre monde ! On disait que, le soir, elle le rejoignait, qu'il pleurait auprès d'elle devant sa porte. On disait qu'elle lui révélait le passé et l'avenir. Mais, voilà, c'était la seule qui ait osé lui crier ces mots au visage. Saïd l'avait entendue, il l'avait entendue de ses propres oreilles, car il était dans les premiers rangs du cortège qui accompagnait le Zayni. Cela remontait à quelques années déjà. Il se voyait, dansant de joie, transporté par l'enthousiasme.

« Dieu te garde ! » La rumeur parvient jusqu'à lui : « Longue vie à Zakariya !.... »

Maintenant c'est à Saïd de dire ce que la vieille a déjà dit. Ses épaules, désormais, ploient sous la lourdeur du fardeau : une pierre énorme étouffe sa poitrine. Seulement, lui n'a pas eu à connaître la canicule de La Mecque, ni les sables brûlants qui mordent la chair... il n'est pas Bilâl, muezzin du Prophète, pour lancer le cri : « Ô toi l'Un, l'Unique ! » Il n'est pas Ammâr ibn Yassine, premier combattant de la foi, solide comme l'acier de la chaîne, résistant comme la cotte de mailles. « Ô toi, l'Un, l'Unique, viens-moi en aide ! » Ose, dis-le à ton tour, lance le cri de la profession de foi.

« Vive Zakariya ! que Dieu prête vie au Zayni ! »

Qu'a-t-il à perdre en un siècle dont le Zayni est l'imâm tout-puissant, dont le maître vénéré est Zakariya, un siècle que protège une bande d'espions, et dont les secrets sont confiés à un Amr ibn el-Adawi ? Oser, oser lutter contre cette vieillesse prématurée et la repousser, retrouver ses jeunes années, se libérer de cette tenaille de fer qui brûle la langue !

« Mensonge ! »

Fragment de temps imperceptible, pendant lequel les mots résonnent à ses oreilles. Voici qu'approchent des individus en livrée bleue et jaune. La flèche a fait mouche. Tout en haut de la chaire, là-bas, la main s'est immobilisée en l'air.

« Mensonge ! »

Il n'a plus peur de la canicule brûlante. Puisse-t-il disparaître sous ces regards hostiles ! Et tous ces gens, porteurs d'eau, forgerons, marbriers, maçons, charbonniers, charpentiers, boulangers et, pour finir, les espions, ils peuvent ramper jusqu'à lui, ils ne savent pas que l'énorme rocher est en train de rouler, que la montagne s'écroule. Ils peuvent égorger son fils sous ses yeux, rien n'a d'importance ! Ils peuvent même lui refuser l'eau. Ils peuvent même trancher sa tête, la prendre et faire subir à sa bouche les pires offenses, quelle importance ! Avant lui, el-Husseïn l'a précédé sur la voie du martyre et a eu l'honneur de subir les tourments de la torture.

« Mensonge ! »

Est-ce seulement l'écho ? Mais non. Serait-ce que... Miracle ! il n'en croit pas ses oreilles : d'autres voix, tremblantes de peur, reprennent les mêmes mots, communiant avec lui dans le cri du martyre : *« Mensonge ! »*

« Mensonge ! »

Le préfet de la Police secrète du Caire

Il n'a pas besoin d'être là lorsque ses hommes agissent : il est au courant de tout. Il n'a jamais vu Saïd, et pourtant il le connaît mieux que sa propre mère. Tant de rapports lui ont passé entre les mains. Il est sûr de connaître des détails que Saïd lui-même ignore. Ah ! si le temps pouvait s'écouler plus vite ! Qu'arrive le moment de leur entrevue ! Voir enfin ce visage qu'on lui a toujours décrit impassible. Alors, rien ne lui échappera, pas le moindre frémissement, sur ce visage qui reste pour lui une énigme. Depuis toujours, il éprouve une jouissance sans pareille à observer, sur un visage inconnu, les premiers effets de la détention. A son arrivée à la porte extérieure, on présentera au nouveau venu un demi-verre d'eau qu'il boira les yeux bandés. Comment va-t-il réagir ? Le Grand Shihâb répète souvent : « Le seuil de notre maison doit être une frontière entre deux mondes. A l'instant où elle le franchit, chaque vie se scinde en deux : lorsqu'un individu sort de chez nous, il n'a certes pas changé de nom, mais il a changé d'âme... »

Kôm el-Gâreh

Le tronc d'un vieux palmier, entouré d'une grille de fer. Une ville païenne en train de lapider un saint homme. Bagdad, la ville de l'Islam, se presse tout entière autour de l'échafaud où est exposé el-Husseïn ibn Mansour el-Hallâj. Hommes et femmes lui jettent des mottes de boue, mais la bouche du martyr ne cesse de témoigner :

« Je suis Vérité, je suis Vérité. »

Une main grossière se lève dont le bras est couvert de cuir parsemé de clous. Le fouet s'abat sur le corps émacié dont l'âme a connu toutes les étapes de la Voie. La main du bourreau est lasse de frapper. Les deux bras d'el-Husseïn ont été arrachés, ainsi que ses jambes, et pourtant le sourire ne cesse de flotter sur les lèvres du saint, un sourire où se lisent la Vérité immédiate et ses Arcanes. Son visage est souillé par les éclaboussures du sang qui gicle sans cesse des bras mutilés, source généreuse, qui refuse de tarir. La tenaille chauffée à blanc s'approche pour arracher la langue...

Ce soir, ses cendres ont été dispersées sur les eaux du Tigre ; la tête a été envoyée au fin fond du Khorassân. Tout Bagdad est rassemblé ici. El-Husseïn a été noyé...

Ici, maintenant, le présent ne fait que prolonger ces jours lointains et cruels, ombre moite et tenace. La vertu s'est tarie, comme l'eau dans le désert. Le mal et le vice triomphent, insolents et brutaux. Où chercher refuge ? Quel chemin prendre pour fuir l'horreur ? Si près de la fin, faut-il encore subir cette dernière épreuve ?

Saïd l'a ému jusqu'au plus profond de son être. Il est perdu.

Les bruits de la ville s'éloignent. Besoin impérieux de disparaître, de se retrancher derrière des murs de silence, besoin de faire revivre ces jours lointains : comprendre le secret de ce sourire impassible au moment même où les mains, puis les pieds sont arrachés au corps. Rassembler les cendres, interroger l'âme, lui arracher son secret ! Mansour a disparu, poursuivi par les fantômes de cette époque perfide et impie. Mansour tremblait et frissonnait.

Peut-être Abou Sooûd est-il venu ici chercher un refuge ? Mais quel refuge ! A sa nuque sont rivés deux yeux invisibles, deux yeux qui déjà ont captivé sa vue, enchaîné chacun de ses pas.

On est venu lui rapporter la rumeur publique : « C'est le Vénérable qui a choisi le Zayni en personne et il l'a toujours soutenu. Alors, sur qui compter maintenant ? Qui saura intercéder ? » Ah ! Pousser le cri du désespoir, et partir ! Mais où aller ? Comment échapper à l'Antéchrist, annonciateur de l'Heure ? Où chercher refuge ? Dans cette crypte, creusée de ses propres mains ? Est-ce là l'issue ultime ? Non, il est tombé dans le piège, et quel piège !, tendu par le pire des tyrans.

Quatrième extrait de la relation de voyage du Vénitien Viasconti Gianetti, daté de l'an 1517, correspondant à l'an 922 de l'hégire

Il semble qu'à l'occasion de ce séjour – le troisième qu'il m'ait été donné de faire en ce pays d'Égypte – le ciel ait voulu que je fusse témoin des faits les plus insignes. A peine m'étais-je installé en ville, trois jours après mon arrivée du Soudan, j'appris que le sultan était parti en expédition en Syrie pour combattre l'Ottoman. J'entendis les muezzins prier le Seigneur qu'il accorde la victoire au sultan du pays. On dit que le samedi, jour du départ, tout Le Caire avait tremblé devant l'impressionnant spectacle.

Je regrette vivement d'être arrivé trop tard pour voir le cortège du sultan, à la tête de son armée, partant pour la Syrie. Pour que mes compatriotes ne soient pas privés de la description d'un tel spectacle, et par scrupule envers la vérité, j'emprunterai à mon ami, le cheikh Muhammed Ahmed ibn Iyâs, les quelques pages qu'il a consacrées à ce sujet. Cet homme éminent, qui compte parmi les savants les plus renommés de la ville du Grand Caire, est l'auteur d'une volumineuse chronique concernant le pays. Je regrette de ne pouvoir disposer de plus de temps pour mieux le faire connaître à mes compatriotes. Malgré son âge avancé, ibn Iyâs a eu le privilège d'assister au départ du sultan ; il a consigné par écrit ses observations et il me donne l'autorisation de les reproduire ici même. Voici ce que dit mon honorable ami :

« Le sultan el-Ashraf Abu Nasr Qânsoûh el-Ghoury avançait, précédé du Commandeur des croyants à vingt pas en avant. Le sultan chevauchait un cheval bai haut sur pattes, portant selle dorée et chabraque. Il était vêtu d'une tunique blanche de Baalbek, brodée d'or sur large fond de soie noire. On disait qu'il y en avait pour cinq cent mithqâls d'or vénitien, en passementerie. Ce jour-là marqua le triomphe de la grandeur et de la magnificence, car le sultan avait fort belle allure ; le spectacle subjuguait les regards qui ne pouvaient se lasser de le contempler. Ensuite, venait l'étendard du sultan, que suivait le commandant des mamelouks, Sounboul Osmânlî, accompagné des porte-armure en tenue d'apparat. Le cortège pénétra par Bab Zouweylah, et, toujours en grande pompe, traversa la ville du Caire, faisant forte impression sur les habitants. Tout le bon peuple était dans la rue et appelait à grands cris la bénédiction du Seigneur sur Sa Royale Majesté. L'émotion se lisait sur les visages parcourus de frissons. Du haut de leurs fenêtres, les femmes lançaient leurs trilles aigus. C'est sous cet aspect solennel que le cortège continua sa route, et ressortit par Bab el-Nasr. Une journée qu'on n'est pas prêt d'oublier.

« Ensuite, ce fut le tour des équipages qui, selon la rumeur, atteignaient le million de dinars en espèces d'or et d'argent, sans compter les lingots, car on avait vidé les coffres de toutes les richesses amassées depuis le début du sultanat jusqu'au jour de cette expédition, ainsi que les réserves d'où l'on avait retiré jusqu'à la moindre pièce : objets précieux, présents somptueux et armes de prix que renfermaient les trésors des rois défunts ; selles dorées enrichies de pierres de cristal et de cornaline, chabraques brochées d'or, et autres pièces rares soustraites aux trésors royaux. Dans cette partie du cortège, avait pris place un groupe de secrétaires du Trésor royal attachés à la Maison privée et de *khazindars*, portant la tenue d'apparat. Tout cela était transporté sur le dos de cinquante chameaux. On dit que, par la suite, le sultan déposa tous ces objets précieux dans la citadelle d'Alep.

« Le dimanche 16, le sultan fit proclamer à l'armée restée au Caire que le départ se ferait solennellement à Raidaniyeh le vendredi 20 du deuxième mois de *rabia* [*selon le calendrier mahométan*]. Personne, parmi les soldats désignés pour faire partie de l'expédition, ne devait se permettre un retard quelconque, aucune excuse ne serait acceptée. Lorsque le sultan fut installé dans le camp, il désigna parmi les cadis et les notables ceux qui devraient occuper les charges laissées vacantes par les membres de l'expédition, et ceux qui devaient prendre en charge le gouvernement pendant son absence. Furent confirmés dans leurs fonctions : Mahmoud ibn Adjâ en tant que secrétaire de la Chancellerie ; le cadi Alâ ed-Dîn ibn el-Imâm, en tant qu'intendant de la Maison privée ; le cadi Shihâb el-Dîn Ahmad ibn Djiân fut chargé de la Chancellerie royale. Le Zayni Barakat fut confirmé dans ses fonctions de Grand Censeur, de gouverneur de la ville du Caire et de fermier général des Impôts de toutes les provinces d'Égypte. A ces nobles fonctions, fut ajoutée l'administration des fonds de réserve. »

V

Où l'on verra tout d'abord se dérouler un événement insigne et remarquable,
mais où l'on s'inquiétera pour le sort du Zayni
et celui du pays d'Égypte
Que Dieu l'ait en Sa sainte garde.

Document strictement confidentiel

> « *Ô Dieu Tout-Puissant, puisses-tu tenir ce pays en Ta sainte garde.* »

Ces lignes ont été rédigées à l'occasion du concile qui rassembla au Caire, mère des cités innombrables et jardin de l'univers, les Grands Maîtres de police venus des quatre coins du monde, et de toutes les nations de la terre.

Cette conférence répondait à divers desseins : considérer la conjoncture présente, examiner les méthodes suivies par les uns et les autres, particulièrement les innovations en la matière, pour permettre un échange des connaissances et tirer parti des expériences de chacun. Le concile s'est tenu dans le diwân privé du Grand Espion du sultanat mamelouk. Son Excellence le Shihâb Zakariya en rend compte ici, en personne. Puisse Dieu Tout-Puissant lui pardonner ses erreurs et lui révéler les voies qui mènent à Lui.

Le Caire, premier mois de *djoumâdâ*
de l'an 922 de l'hégire.

Au nom du Dieu de miséricorde et de magnanimité.

« En vérité, ton Seigneur est là, à l'affût, qui t'observe et tu ne le sais point. »

« En vérité Dieu est Celui qui connaît l'inconnaissable. »

« Nul ne prononcera une parole, qu'elle ne soit notée par un observateur attentif. »

Telles sont les paroles véridiques d'Allah le Très-Haut.

Notre prophète Muhammed, sur lui le salut et la bénédiction de Dieu, a dit : « Quiconque croit en Dieu et dans le Jugement dernier doit dire la vérité ou s'abstenir de toute parole. »

Le noble Amr ibn Ass, compagnon de notre Prophète, a dit : « La parole est comme la médecine : qui en abuse en connaîtra les méfaits ; qui en use modérément n'en tirera que bénéfices. »

Événement sans précédent que celui qui réunit ici, en vos personnes, les Grands Maîtres de toutes les nations de ce monde. Événement insigne, certes, et lourd d'enseignement pour les générations futures

– puissent-elles en avoir connaissance –, qui sauront combien lourd fut notre fardeau, pénibles nos tâches et sans faille le zèle dont nous avons fait preuve pour plaire au Seigneur – que Son nom soit exalté !

Qu'espérer de ce concile, où Vos Excellences se trouvent réunies, sinon l'invention de méthodes inédites. Ainsi notre mission n'en sera que plus facile et nous avancerons toujours sur le chemin qui mène au cœur de la Vérité.

Puisse Dieu nous accorder Son aide, qui est la seule véritable. Le but que nous nous fixons n'est pas commun, et tient même du miracle : le devoir de l'espion – du simple mouchard, chargé des filatures, jusqu'au Grand Maître qui tient en ses mains le sort de l'État – n'est pas seulement de vivre en paix au milieu de la population, mais aussi de s'en faire aimer. A cet effet, son intelligence ne sera pas de trop. D'aucuns trouveront la chose impossible : comment un homme qui, de par sa fonction même, se doit d'espionner ses semblables, pourrait-il s'en faire aimer, me dira-t-on ? J'irai plus loin : comment faire en sorte que la population s'en remette à lui et aille jusqu'à solliciter son recours ? Permettez-moi, ici, d'avancer une remarque dont l'importance n'échappera pas à Vos Seigneuries :

L'espion, bien entendu, est l'instrument de la justice. Mais, pour arriver à ses fins, il emploiera des moyens que beaucoup réprouvent.

Or, nous savons que jamais les regards de deux individus différents ne coïncideront parfaitement. Ainsi, cette salle où nous nous trouvons – havre de silence et de paix –, personne d'entre vous ne la perçoit sous le même angle de vue. Son Excellence le Grand Maître des États de l'Inde me voit de là-bas, alors que notre illustre collègue du Yémen me voit du côté gauche, et le Grand Maître du Soudan sous un angle encore différent. Jusqu'aux traducteurs de Vos Excellences, qui ont chacun une image différente de ma personne, et transmettent, sous des formes différentes, mon discours à Vos Seigneuries. A ma seule personne correspondent donc plusieurs images – pourtant, ma position n'a pas changé, et la teneur de mes propos n'a pas changé non plus, malgré la différence des idiomes. De même, ce que nous tenons pour juste et équitable ne sera pour d'autres qu'injustice et crime intolérables.

En vérité, l'espion n'œuvre jamais pour son propre bénéfice. Sa seule ambition est de servir, en premier lieu le Seigneur, ensuite son souverain, enfin l'État et ses piliers. C'est pourquoi, qu'il soit musulman, chrétien ou bouddhiste, du moment qu'il a foi en son Seigneur, confiance en son souverain, il n'aura pour but que de défendre et d'affermir les fondements de l'État.

Quel insensé oserait prétendre qu'un seul être puisse se faire aimer de tous ses semblables ? Le Prophète des musulmans, Sceau des prophètes, créature excellente s'il en fut, ne fut-il pas persécuté par son propre peuple ? Du haut des murs de Taïf, les juifs ne l'ont-ils pas lapidé ? Ne l'ont-ils pas repoussé jusque dans la fournaise du désert où le sable lui brûlait les pieds ? Combien de fois son sang n'a-t-il pas coulé, et sa vie ne fut-elle pas menacée par les complots et les batailles ? Rappelons-nous cette femme maudite qui mangea, encore fumant, le foie de son oncle Hamza. Bien avant lui, déjà, Jésus le Messie s'était vu infliger la couronne d'épines et Joseph avait été jeté dans un puits, par ses frères qui ne craignirent point le courroux de leur père... Jusqu'au vénérable Bouddha, dont la vie ne fut qu'une longue série d'épreuves douloureuses. C'est là le lot des justes, des saints et des martyrs. Sachons tirer les enseignements de ces vies exemplaires : aucun être ne peut se faire aimer de *tous* ses semblables, car inconstante et diverse est la nature de l'homme. En vertu de quoi le souverain de quelque pays que Dieu ait fait sera toujours en butte à la haine. Celui qui sait se faire aimer du plus grand nombre et compte ses ennemis sur les doigts de la main, celui-là est le souverain idéal. Il y aura toujours un ennemi à l'affût de la moindre faiblesse et prompt à saisir la première occasion pour frapper. Et l'ennemi est toujours double : celui de l'extérieur, qui menace notre foi et notre race et devant lequel il faudra serrer les rangs ; l'ennemi de l'intérieur, recruté parmi l'élite et les grands, mais parfois aussi parmi la canaille.

Sachons aussi tirer les leçons magistrales de l'Histoire : en période de trouble, l'espion doit observer une stricte neutralité, car il œuvre pour la seule justice et pour son seul symbole, le trône. Si l'élite ou la canaille complote pour renverser le trône, le souverain doit en être informé, c'est là une obligation sacrée. Mais... supposons que les conjurés – qui sont presque toujours issus des plus hautes classes – soient parvenus à s'emparer des rênes du pouvoir. Quelle ligne de conduite adopter alors ? Nous répondrons que si certains ont pu arracher le pouvoir des mains du souverain, c'est la preuve de la faiblesse de celui-ci. Comment reconnaître en lui le défenseur de la justice, alors qu'il ne peut défendre sa propre personne ? Certains se demanderont si, dans une situation si nouvelle, tout doit rester comme par-devant. Eh bien, sauvegarder l'autorité et ses prérogatives n'est pas une obligation qui va sans conditions. Et c'est à l'espion qu'il revient, dans la pratique, d'en juger, grâce à sa perspicacité, à son habileté à percer les énigmes les plus mystérieuses et à déceler les mouvements les plus intimes de l'âme humaine. Tant que les individus se sentent observés par un regard vigilant, écoutés par des oreilles indiscrètes, ils tremblent pour leur sort, font mille suppositions, plus terrifiantes les unes que les autres. Nous avons tous écouté Son Excellence le Grand Maître de l'Extrême Occident nous faire le récit d'un incident survenu dans ce pays, il y a deux cents ans. Le Grand Espion de l'époque avait manifesté un attachement excessif au souverain, à tel point qu'il s'était attiré, sans exception, l'inimitié des princes et des ulémas. Quand vint le jour où le souverain fut éliminé, le Grand Maître ne sut point observer la neutralité requise. Au contraire, il afficha sa fidélité au souverain déchu, alors qu'il avait les preuves irréfutables de son assassinat. Aveuglement funeste, qui le mena à sa perte, ainsi que presque tout son entourage ! Mieux eût valu se taire, surveiller de près la racaille, pour l'empêcher de se mêler aux événements et d'appuyer un parti contre un autre... Une fois le calme revenu, et seulement alors, il aurait fallu agir, et veiller au respect des principes de la justice et du droit.

Ce qui nous amène à reposer le problème soulevé au début : comment l'espion peut-il se gagner l'estime de la population, malgré l'aversion que suscite tout naturellement sa mission ?

Comment l'espion peut-il s'attirer la sympathie de la population ?

C'est bien par une capacité exceptionnelle à s'attirer l'estime du plus grand nombre que se distingue l'espion digne de ce nom. La nature même de sa fonction implique qu'il réussisse à s'infiltrer partout, à nouer les relations les plus diverses, dans tous les milieux, avec toutes sortes d'individus. Le véritable espion est celui qui saura réunir en lui-même les traits les plus divers de la nature humaine. Une gageure, diront certains ! Non point : rien de plus facile ! L'espion sera charbonnier parmi les charbonniers, droguiste au milieu des droguistes. Il revendiquera en compagnie des revendicateurs, sera un parfait fumeur de haschich lorsqu'il fréquentera ces gens-là, se livrera à la pire débauche si son entourage l'exige, sera, au contraire, pétri de componction et de contrition lorsqu'il côtoiera les pieuses gens. Il se montrera satisfait de son sort avec ceux qui le sont, devra pouvoir feindre tour à tour, à l'improviste et tout naturellement, l'amour ou la haine, avec autant de bonheur. Il devra posséder à merveille le langage des riches, se conduire en humble parmi les humbles et se faire accepter dans les milieux libertins. S'il a affaire aux femmes, il doit pouvoir séduire les cœurs, et agir sur ces esprits inférieurs. Voilà ce que doit être un espion confirmé. Et c'est d'abord sur la connaissance qu'il a des âmes que nous jugerons l'habileté de son art. Plus grande sera sa maîtrise du savoir – dans ses fondements et ses différentes disciplines –, plus grande sera son aptitude à comprendre les énigmes de ce monde. Voilà qui, bien entendu, n'est pas à la portée de toutes nos recrues.

C'est pourquoi, selon nous, il n'est pas nécessaire que l'espion acquière un savoir aussi grand que celui de l'expert. Il doit avoir des connaissances générales, sans pour autant qu'elles soient superficielles, en matière d'histoire, d'art et de sciences, mais aussi sur des idées plus précises qui puissent faire impression sur son interlocuteur. C'est dans cette optique que j'ai été conduit à préparer, dans les différents domaines de la connaissance, des manuels spécialement prévus à cet effet, que nous utilisons d'ailleurs dans nos écoles. Le contenu doit en être assimilé par nos agents, de telle sorte que leurs capacités en soient sensiblement améliorées. Vous ne serez pas étonnés, mes chers collègues – vous qui représentez si dignement notre profession, et pour qui notre monde n'a plus de secrets –, si je vous apprends que nous avons, parmi nos recrues, un jeune agent qui peut se permettre de donner la réplique aux savants les plus experts, sur les sujets les plus ardus, sans qu'il ait la moindre idée préalable du thème dont il aura à débattre. La méthode qu'il utilise requiert une intelligence aiguë qui consiste à s'approprier les termes et les pensées de l'interlocuteur, pour les remodeler et les utiliser de façon tout à fait originale. Si vous en exprimez le désir, je le ferai volontiers comparaître devant Vos Excellences pour que vous puissiez juger de ses talents. Je vous avouerai que rien ne me comblerait plus que de voir, avant ma mort, tous mes agents surpasser les prouesses de ce jeune disciple.

Mais Vos Seigneuries se doutent que ce ne sont pas là les seuls moyens dont nous disposons pour accéder à la Vérité essentielle et aux Arcanes premiers. Il n'est pas une classe ni une communauté de notre pays qui ne se soit vu affecter tout spécialement, par mes soins, un certain nombre d'agents ayant su se pénétrer de ses traditions, de ses habitudes, bref, de toutes ses particularités. Je dois préciser que tout cela concerne l'espion proprement dit, car il en va tout autrement lorsque nous avons recours à ce que j'appellerais l'*espion occasionnel*, lequel est recruté directement dans le milieu concerné, ce qui permet d'éviter les détours et les complications de la démarche habituelle et de gagner un temps précieux. Dans ce cas, la plus grande discrétion s'impose, et l'espion occasionnel doit être parfaitement entraîné pour être efficace. De tels agents doivent être choisis avec le plus grand soin : ils doivent être sûrs et fiables, car leur présence dans nos rangs est le gage de notre succès. A preuve, les résultats remarquables obtenus par notre honorable collègue de l'Empire du Milieu qui, comme il nous l'a expliqué lui-même, est parvenu à s'assurer la coopération et le dévouement des grands docteurs de la Loi, des ministres du culte, ainsi que des notables de son pays. Bien entendu, il faut nous attendre à rencontrer, chez de tels individus, une certaine résistance et parfois même un refus : ces milieux n'ont que peu d'estime pour nos fonctions et nourrissent les pires préjugés quant à notre action qu'ils soupçonnent d'enfreindre les principes sacrés de l'honneur et de la morale. Mais personne ne peut résister à un espion averti. Il suffit de bien connaître l'individu et d'avoir prise sur lui. Après quoi, il sera toujours aisé d'assouplir une mentalité trop rigide et de l'infléchir dans le sens qui nous est favorable... à condition d'en user avec douceur et sans brutalité. Nous avons nous-même obtenu un beau succès dans ce domaine, auprès d'un individu particulièrement hostile et subversif à l'origine, que nous avons su entièrement gagner à notre cause.

Mais c'est peut-être le moment ou jamais de rendre un hommage solennel si sincère à notre estimé collègue, Son Excellence le Grand Inquisiteur du royaume franc d'Occident, qui a accompli un véritable prodige, puisque dans son pays les enfants sont recrutés comme agents de renseignements. On a réussi à semer dans l'esprit de ces petits êtres les germes de l'espionnage, dès l'âge le plus tendre où l'enfant accède au langage ; ce qui le pousse à rapporter, dès qu'il les entend prononcer, les paroles de ses parents. La vérité sort de la bouche des enfants : leur témoignage est donc inappréciable. Que chacun d'entre nous imite notre honorable collègue, et dans quelques années, l'humanité tout entière sera une formidable armée d'espions. Quel but exaltant, conforme, d'ailleurs, à toutes les croyances et toutes les religions ! Nous comprenons tout à fait que Son Excellence le Grand Inquisiteur veuille garder le secret des méthodes qui lui ont permis ce succès. Cela n'a sans doute pas été sans efforts, nous voulons bien le croire. Nous osons espérer, malgré tout, profiter un jour de son expérience. Permettez-moi d'exprimer, encore une fois, mon admiration profonde devant ce brillant succès. Puissions-nous œuvrer ensemble à ce projet exaltant : faire de tous nos semblables des espions consommés ! Car notre plus cher désir n'est-il pas d'accéder aux Arcanes premiers, à la Vérité essentielle et d'en dévoiler les preuves ?

Grandiose mais terrible est notre but, et multiples les chemins qui y mènent !

Comment accéder à la Vérité essentielle ?

Pour l'instant, Vos Excellences m'entendent tenir ces propos. Mais supposons qu'après la levée de cette séance, dans une conversation en aparté, l'un d'entre vous soit amené à citer mes paroles. Le fera-t-il avec les mots que j'ai moi-même choisis ? Non, cela est impossible ! Lorsque nous nous rappelons une rencontre, un voyage, des moments passés en la compagnie d'un de nos semblables, nous ne pouvons restituer parfaitement, telle quelle, une expérience vécue. Nous ne pouvons que la relater en des termes qui ne font qu'approcher de la vérité. Jamais nous ne rendons compte des choses exactement comme elles se sont passées.

De même, lorsqu'on remet entre mes mains un prévenu convaincu de subversion, il commencera par nier. Comment vais-je pouvoir connaître la vérité ? Je peux l'égorger. Rien de plus simple ! De nos jours, n'importe qui peut disparaître sans qu'on s'en inquiète ; aucun compte ne sera demandé. Le sang, maintenant, ne crie plus vengeance. Mais nous ne sommes point des bourreaux, encore moins des tyrans ou des brutes. Ce que je veux, c'est la vérité : tel est mon but. Ce faisant, j'aurai accès à d'autres vérités plus générales ou plus particulières, qui m'auraient échappé si j'avais eu le malheur d'en supprimer la source. Seulement, voilà, ce n'est pas une mince affaire que de reconstituer le passé. Le passé n'existe pas dans un espace ou un temps définis, accessibles physiquement. *Hier* ou *l'année dernière* ne sont pas des entités qui se trouvent sous forme d'êtres au monde. C'est dans les esprits que nous les trouvons, avec toutes les transformations, toutes les altérations auxquelles la mémoire est sujette. Si je veux avoir accès à la Vérité première, je dois l'entendre de la bouche même de celui qui l'a prononcée. L'authentique vérité est énoncée par le cœur et par l'esprit : avec conviction, sincérité. Et nous devons disposer des preuves qui la confirment, pour arriver à notre but, qui consiste à arracher les aveux. Tous les moyens auxquels nos agents ont recours pour atteindre ce noble but sont licites aux yeux des religions du monde entier. Qu'il me soit permis ici de citer avec beaucoup de respect le travail que nous devons à notre honorable collègue du royaume franc du Portugal, lequel nous a fait part des dernières innovations en la matière. Il s'agit là, à mon avis, d'authentiques découvertes qui nous rendent accessibles des horizons que nous avons longtemps espéré voir s'ouvrir devant nous.

Mais je dois maintenant aborder un autre problème que soulève notre pratique : combien de fois ne sommes-nous pas obligés de forcer le cours des choses ? Que faire alors ?

Comment forcer le cours des destinées ?

Avant d'emprisonner un individu, nous commençons par l'étudier de près dans sa vie d'homme libre afin de percer jusqu'à son être intime. Nous nous insinuons dans les brèches que sont ses faiblesses, nous les élargissons. Une fois parvenus dans la place, nous en minons les fondements, et les édifices s'écroulent. Comme je l'ai déjà dit, rien de plus facile que d'assassiner : les assassinats peuvent se commettre par milliers, mais cela n'a aucun intérêt. Ce qui m'intéresse, c'est de changer les cerveaux et les cœurs. Bien que nous y soyons habitués, c'est de la plus grande difficulté. Supposons que nous soyons en présence d'un individu dont la perversité et l'insolence sont patentes. Vais-je immédiatement l'arrêter et le faire jeter dans notre prison de la Maqshara ? (Croyez-moi, honorables collègues, la Maqshara est la prison la plus horrible qui soit au monde ; j'en suis fier, et je vous invite d'ailleurs à la visiter...) Mais revenons à notre propos : Nous disions donc que nous commençons à passer au peigne fin la vie quotidienne de notre suspect, pour connaître tout ce qui va déterminer sa destinée. Lorsque l'incendie se déclare, je jette un peu d'eau sur le feu pour limiter les dégâts. Puis, au moment voulu, je souffle sur le foyer, pour ranimer l'ardeur du tison qui dort sous les cendres. Alors, saisissant mon scalpel (mon scalpel n'est autre que le temps, la pure durée), j'opère, j'arrache de son esprit la tumeur qui le rend pervers et déviant. Pas question de le laisser ameuter la foule, qui aurait vite fait de lapider les émirs, d'incendier les châteaux, de piller les bazars, ou d'attaquer le cortège du sultan. Or, comme je l'ai déjà dit, aucune destinée humaine ne peut résister au changement.

Mes chers et honorables collègues, Excellences, vous qui détenez l'essence de la Vérité, voici ce dont nous avons pris conscience, voici ce qui doit être gravé de façon indélébile en nous : Aucun être humain n'est immuable, tout bouge ; aucune fleur ne reste éternellement éclose ; aucun arbre ne reste éternellement debout ; aucune femme ne conserve éternellement sa jeunesse et sa beauté ; aucun oiseau ne monte indéfiniment dans le ciel ; aucune extase n'est éternelle. Le soleil se lève et se couche, le jour point, décline, puis est remplacé par la nuit. La forme sous laquelle apparaît la lune n'est pas immuablement pleine. Le fleuve naît pour se perdre dans l'océan. La pluie finit toujours par tarir, et les distances, quelle que soit leur immensité, ne sont jamais infinies.

Mes honorables collègues – vous qui touchez du doigt le secret de l'univers – vous savez comme moi que l'homme n'est pas immuable, et que le temps n'est pas la seule cause du changement. Nous aussi sommes là pour guider le temps. Si jamais, malgré le courage proverbial d'un individu, nous trouvons en lui une faille, un point faible – la peur, tel le rapace qui plane dans les hauteurs –, je m'approche. Mais je ne vais pas fondre immédiatement sur lui. Non ! Je descends, remonte, m'éloigne, disparais... Puis reviens, redescends... Et, telle la flèche véloce, telle l'étoile filante, tel le reflet de l'éclair, telle la foudre, telle la pensée fugitive, je fonds. Là se clôt la première étape et commence la suivante. Vous le savez aussi bien que moi : tout individu recèle en son âme des abîmes, des blessures. Les forteresses de l'âme ont toutes leur point faible, leur brèche, et sont prêtes à s'écrouler. C'est à moi que reviennent la charge et le devoir de pénétrer dans la place. Je le fais parfois avec lenteur, me glissant discrètement, sans bruit, retenant ma respiration ; puis, brusquement, la catapulte se détend, je tends mes pièges, je brandis mes lances empoisonnées, je dégaine mon sabre, et j'attaque. D'un seul coup d'un seul, je brûle, je dévaste, je sème la ruine et la désolation, le désespoir, la détresse. Après mon passage, le havre où les bateaux venaient mouiller ne suffira plus à abriter ne serait-ce qu'une coquille de noix. Si, dans l'imposant édifice d'une âme courageuse, je décèle la moindre goutte de peur, de cette goutte je fais un lac, du lac, un océan. Si, dans le fin fond de son cœur, un individu nourrit de l'amour pour une quelconque créature, cet amour, par mes soins, se transformera en une haine sans limite. Si, sur le chemin qui le mène à sa belle, l'amant rencontre des obstacles dont il croit pouvoir triompher, de ces obstacles je ferai des barrières insurmontables. Je creuse des tranchées, je tends des pièges, et je sais infliger aux âmes des blessures que, jamais, même dans l'au-delà, on ne saura guérir. Je sais distiller dans les âmes le plus incurable des venins, la souillure la plus indélébile. Celui-ci enrage-t-il de l'humilité de sa condition ? Eh bien, je sème en lui l'envie des richesses, de la gloire, des honneurs. Je le fais goûter aux joies d'une vie aisée, je fais en sorte qu'il s'y habitue, et alors, aux yeux des siens, cet homme est déjà un monstre, et c'est moi qui ai fait ce monstre ; il ne pourra plus ni retourner à son origine ni avancer. Ainsi, au lieu de l'amputer vivant, j'en fais un être différent. Pourtant, il continue à marcher sur ses pieds, à bouger ses bras, à parler avec sa langue. On continue à l'appeler par son nom. Mais, en réalité, c'est quelqu'un d'autre, un être nouveau, sans comparaison avec le nouveau-né qui est sorti un jour du ventre de sa mère. Rien à voir non plus avec le blanc-bec qui faisait le malin avec ses compagnons. Sa virilité même, je la transforme en féminité. Pourtant, je lui en laisse les attributs : la moustache, la barbe, je ne vais pas les raser. Je ne vais pas non plus lui percer les lobes pour l'affubler de boucles d'oreilles. Je ne vais pas lui arracher son membre viril. Je le laisse apparemment intact, mais ce n'est plus le même individu. S'il pense, c'est comme je veux qu'il pense. S'il pousse les gens à se soulever, c'est comme je le veux, et quand je le veux. Ce n'est plus lui qui décide, ce n'est plus lui qui désire. Voilà ce que j'arrive à faire, voilà ce que je fais de la vie même.

Nous pouvons maintenant passer à l'autre aspect de la question, qui concerne la marche à suivre pendant l'incarcération.

Qu'il me soit permis d'exprimer à ce sujet mon désaccord avec mon honorable collègue le Grand Maître du Portugal, à propos des opinions qu'il a exprimées dans son épître (nous en avons déjà parlé) et d'après lesquelles tout effort devrait être concentré sur la torture des corps. Je vous exposerai donc maintenant le modèle que nous suivons et qui est tout à l'opposé. Mais encore, que faites-vous, me dira-t-on ? Eh bien, voici quelques exemples de nos méthodes.

Il nous arrive, aux dernières heures de la nuit, de pénétrer brusquement dans la cellule du détenu. Un de nos hommes vient lui éclater de rire au nez... Il ne s'agit pas de n'importe quel rire, c'est un rire étudié ! Une voix, dont les accents doucereux feraient vomir la nature la moins délicate, lui susurre à l'oreille quelques paroles mielleuses : « Nous sommes là pour t'obéir. Ordonne ! Et tes désirs seront exaucés ! »

Chaque jour, à la même heure, nous présentons au prisonnier un verre d'eau rempli au quart. Oui, de l'eau, un simple verre d'eau... Pourtant, cette eau a des effets plus désastreux que si on lui brûlait la main.

Nous vous citerons aussi un autre cas : il s'agit d'un homme dont nous savions qu'il était follement amoureux. Nous avions découvert l'objet de sa passion : une jeune femme à qui il dédiait des vers enflammés. Nous introduisîmes discrètement cet homme à un poste d'observation, d'où, sous la contrainte, il surprit la belle dans son intimité... Elle était couchée sous son époux – oui, son époux légitime –, sous ses caresses, elle se livrait aux manifestations les plus désordonnées du plaisir... Lorsque le malheureux sortit de l'épreuve, ses cheveux avaient blanchi.

Mes chers collègues, vous à qui rien ne saurait échapper, vous savez comme moi que ce n'est pas le moment où le coup est porté (quand la torture est exercée) qui est douloureux, mais l'attente de ce moment. Au moment même où la torture est infligée, que craindre de pire que ce que l'on subit alors ? L'important, c'est l'attente, et que cette attente soit perpétuelle. Pourquoi ce verre d'eau qu'on me présente ? Le goût en a-t-il changé ? Oui, il a changé : on y a versé un liquide, une drogue qui me fera oublier qui je suis, l'âge que j'ai... Peut-être veut-on me rendre impuissant ? Serait-ce qu'on m'empoisonne à petit feu ?

Je voudrais vous relater un autre procédé, expérimenté tout récemment : après avoir bandé les yeux à l'un de nos détenus, nous avons tout juste effleuré son cou du tranchant d'une lame, lui infligeant une blessure tout à fait bénigne, sur laquelle nous avons fait couler de l'eau tiède d'un tuyau relié à une petite outre. L'eau s'échappait goutte à goutte du tuyau et se répandait sur lui. Pendant ce temps, nous lui répétions : « Dis-nous où tu as caché ton argent et nous arrêterons l'effusion de sang. » Le malheureux, s'imaginant que le sang coulait à flots de la jugulaire, avoua tout ce que nous lui demandions, et au-delà. Ne dénonça-t-il pas son meilleur ami, un émir connu pour son manque de scrupules et ses exactions ? « Arrêtez ce sang qui coule, arrêtez le sang », hurla-t-il. Nous mîmes alors tout en œuvre, jusqu'à imiter les bruits adéquats, pour lui faire croire que nous essayions d'arrêter l'hémorragie. Eh bien, l'homme mourut un moment plus tard, alors que pas une goutte de son sang n'avait coulé. Simplement, notre ruse l'avait abusé : il se voyait déjà vidé et baignant dans son sang.

Je fais toujours bander les yeux des détenus. Ainsi, tandis qu'ils avancent, ils s'attendent à tout instant à ce qu'un coup leur tombe dessus... Mais où, quand seront-ils atteints ? Je veux qu'ils vivent dans cette hantise.

Pour finir, je vous rendrai compte d'une dernière expérience : il m'est arrivé une fois d'envoyer un de mes hommes dans le cachot d'un détenu (ici, ils sont petits, mais rigoureusement propres). Mon agent devait se faire passer pour un prisonnier. Très vite, une dispute éclata entre les deux hommes, pour quelque balivěrne. J'avais ordonné à mon agent de se coller à l'autre pendant son sommeil. Celui-ci se réveilla en proie à la plus vive terreur : il croyait que l'autre avait l'intention de l'assaillir et de le violer... Voilà comment je fais en sorte que la vie devienne un enfer. Pour mes prisonniers, rien n'est plus souhaitable que de mourir. C'est leur espoir le plus doux.

Observations

Nous avons été vivement intéressé par le rapport que nous a présenté le Grand Maître du jeune État du Kajura, consacré aux prospectives de notre métier. Je voudrais qu'il me soit permis d'y ajouter quelques remarques fort simples. Je signale au passage à mes honorables collègues que j'ai fait rédiger des appendices à ce document, dont la diffusion sera très restreinte, concernant divers problèmes pratiques. Ces opuscules, traduits dans les diverses langues de Vos Seigneuries, vous seront distribués en temps voulu. Je commencerai par affirmer le principe suivant : rien ne se trouve hors de portée de la Puissance Divine. Ce qui aujourd'hui nous semble impossible existera demain. L'avenir, selon nous, échappe à toute limite, à toute contrainte. Je vois déjà le jour où le Grand Maître de l'espionnage pourra à loisir observer la vie entière d'un individu, depuis sa naissance jusqu'à sa mort, non seulement ce qui en est visible, mais aussi ses pensées les plus intimes, jusqu'à ses rêves, ses manies, ses goûts... de telle sorte que nous pourrons prévoir ce que cet individu sera susceptible de faire à l'âge adulte. Ainsi, prévenant ses actions, nous pourrons l'empêcher de les réaliser, ou au contraire l'y aider. Le jour viendra où il sera possible, lorsqu'un individu refusera de dire la vérité, de restituer intégralement, après l'avoir arraché au Temps, l'épisode caché, et d'y confronter l'intéressé. Oui, j'en suis convaincu, un jour, tout espion aura accès aux secrets d'alcôve, et il lui sera permis de connaître les moindres murmures prononcés dans l'intimité, d'entendre même les gémissements qui accompagnent l'accouplement de l'homme avec sa femme. Un jour viendra où je pourrai suivre la conversation de deux promeneurs sur une barque du Nil, sans bouger d'où je suis, et où je pourrai intervenir dans leur conversation au moment opportun, pour l'infléchir dans le sens souhaité. Oui, il sera possible un jour d'arracher au prévenu ses membres pour les soumettre séparément à la question et découvrir les gestes ou les actions qu'ils auront accomplis. Ce jour-là, il ne sera plus possible de nier la Vérité. Bientôt, les individus se verront attribuer des numéros : chaque habitant de chaque quartier se verra attribuer un chiffre ; celui-ci portera le numéro un, celui-là le numéro deux, etc., de sorte qu'aucun ne puisse être confondu avec un autre... Mais c'est là un sujet sur lequel nous nous sommes largement étendu, et dont nous nous sommes expliqué en détail dans l'un des opuscules qui vous seront distribués plus tard. Notons simplement qu'il s'agit d'une méthode beaucoup plus rationnelle pour répertorier les individus que l'utilisation des noms propres, lesquels, en plus de leur diversité, ont le désavantage de se ressembler et sont donc l'occasion de nombreuses erreurs.

En conclusion :

Les idées que nous vous avons soumises dans cette dernière partie ne sont peut-être encore que des rêves qui nous hantent. Mais lorsque ces rêves deviendront réalité, les espions des temps futurs diront : « Regardez, regardez comme nos prédécesseurs voyaient loin, regardez quelle hardiesse, quelle audace dans leurs projets !.... »

Que Dieu vous accorde le salut et la paix.

Le Grand Maître de la Police secrète
du sultanat d'Égypte, Zakariya ibn Râdhi.

Opuscule n° 1

De la nourriture des prisonniers. De leur sommeil et du meilleur moyen de le troubler.

Document réservé aux Grands Maîtres, à l'exclusion de toute autre personne.

Traduction effectuée par les soins des dragomans du diwân de la Police secrète, en son siège principal.

An 922 de l'hégire (1517 de l'ère chrétienne).

Opuscule n° 2

Où sont proposées certaines mesures concernant l'utilisation des nombres pour enregistrer les individus en lieu et place des noms propres. Avec mention des *fetwahs* dûment légales et autres références aux lois sacrées des diverses nations légitimant cette pratique.

Réservé à l'usage exclusif du Grand Maître de la Police secrète.

Traduction effectuée par les soins des dragomans du diwân de la Police secrète, en son siège principal.

An 922 de l'hégire.

Opuscule n° 3

De l'exercice de la double surveillance : comment faire espionner un espion par un autre espion.

Important : ce document ne doit être communiqué qu'aux Grands Maîtres de police, à l'exclusion de toute autre personne.

Traduction effectuée par les soins du Diwân des dragomans, au siège de la Censure du pays d'Égypte.

An 922 de l'hégire.

Opuscule n° 4

Des moyens employés pour convaincre les individus de l'existence de ce qui n'existe pas.

Important : ce document ne doit être communiqué qu'aux Grands Maîtres, à l'exclusion de toute autre personne.

Prière est faite, à qui l'aura lu, de retourner ce document après en avoir pris connaissance.

Traduction effectuée par les soins du Diwân des dragomans, au siège de la Censure de la ville du Caire.

An 922 de l'hégire.

Kôm el-Gâreh

A cette époque précisément, comme chaque année, la maison était ouverte aux disciples, chercheurs infatigables de la Vérité, pèlerins de Dieu, poussés sur la route par leur amour ardent pour le Prophète et les membres de sa Sainte Famille. Parmi eux, certains ont eu le privilège de rencontrer le Prophète Élie – que Dieu l'ait en Sa sainte garde –, lui qui a bu l'eau de jouvence. Toute sa vie, le cheikh Abou Sooûd a vécu dans l'espoir qu'il lui apparaîtrait : comme il serait doux alors de puiser à cette source de sagesse, et d'entendre le récit des générations disparues. Le cheikh Kermâni – dont il ne mettrait jamais la parole en doute – lui avait raconté comment, dans sa jeunesse, alors qu'il traversait la Perse où jadis régnaient les adorateurs de la Lumière et des Ténèbres et où avaient brûlé les feux des zoroastriens, il s'était trouvé, sur le rivage, devant un homme à la barbe, aux moustaches et aux cheveux blancs – tout de blanc vêtu – et qui, pourtant, marchait du pas allègre d'un jeune homme.

Le cheikh Kermâni s'apprêtait alors à embarquer sur un bateau qui prenait la mer. Le vieillard lui avait donné le salut. Une étrange majesté émanait de ses yeux. Il l'avait dissuadé d'embarquer : « Prends garde au tourbillon ! Les eaux feront rage... Et les monstres qui vivent dans l'abîme de cet océan sont sans pitié pour ceux que la destinée leur enverra... » Telles avaient été ses paroles, le cheikh Kermâni avait renoncé au voyage... Et le vieillard aux cheveux blancs avait brusquement disparu.

C'est alors que la lumière s'était faite en son esprit : cet homme qu'il venait de rencontrer et qui l'avait mis en garde, ce ne pouvait être que *lui* ! Nul doute, c'était el-Khidr lui-même. Par la suite, il apprit que le bateau avait sombré dans un naufrage... Il s'en était voulu : comment n'était-il pas resté avec *lui*, comment n'avait-il pas suivi ses pas ! Trois mois, il avait passé trois mois entiers rongé par un regret sans espoir... Puis, il avait décidé de s'en remettre à Dieu et à Lui seul. De ce jour, il avait suivi le chemin de l'errance : peut-être le rencontrerait-il, peut-être lui serait-il donné d'aller en sa compagnie... Quel rêve impossible ! nul ne pouvait voir el-Khidr deux fois dans sa vie. Et pourtant, il n'avait pas perdu espoir.

Le cheikh Abou Sooûd, quant à lui, n'avait jamais eu le privilège de voir apparaître el-Khidr, ni le prophète Élie. Dans cette crypte creusée sous terre, les peines déchiraient l'âme comme la pointe d'une dague. Non, ils ne lui étaient jamais apparus. Les deux prophètes immortels avaient fui cette terre, ils avaient délaissé cette demeure qui était la sienne... et il ne lui avait pas été donné de les voir. Son cœur s'était serré à la vue des morts, qu'après le rezzou laissaient derrière eux les cruels guerriers berbères. Il avait vu des villes entières où la peste avait fait sa sinistre moisson. Et c'était toujours la même question et la même angoisse : pourquoi tant de morts vaines ? Venir au monde... y vivre, y connaître la douleur... puis l'espoir... Pourquoi, pourquoi donc – s'il est si facile de le quitter ? Jusqu'ici, dans ce refuge creusé sous terre, lui parvenait l'écho de la confiance qu'en ce pays on avait mise en lui. Il savait – on le lui avait dit – toutes les exactions commises par le Zayni : la spéculation, les arrestations, et toutes ces charges de plus en plus honorifiques qu'il accumulait : « N'était la confiance dont le Vénérable m'honore, et n'était l'aval que me donne mon maître, le cheikh Abou Sooûd, je n'aurais jamais accepté une telle charge », répétait l'impudent. Un des disciples lui avait raconté qu'au fin fond de la Haute-Égypte, il avait vu le Zayni haranguer la foule : « Le Vénérable prie pour vous jour et nuit, disait-il. Il m'a confié la garde de cette terre et de ses habitants, me recommandant d'en user avec justice et de ne rien faire qui ne soit conforme au Bien. Je ne suis que l'humble exécutant des enseignements du Vénérable. » Il avait donc fallu attendre si longtemps, en arriver à l'extrémité de sa vie, pour que quelqu'un vienne usurper sa parole ? Si le prophète Élie, contemporain de toutes les époques, daignait lui apparaître, il lui dirait : « Ô toi, Juste entre les Justes, tu n'as pourtant pas su connaître la vraie nature de ton époque, tu ne t'y es pas mêlé jusqu'à savoir les secrets intimes qu'elle recelait. » Mais c'en était fini : ni le prophète Élie ni el-Khidr ne viendraient maintenant l'aider de leurs conseils. Dans son refuge, il avait pourtant cru entendre un jour une voix s'adresser à lui... La Voix de l'être invisible qui ne se fait entendre qu'aux Justes, pour les guider, les mettre en garde, pour les sauver ou les rappeler à l'ordre... Chagrin immense ! Tristesse qui vous étreint le cœur ! Comment comprendre, comment parvenir à la Vérité ? Tout le monde se plaisait à répéter : « Dès le début, le Vénérable lui a accordé sa bénédiction... » Mais lui-même, qui penserait encore à l'acclamer ? Qui se souvenait encore de son nom ? Il servait de caution à toutes ces vilenies. Ah ! atteindre enfin l'Arbre de Vérité, dont lui avaient parlé les ascètes et d'autres saints hommes : on disait que quiconque mangeait de ses fruits n'était plus enclin à l'erreur et acquérait le pouvoir de déchiffrer les énigmes. Mais il n'avait jamais eu accès à l'Arbre. Jamais il ne le verrait, fût-ce en rêve.

Voilà qu'un vieux derviche est venu le trouver depuis sa Haute-Égypte natale. Il a apporté quelques dattes, un seau de lait. Les voici attablés. Soudain, le vieux se penche vers lui :

– Vénérable, il y a là un homme du nom de Damraoui qui attend devant ta porte.

– Qu'on le fasse entrer, rien ne doit me séparer du peuple.

Entre Damraoui qui, apparemment, n'est pas des plus pauvres.

– Je suis venu à pied, Vénérable.

– D'où viens-tu ?

– De Manfaloût, Vénérable. Comme tu le sais, après le départ du sultan pour la Syrie, le Zayni est venu chez nous. Il a fait rassembler tous les habitants, pauvres et riches. Au début, il nous a tout dit, nous révélant ce qui se passait réellement. Ainsi, selon lui, l'Ottoman nous préparait un mauvais coup. Il était persuadé qu'il fallait s'attendre à une invasion, mais que l'armée du sultan et les chevaliers de l'Islam se chargeraient de combattre l'ennemi : « L'Égypte est sous la protection de ses saints, nous a-t-il dit. Qui oserait conquérir une terre qui conserve en son sein les dépouilles de Notre Seigneur el-Husseïn, de Sidi Ahmed el-Badawi, Sidi abd el-Rahim Qinâwi, Sidi el-Foûli, sans compter ce pôle de la religion que fut le Vénérable Sidi el-Dessouki, ainsi que Sidi el-Rifaï et tous les autres vénérables saints hommes. Qui peut espérer envahir une terre qui abrite le Vénérable Abou Sooûd, dont les prodiges et les miracles inspirés sont connus de tous ? » Il a réussi à nous tirer les larmes des yeux. Ensuite, Vénérable, il nous a dit que les coffres du sultan étaient vides, qu'il fallait les remplir d'urgence. Il nous suppliait d'accepter ce qu'il allait proposer, il voulait lever à l'avance les impôts d'une année entière. Mais, comme les temps sont durs et que les gens n'en peuvent plus, ce ne fut que tumulte et cris de protestation. Alors, il se mit à leur parler avec douceur : « Si vous possédez des objets précieux, vendez-les. Je peux vous dire, en toute franchise, que je ne vous souhaite pas d'avoir à subir les émirs avec leur mamelouks. Avant mon intervention, il s'en est fallu de peu qu'ils viennent acheter vos enfants et vos filles, comme du bétail. » Le pire, Vénérable, c'est que c'était tout à fait possible : ce ne serait pas la première fois que cela arriverait. De temps à autre, il rappelait les recommandations de son vénérable maître le cheikh Abou Sooûd. Alors, la foule, Maître, la foule... Pardonnez-moi, Maître... La foule...

Oui, aucun doute, el-Khidr avait détourné de lui son visage. Damraoui s'était mis à pleurer. Parmi les derviches, la colère gronde, le murmure enfle...

« Puis les gens se dispersèrent, mais il me retint, avec quatre autres habitants de la ville. Tout en parlant de choses et d'autres, il nous fit comprendre qu'il avait sur nos biens et nos propriétés les informations les plus détaillées, ce qui, plus tard, nous fit réfléchir : comment avait-il pu prendre connaissance de tout cela ? Il nous apprit ensuite que chacun d'entre nous aurait à charge de payer mille dinars. Nous étions absolument tenus de nous exécuter. Ce qui est curieux, Vénérable, c'est que toute douceur avait disparu de sa voix. Nous crachant son haleine à la figure, il fit preuve de la plus extrême dureté. Il nous accordait un délai d'un mois, nous dit-il, à défaut de quoi, il demanderait au Vénérable de nous maudire.

Le cheikh Abou Sooûd a congédié Damraoui. Le ciel est maussade, à cette heure, quand les paysans regagnent leur pauvre maison de terre battue. A cette heure, les soldats du sultan doivent allumer leurs feux de camps dans les plaines d'Alep. A cette heure, des bateaux sont en perdition sur des mers étrangères... Mais voici que el-Khidr vient les guider jusqu'au havre protecteur. A cette heure, des caravanes errent dans le désert où la nuit tombe comme une pierre. Seul le prophète Élie saurait retrouver la caravane. Et cette nuit, à un moment ignoré de tous, même des saints les plus pieux, dans un lieu inconnu, inaccessible, même aux bêtes sauvages, el-Khidr et le prophète Élie se rencontrent et jettent un regard sur le pays de Gog et Magog. Ils veillent à ce que la digue ne soit pas rompue, qui menacerait alors de noyer les habitants de la terre. Le cœur du cheikh se serre. Une idée terrifiante vient de l'effleurer : et si certains habitants de Gog et de Magog étaient parvenus à pénétrer jusqu'à notre monde, sous une apparence humaine ?

Non, plus question de rester dans cette crypte souterraine. Il faut partir, dès maintenant. Et Saïd qui ne donne pas signe de vie... La maison est déserte.

– Farag, viens donc, Farag.

Le disciple se présente. Il ne vient à Kôm Gâreh qu'une fois l'an, toujours à la même date.

« Va chez le Zayni Barakat. Tu mettras ton turban au chèche rouge. Demande à lui parler et dis-lui qu'il vienne chez moi cette nuit. Surtout, qu'il soit là.

Secrétariat privé du préfet de la Police secrète du Caire

Urgent

Rapport à soumettre au Grand Shihâb Zakariya ibn Râdhi, Grand Maître de police du sultanat

Le vendredi 15 du mois de shaabân *de l'an 922 de l'hégire.*

La nuit dernière, à une heure fort tardive, le Zayni Barakat ibn Moussa, Ostadâr, administrateur des Fonds de réserve, Grand Censeur de tout le pays d'Égypte, gouverneur de la ville du Caire, Grand Fermier des impôts des provinces du Sud et du Delta, s'est rendu à Kôm Gâreh sur la demande du Vénérable Abou Sooûd. Lorsqu'il pénétra chez lui, celui-ci le fit asseoir devant lui, le Zayni s'étant incliné avec déférence. Le cheikh fit comme si de rien n'était, lui criant au visage : « Chien, qu'est-ce qui te permet d'exercer la tyrannie, de piller le bien des musulmans tout en te réclamant de moi dans tes discours ? »

Le Zayni n'en revenait pas. Il se préparait à quitter les lieux lorsque le cheikh se leva, appela un de ses disciples, un derviche du nom de Farag. Il lui ordonna de dépouiller le Zayni de son manteau. Les derviches commencèrent à l'entourer. Sur ordre du Vénérable, ils le frappèrent à coups de sandales, si fort qu'il faillit y passer. Puis, il fit mettre le Zayni aux fers, et envoya chercher l'émir Allân qu'il réveilla en pleine nuit :

« Va immédiatement trouver le Régent, l'émir Toman Bey pour lui demander ce qu'on doit faire de ce chien. Fais-lui savoir qu'il est un danger pour les musulmans. »

Sur-le-champ, l'émir Allân, Grand Chancelier du royaume, se rendit chez le Régent, le réveilla, l'informant de ce qui se passait. L'émir Toman Bey aurait fait savoir au cheikh Abou Sooûd qu'il pouvait agir à sa guise. Au moment où j'écris ces lignes, le Zayni Barakat est toujours prisonnier du cheikh Abou Sooûd.

Voici, en les termes, les recommandations du cheikh à ses disciples : « L'affaire doit rester secrète pendant un jour ou deux, jusqu'à ce que nous arrivions à lui faire rendre gorge et à récupérer l'argent qu'il a soutiré aux pauvres malheureux. Ensuite, nous lui ferons subir la promenade d'infamie. Il sera juché sur un âne, et nous débarrasserons le pays de cette ordure. »

Jusqu'à présent, les gens du peuple ne savent rien, bien que certains se demandent déjà pourquoi personne n'a vu le Zayni se rendre à la prière de l'aube comme à l'accoutumée. En ce qui nous concerne, nous nous sommes empressés d'envoyer nos hommes un peu partout et surtout à Kôm el-Gâreh où nous avons appris que les derviches du cheikh et ses disciples, ainsi que tous les membres des confréries soufies, ainsi que les fakirs, sur toute l'étendue de la terre d'Égypte, se préparent à ébruiter la nouvelle, et à soulever le peuple.

Dieu vous ait en Sa sainte garde.

Signé : le préfet de la Police secrète du Caire.

Secrétariat privé du lieutenant chargé des Affaires ottomanes auprès du Grand Shihâb Zakariya

Le vendredi 15 du mois de shaabân *de l'an 922 de l'hégire.*

Ô Désastre irréparable... Après une profusion de rumeurs et d'informations contradictoires, nous avons appris, il y a tout juste un instant, la vérité sur les derniers événements. Nous nous sommes alors empressés d'envoyer un messager à Votre Excellence, en regrettant de n'avoir pu nous présenter nous-même, occupé que nous sommes à faire la lumière sur cette affaire. Ce message vous apportera la nouvelle d'un événement très grave qui, sur la terre entière, remplira les cœurs d'affliction. En voici la teneur :

Sachez que notre sultan bien-aimé el-Ghoury a été défait par les armées du sultan Sélim l'Ottoman, le dimanche 25 du mois de *radjab* – Ô jour fatal ! Le sultan avait accompli la prière du matin, était monté à cheval, et s'était dirigé vers Tell el-Far où l'on prétend que se trouve le tombeau du prophète David – sur lui le Salut ! Le sultan disposa lui-même ses troupes sur le terrain. Le Commandeur des Croyants était à sa droite, entouré d'une quarantaine de chérifs portant sur leur tête des corans dans des étuis de soie jaune. On dit que, parmi ces corans, se trouvait un exemplaire écrit de la main du calife Othmân ibn Affân – que Dieu l'ait en son agrément ! Il était aussi entouré d'un groupe de fakirs (parmi lesquels le prieur du sanctuaire de Sidi Ahmed el-Badawi) portant des drapeaux rouges, ainsi que Leurs Excellences les dignitaires de l'ordre des Qâdiriyahs, lesquels portaient des drapeaux verts, puis le prieur du sanctuaire de Sidi Ahmed el-Rifaï, près duquel flottaient les étendards califiens, ainsi que du cheikh Afif ed-Dîn, desservant du sanctuaire de Sayyida Nafisa – que Dieu l'ait en Son agrément ! –, entouré de drapeaux noirs. A l'aile droite de l'armée se tenait Sibây, gouverneur de la province de Damas ; à l'aile gauche Khaïrbek, gouverneur de la province d'Alep. On prétend que le premier à s'élancer au combat fut le maréchal Soûdoûn Adjami, suivi du commandeur des émirs, Sibây, gouverneur de la province de Damas. Ils entraînèrent les mamelouks vétérans à l'exclusion des mamelouks nouvellement recrutés ainsi qu'un groupe d'officiers, et combattirent avec une fougue inouïe, mettant en déroute l'armée ottomane, lui infligeaient une défaite terrible. Ils prirent aux Ottomans sept étendards, de grosses pièces d'artillerie montées sur chariot, capturèrent grand nombre de fusiliers, si bien que l'Ottoman songea à fuir ou à capituler. Le nombre des pertes dans le camp ottoman s'éleva à plus de dix mille, car la victoire au début se dessinait en faveur de l'armée égyptienne, plût à Dieu que cela eût duré !

Le bruit courut alors parmi les vétérans que le sultan avait déclaré aux recrues : « Ne combattez pas, laissez les vétérans prendre part seuls à la lutte »... Lorsque la nouvelle les atteignit, ils décidèrent de ne plus combattre et tournèrent bride. C'est alors que parvint la nouvelle de la mort du maréchal Soûdoûn Adjami, ainsi que celle du Commandeur des émirs Sibây, gouverneur de la province de Damas. Ce qui entraîna la débandade de l'aile droite de l'armée ; puis ce fut le tour de Khaïrbek, gouverneur de la province d'Alep, qui fut défait et s'enfuit, entraînant l'effondrement de l'aile gauche. Le bruit courait que celui-ci était de mèche avec l'Ottoman. Le sultan se tenait debout sous son étendard, entouré de quelques rares mamelouks ; il se mit à haranguer l'armée :

« Aghas, mes princes, c'est le moment de déployer votre courage et, par Dieu, je saurai vous montrer que je ne suis point ingrat. »

Mais personne ne l'entendait et ses hommes se retiraient peu à peu. Se tournant alors du côté des religieux, fakirs et cheikhs, qui continuaient à l'entourer, il leur dit : « Priez le Très-Haut de nous accorder la victoire ; c'est, s'il en fut, le moment de prier. » Mais il ne trouva aucune aide. Alors, son cœur s'embrasa d'un feu inextinguible. C'était une journée particulièrement chaude, et partout volait une poussière épaisse. Ce jour-là, la colère de Dieu se déversa sur l'armée égyptienne. Lorsque le sultan fut convaincu de l'imminence de la défaite, on dit qu'il fut atteint d'une sorte de paralysie qui affecta tout un côté de son corps si bien que sa mâchoire pendait. Il demanda de l'eau, on lui en apporta dans une coupe d'argent. Il but, avança de quelques pas, puis fut désarçonné. Quelques minutes plus tard, il expirait : il n'avait pu supporter la défaite. On dit que sa vésicule avait éclaté et qu'il vomit un sang rouge. On ne trouva pas trace de son corps. C'était comme si la terre s'était entrouverte et l'avait avalé sur-le-champ.

Ces événements n'avaient duré que quelques heures, les heures qui séparaient le lever du soleil et le milieu du jour, et l'issue en avait été décidée selon le décret du Très-Haut. L'Ottoman quitta Mardj-Dâbiq pour se rendre à Alep, qu'il occupa sans résistance. Il mit la main sur les biens du sultan et les trésors, les armes qu'il avait apportés d'Égypte. Tels sont, en bref, les événements qui se produisirent dans la province de Syrie. Puisse Dieu nous épargner les revers du sort que l'avenir nous réserve. Nous continuerons de vous tenir immédiatement au courant de toute nouvelle qui nous parviendra. Que Dieu vous accorde Son salut et Sa protection.

Signé : le lieutenant du grand Shihâb,
préposé aux Affaires ottomanes.

Amr ibn el-Adawi

Pourquoi l'a-t-on convoqué ? On était au courant, c'en était fait de lui. Et ces bruits qui couraient, ces nouvelles alarmantes... L'armée qui aurait été mise en déroute, qui serait là d'un moment à l'autre. Et voilà qu'en plus, il ne pouvait même plus mettre les pieds chez Saniya « Fleur de nave » ? Après sa période d'abondance, il n'avait plus de sous. Sa place dans le dortoir de l'université, il ne fallait plus y compter. Il ne lui restait qu'une solution : se faire héberger une nuit ou deux, ici et là. Et toujours les mêmes regards à affronter. Qu'allait lui dire le préfet de la Police secrète ? D'ailleurs, s'intéressait-il à lui ? Il devait avoir d'autres chats à fouetter par ces temps de troubles.

Amr traverse maintenant les quartiers d'el-Otouf. Et si un de ses collègues d'el-Azhar le voyait ? Même ceux qui, par pure crainte, recherchaient jadis ses faveurs, ne se gênent plus pour lui signifier ouvertement leur inimitié, depuis cette nuit de triste mémoire où il avait été à deux doigts de sa perte.

Ce soir-là, il rentrait au portique. Tous ceux qui dormaient dans le même dortoir que lui étaient là, et l'attendaient à l'entrée. Ses camarades de cours aussi – Syriens, Maghrébins, Afghans – tous étaient là, pour regarder. On avait détaché sa ceinture, et on lui en avait entravé les pieds.

– Il faut que tu nous quittes, nous ne voulons plus voir ta face de malheur, lui avait dit cheikh Hamza, le doyen des pensionnaires.

Une main de pierre s'abattait sur lui. Il avait failli leur jeter au visage : « Savez-vous à qui vous parlez, à qui vos criailleries s'adressent ? » Au même moment, il se voyait assis face au préfet. D'ailleurs, chaque fois qu'il se trouvait parmi des commerçants ou des étudiants, il était très flatté de pouvoir se rappeler les paroles que celui-ci lui avait adressées, et il lui en coûtait de ne pouvoir les répéter à qui voulait les entendre. Quelle fierté, chaque fois qu'il se trouvait en présence de cet être qui, d'un simple signe, pouvait envoyer n'importe qui dans les cachots de la Maqshara... Avaient-ils oublié tout cela ?

Il était inondé de sueur, ses vêtements étaient trempés.

– Que se passe-t-il, cheikh Hamza ?

Et leurs yeux, qui le froudroyaient...

– Hors d'ici, hurlait cheikh Salâh. Puisses-tu crever et subir toutes les avanies que par ta faute tant de malheureux ont connues.

Le cheikh Bahâ el-Haqq s'avança en faisant mine d'enlever sa chaussure pour l'en frapper. L'autre l'en empêcha.

– Tu nous as fait du mal ; tu nous espionnais, tu rapportais nos gestes. Saïd, Mabrouk, c'est toi qui es responsable de leurs malheurs.

Jamais il n'aurait pensé que cela pût lui arriver un jour. Qu'allait-il se passer ? Iraient-ils trouver le doyen d'el-Azhar pour lui raconter tout ce qu'ils n'avaient osé dire sur lui jusque-là ? On le ferait chasser du portique, on lui interdirait de suivre les cours, on lui interdirait l'entrée d'el-Azhar. Quel scandale ! Quelle honte ! Il regarda l'entrée du portique. Jamais plus il ne franchirait le seuil de cet endroit. Jamais plus il n'épierait la respiration de ses compagnons durant leur sommeil. Qu'allait-il raconter dans ses rapports ? On ne serait pas tendre avec lui, pour sûr : il n'avait pas réussi à rester incognito, cela méritait bien la mort pour un espion. Mais où aller ? Où se cacher ? Voilà que lui revenaient à la mémoire les jours lointains où il errait de maison en maison, mendiant quelques dirhams contre la lecture de quelques versets du Coran. Il n'oserait plus y retourner, le baluchon à la main. Où aller ? Fallait-il retourner vers eux, implorer le pardon, leur expliquer, tout leur raconter : sa mère dont il ne savait même plus où elle était – il y avait des années qu'elle était partie à sa recherche et qu'elle s'était perdue en chemin – sa mère qui, peut-être, viendrait un jour au portique et ne le trouverait pas. Aveugle, désespérée, elle le chercherait partout. S'il leur parlait d'elle, peut-être auraient-ils pitié ? Il se rendit compte qu'il avait oublié jusqu'à ses traits. A supposer qu'elle fût encore en vie... En fait, cela faisait des années que, dans son cœur, elle était morte.

Il ramassa ses affaires et s'enfuit.

Dehors, l'atmosphère était pesante, lugubre. A croire que le sang versé à Mardj-Dâbiq était parvenu jusqu'au Caire, recouvrant tout, jusqu'à la poussière des chemins. Les blessures étaient encore vives, chaque maison avait un mort à pleurer. Quant à lui, sa propre douleur lui transperçait le cerveau. En lui-même, il maudissait cheikh Hamza, et aussi les espions. Après tout, c'était peut-être eux qui l'avaient dénoncé. Ou bien alors, c'était le préfet lui-même qui avait décidé sa perte, qui avait déclenché ce scandale. Un coup monté. Ce cheikh Hamza ! Il lui était arrivé de l'entendre injurier le Grand Maître de la Police secrète. Il n'avait rien dit. Quelle erreur ! quelle négligence ! Si ce misérable avait su alors ce qu'il était réellement, il aurait tremblé.

Amr s'arrête : un cri confus a jailli du fond d'el-Otouf. Quelqu'un qu'on assassine ? Que vaut une vie face à toutes ces morts à Mareg-Dâbiq ? Si jamais on lui met la main dessus, à cette heure de la nuit, il passera pour un espion à la solde des Ottomans, surpris dans ses activités. Et dans ce cas il pourra s'estimer heureux s'il n'est que lapidé. Plus question de compter sur Zakariya.

Oui, un coup monté. Le préfet cherche sans doute à se débarrasser de lui. Il y aura là des hommes à lui pour crier : « Sale espion, sale Ottoman ! » Mieux vaut se hâter...

C'est à n'y rien comprendre. Rien n'est plus comme avant. A croire qu'il n'a jamais fréquenté l'établissement de « Fleur de nave », jamais couché avec la jolie Latifa, qu'il n'a jamais écouté Haïfâ, la délicieuse Haïfâ... Non... jamais il n'a été étudiant à el-Azhar, jamais il n'a appris les Traditions du Prophète par cœur. Ah ! s'il était resté au village, en compagnie de sa mère... Il serait paysan à l'heure qu'il est, il aurait une femme, des enfants.

Grincement sinistre de la porte lorsqu'elle s'ouvre. L'énorme heurtoir lui a fait mal à la main. Et toujours ce couloir qu'il a traversé tant de fois. Il tremble. Est-il sûr qu'il refera ce chemin en sens inverse, cette nuit ? Que feront-ils de lui ? Voici la première pièce de la maison. Le lieutenant du préfet l'y attend :

– Assieds-toi !

Son dos ne touche pas le dossier du siège. A travers les yeux de cet homme, c'est lui-même qu'il aperçoit . son corps qui change d'apparence, son visage qui devient jaune.

« Tu t'es trahi, et tu nous a trahis ! C'est un scandale !

Sa langue est nouée, que faire ? Depuis que le messager est venu le trouver, à Fostât, il a préparé dans sa tête un tas d'arguments. Tout ce qu'il demande, c'est qu'on lui trouve un gîte. Il peut travailler, être serviteur, faire le ménage, la vaisselle. N'a-t-il pas donné tout ce qui était en son pouvoir lorsqu'il était à leur service ? A-t-il raté un seul de ses rapports ? N'a-t-il pas contribué à dénoncer des dizaines de fauteurs de troubles, d'agitateurs ? Mais, maintenant, il ne trouve plus un mot, tout ce qu'il a préparé ne sert à rien.

Le lieutenant du préfet se lève. Amr remarque qu'il semble las. Ah ! s'il pouvait lui dire : « Tranquillise-toi, ménage-toi ! » Ah ! si seulement il pouvait lui parler le langage de tous les jours...

« Tu vas nous causer des ennuis !

Son cœur tremble comme un oiseau transi. Il essaie de comprendre au ton du préfet ce qu'on a décidé à son sujet. Le préfet s'est mis à marcher de long en large dans la pièce. Tout à coup il se frappe la main du poing :

« Tu vas rester ici quelque temps, jusqu'à ce qu'on ait réglé ton cas !

– Ici ?

Une nuit interminable, se dit Amr. Et ce mystérieux visage de folle qu'il lui semble voir près de lui. Qui est-ce ? Si seulement il pouvait s'approcher de cet homme et lui parler doucement : « Pense à toi, ménage-toi. Pense à ta santé qui n'est plus ce qu'elle était. » « Dieu te garde, Amr, Dieu te garde... », lui répondrait l'autre...

Saïd el-Gohaïny

Maître Hamza « la Petite Fête » accourt à lui. A l'aide d'un vieux chiffon, il essuie l'endroit du banc où il a coutume de s'asseoir :

– Tu nous as manqué, cheikh Saïd, deux ans et même plus. Nous aurais-tu oubliés ?

Saïd plisse les yeux : sa vue a baissé, il ne distingue plus très bien les choses de près. Maître Hamza est-il sincère ou bien fait-il semblant ? Ignore-t-il vraiment ce qui s'est passé ? S'il fait semblant de ne pas savoir, ce n'est pas pour rien. Ainsi, il n'aurait rien appris, même pas à l'occasion d'une conversation entre étudiants d'el-Azhar, lesquels sont si nombreux à fréquenter son estaminet. Maître Hamza se frotte les mains l'une contre l'autre. Son accueil ne manque pas de chaleur, mais c'est peut-être sur commande... N'y a-t-il pas dans son regard quelque chose de suspect ?

– Ce n'était pas si long que cela, maître Hamza !

Quelques mots pour bien lui faire comprendre à lui, ou à n'importe quel espion qui se dissimulerait dans l'estaminet ou à proximité, qu'il ne se plaint pas. Saïd se sait surveillé. Il sait que, partout, des gens épient ses paroles, notent ses rencontres, ses conversations, que tout ce qu'il dit est consigné et scrupuleusement vérifié. Rien, aucune allusion qui ne soit déchiffrée... Il en sera toujours ainsi, jusqu'à la fin. Quand bien même il ne lui resterait qu'un jour à vivre, ils seraient capables de l'arrêter et de lui demander des comptes. Et alors, ce seul jour leur suffirait pour lui faire connaître ce qu'ils n'ont jamais infligé à personne en cent ans de méfaits et de tortures. En telle extrémité, ils feraient tout pour le punir et le corriger – le père ne peut-il pas se permettre en toute circonstance de faire preuve de dureté et de frapper ses enfants ?

Il observe la rue. Ce chagrin que l'hiver installe dans son cœur. Soudain, le sang afflue dans ses veines. Il se rappelle. Les pas qui résonnaient sur ce chemin infini. Ces visages qui le scrutaient, calmement, froidement. Ces yeux qui pénétraient le tissu de ses rêves. Longtemps il s'était dérobé à eux et, inlassablement, ils l'avaient traqué : on lui avait répété les quelques mots aberrants qu'il prononçait d'habitude pendant son sommeil, sous le portique – il y a longtemps, un de ses camarades les lui avait déjà répétés. Ils étaient nombreux à parler pendant leur sommeil, à prononcer des mots obscurs. Lui, c'était deux ou trois mots, toujours les mêmes : *début, fin, hier, demain*, l'*unique*, le *multiple*. Ils lui avaient demandé à quel code ces mots faisaient allusion. Cela avait duré un mois entier. Chaque fois, il leur répétait, prenant Dieu à témoin, qu'il n'en savait rien. Ils avaient eu pitié de lui, ils l'avaient cru, et l'avaient traité avec bienveillance. Une autre fois, ils lui avaient rapporté des propos qu'il avait échangés avec d'autres personnes à diverses époques de sa vie, fort éloignées les unes des autres. Ils l'avaient assommé de questions sur la signification cachée de ses paroles. Les questions pleuvaient sur lui. Quel était le sens véritable de ces mots ? A quoi faisaient-ils allusion ? Les prépositions, les points d'interrogation étaient pour eux autant de chiffres qui verrouillaient les portes de son âme. Ils les avaient déchiffrés alors que lui-même n'aurait jamais cru que c'était possible. Oui, ils avaient fait sauter tous les verrous, élargi toutes les failles. Ils muraient des fenêtres, ils condamnaient des passages, supprimaient des places.

Comment se fait-il qu'il pense à ce qu'ils lui ont fait ? Ils ont peut-être compris. Peut-être savent-ils à quoi il pense. Peut-être ont-ils compris qu'il essaie en pensée de nier leurs actes. Peut-être savent-ils qu'il a décidé que les horreurs dont il les rendait responsables ne s'étaient jamais produites... non, jamais... jamais... N'y a-t-il donc pas un élixir ou une drogue qui permette d'échapper aux pensées obsédantes ? Voilà encore qu'à ses oreilles résonnent les cris d'inconnus qui souffrent. Gorges qui n'arrivent pas à expulser toute l'énergie que fait naître la douleur. L'air stagnant de ces trous complètement murés. La sensation des chaînes aux pieds. Il secoue la tête, tente de chasser ses pensées lugubres. Tout cela n'est qu'un rêve, un cauchemar. Oui... un cauchemar...

– Béni soit le Prophète ! Grand Dieu, épargne-nous les malheurs et les calamités...

Un sourire chaleureux éclaire le visage de maître Hamza « la Petite Fête ». Des paroles apparemment bienveillantes. Des yeux rayonnants de bonté. Non, rien à soupçonner, semble-t-il. C'est ici que, des milliers et des milliers de fois, Saïd a rêvé de Samâh. A son souvenir, son sang s'enflamme encore. Samâh... Comment a-t-il pu l'aimer un jour ? Comment a-t-il pu supporter tout cela ? Il avait alors hurlé du haut de sa fenêtre et il avait vu, il avait su ce qui faisait tomber les étoiles, ce qui précipitait l'âme de haut en bas. Il avait compris ce qu'était la pourriture. Il avait toujours pensé qu'il était à l'abri de tout cela. Et voilà que ce visage si beau avait été gagné par l'horreur, la terre était devenue déserte, ses espoirs avaient été réduits à néant. La peste. Et dire qu'il avait été prêt à franchir les océans, à traverser les déserts désolés de la planète, à monter jusqu'en haut des montagnes de Qâf, à parvenir aux confins de la terre, jusqu'au pays du Wâq-wâq. Il aurait débarqué sur des îles où personne n'avait mis le pied, il était prêt à manger le fer, boire le feu... n'importe quoi pourvu qu'elle fût avec lui. Maintenant, il se demande comment il a pu l'aimer un jour. Il ne sait pas où elle est. Où habite-t-elle ? Au Caire, ou bien est-elle partie à la campagne comme tant d'autres, ces derniers temps ? Elle a sûrement un enfant qui leur dit « Papa », « Maman ». Pour sûr, les traits de son visage ont changé, et sa main a dû s'empâter. C'est comme si... comme s'il se rappelait quelqu'un d'étranger, qui vivrait à l'autre bout de la terre, quelqu'un qu'il aurait connu un jour. Et pourtant, il y a encore cette marque au plus profond de son âme, cette tache d'ombre noire, indélébile.

Tiens, qu'est-ce qui lui fait penser à cet homme que tout Le Caire connaissait, il y a de cela quelques années ? Pendant des années et des années, il n'avait pas approché une femme. Avec les économies de toute une vie, il avait enfin pu s'acheter une jolie esclave. Et voilà qu'à peine quelques jours plus tard, celle-ci avait appelé le Zayni à son aide, qui l'avait soustraite à son maître. Lequel était devenu fou. Il s'était mis à errer dans les rues, avec dans le regard une angoisse et un désir marqués du sceau de la folie.

Il fut un temps où Samâh était une lance qu'il avait plantée dans le cœur mais il ne savait pas qui elle était. Il en avait versé, des larmes, pour elle ! Et maintenant, il remercie le ciel de ne pas l'avoir épousée. C'est comme si quelqu'un d'autre lui racontait l'histoire de sa propre vie, une histoire dont il ne connaîtrait pas le héros. Il approche la coupe de *helba* de ses lèvres. Le goût en a-t-il changé, ou bien l'a-t-il oublié ? S'il avait eu envie de *helba*, là-bas, on lui en aurait apporté sans se faire prier.

Dieu ! préserve-nous des malheurs et des calamités, accorde-nous ta protection.

Tout d'abord, maître Hamza est allé vers lui, mais le visage de Saïd est empreint d'un chagrin profond dans le regard, d'une méfiance qui n'apparaissait pas au premier abord, et ces longs sillons qui creusent légèrement la peau autour des yeux, comme s'il venait de se réveiller d'un long sommeil, comme s'il était en proie à une tristesse tenace, comme s'il sortait à l'instant d'une longue crise de larmes. Maître Hamza « la Petite Fête » sent un obstacle entre eux.

– On est contents de te revoir, cheikh Saïd !

Quelle agitation ! Quelle effervescence ! Il marche sur le trottoir qui entoure la cour à ciel ouvert de la mosquée. Depuis le portique, derrière les colonnes, il les regarde, mais il n'approche pas les cercles de discussion, sauf à l'heure des cours. Et même alors, il se tient éloigné. Pour rien au monde, il ne voudrait être soupçonné de murmurer quelques paroles à l'un d'entre eux. Leurs yeux brillent d'un éclat étrange. Par dizaines, ils sortent du Caire, portent les charges de terre, creusent les tranchées pour les canons que le sultan Toman Bey a fait fabriquer en un temps record. Le bourdonnement des conversations parvient jusqu'à ses oreilles :

– Si Toman Bey était sorti et l'avait rencontré à Sâlihiyeh, il les aurait surpris, alors qu'ils étaient dans un triste état, fatigués, sans vivres. Tandis que maintenant, ils ont eu le temps de se refaire, et voilà qu'ils marchent sur Raydaniyeh.

– Moi je trouve que Toman Bey devrait sortir et les prendre à revers, par le désert, par Belbeis. Vraiment quelle idée : creuser des tranchées à Raydaniyeh, et les attendre là-bas ! Plus tard, on s'en mordra les doigts !

– C'est peut-être les émirs qui ont réussi à le convaincre de ce stratagème. Lequel d'entre nous s'était laissé abuser par Khaïrbek, auparavant ?

– Voilà qui sent mauvais, chers collègues, bien mauvais...

Quand on lui demande son avis, il se contente de répondre par un hochement de tête qui ne veut rien dire, ou bien par un sourire qui coupe court à toute conversation. Il sait que ses camarades se sont montrés très touchés de ce qui lui est arrivé. Ils se doutent bien de tout ce qu'il a dû endurer, mais cela lui est bien égal. Ils peuvent dire ce qu'ils veulent. Tout ce qu'il espère, c'est qu'ils ne réussiront pas à le faire parler. Il traverse le long passage dallé de marbre ancien, les mains derrière le dos. Il va, il vient, avec en lui la peur sournoise d'aller dehors, à l'air libre. Comme si le fait de marcher droit lui faisait courir le risque de perdre l'équilibre, comme s'il allait tomber les mains levées, le visage crispé, appelant une aide qui ne viendrait jamais. S'il continue à déambuler ainsi, il sera le point de mire. Il ne faut pas côtoyer n'importe qui.

C'est la nuit : le cheikh du portique est sur le point de fermer la porte. Saïd se lève de sa couche, haletant, il est sur le point de formuler cette demande qu'il retient à grand-peine au fond de son cœur : qu'on ne ferme pas la porte ! Non, car alors, elle ne s'ouvrirait plus jamais.

Le sommeil ne lui vient qu'après une sorte de vertige. Il n'arrive plus à respirer. Son être se dérobe, une perte de conscience... Ce n'est pas vraiment le sommeil, mais comme un évanouissement.

Les pensionnaires d'el-Azhar vont et viennent. Il y a de nouveaux visages, des visages plus jeunes, qui sont arrivés après son départ pour le « voyage » comme il appelle la chose lorsqu'il se parle à lui-même. Il sent dans sa gorge un corps dur comme une noisette. Si cela s'était passé il y a seulement deux ans. Deux ans ?.... Plutôt des dizaines d'années... un temps à part. Va-t-il rester debout ainsi ? Il évite les cercles de discussion. D'où vient cette amertume qui le pénètre ? Pourquoi cette angoisse ? Du côté de Guizeh, on a vu cinquante mille cavaliers bédouins... Pourquoi ces bruits, selon lesquels les armées ottomanes s'approchent, et seraient à quelques mètres de Raydaniyeh ? Les sabots de leurs chevaux foulent le sol de l'Égypte. Combien de têtes leurs sabres ont-ils fait sauter parmi la population de la Sharkieh et de Belbeis ? Peut-être ont-ils occupé en chemin un village, le village où Samâh s'est réfugiée avec son mari. Dans la cour d'une vieille mosquée, ils lui ont peut-être ravi son honneur, cet honneur qu'il avait respecté, lui, même en rêve, et qu'un jour il avait vu prostituer à ce fils d'émir. Le pire moment de sa vie. Saïd se retourne sur sa natte rugueuse. Comme tout cela est loin ! Qu'il était long, ce voyage qui lui a fait quitter ces temps révolus, où la moindre injustice le faisait trembler, où il ne supportait pas de voir battre quelqu'un sur la voie publique. Il n'est pas fier de lui : ainsi donc, il reste indifférent aux événements qui pourtant font trembler d'émoi tout un chacun, du Maghrébin venu de son lointain Occident jusqu'au Syrien tout proche. Les femmes appellent les bénédictions de Dieu sur le sultan Toman Bey. Jusqu'aux petits enfants qui prient pour lui. Peut-être craint-il que son enthousiasme soit mal compris. S'il se mettait à crier comme les autres, peut-être en prendraient-ils ombrage ? Ils veulent qu'il soit tranquille. Il a vu des femmes de Gamaliyeh, des pauvresses ; il en a vu d'autres d'el-Otouf, de Bâtiniyeh qui se pressaient devant le tombeau de Sayyida Nafisa, en pleurs. On les entendait crier, implorer Dieu d'accorder la victoire à Toman Bey et à l'armée égyptienne, aux chevaliers de l'Islam. Dans la mosquée, il y avait des têtes enturbannées. Les gens venaient faire la prière en dehors des heures normales, on entendait lire le recueil de Boukhari et jusqu'aux jeunes, à qui jadis il avait reproché leur indifférence, leur manque de courage, et le peu d'entrain qu'ils manifestaient à combattre la tyrannie des émirs, voilà maintenant qu'ils montraient un zèle et une détermination surprenants... Comment avait-il osé les critiquer ! Malgré tout cela, l'expression de ces visages défaits ne lui échappe pas, non plus que les signes de l'exil qu'il lit jusque sur les façades des maisons.

Au coucher du soleil, la présence de la mort se fait sensible, le chagrin et la douleur sont partout. C'est en vain que l'âme aspire à quelque sérénité. L'appel du muezzin est lugubre ; en l'entendant on vieillit de cent ans. L'exil est dur pour qui n'a ni foyer, ni femme, ni même le moindre espoir. La campagne lointaine a été comme effacée de l'espace et du temps. Les voiles ne guident plus les bateaux vers la terre ferme...

Passe une femme enveloppée dans un voile de soie jaune. Même en imagination, il est devenu incapable de les dépouiller de leurs vêtements. La reine de Saba serait là en personne, et danserait pour lui seul, qu'il resterait tout à fait indifférent.

Pauvre enfant tout maigre et tout petit, les yeux remplis de larmes, le pouce à la bouche, qui cherche son père, sa mère. Détresse des premières années de la vie. Saïd ne saurait dire pourquoi le spectacle de l'enfance martyrisée le remplit d'une peur panique. Son cœur est noyé de pitié. Il s'arrête pour regarder l'enfant. Immédiatement, il se rend compte du danger de son geste, comment pourrait-il justifier de s'être brusquement arrêté devant un enfant ? Un petit enfant pleure. Il se voit, étendu sur une méchante paillasse. Des enfants qui crient. Des femmes qui se frappent les joues à plusieurs reprises. Ah ! si l'usage permettait qu'on pleure les gens de leur vivant, il ferait célébrer son propre enterrement. Les pleureuses viendraient de partout. Ou bien il se ferait crucifier à Bab Zuweylah et il mourrait, là, les yeux noyés de larmes, semblable à cette idole dressée sur une île au milieu de l'océan, qu'on lui avait décrite (chaque fois que quelqu'un s'en était approché, lui a-t-on dit, on avait vu ses larmes couler abondamment).

Le bazar est vide, toute animation a disparu. Les rues sont comme les artères d'un cœur vidé de son sang. Il se retourne. L'enfant qui pleure est au milieu du chemin. Ses jambes, décharnées comme deux calames effilés, ont du mal à supporter le poids du corps. Dans chacun des sanglots qui le secouent éclate toute la détresse de l'âge tendre. Saïd ne sait où aller. Lui revient l'image de cette femme au souk des citrons, qu'il avait vue s'effondrer entre ses couffins, frappée de paralysie. Couchée sur le dos, elle avait perdu conscience de ce qui l'entourait. Ses lèvres pendaient. Un petit enfant qui respirait la vitalité s'était traîné vers son sein. A quand remonte cette vision ? A quand remonte cette sombre tristesse qui ne le quitte plus ?

C'est avec un soin extrême qu'il essaie de savoir tout ce qu'il peut au sujet du Vénérable. Il est sûr qu'il est sorti. Cette nuit, sous le portique, l'idée lui est venue de profiter de l'obscurité pour aller à Kôm el-Gâreh sans être vu. Mais ce serait la meilleure façon de se trahir. Les jours passent, et il n'est toujours pas allé à Kôm el-Gâreh. Il comprend alors qu'il n'est pas au bout de ses peines. Peut-être ne remettra-t-il plus jamais les pieds dans la petite cour. Peut-être ne sentira-t-il plus l'air imprégné d'une senteur d'eau de rose. Il y a quelques années, il n'aurait jamais pu croire qu'un jour puisse se passer sans qu'il se rende à Kôm el-Gâreh. Pour le moment, il se contente de demander, avec la plus grande prudence, des nouvelles du Vénérable. C'est ainsi qu'il a appris que Toman Bey avait refusé tout d'abord le sultanat que lui proposaient les émirs. Seul le cheikh Abou Sooûd l'avait convaincu de monter sur le trône. Le visage de Toman Bey inspire confiance à Saïd. Mais sait-on jamais ? Il n'oublie pas son propre empressement à soutenir le Zayni, puis sa déception, et les déboires qui s'ensuivirent. Mais il n'a pas perdu totalement confiance.

C'est ainsi qu'après son retour de « voyage », un homme était venu le trouver qui, là-bas, était toujours après lui. Cet individu lui avait demandé de se rendre comme à son habitude à l'estaminet de maître Hamza, et, avec beaucoup de discrétion, de dire, au cas où l'on viendrait à parler devant lui du Zayni et à s'interroger sur sa mystérieuse disparition, que celui-ci se trouvait tout près du Caire, qu'il faisait des préparatifs, qu'il réunissait de l'argent, des armes. Saïd n'avait vu aucun inconvénient à faire ce qu'on lui demandait, quel mal y avait-il à cela ? Et lorsqu'un jour, dans le café, certains s'étaient étonnés de la disparition du Zayni, « il dépêche ses hommes dans tous les coins de l'Égypte, avait-il dit, pour appeler les chefs bédouins à la guerre, il leur demande d'envoyer leurs hommes au Caire ».

Il se rappelle qu'un jour il avait remarqué un Franc qui était là, et qui écoutait tout ce qui se disait. Cela lui avait paru suspect et, de fait, quelques jours plus tard, tout le monde apprenait la nouvelle : le cheikh Abou Sooûd en personne avait fait arrêter le Zayni et l'avait incarcéré dans sa propre maison. Saïd avait eu honte de lui-même : sans le savoir, il avait agi à l'encontre du Vénérable. Mais il savait bien que celui-ci l'aurait excusé. Et puis, cet homme, qui lui avait parlé avec une telle politesse, ne lui demandait rien d'extraordinaire. Saïd apprit aussi que le cheikh avait convoqué les émirs et leur avait fait jurer de ne pas trahir leur maître, de ne pas comploter contre lui, et de le soutenir contre l'Ottoman qui menaçait d'envahir l'Égypte. Saïd savait que beaucoup de disciples des différents ordres soufis étaient accourus de tous les coins de l'Égypte, portant les turbans rouges et verts de Sidi Ahmed Badawi à qui il avait suffi d'étendre la main pour ramener au pays les prisonniers des infidèles. Il apprit aussi que, chaque jour, le cheikh Abou Sooûd se rendait au désert portant des paniers remplis de terre, tout comme les soldats. Le peuple était ému aux larmes de le voir faire ce qu'on n'aurait jamais attendu de la part d'un vieillard à la vénérable barbe blanche. Sur son passage, on prononçait des formules pieuses, en signe d'admiration.

Saïd se dit que si le Vénérable le voyait, il lui pardonnerait. Il brûle d'envie de le revoir. Mais, sait-on jamais ? Que feraient-ils ? On l'a relâché, mais on ne lui a indiqué aucune ligne à suivre.

Saïd commande un bol de *helba*, comme à son habitude. Maître Hamza moud la *helba*, lui ajoute quelques noisettes émincées qu'il grille dans le beurre, à la demande du client. Alors, ce simple bol devient un petit déjeuner appétissant et délicieux, bien plus savoureux que le plat de fèves germées qu'on vous sert le matin au restaurant de Maraghy en face de Zâwiyet el-Umyân. Des soldats traversent la rue. Quelque chose de lourd est tombé non loin d'ici. Saïd n'a toujours pas entamé son bol de *helba*. Un inconnu s'approche de lui.

– Cheikh Saïd ?

– Lui-même.

– Si tu le permets, j'ai quelques mots à te dire. Je ne serai pas long.

Encore une fois, le vent a soufflé du mauvais côté. Il va falloir recommencer un autre « voyage ».

– Où va-t-on ?

– Il ne s'agit pas de cela. Le préfet des Espions du Caire est à ta recherche. Je ne suis pas censé t'avoir dit quoi que ce soit, mais j'ai de l'amitié pour toi. Je sais dans quel état tu te trouves et ce que tu peux imaginer.

Arrive maître Hamza :

– Comment ! Cheikh Saïd... et ta coupe de *helba* ? Mais tu n'as rien bu ! Dieu tout-puissant, que se passe-t-il ?

Zakariya ibn Râdhi

Depuis le Moqattam jusqu'à la lagune de Ratli, il ne s'est pas arrêté en chemin. Les portes des quartiers sont barricadées. Les gens se pressent, sans but. Tôt le matin, une nouvelle s'est répandue dans la foule, comme le feu dans l'herbe sèche. Certains ont juré avoir vu l'armée des Ottomans approcher du côté de Fostât, pour prendre Toman Bey à revers. Ce fut la panique. Tout le monde a tremblé. Seul Mabrouk accompagne Zakariya. Il marche à ses côtés, sombre figure dans l'éclatante clarté du jour. Les cris des soldats qui passent par là font prendre conscience à Zakariya de choses insoupçonnées jusque-là. Il comprend qu'il est en train de vivre des événements d'une extrême gravité, comme il ne s'en produit que rarement dans l'histoire de l'humanité. Auparavant, quand un sultan était destitué, il en venait un autre, mais ils étaient tous issus du même corps. Voilà que, maintenant, ce corps lui-même est menacé, et voilà que les autres, les nouveaux venus, sont des étrangers, et que personne ne les arrête... Zakariya plaint Toman Bey. Il sait très bien qu'il est dans une situation difficile. Un vent de découragement le submerge. Zakariya est le seul en Égypte à savoir exactement ce qui va se passer. Il n'a pas du tout confiance en l'émir Djânbirdî Ghazâlî qui affiche son soutien à Toman Bey : il a des preuves, des indices. « L'arrivée de l'Ottoman est un véritable fléau qui nous est tombé dessus sans crier gare. Rien de comparable à l'assèchement du Nil. C'est bien le plus grave, une véritable calamité ! Les soldats de l'Ottoman sont des bêtes, un troupeau, sans foi ni loi. »

Il presse le pas. Il fuit un danger qu'il sent imminent. C'est d'ailleurs de ce danger qu'il va entretenir le Zayni, dans un instant. Ce Zayni qui a fait irruption dans sa vie. Que de choses n'y a-t-il pas changées !

Lorsqu'il apprit son arrestation, il fut frappé de stupeur. Toutes ces années pendant lesquelles le Zayni a intrigué... Il fut un temps, même, où Zakariya avait essayé de dresser toute l'Égypte contre lui, lors de cette fameuse affaire des lanternes. Rien ne pourra lui faire oublier que le Zayni a bel et bien introduit chez lui Wassilah, la jeune esclave du pays de Roûm. Seul le Zayni était responsable de sa mort. C'était sa faute si le corps cristallin de Wassilah avait disparu dans la tombe. Depuis quelques mois seulement, il a compris que le Zayni n'avait aucune organisation spéciale à son service. Pas un seul espion à lui parmi ses hommes. Ce n'étaient que des agents habituels du Grand Censeur. Pendant des années et des années, Zakariya avait dépensé des trésors d'énergie pour mettre la main sur un seul des espions privés du Zayni : aucun de ses hommes n'avait réussi. Voilà pourquoi il avait cru à l'habileté sans pareille des agents du Zayni. Il avait fait mille suppositions à leur sujet, pour comprendre enfin qu'il avait été bel et bien trompé. Zakariya aurait bien voulu que ce corps d'espions existât réellement. Sinon, il lui fallait admettre qu'à l'origine de cette affaire, il n'y avait rien d'autre qu'une imposture. Il avait construit son organisation dans l'air. Il lui avait donné une existence alors qu'elle n'existait pas. Longtemps, cette trahison avait laissé un goût amer dans la bouche de Zakariya, mais, au fin fond de lui-même, il nourrissait une profonde admiration pour cet homme. Zakariya n'avait trouvé aucun plaisir à être le seul de son espèce. Cet homme et lui étaient faits l'un pour l'autre. L'existence du Zayni avait apporté énormément à Zakariya. C'est grâce à lui qu'il avait su se faire aimer du peuple, alors qu'il en était honni. C'est après l'avoir connu que Zakariya avait changé ses méthodes. Au point de pouvoir faire face aux stratagèmes du Zayni lui-même. Sans compter les avantages directs qu'il avait tirés de la présence du Zayni en de nombreuses circonstances : les idées astucieuses qu'il avait conçues pour rénover les méthodes de la Police secrète. N'avait-il pas eu l'audace de lui présenter ces trouvailles comme inspirées de ses propres méthodes de travail en matière d'espionnage ? En y pensant, Zakariya sourit encore.

Tout le monde, en Égypte, est convaincu aujourd'hui qu'il y a deux corps d'espions : l'un dépendant de Zakariya, l'autre du Zayni. En fait, tout cela est complètement illusoire et ne tient qu'à une rumeur que le Zayni a répandue. Mais la situation est devenue grave. A quoi faut-il s'attendre si la peste ottomane s'abat sur l'Égypte ?

Chez lui, au Moqattam, il n'y a plus rien, pas le moindre papier. A l'heure qu'il est, Shihâb l'Alépin ainsi que son diwân et tout ce qu'il contient ont été déplacés à Helwân, dans la demeure secrète du Zayni, ainsi que les cahiers et les registres où sont mentionnés le nom de chaque individu né sur cette terre d'Égypte. Il en aura bientôt besoin, sans aucun doute. Déjà, à l'époque où l'on avait arrêté Ali ibn Abi I-Goud, et où le Zayni s'était chargé de l'affaire, il avait pris soin de disséminer ses documents un peu partout. Il avait tué le jeune page du sultan, qui était aussi son amant – jusqu'à présent, ce lien qui unissait le sultan au page est resté secret. Depuis, le jeune garçon est mort, et maintenant le sultan lui-même est mort. Comme tout cela lui semble loin ! Pendant toutes ces années, il n'a cessé, jour après jour, de se répéter qu'il devait préparer sa vengeance. Il a eu plusieurs occasions de le faire.

Ainsi lorsque le cheikh Abou Sooûd avait fait chercher le Zayni et l'avait maltraité. Cette nuit-là, quand Zakariya avait appris la chose, ses cheveux s'étaient dressés sur sa tête. Il s'était dit qu'il fallait agir rapidement, il n'y avait pas de quoi plaisanter. Voilà que le Zayni était à la merci d'un homme dont la piété et l'honnêteté étaient révérées de tous, et dont la parole faisait loi parmi les émirs, petits et grands. Zakariya pouvait profiter de l'occasion pour mobiliser tous ses agents et monter l'opinion contre le Zayni. Il pouvait aussi dévoiler les scandales dont il était responsable, envoyer au sultan une liste complète des biens que le Zayni avait accumulés en secret, perles, pierres précieuses, turquoises, hyacinthes, coffres remplis de pièces d'or, une simple lettre qui dirait au sultan : voici les endroits où le Zayni a déposé ses richesses. Mais il s'était senti étreint d'une étrange angoisse. Dans un livre de chronique consacré à la secte ismaïlienne des Assassins, il avait lu les lignes suivantes : « Lorsqu'un feddayin reçoit pour mission de supprimer un individu, s'il s'agit d'un grand personnage ou d'un dignitaire, il n'a, pour accomplir sa tâche, que quelques instants, pendant lesquels il doit se décider. Ce qui est important alors, ce n'est pas la justesse de cette décision, mais la décision elle-même. L'hésitation pourrait lui faire perdre la vie. L'important est donc la prise de décision en elle-même. »

Le soir même, Zakariya avait décidé que le Zayni ne devait pas être supprimé en vain. Il avait immédiatement convoqué Ibrahim « la Citronnade » et maître « la Fumette », il avait mis tout le monde sur le pied de guerre et avait envoyé partout ses espions dans les rues du Caire, et dans le pays tout entier. Ruse suprême, il les avait chargés de vanter devant le peuple l'esprit de justice de Zayni, sa piété, sa rectitude. Il leur avait demandé de rappeler au peuple ce qu'il lui devait. Il s'agissait ensuite de parler de ce qu'avait fait le cheikh Abou Sooûd qui, certes, était un saint homme parmi les saints hommes, et dont la baraka n'était pas contestable. Mais au nom de quoi se permettait-il d'intervenir dans les affaires du royaume ? Qu'est-ce que ces saints hommes avaient affaire avec les choses du siècle ? Ce n'était pas en s'occupant d'affaires d'argent qu'il trouverait le chemin de Dieu. Lorsque le cheikh Abou Sooûd avait projeté de faire subir au Zayni une promenade infamante à travers la ville, monté à l'envers sur un âne, et que l'émir Allân, Grand Chancelier du royaume, avait décidé de le faire pendre à Fostât, devant la porte d'un de ses proches qui, grâce à sa complicité, avait monopolisé le commerce des fèves au Caire, immédiatement Zakariya avait envoyé une missive urgente à Toman Bey, lui indiquant que le Zayni possédait une énorme somme d'argent qui devait revenir au Trésor du royaume et que, par conséquent, il fallait s'abstenir de le pendre sous peine de perdre cet argent, alors que le pays en avait tant besoin. Il laissait entendre aussi que beaucoup d'autres choses relevant du secret le plus complet dépendaient de son maintien en vie. La mort du Zayni risquait d'entraîner d'énormes préjudices aussi bien pour les émirs que pour le peuple, et le sultanat lui-même.

Il avait joint à la missive une autre lettre, plus courte, où il demandait à Toman Bey de ne pas trop apparaître en public de telle sorte que la foule ne s'habituât pas à le voir et qu'ainsi son pouvoir demeurât intact.

Zakariya savait fort bien que le Zayni préférait mille fois être pendu plutôt que de lui devoir la vie. Il lui en coûterait de reconnaître ce qu'il devait à Zakariya. Lorsqu'on le ramena à la maison du cheikh Abou Sooûd et qu'on revint sur la décision de le pendre, Zakariya se calma. Il lui arriverait peut-être à lui aussi de se trouver dans une situation critique d'où seul le Zayni pourrait le tirer. Par ces temps de troubles, tout le monde pouvait être conduit à risquer sa vie et celle de sa famille, surtout quelqu'un qui occupait la position de Zakariya.

Le voici qui approche de la lagune de Ratli. Bien entendu, jusque-là, il n'est pas descendu en ville, il n'a fait aucune tournée dans les marchés. Ses agents lui envoient leurs rapports sans discontinuité, y compris des villes sous occupation ottomane. Un de ses hommes est mort en martyr. Jamais Zakariya n'aurait imaginé qu'il verrait la ruine s'étendre ainsi sur le peuple. Dans le ciel, les minarets dessinent des lettres de pierre. Son fils Yassin, ses femmes, tous se sont réfugiés au fin fond de la Haute-Égypte. Le voici à nouveau en proie à ce sentiment de vivre une époque où il est témoin d'événements prodigieux.

Enfin, voici la maison du Zayni. Dans un instant, il va pouvoir l'entendre. C'est la deuxième fois qu'ils se rencontrent depuis que le Zayni est sorti. Ah ! n'était-il pas sot de penser si souvent à se débarrasser de lui, se dit-il, tandis que sur ses lèvres apparaît un sourire timide. A-t-il vraiment jamais eu une telle idée ?

Avis

« Bonnes gens du Caire, bonnes gens du Caire !
Et vous tous, habitants du pays d'Égypte...
A tout un chacun est signifiée l'obligation du *djihâd*.
Bonnes gens, la guerre sainte est déclarée un devoir pour tous.
Djihâd, djihâd !
Seul le Très-Haut peut octroyer la victoire aux mortels. »

Avis à la population

« Habitants du Caire, Sa Majesté impériale le sultan,
Le Hünkar suprême, descendant de la glorieuse maison d'Othmân, s'adresse à vous :
Oyez donc, oyez, et sachez que quiconque aura recueilli en sa demeure.
Un mamelouk,
Et l'aura caché,
Sera pendu.
Quiconque détient frauduleusement les biens d'un mamelouk,
sera aussi pendu.
A bon entendeur, salut ! »

Avis à la population

« Habitants du Caire !
Quiconque indiquera l'endroit où se trouve Toman Bey
Recevra mille dinars en récompense ;
Quiconque le livrera mort ou vif
Recevra mille dinars de la main de l'auguste Protecteur
Des Lieux Saints et des océans de ce monde,
Sa Majesté impériale Sélim Châh,
Hünkar suprême. »

Avis à la population

« Bonnes gens du Caire !
Quiconque parmi vous aura aperçu le cheikh Abou Sooûd de Kôm el-Gâreh,
Ou l'un des derviches de son obédience,
Qui sont grands fauteurs de troubles
Et ont l'impudence d'attaquer les soldats de la noble armée des fils d'Othmân,
Devra livrer ces individus
Et les conduire au camp de l'armée du Hünkar suprême.
Il recevra une récompense généreuse.
Qu'on se le dise, bonnes gens du Caire,
Qu'on se le dise... »

Avis

« Habitants du Caire, habitants du Caire,
Quiconque parmi vous cache dans sa demeure
Des concubines ou des femmes de mamelouks
Sera pendu sans rémission. »

Avis

« Bonnes gens du Caire, Bonnes gens du Caire !
Il est interdit à quiconque
De sortir après le coucher du soleil,
Ainsi que de porter un voile sur le visage.
Qui sera pris en flagrant délit
sera pendu sans rémission.
Habitants du Caire, habitants du Caire !
Sachez vous soumettre aux ordres qui vous sont signifiés :
Soumission et obéissance !
Quiconque enfreindra les ordres
Sera pendu sans rémission. »

Saïd el-Gohaïny

Nul n'échappe à l'étreinte de la mort : le croyant comme l'incroyant se voit un jour écrasé sous la tombe. Alors, plus de commencement, plus de fin, tout sera effacé. Alors, le lien qui unissait deux cœurs retournera au néant du déluge, le groupe sera dispersé de par le monde. Alors, l'arcane le plus secret sera confondu avec la plus simple évidence. Après la mort, l'âme connaîtra ses actions passées, et le corps parlera. Chacun de ses membres dira les crimes commis.

Dur est le chemin qui le mène à Kôm el-Gâreh. Saïd en connaît les affres. L'angoisse serre son cœur, où se plantent lances et flèches. Depuis son retour, son désir est grand de voir son maître vénérable. Un instant, un instant seulement, sans lendemain : au simple son de sa voix il saura ce que le Vénérable pense de lui, de sa misérable personne. Voici le temps où le fils ne reconnaît plus son père, où le frère ignore son frère, où chaque âme jette bas le fardeau qu'elle a porté. Temps où les gens semblent pris d'ivresse alors qu'il ne sont pas ivres. Dans l'air, une langueur morbide : serait-ce l'approche de l'Heure tant redoutée de l'effroi ? Et cet air étouffant, en serait-ce le signe annonciateur ?

Les soldats étrangers violent les vierges devant la porte de la mosquée du sultan Muayyad, près de cette coupole sur laquelle Saïd s'est penché tant de fois du haut des minarets. Il ôte ses chaussures et pénètre dans ces lieux vénérables qui l'emplissent d'une crainte respectueuse.

Que manque-t-il pour que vienne l'Heure ? D'un moment à l'autre, descendant du Moqattam, ou traversant el-Husseïniyeh, va-t-on voir surgir l'Antéchrist ? Peut-être a-t-il anticipé le terme prévu et va-t-il surprendre les gens, surgissant du canal du Khalig, ou de l'île de Rodha, ou de la Grande Pyramide. Le voici, il arrive, monté sur sa bête et espionnant les habitants de ce monde. La nuit sera longue. On se réveillera pour se trouver plongé dans les ténèbres sans fin. Les premiers rais de lumière mettront les esprits en émoi. Le soleil se lèvera à l'Ouest. Ce ne sera plus le disque d'or resplendissant, mais une boule sombre comme une vieille bugne noirâtre. Montre-toi donc, usurpateur, pour que retentissent les trompettes de l'apocalypse : un coup, deux coups, trois coups ! Que les âmes soient ravies, et que viennent mille ans de chaos et de ruines ! Douleur lancinante qui ronge le cœur. Étrange mal hérité du siècle... Mais que peut donc craindre une âme dévastée, dans cette Demeure qui redoute jusqu'à ses propres habitants ? Quel signe manque pour que vienne l'Heure ?

– Nous savons bien, Saïd, que tu tiens à voir ton Maître. C'est ton droit, bien sûr. Ne dit-on pas : « Infinie est ma dette envers qui m'enseigna la première lettre » ? Sais-tu que tu as prononcé plusieurs fois son nom pendant ton sommeil ? Chaalân, quel était le nom que Saïd répétait si souvent pendant son sommeil lors du séjour qu'il fit parmi nous ?

– Cheikh Abou Sooûd, c'est le seul nom propre qu'il ait prononcé.

– Tu vois ! Eh bien, va donc le trouver. N'aie pas peur. Au contraire : nous sommes tout à fait favorables à ce que tu reprennes tes habitudes avec lui comme avant, tout à fait comme avant. Nous voulons que tu aies toute sa confiance. Il ne faut pas qu'il te soupçonne. Va le trouver, jette-toi à ses pieds, pleure, oui, pleure. Il te demandera où tu te cachais depuis ton retour. Tu lui diras : ils m'ont empêché de vous voir, mais, finalement, je n'ai tenu aucun compte de ce qu'ils m'ont dit, et me voilà. Ne te gêne pas alors pour nous maudire jusqu'à la dernière génération ! Ne te retiens pas : souhaite-nous les calamités les plus horribles, dis tout ce que tu veux, Saïd, tout ce que tu veux. Il faut absolument que tu le remettes en confiance : tu es le fils qu'il n'a jamais eu.

Il a longtemps tourné autour de Bab el-Wazir, autour du tombeau de Sayyida Fatima Nabawiyeh, là où ses pas le portaient. Il y a si longtemps qu'il n'a vu ces maisons. Une flambée d'espoir. Déambuler, courir, s'élancer. L'amour, la caresse d'une main douce et tendre. Un dîner, comme par les soirs d'hiver de naguère... Non, rien de tout cela. Rien de tel ne lui a effleuré l'esprit. Ce ne sont plus que des lambeaux de visions anciennes, de vieux souvenirs usés comme une natte trouée qu'auraient foulée des milliers de pieds.

Ces longs couloirs, il les a pourtant connus... Et les petites cavités dans la paroi : on lui a montré les hommes qui vivent là-dedans. « Tu le reconnais, celui-là ? C'était un émir de haut rang, quelqu'un d'honorable. Cela fait trente-quatre ans qu'il est en prison. C'est là qu'il mange, qu'il fait ses besoins. Il a oublié son nom. Oui, son nom, il l'a oublié. Il a oublié les mots, les lettres, les sons de la voix, les consonnes, les voyelles, il ne sait plus rien. »

A côté, un autre trou, dans lequel était enfermé un jeune détenu. « Il ne sait pas ce qu'est la lumière, il n'en a jamais vu le moindre rayon. Ses yeux ? un éclair bleu comme ceux des chats dans l'obscurité. Il a vingt ans, et ses vingt années, c'est ici qu'il les a passées.

Peut-être que pour lui, aller vers le monde extérieur serait comme toi entrer en prison... » Dans le roc, c'est ici que se fane la vie, qu'elle disparaît, qu'elle s'étiole. Dans le roc, ou bien, dans ces chambres étroites et propres, mais terrifiantes, comme celle où est maintenant son ami Mansour et où il essaie en vain de s'étendre.

Que manque-t-il pour que vienne l'Heure ?

« Nous ne voulons rien, sinon profiter de ses sermons et de ses sages paroles. Quels sont les propos qu'il tient en ce moment ? Il nous serait précieux de le savoir. Que pense-t-il des gens, que pense-t-il du peuple ? Quelles sont ses intentions en ce qui concerne Toman Bey, plus particulièrement ? Depuis l'arrivée du Hünkar au Caire, nous savons qu'il n'est pas sorti de chez lui. Mais nous savons aussi que beaucoup de jeunes disciples viennent le voir. Qui sont-ils ? Où vont-ils ? Certains ici prêtent au Vénérable l'intention de suivre Toman Bey. Crois-tu que cela soit vrai ? Est-il pensable, selon toi, que le cheikh Abou Sooûd, lui si juste, si bon, si pieux et si scrupuleux des choses de la religion, puisse porter le sabre et égorger ses semblables ? Tu es celui qui le connaît le mieux. Si tel est le cas, c'est là un changement que nous devons savoir. En tout cela, nous n'avons qu'un désir : bénéficier de son enseignement et nous rendre utiles à notre tour. Comment quelqu'un d'un âge si avancé peut-il supporter le combat, la guerre, les attaques, les replis, bref, la bataille ? Bien sûr, il ne s'agit pas de lui dire tout de go : "Voilà ce qu'il veulent savoir..." Par notre intermédiaire, ton action n'aura d'autre conséquence que de transmettre au peuple ses sermons et son enseignement. Mais il y a encore une autre question... »

La maison est plongée dans un calme complet ; c'est là qu'il a passé les plus belles années de sa vie. Ici, les heures s'écoulaient une à une, comme les versets d'un Coran psalmodié sur une mélodie douce et harmonieuse. Le seuil de la maison est passé. Comment va-t-il l'affronter, quelles images anciennes conservées au fond de ses yeux guideront son regard ?

« Nous savons que tu peux faire cela, sinon nous n'aurions pas eu recours à toi. Nous te demandons ton aide, Saïd, tu nous es proche, tu es des nôtres, tu nous appartiens. »

« Tu es des nôtres, tu nous appartiens... »

« La deuxième question, maintenant. Oui, la deuxième question. Viens, approche-toi. Et toi Chaalân, laisse-nous quelques instants. Je veux être seul avec Saïd. Ce que j'ai à lui dire est important. Personne d'autre que lui ne doit entendre. Tu ne me contrediras pas si je te dis que ni toi, ni moi, qu'aucun croyant véritable n'approuve les agissements de l'Ottoman. Eh bien, voilà pourquoi le Zayni Barakat (Ah ! j'en profite pour te dire qu'il te salue, et qu'il s'excuse) aurait bien voulu te voir, mais sa maison est assiégée par les espions osmanlis. Je disais donc que le Zayni avait décidé – avec l'aide du Seigneur – de mettre sur pied une équipe qui travaillerait dans l'ombre, une équipe de jeunes et courageux moudjahiddines. Avec des gens comme toi, le Hünkar n'aura pas un moment de répit, et nous battrons en brèche la trahison. Ce que nous te demandons est simple : nous voulons que tu fournisses le nom des jeunes gens intrépides qui n'hésiteront pas à se sacrifier. Donne-nous des noms, nous saurons comment les contacter, les convaincre et les enrôler dans les rangs de la guerre sainte. C'est compris, Saïd, bien compris ? Récapitulons : qu'est-ce que je te demande au juste ? »

Il regarde autour de lui : Ici, il s'était agenouillé devant le Vénérable ; cette terre-là avait bu l'eau dans laquelle il avait lavé les dattes ; là, il avait prononcé son nom à elle. Pas un bruit dans la maison, la crypte est détruite. Où est donc parti le Vénérable ?

Que faut-il encore pour que vienne l'Heure ! Ah ! le voir, le voir ne serait-ce qu'un instant. Il lui dirait tout, lui confesserait tout. Il ferait éclater l'abcès, laisserait sa blessure se rouvrir pour qu'elle guérisse. Le revoir, le voir ne serait-ce qu'un instant... Ensuite, le monde peut s'écrouler. Il sait que les paroles du Vénérable seraient des paroles d'amour, et qu'un regard aimant l'accueillerait. Le Vénérable écouterait ses cauchemars, reconstruirait ce qui s'est effondré. Jamais il n'aurait imaginé qu'un jour il ne le trouverait pas ici.

Que manque-t-il encore pour que vienne l'Heure ! S'il le voyait là, il lui dirait tout. Les choses du passé, d'autres récentes. Mais impossible de retourner en arrière. En esprit, le Vénérable lui apparaît. Est-il toujours vivant ? Il le voit, marchant dans la campagne, appelant le peuple à rejoindre la guerre sainte. Qui lui dira comment le retrouver ? Qui le guidera vers lui ? Son maître vénérable est parti...

Que faut-il encore pour que vienne l'Heure ! Ils m'ont vaincu, les murs de ma forteresse, ils les ont démolis, ruinés, abattus...

Épilogue

Dernier extrait du journal de voyage du Vénitien Viasconti Gianetti (an 923 de l'hégire)

Durant mon long périple, jamais je n'ai vu une ville brisée comme semble l'être le Grand Caire. J'ai décidé de mettre fin à ma retraite, et je me suis aventuré dans la rue. Dans l'air, la mort plane, froide, inexorable. Les hommes du sultan ottoman patrouillent partout sur la voie publique, pénètrent à leur guise dans les maisons. Ni les murs ni les portes ne sont de quelque utilité par les temps qui courent. La sécurité, autant ne plus y penser. Toute démarche ; toute supplique sont vouées à l'échec, personne n'est assuré de se trouver en vie à son réveil. Dans une ruelle, j'ai vu une femme qu'on avait égorgée et à qui on avait arraché les deux seins. J'ai regardé autour de moi : le pavé rugueux et irrégulier, la poussière... Au loin, un enfant criait. De qui était-il l'enfant ? Mais j'ai vu plus horrible encore ! C'était à la hauteur d'une fontaine, un *sibil*, comme on les appelle ici, près de Bab Zuweylah. J'ai vu des êtres humains à qui on avait arraché la vie de la plus diabolique façon. On leur avait fait pénétrer de petites broches chauffées à blanc dans les côtes, on les en avait transpercés. L'un d'eux avait la langue pendante. Pourquoi ? Pourquoi tout cela ? Question insensée bien qu'insistante... Pourquoi ? Les yeux exorbités des cadavres, on eût dit des prunes pourries... Toute la nuit, les crieurs publics n'ont cessé de passer, et pendant toute la journée aussi. L'étau se resserre autour de Toman Bey. Dans la clandestinité, il est toujours le sultan. On le recherche avec un acharnement croissant de jour en jour, surtout depuis qu'il est apparu inopinément dans la mosquée de Cheïkhoûn où, très vite, le peuple l'a entouré, et qu'il a surpris l'Ottoman à Boulâq. On m'a dit qu'il suffisait qu'il apparût pour que la foule se rassemblât autour de lui. A croire qu'ils savent à l'avance le lieu de ses apparitions. J'ai appris aussi que les principaux ordres de derviches (c'est le nom que l'on donne ici aux santons) se sont ralliés à lui, et qu'ils harcèlent les soldats ottomans qui s'aventurent dans les quartiers éloignés ou les rues peu fréquentées, en massacrant le plus possible. Voilà qui a semé la panique chez l'envahisseur. Les Osmanlis ont pour consigne d'être très prudents et de marcher en groupe. Ce matin, je suis monté sur la terrasse. L'immense détresse m'apparaissait comme un toit énorme pesant sur la ville. Les maisons elles-mêmes semblaient pleurer. La veille de l'entrée des Ottomans dans la ville du Grand Caire, j'ai vu mon ami, le cheikh Muhammed Ahmed ibn Iyâs. Jamais je n'oublierai son visage. On pourrait y lire la débâcle prochaine. Un visage abattu, défait. Depuis, je ne l'ai pas revu. Je sais, de source sûre, que Toman Bey est apparu en Haute-Égypte et qu'il a enrôlé dans ses rangs des milliers de bédouins armés. On dit aussi qu'un *wali* (c'est ainsi qu'on appelle ici les saints hommes) qui habitait Le Caire, a quitté sa demeure pour la campagne, afin d'y allumer le feu de la révolte, et d'appeler le peuple au combat. On dit que cet homme a cent ans, peut-être davantage, et que son courage est encore plus grand que le nombre de ses années. On dit aussi qu'il a bu l'eau de jouvence et qui a bu à la source de jouvence serait immortel et invincible. Il semble bien que des centaines de jeunes gens le suivent et même des hommes et des femmes qui, pour la plupart, ne le connaissaient pas lorsqu'il vivait au Caire. D'après mon informateur, ce saint homme aurait avec lui un étendard au pouvoir redoutable, appellé « l'étendard du prophète ». On dit que, lorsqu'il le déploiera, l'Égypte tout entière se soulèvera et retrouvera sa gloire après toutes les humiliations subies et alors, gare aux envahisseurs, qui seront exterminés jusqu'au dernier par le sabre vengeur. Je fis part à mon interlocuteur de mon incrédulité, je lui demandai ce qu'on attendait donc pour brandir cet étendard. Il me répondit, sans hésiter, que cela ne pouvait se faire que sur l'ordre du Très-Haut, et il tendit son doigt vers le ciel. A ces mots, il pleurait. C'est un cheikh de la faculté d'el-Azhar, de mes connaissances. Il me dit que selon les livres anciens, l'Égypte est sous la protection de Dieu et que quiconque y porterait atteinte encourrait Sa colère.

Ce n'est qu'aujourd'hui que l'*amân* – par lequel la population est assurée de bénéficier de la sécurité et de l'amnistie – a été proclamé dans toute la ville.

Lorsque j'appris cela, je me dis que je sortirais enfin de chez moi pour aller aux nouvelles. Mais je compris bien vite que cela n'allait pas sans risques. La promesse d'*amân* de l'envahisseur n'est qu'un vain mot. Ils proclament l'*amân*, mais s'empressent de le violer. J'ai retrouvé la maison de mon ami le cheikh Rayhân : elle était en ruine, elle avait brûlé. Personne n'a pu me dire ce qu'il est devenu.

J'ai appris que l'homme dont il a été maintes fois question dans la relation de mon second voyage, le Zayni Barakat, avait refait son apparition. Certains cheikhs disent qu'il s'efforce de rassembler la jeunesse derrière lui pour combattre l'Ottoman. L'un d'eux, cependant, semble mettre en doute l'honnêteté des desseins du Zayni, du fait que celui-ci a été vu fréquemment à la Citadelle et qu'il a eu des entretiens prolongés avec Khaïrbek, dont il a déjà été question, et dont la bienveillance, d'après ce qu'on m'a rapporté, semble lui être acquise. Or, à l'arrivée des Ottomans au Caire, le Zayni était en disgrâce. Toman Bey, alors sultan, irrité contre lui, l'avait démis de toutes ses fonctions et avait confié les plus importantes à un homme qui était son lieutenant auparavant, et qui a nom Abd el-Azim Sayrafi. Toujours est-il qu'un jour à peine après que je les ai recueillies, les nouvelles que je viens de rapporter se sont vérifiées. Voici comment je le sus :

Au début de l'après-midi, j'entendis le crieur public frapper le tambour. Je m'arrêtai, pour voir. Vinrent trois cavaliers, chacun sur un cheval noir, portant une balance, un gong, et un étendard avec l'emblème du Grand Censeur : un sabre dégainé. Derrière eux venait, monté sur un cheval blanc, Son Excellence le Zayni Baraka ibn Moussa, lui-même suivi d'un homme à cheval, dont je remarquai la corpulence, mais que je ne reconnus point. La rue était déserte. La désolation gagnait sournoisement la ville : pas une boutique ouverte. Autour de ce cortège réduit à quelques modestes éléments, on respirait un air putride. Quelques rares passants levèrent la tête au son du tambour, mais ne s'arrêtèrent pas. Le cortège passa à ma hauteur : je vis le Zayni poser un voile sur le bas de son visage. Je ne me rappelle plus les traits de ce visage – je ne l'ai rencontré qu'une fois. Il faut d'ailleurs que j'obtienne une entrevue. La voix du crieur public résonna à mes oreilles :

« Sur décision de Son Altesse Khaïrbek,
Le Zayni Barakat ibn Moussa est désigné pour occuper la charge
De Grand Censeur de la ville du Caire.
Enjoint est fait à tous plaignants
de le saisir
des doléances ou requêtes. »

Après une pause, le crieur public se mit à proclamer une ordonnance émanant du Zayni en personne. Je tendis l'oreille : il s'agissait d'un texte réglementant l'emploi de la monnaie ottomane qui devait remplacer l'ancienne monnaie mamelouk. Je suivis le modeste cortège qui se dirigeait vers Bab el-Foutouh.

A un tournant, il disparut à ma vue. La voix du crieur s'éloigna, et finit par se perdre dans la lumière blafarde.

Lexique

Ashrafi : monnaie mamelouk.
Azharite : qui appartient à l'université d'el-Azhar.
Balilah : sorte de pâtisserie.
Bersim : luzerne.
Dhimmi : juif, ou chrétien, dont le statut de monothéiste est reconnu par la loi musulmane qui le met directement sous la protection *(dhimma)* du chef de la communauté, en même temps qu'elle le soumet à des obligations particulières (notamment en matière d'impôts ou de d'habillement).
Faqih : docteur de la loi.
Fetwah : décision sur une question de droit, rendue en général par un *mufti*, et non par un simple juge.
Galabiyeh : longue robe aux larges manches et au col rond, surtout portée par les hommes à la campagne, mais aussi en ville.
Goubbah : vêtement masculin. Robe de drap qui se porte sur d'autres vêtements.
Gouzah : sorte de narghilé rustique utilisé pour fumer, dans le peuple, le tabac au miel ou le haschich.
Helba : fenugrec, ou préparation à base de graines de cette plante.
Khazindar : trésorier (titre mamelouk, puis ottoman).
Mamelouk : ce terme, qui signifie d'abord *esclave*, désigne en Égypte, à l'époque où se situe le roman,

les hommes d'armes et les gardes attachés aux grands dignitaires, aux émirs. Les émirs eux-mêmes, et toute la caste militaire au pouvoir – y compris le sultan – étaient issus de ces contingents d'esclaves que l'on importait du Caucase ou d'Asie centrale, et constituaient l'armée du sultanat. La caste mamelouk, qui avait mis le pays en coupe réglée, garda toujours jalousement son mode de vie, sa langue, son onomastique propres... et son pouvoir, auquel de rares autochtones étaient associés. Le sultanat mamelouk, avec sa longue succession d'« esclaves couronnés », représente une des périodes les plus brillantes de l'histoire égyptienne, ne serait-ce que par son architecture qui donne encore aux monuments du Vieux Caire cet aspect reconnaissable entre mille.

Mechbek : sorte de pâtisserie.

Mihrab : niche au milieu du mur de la mosquée qui se trouve en direction de La Mecque, et devant laquelle l'imâm se place pour conduire la prière.

Minbar : chaire surélevée, généralement en bois ouvragé, que l'on place près du *mihrab* le jour du vendredi, pour que l'imâm y prononce le prône.

Moughât : aliment reconstituant confectionné à partir d'une poudre du même nom, que l'on donne traditionnellement aux accouchées.

Mouloukhiyeh : légume dont les feuilles servent à la préparation d'une soupe mucilagineuse du même nom, qui accompagne un plat de riz et constitue l'un des mets les plus populaires en Égypte.

Okelle : sorte de caravansérail, ou de halles réservées à une catégorie de marchandises.

Salep : poudre à base de bulbe d'orchidée qui sert à la préparation d'une bouillie du même nom que l'on prend souvent au petit déjeuner ou comme fortifiant.

Sambousik : petites rissoles à la viande.

Saqanqoûr : denrée exotique, d'origine animale, qui entrait dans la préparation de certaines drogues.

Sharboûsh : haut bonnet triangulaire qui était le signe distinctif de la caste mamelouk.

Sibil : fontaine construite dans une rue passante de la ville, dès l'époque mamelouk, aux frais d'un grand personnage, qui généralement établissait une fondation *(waqf)* pour en assurer l'entretien, ainsi que celui de l'école ou de l'oratoire qui, souvent, la jouxtaient.

Table

COMPOSITION : NORD COMPO À VILLENEUVE-D'ASCQ
IMPRESSION : S.N. FIRMIN-DIDOT AU MESNIL-SUR-L'ESTRÉE
DÉPÔT LÉGAL : MARS 2003. N° 58115 (62884)

Collection Points

DERNIERS TITRES PARUS

P903. Namokel, *par Catherine Léprout*
P904. Mon frère, *par Jamaica Kincaid*
P905. Maya, *par Jostein Gaarder*
P906. Le Fantôme d'Anil, *par Michael Ondaatje*
P907. 4 Voyageurs, *par Alain Fleischer*
P908. La Bataille de Paris, *par Jean-Luc Einaudi*
P909. L'Amour du métier, *par Lawrence Block*
P910. Biblio-quête, *par Stéphanie Benson*
P911. Quai des désespoirs, *par Roger Martin*
P912. L'Oublié, *par Élie Wiesel*
P913. La Guerre sans nom *par Patrick Rotman et Bertrand Tavernier*
P914. Cabinet-portrait, *par Jean-Luc Benoziglio*
P915. Le Loum, *par René-Victor Pilhes*
P916. Mazag, *par Robert Solé*
P917. Les Bonnes Intentions, *par Agnès Desarthe*
P918. Des anges mineurs, *par Antoine Volodine*
P919. L'Ingénieux Hidalgo Don Quichotte 1 *par Miguel de Cervantes*
P920. L'Ingénieux Hidalgo Don Quichotte 2 *par Miguel de Cervantes*
P921. La Taupe, *par John le Carré*
P922. Comme un collégien, *par John le Carré*
P923. Les Gens de Smiley, *par John le Carré*
P924. Les Naufragés de la Terre sainte, *par Sheri Holman*
P925. Épître des destinées, *par Gamal Ghitany*
P926. Sang du ciel, *par Marcello Fois*
P927. Meurtres en neige, *par Margaret Yorke*
P928. Heureux les imbéciles, *par Philippe Thirault*
P929. Beatus Ille, *par António Muñoz Molina*
P930. Le Petit Traité des grandes vertus *par André Comte-Sponville*
P931. Le Mariage berbère, *par Simonne Jacquemard*
P932. Dehors et pas d'histoires, *par Christophe Nicolas*
P933. L'Homme blanc, *par Tiffany Tavernier*
P934. Exhortation aux crocodiles, *par Antonio Lobo Antunes*
P935. Treize Récits et Treize Épitaphes, *par William T. Vollmann*
P936. La Traversée de la nuit *par Geneviève de Gaulle Anthonioz*
P937. Le Métier à tisser, *par Mohammed Dib*
P938. L'Homme aux sandales de caoutchouc, *par Kateb Yacine*
P939. Le Petit Col des loups, *par Maryline Desbiolles*

P940. Allah n'est pas obligé, *par Ahmadou Kourouma*
P941. Veuves au maquillage, *par Pierre Senges*
P942. La Dernière Neige, *par Hubert Mingarelli*
P943. Requiem pour une huître, *par Hubert Michel*
P944. Morgane, *par Michel Rio*
P945. Oncle Petros et la Conjecture de Goldbach *par Apostolos Doxiadis*
P946. La Tempête, *par Juan Manuel de Prada*
P947. Scènes de la vie d'un jeune garçon, *par J.M.Coetzee*
P948. L'avenir vient de loin, *par Jean-Noël Jeanneney*
P949. 1280 Âmes, *par Jean-Bernard Pouy*
P950. Les Péchés des pères, *par Lawrence Block*
P951. Les Enfants de fortune, *par Jean-Marc Roberts*
P952. L'Incendie, *par Mohammed Dib*
P953. Aventures, *par Italo Calvino*
P954. Œuvres pré-posthumes, *par Robert Musil*
P955. Sérénissime assassinat, *par Gabrielle Wittkop*
P956. L'Ami de mon père, *par Frédéric Vitoux*
P957. Messaouda, *par Abdelhak Serhane*
P958. La Croix et la Bannière, *par William Boyd*
P959. Une voix dans la nuit, *par Armistead Maupin*
P960. La Face cachée de la lune, *par Martin Suter*
P961. Des villes dans la plaine, *par Cormac McCarthy*
P962. L'Espace prend la forme de mon regard *par Hubert Reeves*
P963. L'Indispensable Petite Robe noire, *par Lauren Henderson*
P964. Vieilles Dames en péril, *par Margaret Yorke*
P965. Jeu de main, jeu de vilain, *par Michelle Spring*
P966. Carlota Fainberg, *par Antonio Munoz Molina*
P967. Cette aveuglante absence de lumière *par Tahar Ben Jelloun*
P968. Manuel de peinture et de calligraphie, *par José Saramago*
P969. Dans le nu de la vie, *par Jean Hatzfeld*
P970. Lettres luthériennes, *par Pier Paolo Pasolini*
P971. Les Morts de la St Jean, *par Henning Mankell*
P972. Ne zappez pas, c'est l'heure du crime, *par Nancy Star*
P973. Connaissance de la douleur, *par Carlo Emilio Gadda*
P974. Les Feux du Bengale, *par Amitav Ghosh*
P975. Le Professeur et la sirène *par Giuseppe Tomasi di Lampedusa*
P976. Éloge de la phobie, *par Brigitte Aubert*
P977. L'Univers, les dieux, les hommes *par Jean-Pierre Vernant*
P978. Les Gardiens de la Vérité, *par Michael Collins*
P979. Jours de Kabylie, *par Mouloud Feraoun*
P980. La Pianiste, *par Elfriede Jelinek*
P981. L'homme qui savait tout, *par Catherine David*

P982. La Musique d'une vie, *par Andreï Makine*
P983. Un vieux cœur, *par Bertrand Visage*
P984. Le Caméléon, *par Andreï Kourkov*
P985. Le Bonheur en Provence, *par Peter Mayle*
P986. Journal d'un tueur sentimental et autres récits *par Luis Sepùlveda*
P987. Étoile de mer, *par G. Zoë Garnett*
P988. Le Vent du plaisir, *par Hervé Hamon*
P989. L'Envol des anges, *par Michael Connelly*
P990. Noblesse oblige, *par Donna Leon*
P991. Les Étoiles du Sud, *par Julien Green*
P992. En avant comme avant !, *par Michel Folco*
P993. Pour qui vous prenez-vous ?, *par Geneviève Brisac*
P994. Les Aubes, *par Linda Lê*
P995. Le Cimetière des bateaux sans nom *par Arturo Pérez-Reverte*
P996. Un pur espion, *par John le Carré*
P997. La Plus Belle Histoire des animaux
P998. La Plus Belle Histoire de la Terre
P999. La Plus Belle Histoire des plantes
P1000. Le Monde de Sophie, *par Jostein Gaarder*
P1001. Suave comme l'éternité, *par George P. Pelecanos*
P1002. Cinq Mouches bleues, *par Carmen Posadas*
P1003. Le Monstre, *par Jonathan Kellerman*
P1004. À la trappe !, *par Andrew Klavan*
P1005. Urgence, *par Sarah Paretsky*
P1006. Galindez, *par Manuel Vázquez Montalbán*
P1007. Le Sanglot de l'homme blanc, *par Pascal Bruckner*
P1008. La Vie sexuelle de Catherine M., *par Catherine Millet*
P1009. La Fête des Anciens, *par Pierre Mertens*
P1010. Une odeur de mantèque, *par Mohammed Khaïr-Eddine*
P1011. N'oublie pas mes petits souliers, *par Joseph Connolly*
P1012. Les Bonbons chinois, *par Mian Mian*
P1013. Boulevard du Guinardo, *par Juan Marsé*
P1014. Des Lézards dans le ravin, *par Juan Marsé*
P1015. Besoin de vélo, *par Paul Fournel*
P1016. La Liste noire, *par Alexandra Marinina*
P1017. La Longue Nuit du sans-sommeil, *par Lawrence Block*
P1018. Perdre, *par Pierre Mertens*
P1019. Les Exclus, *par Elfriede Jelinek*
P1020. Putain, *par Nelly Arcan*
P1021. La Route de Midland, *par Arnaud Cathrine*
P1022. Le Fil de soie, *par Michèle Gazier*
P1023. Paysages originels, *par Olivier Rolin*
P1024. La Constance du jardinier, *par John le Carré*
P1025. Ainsi vivent les morts, *par Will Self*
P1026. Doux Carnage, *par Toby Litt*

P1027. Le Principe d'humanité, *par Jean-Claude Guillebaud*
P1028. Bleu, histoire d'une couleur, *par Michel Pastoureau*
P1029. Speedway, *par Philippe Thirault*
P1030. Les Os de Jupiter, *par Faye Kellerman*
P1031. La Course au mouton sauvage, *par Haruki Murakami*
P1032. Les Sept plumes de l'aigle, *par Henri Gougaud*
P1033. Arthur, *par Michel Rio*
P1034. Hémisphère nord, *par Patrick Roegiers*
P1035. Disgrâce, *par J.M. Coetzee*
P1036. L'Âge de fer, *par J.M. Coetzee*
P1037. Les Sombres feux du passé, *par Chang Rae Lee*
P1038. Les Voix de la liberté, *par Michel Winock*
P1039. Nucléaire chaos inédit., *par Stéphanie Benson*
P1040. Bienheureux ceux qui ont soif..., *par Anne Holt*
P1041. Le Marin à l'ancre, *par Bernard Giraudeau*
P1042. L'Oiseau des ténèbres, *par Michael Connelly*
P1043. Les Enfants des rues étroites, *par Abdelhak Sehrane*
P1044. L'Ile et Une nuit, *par Daniel Maximin*
P1045. Bouquiner, *par Annie François*
P1046. Nat Tate, *par William Boyd*
P1047. Le Grand Roman indien, *par Shashi Tharoor*
P1048. Les Lettres mauves, *par Lawrence Block*
P1049. L'imprécateur, *par René-Victor Pilhes*
P1050. Le Stade de Wimbledon, *par Daniele Del Giudice*
P1051. La Deuxième Gauche
par Hervé Hamon et Patrick Rotman
P1052. La Tête en bas, *par Noëlle Châtelet*
P1053. Le Jour de la cavalerie, *par Hubert Mingarelli*
P1054. Le Violon noir, *par Maxence Fermine*
P1055. Vita Brévis, *par Jostein Gaarder*
P1056. Le Retour des Caravelles, *par António Lobo Antunes*
P1057. L'Enquête, *par Juan José Saer*
P1058. Pierre Mendès France, *par Jean Lacouture*
P1059. Le Mètre du monde, *par Denis Guedj*
P1060. Mort d'une héroïne rouge, *par Qiu Xiaolong*
P1061. Angle mort, *par Sara Paretsky*
P1062. La Chambre d'écho, *par Régine Detambel*
P1063. Madame Seyerling, *par Didier Decoin*
P1064. L'Atlantique et les Amants, *par Patrick Grainville*
P1065. Le Voyageur, *par Alain Robbe-Grillet*
P1066. Le Chagrin des Belges, *par Hugo Claus*
P1067. Ballade de l'impossible, *par Haruki Murakami*
P1068. Minoritaires, *par Gérard Miller*
P1069. La Reine scélérate, *par Chantal Thomas*
P1070. Trompe la mort, *par Lawrence Block*
P1071. V'la aut'chose, *par Nancy Star*
P1072. Jusqu'au dernier, *par Deon Meyer*